탐욕의 끓는점

boiling point of greed

잔향기 장편소설

동아

탐욕의 끝는점

초판 1쇄 인쇄일 | 2021년 3월 10일
초판 1쇄 발행일 | 2021년 3월 19일

지은이 | 잔향기
펴낸이 | 박성면
펴낸곳 | (주)동아

출판등록 | 제406-3960100251002007000071호
주소 | 경기도 파주시 문발로 115, 세종대학교출판부 206호
전화 | (031)8071-5201
팩스 | (031)8071-5204
E-mail | bear6370@hanmail.net

정가 | 11,800원

ISBN 979-11-6302-465-1 (03810)

탐욕의

잔향기 장편소설

boiling point of greed

끓는점

동아

contents

프롤로그   7

1   17

2   54

3   85

4   122

5   146

6   160

7   181

8   197

9   214

10   237

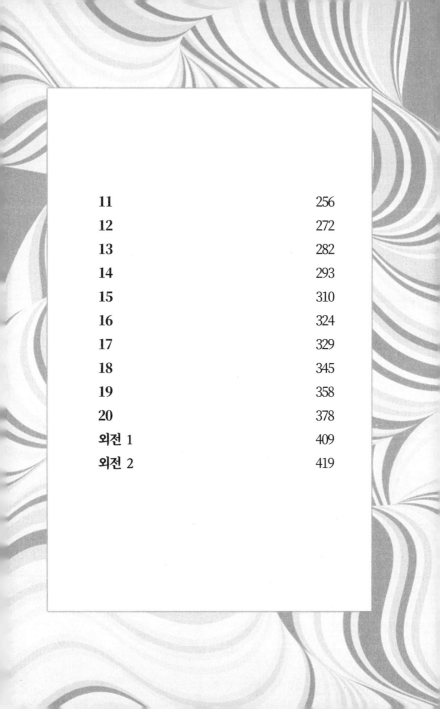

11	256
12	272
13	282
14	293
15	310
16	324
17	329
18	345
19	358
20	378
외전 1	409
외전 2	419

일러두기

1. " " 부호는 한국어, 「 」 부호는 영어 대화입니다.

2. 작중 등장하는 노래 가사는 Sarah Brightman의 'Time to say good bye' 입니다.

신부가 사라졌다.

버진로드 위 신부의 입장을 환영하는 클래식 운율은 동일한 구간이 반복되고 있다. Time to say goodbye. 전율이 흐르는 듯한 이 배경음악은 인생 최고의 순간을 예술로 남기는 데 부족함이 없으리라. 물론, 어디까지나 신부가 나타나 아버지의 팔짱을 끼고 하객들의 박수를 받으며 입장을 했을 때의 이야기다.

지금 이 순간, 입구의 조명 아래 그녀의 부재는 너무도 명확했다. 신부가 등장하지 않으니 무려 두 번의 하이라이트 곡조가 반복되고, 바이올리니스트들은 눈치껏 연주하는 데 심혈을 기울였다.

연주자들의 살갗은 땀구멍마다 식은땀이 축축이 뱄다. 신부의 부재로 장내는 한층 소란해졌다. 사회자는 잠시 진행을 중단하고 시간을 끌어야만 했다.

"신부 서세하 양이 긴장을 한 탓인지 진행에 잠시 차질이 생긴 모양입니다. 하객 여러분께 양해를 부탁드립니다."

무언가 잘못됐음을 감지한 윤혁은 눈앞이 핑글 도는 것 같았다. 선거 포스터처럼 유려했던 그의 미소는 서서히 자취를 감추었다. 양가 부모들이 이게 어떻게 된 일이냐는 듯 저를 보고 있었다. 하객 사이에 웅성거리는 소리가 끊이지 않았다.

"뭐가 어떻게 된 거야?"

"어머. 웬일이야. 신부가 안 온 거야?"

연단의 마이크를 쥔 사회자는 소란을 잠재우기 위해 메아리처럼 같은 말만 반복했다.

"금방 다시 식이 진행될 예정이니 하객 여러분께서는 부디 양해를……."

허나 윤혁은 세하가 사라졌다는 것을 본능적으로 깨달았다. 아니, 도망쳤다는 표현이 더 알맞을 것이다. 애석하게도 지금 이 순간 그녀의 행방을 눈치챈 이는 윤혁뿐이었다. 하객들이 그것을 눈치채기에 이 결혼은 너무도 성대하고 완벽했기 때문이다. 사실이 그렇지 않다고 하더라도 반드시 완벽해 보이도록 속여야만 하는 중요한 날이었다.

신랑 정윤혁 신부 서세하

오늘은 대한민국 최정상 성진 그룹의 오너 정진건 회장의 막내아들

윤혁과, 차기 대권 주자로 거론되는 정치인 서규명의 딸, 세하가 미래를 서약하는 날이었다. 넓은 리셉션장 로비는 결혼식이 시작되기 두 시간 전부터 사람들로 가득했다. 각종 부처의 장관, 국회의원과 기업 회장들을 비롯해 저명인사들의 하객 행렬은 끊이지 않았다.

"정 이사. 축하하네. 양가의 선남, 선녀가 이렇게 잘 어울릴 수가 없군."

악수를 받아 내는 윤혁보다 양가의 아버지들이 훨씬 크게 웃었다. 이 결혼은 정 회장의 자부심이고, 대통령의 위치를 바라보고 있는 규명에겐 정치 인생의 또 다른 시작이었다. 그들의 자녀인 윤혁과 세하의 결합은 서로의 집안에까지 득이 되기 때문이다. 1년에 한 번 있을까 말까 한 성대한 경사이기에, 이곳에 자리한 누구도 감히 신부가 입장하지 않을 거란 사실을 상상조차 하지 못했다.

그리고 보기 좋게, 세하는 그 예상을 꺾고 촌극을 연출했다.

쓰레기통에 핸드폰을 버리고 모자를 깊게 눌러 쓴 세하는 비상문을 통과해 미친 듯이 계단을 달려 내려갔다. 그녀에겐 단 10분의 시간이 주어졌다. 지금이 몇 층이고 얼마나 더 내려가야 하는지 생각하거나 계산할 틈 따위 없었다. 들키지 않아야 살 수 있는 게 아니고, 들키지 않아야 죽지 않을 수 있으므로 미친 듯이 달려야 했다.

끈이 풀린 운동화를 신고 달려 내려가는 소리가 비상계단 내부의 적막을 깼다. 그렇게 한참 뛰어 내려가다 비상문을 열고 들어오는 종업원과 부딪쳤다.

"죄송합니다. 고객님! 괜찮으신……."

남자가 이 사태의 유일한 목격자가 될지도 모른다는 생각에 세하는 모자를 조금 더 깊게 눌러쓰고 묵례를 했다. 그리고 재빠르게 그를 지나쳐 다시 내려갔다. 손목시계를 보니 3분밖에 남지 않았다. 무언가 옳고 그름을 판단할 만큼의 정신이 아니었고, 그럴 여유도 없었다. 그저 숨이 턱 끝까지 찰 정도로 가쁘게 계단을 내려갈 뿐이다.

이내 비상계단의 문이 쾅, 열리고 지하 주차장의 입구가 드러났다. 세하는 다리에 힘이 풀려 한 번 휘청했다. 그렇지만, 마지막 힘을 짜내 미리 외워 둔 구역까지 단번에 달려간 뒤, 그녀가 무사히 내려오기를 기다리고 있던 승합차에 탔다.

"잘하셨습니다. 잘하셨어요. 이제 모든 걸 하늘에 맡기면 됩니다."

박 실장은 그녀를 담요로 여며 주며 당장 출발하라고 지시했다.

"너무 늦은 건 아니죠?"

"제 시간 안에 도착했으니 괜찮을 겁니다."

승합차가 미끄럽게 대로변으로 빠져나갔다. 늦지 않게 바로 인천공항으로 직행하리라. 호텔의 출입 CCTV는 박 실장 측에서 미리 손을 써 두었다. 세하가 인파를 뚫고 제시간에 주차장에 도착한 것은, 모든 걸 끝내고자 하는 의지가 강했기 때문이다. 기적에는 운이 따르듯이, 지금 이 순간 역시 하늘이 내린 뜻이다. 돌아가신 어머니가 그녀를 향해 분명히 말하고 있는 것 같았다.

이 방법이 최선이라고. 정윤혁에게서 도망쳐야만 한다고.

"준비해 뒀던 기사는 언제 터뜨리는 건가요."

"모두 키핑해 뒀으니 아가씨께서 안전하게 대한민국을 빠져나가는 그 순간, 연달아 속보로 터질 겁니다. 걱정하지 않으셔도 됩니다."

"성진을 망가뜨릴 수 있을지는…… 하늘의 뜻이겠죠."

그녀의 이 계획된 도주는 복수의 시작이었을 뿐이다. 아직까지 풀지 않은 많은 선물이 남아 있다. 그 선물의 수하인은 윤혁과 성진, 그리고 제 아버지 규명이 될 테다.

박 실장이 떨고 있는 그녀의 손을 잡아 주었다.

"아가씨. 많이 겁이 나시죠?"

"겁나지만…… 반드시 이렇게 했어야만 했어요."

비상계단으로 뛰어 들어가기 전, 그녀는 쓰레기통 앞에서 멈칫했었다. 조심스럽게 왼손에 끼워 둔 반지를 빼냈다. 프러포즈를 받고 나서 매일 지니고 다녔던 다이아몬드 반지였다. 마지막으로 매만져 보고 그것을 힘껏 던지자 쓰레기들 사이에 반지가 처박혔다. 세하는 허탈한 표정으로 쓰레기통을 내려다보았다. 마음이 후련하기만 할 뿐, 윤혁에게 미안하지 않았다.

정윤혁. 나는 더 이상의 흔적을 남기지 않을 거야. 모조리 여기에 버리고 갈 거야. 언젠가 네가 그랬듯 흔적은 지우라고 있는 거니까.

마지막 분신이었던 반지를 버리고 오길 잘했다고 생각하며, 세하는 조용히 눈을 감았다.

한편 윤혁은 거세게 주먹을 말아 쥐었다. 세하는 절대 이곳에 등장하지 않으리라. 이 결혼은 파탄이 났다. 그는 맹수 같은 본능이 이끄는 대로 넥타이를 거세게 풀며 내려왔다. 융단 위의 안개꽃들이 윤혁의 발에 이리저리 밟히고 차인다. 바닥에 아무렇게나 던져진 넥타이 역시 짓이겨졌다. 사회자는 당황한 기색을 감추지 못했고, 양가 친척들과 하객들의 웅성거림도 커졌다. 특히 정 회장과 규명은 곤혹스러움을 감추지 못하고 자리에서 벌떡 일어났다.

"저, 저……!"

"윤혁아!"

비서실장 재호가 난감한 얼굴로 그의 뒤를 쫓았다. 윤혁은 잘게 치켜뜬 눈으로 신부 대기실에 향했다. 지금 그의 발걸음은 만취한 사람의 그것처럼 몹시 위태로웠고 무거웠다. 어쩔 줄 몰라 하는 직원들을 제치고 대기실에 들어선 윤혁은 자신의 눈을, 그리고 현실을 믿을 수 없었다.

겨우 30분 전만 해도 샹들리에 아래 순백의 드레스를 입고 앉아 있던 세하는 온데간데없었다. 하객들을 맞이하며 천사처럼 웃고 있던 그녀가 사라진 것이다.

그 자리에는 주인을 잃고 버려진 드레스와 웨딩 슈즈 두 쪽만이 남아 있었다. 그게 그녀가 남긴 흔적의 전부였다. 영화보다 더한 이 시나리오의 연출에는 5분의 시간도 소요되지 않았다. 그래서 더욱 일이 잘못되었음을 쉬이 판단하기가 어려웠다.

윤혁은 넋이 나간 사람처럼 터덜터덜 다가갔다. 무엇도 꿈이 아니라는 것을 알게 된 순간, 그 앞에 두 무릎이 툭 떨어졌다. 처절하게 무릎을 꿇고 앉은 그는 이제 아무 쓸모도 없는 웨딩드레스 자락을 매만졌다.

"이게 다 어떻게……."

윤혁은 쉽게 동요하는 사람이 아니다. 그러나 지금으로선 평정심을 유지하려 사력을 다해야만 했다. 전례 없는 사태를 맞이한 그의 시야는 가물가물하게 흐려지고, 순간 이명이 울려 크게 휘청였다.

이성을 잃은 그의 힘으로는 어떤 것도 알 수가 없었다. 그저 세하와 함께했던 시간이 머릿속에 주마등처럼 스쳐 지나갈 뿐이었다. 경호원에게 소식을 들은 재호가 그의 어깨 위에 손을 올렸다.

"그만 돌아가서 사죄드리고, 하객분들 돌려보내자. 너도 지금 눈으로 보고 있는 이 모든 게 우연이라기엔······."

"······."

"계획이라고 밖엔 설명할 수 없겠지."

여태껏 담담했던 윤혁이 볼이 움푹 파였다. 어금니를 꽉 깨문 탓이다.

"계획이든 지랄이든 내 손으로 찾아서 다시 돌려놓을 거야."

"윤혁아."

"나 포기 안 해. 여기서 서세하 잡을 수 있는 사람 나밖에 없어."

"잡으면 잡힐 거라 생각해? 헛수고야. 너도 알잖아."

재호의 현실적인 단언에, 윤혁은 기가 찬다는 듯 고개를 흔들며 실성했다. 지친 그가 상박을 기울여 테이블 위에 손을 짚었다. 그의 표정은 어느새 싸늘하게 식어 있었다.

"제발. 전화 받아. 제발!"

미련하게 통화 버튼만 눌러 보지만 애석하게도 통화음만 길게 늘어질 뿐이다. 몇 번이고 전화를 걸었지만 상대방이 전화를 받지 않는다는 안내 음성만 되돌아왔다.

젠장. 핸드폰을 집어 던진 그가 머리를 감싸고 주저앉았다. 지끈거리는 이마를 짚으며 계산하기 시작했다. 하지만 이런 상황에 매뉴얼이 있어서 조치를 취할 수 있는 것도 아니고, 이 상황을 슬기롭게 대처할 수 있는 타이밍은 이미 놓쳤다.

"이럴 수는 없는 거잖아……. 서세하. 네가 왜!"

비상한 머리도 기어코 따라주지 않는다. 어떻게 하자는 거야? 대체 원하는 게 뭐야?

순간 윤혁의 시야가 암전을 반복하며 핑글 돌았다. 청각이 아득해지고, 눈꺼풀이 제멋대로 떨려 온다.

그럴 리 없어……. 의미 없는 중얼거림이 반복됐다. 분수의 물결 위로 제 얼굴이 비친다. 가련한 얼굴과 공허한 눈동자는 도박으로 모든 걸 탕진한 사람의 그것 같았다.

그때 대기실로 경호실장이 급히 뛰어 들어왔다.

"이사님."

기다란 정적이 흐른다. 그가 뜸을 들이고 있기 때문이다.

"그게……."

경호실장은 이 참사를 어떻게 말해야 할지 모르겠다는 듯 고개를 숙였다. 곧 정적을 깨고 그의 입에서 잔인한 말이 튀어나왔다.

"하필 그 시간대에 출입 CCTV가 통제되어 아무것도 확인을 할 수가 없습니다."

새파랗게 질린 윤혁은 천천히 고개를 들었다. 텅 빈 눈으로 경호실장을 향해 돌아보았다.

"다시 말해 봐."

"아무래도 힘들 것 같습니다. 경호진들이 최선을 다해 흔적을 뒤쫓아 추적하고 있습니다만……."

흔적은 지우라고 있는 것이라, 세하에게 말한 적이 있다. 머릿속의 퓨즈가 끊겨 버린 윤혁은 그 말이 촉매제가 되기라도 했는지 머리를 감싸고 외마디 비명을 내질렀다.

그만!

"다 필요 없어. 당장 내 눈 앞에 데려와."

엄청난 힘이었다. 손목에 채워져 있는 시계까지 으스러트릴 기세였다.

"내 눈으로 보고 판단해. 데려와. 당장."

경호실장의 멱살을 쥔 윤혁이 꽉 막힌 굵은 음성으로 포효를 해 댔다.

"일이 이 지경이 되도록 다들 뭘 한 거야. 씨발!"

급기야 손에 닿는 것을 마구잡이로 집어 던지고 아무 데나 발길질을 하기 시작했다. 화병이 깨져서 틈새로 물이 줄줄 새어 나오고 유리 파편은 여기저기로 흐트러졌다. 아무도 짐승이 된 그를 말릴 수가 없었다. 분노인지 절망인지 알 수가 없었다. 말아쥤다 펴지기를 반복하는 주먹에서 얇은 핏줄기가 떨어졌다. 닥치는 대로 손을 휘둘러 대다 날카로운 유리 조각에 베인 것이다.

윤혁은 떨리는 손을 뻗어 편지를 받아들고 지면을 펼쳤다.

[사악을 행하는 자에게서 나를 건지시고, 피 흘리기를 즐기는 자에게서 나를 구원하소서.]

겨우 한 줄의 성경 구절이 전부였다. 황폐하기 짝이 없는 윤혁의 눈자위가 흔들렸다. 꾹꾹 눌러쓴 필체는 세하의 것이 분명해서 그는 무너지는 것 같았다. 강한 충격에 고꾸라지기 직전이었다. 거칠게 숨을 들이마셨다 내뱉는 일이 반복됐다. 지금의 그는 정상적인 호흡이 불가능했다.

사랑하는 여자를 잃어버린 죄, 이것은 명확한 그의 패배였다.

신부가 사라진 대기실에 남겨진 것은 난잡하게 늘어진 잔해와 그것을 수습하는 직원들, 그리고 이 사태 앞에 시체처럼 뻣뻣하게 굳은 윤혁뿐이었다.

정말이지 이 연출의 처음과 끝이 일단락되는 데 5분도 걸리지 않았다. 단 몇 분 만에 그의 세상이 뒤바뀌었다는 사실에 윤혁은 처절하게 실소를 터뜨렸다. 옳고 그름을 분간할 여력도 잃을 만큼 고통스러웠다. 입이 다물어지지가 않았다. 눈물이 흐르고 있다는 것도 저는 모르고 있었다. 한 번 터지자 끝을 모르고 흘러내리는 눈물은 이성으로 조종할 수 없었다.

홀에서 반복되고 있는 클래식 연주는 멈추지 않았다.

Time to say goodbye. Horizons are never far.

어디선가 불길한 사이렌이 길게 울려 퍼졌다.

1

세하를 마지막으로 목격했다는 직원을 찾았지만 그 어떤 정보도 얻지 못했다. 심지어 당시의 상황을 복기하기 위해 최면까지 이어졌다. 하지만 직원의 기억이란 부딪혔을 때의 시점, 모자 사이로 살짝 보였던 세하의 이목구비, 그리고 묵례를 하고 계단을 급히 내려가던 그녀의 모습뿐이었다.

"정말 몇 초의 순간이 전부였습니다. 고객님께서 워낙 급히 내려가셔서 대화를 나누어 볼 틈도 없었고요. 제가 더는 뭐라고 드릴 말씀이……."

더 이상 그를 추문해 봤자 서세하가 직접 도망을 갔다는 사실만이 확실해질 뿐이었다.

윤혁은 제 목덜미를 주무르며 생각했다. 지금까지 그의 주위에 있던 것들은 너무 당연하게 여겨져 왔던 것들이다. 태어났을 때부터 당연했던 부와 좋은 학벌, 그리고 비슷한 재력의 인맥들. 그는 무엇인가를 얻기 위해서 하나를 포기해야 한다는 말에 어울리지 않는 사람이다. 마음만 먹으면 무엇이든 손에 쥘 수 있었다. 그런데 허무하게도 손아귀에서 세하를 잃고 말았다.

왜 이런 일을 꾸몄는지 모든 가능성을 타진해 봤지만 명확한 답도 없었다.

젠장.

이마를 짚고 있는 그의 머릿속에 파랏, 어떤 장면이 빗겨나간다. 한 달 전 세하의 모습이었다. 막 자정이 지난 시각의 성진 물산 본사 이사실이었다. 야근을 마무리하고 집에 가던 길에, 놓고 온 서류가 있어 급히 핸들을 돌렸다. 그날따라 40층의 이사실로 올라가는 엘리베이터의 공기가 묘했다.

이사실의 복도에서 윤혁은 짐짓 굳었다. 제 눈이 틀린 게 아니라면, 저 말고는 아무도 출입할 수 없는 이사실의 문이 살짝 열려 있었다. 틈새에서 조그마한 불빛이 흘러나왔다. 윤혁은 누군가의 침입을 예상하며 그 틈새를 주시했다. 가까이 다가가 내부를 살피자 예상 밖의 인물이 있었다. 모니터의 불빛이 세하의 얼굴을 잔뜩 뒤덮고 있었다.

"아무리 생각해도 이상했어."

쓰레기통에 처박힌 반지를 찾아낸 순간, 윤혁은 놀라울 정도로 멀쩡한 모습을 되찾았다.

"모든 게 그때부터였군."

손 안에서 반지를 굴리다 손아귀에 움켜쥐었다. 서늘한 얼굴이 다시금 짓이겨졌다. 세하가 도주할 거란 가능성 자체를 배제한 잘못이다.

돌이켜 보면, 진작 그에게 세하에 관한 보고가 몇 차례 있었던 건 사실이다.

"특별한 게 나오지 않았지만 직접 확인해 보는 게 좋겠다. 윤혁아. 성진 내부의 서류 일체가 세하 씨의 손에 넘어간 거라면 그건 확실한 증거가 될 테고 회장님께도 리스크가 커."

"아버지는 눈도 깜짝 안 하실 거야. 알잖아. 여론이야 금방 들끓다가 식어 버리는 거."

그는 골치가 아픈 듯 관자놀이를 손으로 꾹 눌렀다.

"세하가 움직인다면 내부 고발이 목적은 아닐 거야. 다른 속셈이 있는 거겠지."

윤혁의 머릿속에 퍼즐 조각이 끼워 맞춰지며 완성되는 극본이 있었다. 주총까지 얼마 남지 않은 시기, 그럴 리는 없겠지만 세하가 일을 그르치려는 속셈으로 무언가 정황을 꾸리는 거라면, 이 예감이 들어맞게 된다면…… 그는 세하를 용서하지 못할지도 모른다.

머릿속이 산발적인 기억으로 마구 엉켰다. 답답함에 가득 채워진 물 잔으로 목을 축였다.

"내가 사람을 아주 과소평가한 모양이네."

윤혁은 허탈하게 웃었다.

"세하는 날 과대평가한 모양이고."

쥐고 있는 비밀이 무엇이든, 그가 인정을 베풀어 세하를 놓아준다는 가설이란 없다. 그깟 배신 따위로 관계가 끊어질 거라 판단했다면 세하는 틀렸다. 짙은 회색의 하늘에 희미하게 떠 있던 해가 완전히 구름에 가려졌다.

아직 아무런 기사 따위도 나오지 않은 작금의 상황이 꼭 폭풍전야처럼 조용했다.

* * *

세하의 집안에는 커다란 오명이 있었다.

[서규명의 부인 故조미선, 그녀는 왜 죽음을 택했는가?]

업로드와 동시에 흔적도 없이 삭제된 토막 기사였다. 누군가의 갑작스러운 죽음, 부인의 사망에도 크게 동요하지 않는 저택의 주인, 미미하게 진행되는 경찰 조사. 그녀의 죽음에 의문을 품는 것이 아닌, 그저 죽음을 알리는 기사조차도 규명의 탄압으로 모조리 삭제되었다. 마치 그녀가 어떤 방식으로 죽었든 그녀의 죽음과 그 원인을 세간에 알리고 싶지 않은 것처럼.

이상하다는 것을 감지한 사람들이 아예 없었던 것은 아니다. 참고인 조사를 마치고 나오는 규명에게 용기 내 찾아온 기자가 있었다.

"사모님이 지병을 앓고 있었다는 기록은 어디에도 없는데, 의원님은 알고 계셨던 겁니까?"

"기록?"

규명은 기자에게 단 한 마디로 쉽게 일축했다.

"당신, 소속이 어디지?"

기세에 눌린 기자가 눈에 띄게 움찔했다.

"유가족 앞에서 실례되는 말은 삼가 주길 바라네."

고압적인 분위기에 모두 입을 다물었다. 그 이후로 사건을 누구도 입 밖에 발설하려 들지 않았다. 처음부터 없었던 일인 것처럼 그녀의 죽음은 서서히 잊혀 갔다.

그 당시 저택에 있던 목격자들 역시 똑같았다. 그들은 저택을 청소하거나, 운전을 대신해 주는 것으로 돈을 버는 게 아니었다. 눈과 귀가 달리지 않은 듯이 행동하는 것으로 대가를 받았다. 나서서 진실을 증언을 해 주는 이는 아무도 없었다.

그 죽음이 잊혀야 하는 이유는 분명했다. 규명은 유력한 여당의 차기 대권 주자였다. 검소하게 꾸며진 이미지와 달리 딸린 여자는 여럿이었고, 젊음을 바치고 평생을 함께한 본처의 안부는 그에게 관심 밖의 일이었다. 그가 준 유일한 선물이라곤 과시용의 성대한 장례식이었다. 그때 세하의 나이는 겨우 열여덟이었다. 서러운 눈물을 쏟아 낼 뿐 부당하다 말하기에 너무 어렸다.

"……아버지는 한 번이라도 엄마를 사랑하긴 했어요?"

발악과도 같은 세하의 목소리에 신문을 읽던 그가 안경 위로 눈을 치켜떴다.

"네 엄마가 날 사랑했지. 난 네 엄마가 필요했고."

"죽었어요. 사람이 죽었다고요. 죽음의 원인이라도 밝힐 수 있는 기회, 왜 나서서 막으셨어요. 왜 죽었는지! 어떻게 돌아가신 건지! 아무도 모르잖아요!"

이상한 일이었다. 사람이 죽어서 시체로 발견됐는데 응당 따라야 할 경찰 조사는 무언가를 쉬쉬하듯이 재빨리 마무리 됐다.

"이미 죽은 사람 일로 소란 일으키지 마라. 난 네 엄마한테 해 줄 만큼 해 줬어."

세하의 입가가 짓이겨진다. 혈류를 타고 흐르는 피가 미치도록 역겨웠다. 자신의 근본과 어머니가 평생을 바친 헌신까지 모두 거북해 참을 수가 없었다.

꽉 쥔 주먹이 부들부들 떨린다. 눈이 충혈되고 골이 뜨거워졌지만 눈물을 보이고 싶지 않아 끝끝내 참아 내는 독한 모습은, 규명으로 하여금 기시감을 느끼게 했다.

"넌 네 엄마를 참 많이 닮았구나."

그때 방문이 열리며 누군가 들어왔다.

"여보. 저녁 드셔야죠?"

아버지의 애첩이자 내연녀였던 그녀가 다가와 그를 껴안고 입을 맞추며 교태를 부린다. 동시에 세하를 보며 가식적인 웃음을 피웠다. 너무도 분명한 의미의 미소였다. 한 공간에 같이 있지만 철저하게 배제된 느낌에 세하는 더욱 처절해졌다. 가족이라고 볼 수도 없는 이 기이한 형태는 세하를 철저히 외롭게 만들었다.

"뭘 보고 서 있니?"

미소를 감추지 못하고 애첩을 껴안은 규명이 싸늘한 눈빛으로 말했다.

"······."

세하는 그저 손가락을 까닥했다. 움직일 수 있는 게 그뿐이었다. 잠시 동안 멍하니 충격을 받은 듯 서 있다가 방 밖으로 도망치듯 빠져나왔다. 골치 아프게 하는 여자가 사라졌다며 온 세상을 가졌다는 듯 즐거워하는 그들을 보며 겨우 울음을 삼켜야 했다.

그렇게 꼬박 세월이 흘렀다. 모두에게 복수의 전조를 알리기 위해 세하는 몇 년을 기다려 왔다. 세하가 저지른 복수의 원인이란 너무도 자명했다.

"서규명이 사모님의 목을 조르는 것을 제가 봤습니다. 성진에서 경찰에 압력을 넣어 자살로 무마하도록 도움을 줬다는 사실도 분명합니다. 이제 와 진실을 밝힐 수는 없겠지만 그때 거짓 증언을 한 걸 평생 후회했어요······."

그건 저택에서 일했던 가정부의 마지막 유언이었다. 의심이 사실이 되는 순간, 세하는 믿을 수가 없는 현실에 처절하게 울었다.

세하는 매일 밤 아버지가 나락으로 떨어져 버리길 기도했다. 지옥으로 저항 한 번 해 보지 못하고 사라져 버리길 소원했다. 어떻게 해야 복수를 할 수 있을지 고민했다. 외국으로 빼돌린 아버지의 재산을 신고하거나, 아버지를 실체를 밝힐 수 있는 방법을 여럿 생각했지만 그건 어림도 없었고, 그럴 힘도 없었다.

결국 그녀가 할 수 있는 가장 잔인한 방법이라곤 아버지가 자신의 결혼으로 얻을 이익을 전면에서 엎는 것뿐이었다. 오랜 시간 세하를 친딸처럼 여기던 보좌관인 박 실장은 목숨을 내놓을 각오를 하고 그녀를 돕는 데 앞장섰다.

"의원님께선 성진 그룹과 오랫동안 소통을 해 오셨습니다. 차기 대선을 앞둔 상황에서 당연히 정윤혁 이사를 사윗감으로 생각하고 계시겠죠."

"……윤혁이는 안 돼요."

"압니다. 그분과 아가씨가 오랜 인연이라는 것을. 하지만 달리 방법이 없지 않겠습니까."

윤혁과 저는 10년 넘게 이어 온 견고한 인연이었다. 인맥을 중시하는 상류층 부모들이 다 그렇듯, 둘은 아주 어렸을 때부터 친분을 쌓았다. 유년시절부터 학창시절까지 모두 함께 보냈다. 떼어 내면 옅어지고 사라질 관계라면 마음이 편하겠지만 그게 아니었다. 질기고도 오랜 인연이었다. 그래서 겨우 우정으로 끝날 사이가 아니라는 것도 분명했다.

"확실하게 마음 다잡으셔야 합니다. 아가씨."

"……."

"아가씨가 무슨 짓을 저지르시든 정 이사님은 아가씨를 선택하실 테니까요."

따사로운 햇살이 세하의 어깨 위에 닿았다. 아버지에게 복수하는 대신 인생에서 가장 큰 걸 잃게 되리라는 걸 모르지 않았다. 윤혁을 잃어야 했고, 윤혁의 사랑을 버려야 했고, 어쩌면 목숨까지도 잃게 될지 모른다.

하지만 그걸 이길 만큼의 억울함과 분노였다.

"……제가 어떻게 하면 되나요."

"성진과 어떤 거래가 이루어지고 있는지 자세한 정황은 곧 파헤쳐질 겁니다. 애석하게도 한 가지는 확실하죠."

"……"

"의원님의 최대 약점은 성진입니다. 성진이 무너져야만, 서규명이 무너지겠죠. 반드시 둘 다 쳐야만 해요."

"……"

"그러니까 아가씨는…… 더 이상 정 이사님과의 인연을 지속할 수는 없겠지요."

이런 식으로 윤혁을 배신할 수밖에 없는 현실이 서글펐지만 이것이 그녀가 할 수 있는 가장 현명한 일이라 믿었다. 이렇게 해야 윤혁도 살고, 자신도 살 수 있다. 어머니의 죽음에 대한 진실을 밝히고 모든 걸 뒤엎겠다고 다짐한 그 날부터, 윤혁과 저는 손 쓸 수 없는 악연일 수밖에 없는 것이다.

눈물 나게 서글프지만 이제부터가 시작이었다. 시간에 맡겨야 하는 가장 큰 숙제. 그리고 기어이 10년의 세월을, 10년 그 이상의 마음을. 그리고……

"결혼할게요. 윤혁이랑……"

정윤혁을 버리는 일.

* * *

18년 전 겨울, 대중교통이 전면 통제된 도로에 한 대의 리무진이 달린다. 교통경찰의 지휘 아래 유일하게 허용된 차량이었다.

광화문 거리 일대는 촛불 시위가 한창이라 사람들로 발 디딜 틈이 없었고 형광 연둣빛의 경찰 조끼와 방송국 차량들이 거리를 가득 메운 채 발광했다. 한파에도 몇 십만 명이 자발적으로 뛰쳐나와 촛불을 든 것이다.

'이 성난 촛불의 민심을 대통령에게 보여 줍시다!'

우레와 같은 함성과 박수가 이어진다. 뒷자리에 앉아 이 광경을 창문으로 살펴보던 여덟 살 세하의 눈동자에 시민들이 들고 있는 피켓이 초점처럼 맺혔다.

[대통령은 퇴진하라.]

세하는 그 뜻을 알 수 없었지만 똘망똘망한 눈으로 시위대를 바라보았다. 많은 인파가 모여 큰 소리를 내는 신기한 광경이었다. 창문에서 눈을 떼고 손을 잡고 있던 엄마를 돌아보았다.

"엄마. 저게 뭐야?"

"어, 세하야. 저건……."

뭐라 대답하려던 그녀는 규명의 눈치를 보았다. 대통령은 물러나라. 퇴진하라. 이미 일대를 벗어났음에도 시민들의 함성이 잔상처럼 크게 울려 퍼졌다. 대각선 자리에서 피곤한 얼굴로 신문을 읽고 있던 규명은 다 들리도록 혀를 쯧쯧 찼다.

"지랄들 하고 있네."

어린 세하는 그 의미를 몰랐지만, 규명이 화가 났다는 걸 알 수 있었다. 기죽은 얼굴로 창밖을 바라보던 시선을 거두었다. 모친이 세하의 손을 꽉 잡아 주며 안심할 수 있도록 조용히 웃어 주었다.

그날 성진의 계열사 호텔에서 호화로운 파티가 열렸다. 정 회장 부부의 결혼기념일을 빙자한 사교 모임이었다.

그룹의 최대 행사인 만큼 정·경계의 몇몇 거물들과 그 자제들이 자리를 함께했다. 대외적으로 규명의 유일한 맏딸이었던 어린 세하가 공식적으로 외부에 동석하며 고위급 자제들과 처음으로 어울리는 날이기도 했다. 당시 여당의 차기 대표로 물망에 올랐던 규명은 사람들 앞에 직접 인사를 청하며 수그렸다. 세하의 모친 역시도 규명에게 팔짱을 낀 채 맑고 부드러운 미소로 연기했다.

세하는 아이들이 모여 있는 방으로 초대됐다. 또 다른 파티와 다름이 없이 음식과 디저트가 아이들 입맛에 맞게 세팅되어 있었다. 스크린에 상영되고 있는 애니메이션뿐만 아니라 가지고 놀 수 있는 장난감과 책들이 한가득했다.

아이들이 세하를 밝게 맞아 줬지만 너무 낯을 가리느라 인사도 하질 못했다. 낯선 친구들에게 둘러싸인 상황이 적응되질 않아 세하는 아이들의 눈을 피하며 다른 곳만 보았다. 호기심 많은 친구들이 세하에게 궁금증을 가지고 자꾸만 질문을 퍼부어 댔다.

"넌 이름이 뭐야?"

"서……세하."

"뭐라구?"

개미처럼 기어들어 가는 목소리와 세하의 무뚝뚝한 태도 때문에 아이들은 몇 번 말을 걸다가 금방 흥미를 잃고 가 버렸다. 친구를 사귀고 싶지 않은 게 아니라 어떻게 해야 할지 몰랐던 것뿐인데 세하는 창가의 구석 자리에 홀로 남게 되었다. 아이들이 재미있게 노는 소리 때문에 더욱 초조해졌다. 무릎을 굽히고 외로이 고개를 숙이고 있는 세하의 곁으로 누군가 다가왔다.

"안녕."

고개를 들자 처음 보는 남자아이가 보였다. 아까 그 무리에도 없던 아이였다.

"같이 먹을래?"

키가 얼추 비슷한 그 아이가 건넨 건 초콜릿이었다. 세하는 경계심 가득한 눈길을 거두지 못하고 도리도리 고개를 저었다. 눈을 피하며 다시 무릎 위에 턱을 대었다. 그럴 줄 알았다는 듯 괘념치 않은 표정의 아이가 세하의 옆자리에 털썩 앉았다.

"넌 이름이 뭐야? 난 정윤혁."

"……서세하."

"서세하?"

윤혁은 무언가를 생각하듯이 세하를 뚫어지게 쳐다보았다.

"넌 이름도 진짜 이쁘다."

윤혁이 그렇게 말하며 활짝 웃었다. 어떤 의도도 없이 그저 속마음 그대로 이야기하는 아이의 순수함이었다. 연신 경계하는 태세를 갖추던 세하는 기이하리만큼 예쁜 그 미소에 저도 모르게 안심하고 말았다.

"넌 근데 왜 혼자 있어, 세하야?"

"난……."

세하는 뭐라 대답해야 할지 몰라 잠시 우물쭈물댔다. 혼자 있고 싶지 않은데 그렇다고 아이들과 함께 껴서 놀 수 없었다고 말할 수는 없었다. 윤혁은 그 마음을 읽기라도 한 건지 얼른 대화 주제를 바꿔 버렸다.

"애들이 술래잡기하자고 했는데 그건 너무 쿵쿵거려서 나도 싫더라고."

"……."

"이렇게 친구랑 둘만 노는 게 난 더 재밌어! 세하 너도 그렇지?"

"으, 응!"

세하는 얼른 고개를 끄덕였다. 그리고 수줍게 물었다.

"그럼 너…… 계속 나랑 놀 거야?"

"응. 난 네가 마음에 들어."

"……왜?"

"왜라니?"

"난 재미없는데……."

"아니야. 우린 잘 통할 것 같아!"

그리고 윤혁은 함께 책을 보자며 바로 옆 책장에서 책을 꺼내 왔다. 동그란 머리통을 서로 맞대고 책을 끝까지 읽었다.

이건 무슨 그림이야? 이건 무슨 뜻이야? 마음이 놓인 세하가 질문을 퍼부어 댔고 윤혁은 하나도 귀찮아하지 않는 얼굴로 잘 받아 줬다. 세하가 이해 가지 않는 부분은 윤혁이 두 번이고 세 번이고 읽어주기도 했다.

"윤혁아. 이거 너무 재밌다……!"

"우리 집에 이것 말고 더 많아. 놀러 와."

"너희 집? 그래도 돼?"

"당연하지."

다른 아이들과 달리 친구도 함부로 사귈 수 없고 항상 조심하며 생활해야 했던 세하는 모르는 게 많았다. 환경 자체가 다른 아이들과 달랐다.

덥고 추운 것을 몸소 겪지 않고 항상 23도의 쾌적한 온도에서만 시간을 보냈다. 홈스쿨링을 했기에 낯선 환경에 적응하며 어울리는 방법도 알지 못했다. 규명의 엄하고 강압적인 성격 탓에 항상 움츠려 있고 소극적이어서, 한창 호기심 많을 여덟 살답지 않게 마음속으로만 궁금증을 꾹꾹 눌러 참는 건 습관이었다.

그런 세하에게 유일한 친구는 세하의 모친뿐이었다. 엄마가 없는 첫 바깥세상은 크고 무섭기만 했다. 모든 게 위협적으로 다가왔던 파티장에서 윤혁이 엄마의 역할을 대신해 주었다. 또래보다 서툰 세하를 이해해 준 친구는 윤혁뿐이었다. 두꺼운 양장본의 가늠 끈을 만지작대던 세하가 말했다.

"나…… 아까 사람들이 엄청 많은 걸 봤어. 너도 봤어?"

"응. 시위하는 거래."

"시위? 시위가 뭔데?"

"사람들이 손에 들고 있는 거 봤지? 촛불. 그게 하나하나 모여서 마음으로 전해지는 거래. 왜 사람들이 화났는지는 나도 잘 몰라."

"그래? 우리 아빠는 막 욕하던데……."

"우리 아빠도 욕했어. 미개하다고."

"……미개가 뭔데?"

“잘 몰라. 근데 엄청 안 좋은 욕이겠지? 우리 아빠는 사람들이 모여 있는 걸 보면 맨날 미개하다고 해.”

“이상하다……. 사람들이 화난 건 이유가 있지 않을까…….”

“그러게.”

바짝 붙어 앉은 두 아이는 줄곧 붙잡은 손을 놓는 법이 없었다. 어른들의 세상이 이해 가지 않고 그걸 설명해 주는 사람도 없지만 왠지 서로의 옆에 서로가 있다면 괜찮을 것만 같은 생각이 들었다.

그래서 만날 때마다 윤혁이 다가와 손을 내밀었고 세하 역시 그 손을 놓지 않았다. 초콜릿 한 개가 있으면 반으로 갈라 나눠 먹곤 했고, 또박 또박 글씨를 잘 쓰는 연습도 함께했다. 둘은 그렇게 늘 서로였다.

시간이라기엔 한 시절이자 세월이 흘러갔다.

교복을 입을 나이가 되었을 즘 세하도 윤혁도 삐뚤지 않게 잘 자라서 사춘기를 맞이했다. 상류층 자제들답게 좋은 집에서 좋은 것을 보고 먹고 자란 매끄러운 성장이었다. 하지만 억압에서 자유로울 수 없다는 건 분명한 사실이었다.

매번 1등 성적표를 가져오는 건 기본 조건이었고 절대 1등의 자리를 놓쳐서는 안 됐기에 어린 나이부터 필사적으로 공부에 매진해야만 했다. 윤혁에게 붙은 개인 과외 선생과 입시 전문가만 해도 열댓 명이 넘었다. 학업 성적뿐만 아니라 경영 수업 역시도 필수였기에 허투루 보낼 시간조차 없었다. 결국 집안의 강요로 어쩔 수 없이 거쳐야 하는 코스가 예정되어 있었던 것이다.

이 세상은 너무나도 크고, 그 중심에 우리의 아버지들이 있다는 걸 더 이상 모르지 않는 나이였다. 그 누구도 아버지의 말을 거역할 수 없다는 것 또한 알고 있었다.

"왜 여기 있어?"

"쫓겨났어."

담벼락에 기대앉은 윤혁이 세하를 올려다본다. 둘 다 아버지가 엄한 집안에서 자랐는데도 윤혁은 강단 있는 성격이었다. 집안이 강요하는 걸 반항 한번 해 보지 못하고 받아들이는 세하와 달리 그는 자신만의 소신이 있었다. 세하는 가끔 그게 못내 부러웠다.

"어쩌다가 또."

"유학 가래 미국으로. 당연히 싫다고 했지. 그런 거 생각도 안 해 봤잖아."

"⋯⋯유학?"

세하는 윤혁의 곁에 엉덩이를 붙이고 앉았다.

"미국으로 대학가라는 말씀이셔? 근데 다들 수능보다 SAT 준비하긴 하잖아."

"난 한국에서 학교 다닐 거야."

"왜? 미국 가면 좋은 거 아니야?"

"미국 가면⋯⋯ 좋기야 좋겠지."

더운 공기 속에서도 가끔 시원한 바람이 머리 위로 불어온다. 윤혁은 연한 가로등 불빛을 멍하니 쳐다보았다.

"근데 너랑 학교 같이 못 다니잖아."

가끔 이런 윤혁의 얼굴을 볼 때면 말을 잃고 만다. 무거운 속눈썹을 차분히 깜빡였다. 자신에게도 풍기는 외로움의 냄새가 윤혁에게도 짙게 풍기는 것 같았다.

"나 미국 갔으면 좋겠어?"

어둠이 둘을 집어삼킬 것같이 아스라한 밤이었다. 세하는 그저 윤혁의 손을 조용히 맞잡았다. 그리고 고개를 절레 저었다.

"갈 거면 나도 같이 가."

"당연하지."

둘은 벌써 그런 사이였다. 무슨 일이 있어도 없어도 당연히 서로를 찾는 사이.

"잠깐만. 팔이 왜 그래? 봐 봐."

윤혁의 티셔츠 사이로 멍든 팔뚝이 보인다. 세하의 표정이 굳어졌어도 그는 잠시 말이 없었다. 그저 그곳에 널브러져 앉아서 신발 주변으로 슬금슬금 돌아다니는 개미만 본다. 그것들의 움직임을 하염없이 눈으로 따라간다.

"들어가서 약 바르자. 얼른."

"세하야."

"들어가자니까."

"아무리 생각해도 나 한심한 것 같아. 그렇지."

윤혁은 지친 얼굴로 허공을 보았다. 그리고 자조적으로 웃었다.

"반항을 할 거면 제대로나 하든지. 근데 웃기지. 난 반항하는 법 몰라."

둘의 시선이 다시 맞닿는다. 윤혁이 내뱉는 말이 자신에게 하는 말인지, 세하 자신에게 하는 말인지 알 수 없었다. 세하는 계속 아무 말이 없었다. 그저 마른 낙엽처럼 파스스 부서지는 목소리와 쓸쓸하게 내리 감기는 윤혁의 눈을 본다.

"근데 세하야. 이건 내 인생인 거잖아."

"……."

"아버지를 위해 사는 인생은 아닌 거잖아."

멍하니 깜빡이던 윤혁의 눈에서 그제야 눈물이 떨어진다. 왼쪽 눈에서 톡 하니 떨어진 눈물이 볼을 타고 흘러내렸다. 세하는 윤혁이 눈물을 흘리는 모습을 처음 보았다.

"미안. 애처럼 떼써서."

그녀도 모르게 윤혁을 와락 끌어안았다. 어쩌면 그 안에 겹겹이 쌓인 외로움까지도. 다.

"진짜 우리 아버지들은 정말……."

이럴 때일수록 둘은 서로 닮았다고 느꼈다. 기댈 곳이 마땅히 없는 것도 아닌데 꼭 둘만 있으면 서로가 태산처럼 큰 존재였다. 같은 노래의 클라이맥스를 따라 부르고, 똑같은 모양으로 신발 끈을 묶고, 서로의 미래에 당연하게 서로를 끼워 주는 것만으로 그치지 않았다. 온 우주처럼 큰 존재인 사람이기도 했고 또 그냥 온 우주이기도 했다.

학교 역시 사회의 축소판이라 부모의 지위는 학교 내에서도 똑같았다. 고위급 자녀들이 다니는 학교지만 많은 아이들이 눈여겨보는 중심축에는 윤혁과 세하가 있었다.

적극적으로 반장을 도맡아 하고 학생회장의 위치까지 올라선 윤혁과 달리 유독 조용히 학교를 다니는 세하에 대한 갖가지 소문들이 무성했다. 어디서 주워 온 자식이다, 사실 첩의 자식이다, 근거 없는 헛소문들이 세하를 더욱 움츠러들게 했다.

규명에게 애첩이 여럿 있다는 것과, 모친이 도외시된다는 것, 그래서 집안 분위기가 좋지 않다는 건 사실이었기 때문이다.

윤혁은 학교에서 겉도는 세하를 살뜰히 챙겼다. 인기도 많고 친구도 많은 윤혁이지만 시야에서 세하가 사라질 때면 늘 두리번거리는 게 습관이었다.

외골수처럼 혼자가 편하고 좋다며 자꾸 주문을 외우는 세하의 옆에 굳이 앉아 밥을 먹었다. 유행에 관심 가지는 것보다 혼자 책이나 읽는 게 좋다며 늘 점심시간에 도서관에서 책을 읽는 세하의 옆에서 똑같은 책을 빌려 읽고 공부하기도 했다.

"너 안 바빠?"

"바쁘지."

"……근데 여기서 뭐 해."

"너 보러 왔어."

세하는 윤혁이 귀찮은 듯이 굴었지만 사실은 고마웠다.

"오늘은 뭐 읽어?"

그렇게 묻는 윤혁의 단정한 얼굴에 햇살이 닿는다. 집게손가락으로 그녀가 읽고 있는 책의 종이를 만지작거린다. 딸려 올라간 소맷자락 아래로 은빛 메탈 시계가 햇빛을 반사해 반짝거렸다.

"나도 네가 읽는 거 읽고 싶어."

누군가 첫사랑, 그러니까 첫 고통을 겪는 때라고들 했다. 그맘때쯤의 세하는 윤혁을 보면 자꾸 다른 마음이 들었다. 아무리 생각해도 원인 불명이었다. 그저 가슴 한쪽이 뻐근해지면서 아프기만 했다.

"……이거 재미없어."

"그냥 네가 읽는 거 궁금한 거야."

어쩌면 다 가진 윤혁에 대한 동경이었을까. 늘 그림자처럼 제 옆에서 웃어 주는 윤혁을 보면서도 세하는 답을 찾을 수 없었다.

"정윤혁. 너 기타 칠 줄 알아?"

"왜?"

"이 책 주인공이 세계적인 기타리스트거든. 나도 기타 쳐 보고 싶어……. 근데 칠 줄 몰라서."

세하는 책 모서리를 만지작거리다가 그냥 덮었다. 한번 궁금하면 꼭 해 보고 싶은 성격인지라 밤엔 기타 치는 제 모습이 꿈에 나오기까지 했다. 옆자리에서 턱을 괴고 세하를 보던 윤혁은 그 마음을 아는 듯이 조용히 미소 지었다.

"내가 가르쳐 줄게."

"너 기타 배운 적 있어?!"

세하의 표정이 삽시간에 환해진다.

"잘은 모르는데……."

"그래도 알려 줘. 알려 주라!"

순간 창가에 쏟아져 들어오는 햇빛 때문에 눈이 부셔 그녀의 눈썹이 작게 찡긋거렸다. 윤혁은 그런 세하의 눈가 위에 손 그늘을 만들어 냈다. 차마 숨기지 못한 웃음이 피실 거리며 새어 나왔다.

"알려 줄게."

픽 웃으며 세하의 뒤통수에 손을 뻗었고 쓰다듬었다.

그렇게 둘은 음악실로 향했다. 더운 바람이 커튼을 풍성하게 부풀리며 창가에 앉은 세하의 긴 생머리를 헝클였다. 여름 햇빛은 나란히 양반다리를 하고 앉은 둘의 까만 정수리를 달궜다. 어설프게 기타를 쥐고 있는 세하는 기분 좋은 콧바람을 불었다. 기타를 치는 상상만으로도 행복한 모양이었다.

"제일 쉬운 코드부터 잡아 보자."

윤혁은 그녀의 손가락 하나하나를 성실하게 옮겨 주며 코드를 잡아 주었다.

"더 세게 눌러야 해."

"더 세게? 이것보다 더?"

"응. 처음이라 좀 많이 아프지?"

"손가락 끊어질 것 같아."

세하는 원래 이렇게 손가락이 아픈 거냐며, 그럼 언제부터 아프지 않을 수 있냐며 울상을 지었다.

"연습하다 보면 안 아플 거야."

귓가에 숨결이 닿는 순간 언제 들어도 좋은 목소리는 부드러웠다.

"매일 매일 연습하다 보면 나아지거든. 그러면서 실력도 느는 거니까. 되게 뿌듯해."

세하는 윤혁의 이런 사고방식이 좋았다. 좋을 대로 생각하면 나쁘게만 보이는데 꼭 그렇지도 않게 만들어 주는 힘. 그는 누구보다 내면이 단단하기 때문이었다.

"같이 해 볼까? 2번 줄부터."

윤혁이 손가락으로 지점을 알려 주고 직접 손 위치를 옮겨 쥐여 준다. 몇 번의 시도 끝에 오른손으로 기타 줄을 뜯자 드디어 맑고 깨끗한 소리가 나왔다. 세하는 입이 귀에 걸려 뛸 듯이 좋아했다.

"우와! 나온다!"

세하의 손가락을 같이 눌러 주는 그 섬세한 손끝을 따라 올라가면 윤혁의 얼굴에도 미소가 걸쳐 있다. 코드 하나 성공했다고 종일 행복해할 것이다. 그런 그녀를 알고 있기에 덩달아 기분이 좋아졌다.

늘 그랬다. 세하가 즐거워 보이면 아무리 기분이 바닥을 치다가도 똑같이 기분이 좋아지고, 세하가 슬퍼 보이면 아무리 기분이 좋았다가도 똑같이 우울해졌다. 그저 서로가 서로밖에 없는 친구이기 때문만은 아니었다. 어쩌면 윤혁 역시 같은 마음이었다. 그저 마음의 크기가 궁금했을 뿐 마음이 있다는 것을 안 지는 오래였다.

"윤혁아, 고마워!"

오랜만에 보는 밝은 웃음에 윤혁은 잠시 넋을 잃었다. 동시에 습기를 머금은 여름 바람이 불어 든다. 따듯한 햇빛도 둘의 머리칼에 따사로이 자리 잡았다.

윤혁은 늘 세하는 미소가 참 예쁘다고 생각했다. 어떻게 하면 한번 웃어 줄까 장난을 쳐 보기도 하고 치대기도 했지만 세하가 가진 내면의 우울 때문인지 밝게 웃는 진짜 미소는 좀처럼 볼 수 없었다.

세하의 기분 하나에 롤러코스터를 타는 자신을 생각할 때면 가끔 멍청한 기분이었다. 정말 어찌할 바를 몰랐다. 그저 세하를 생각하면 가열하게 뛰는 가슴만이 남았다.

정말이지 그 역시도 어디서 어떻게 시작된 건지 원인 불명이었다. 이게 짝사랑의 전조 증상이라는 건 누구도 알려 준 적 없었다. 짝사랑은 예방주사도 없고 교과서에서 배우는 것도 아니기에 그저 면역 없이 맨몸으로 뛰어들어 배워야만 하는 거였다. 아무리 배운다고 해도 익숙해지지 않는 통각이겠지만.

그 소중한 마음을 꼭 윤혁만 갖고 있는 건 아니었다.

"있지. 윤혁아."

"응."

"나 가끔 여기가 이상해."

세하는 손바닥을 펴 윤혁의 가슴팍 한구석에 댔다. 심장이 자리한 그 위치였다.

"아픈 것 같기도 하고, 막 찌릿찌릿하기도 하고."

"……."

"왜 그러는지 모르겠어. 근데 널 볼 때마다 그래."

세하가 순진한 얼굴로 웃었다. 바람에 실려 가는 미소가 예뻤다. 그에 윤혁은 그 답을 더더욱 해 줄 수가 없었다. 똑같이 간질간질한 마음을 가졌지만, 그는 그게 뭔지 정확히 알고 있었으니까.

그때의 윤혁은 가끔 그 생각을 하며 기타를 연주하곤 했다. 듣기 좋은 클래식한 음률이 넓은 방 안에 울려 퍼졌다. 세하가 그렇게 물어봤을 때 뭐라고 대답해 주면 좋았을까. 아니면 훗날 뭐라고 전해 주어야 할까. 좋아한다는 식상한 말보다 더 예쁜 말로 고백하고 싶었다. 좋은 날이 오면 그때 사랑을 고백하고 싶었다. 좋아하는 이유를 알면 진짜 좋아하는 게 아니라던데, 나는 널 좋아하는 이유를 수만 가지 말할 수 있지만 그걸 이기는 한 가지.

서세하. 네가 그 이유들을 갖고 있지 않았더라도 나는 너를 좋아했을 거라고.

시간이 흘러 상견례를 올린 날은 그 해의 연말이었다.

호텔 밖의 일대에 전야제가 한창이었다. 하늘 위에 불꽃이 수를 놓는다. 펑. 펑. 개미만큼 작게 보이는 사람들이 환호했다. 손목의 커프스를 매만지던 윤혁은 통유리창을 보며 와인을 기울였다. 도시의 네온사인과 거리를 메우는 야경이 그의 투명한 눈동자에 비춘다. 미간을 구기고 숨을 고르는 윤혁의 머릿속은 상념이 가득했다.

화기애애한 식사 자리에서 시종일관 적응하지 못하는 세하를 보았다. 딱딱하게 굳어 있는 외형. 테이블 밑에서 분주히 제 양손을 맞잡고 손바닥에 밴 땀을 손수건에 닦던 모습. 질문에 화들짝 놀라 답하고 불안한 눈동자와 더불어 죄인처럼 억지로 밥알을 씹어 삼키는 태도까지.

서버가 물을 따라 주러 다가왔을 때 화들짝 놀라 파르르 떨던 작은 어깨까지 그는 유심히 관찰했다.

윤혁은 감각이 발달된 인간이다. 상대의 아주 작고 사소한 버릇까지 단번에 파악할 정도로 기민했다. 이기고자 하면 상대를 오래 보아야 한다는, 그래야만 약점을 쥘 수 있다는, 그의 아버지 정 회장의 가르침에 따라 유년시절부터 그렇게 배우고 자라 온 까닭이다.

무언가 그의 신경을 건드린다는 건 유쾌한 일은 아니다. 세하가 무언가 숨기고 있다는 사실이 뇌파를 송곳처럼 찌르고 다가왔다.

"세하는."

테이블에 올려 둔 담뱃갑에서 담배 한 개비를 꺼내 물었다. 재호가 다가와 라이터로 불을 붙여 주었다.

"먼저 올려 보냈어. 걱정하지 마."

"내일 조식 셰프 올려 보내서 직접 신경 써 줘. 입에 잘 안 넘어가는 것 같더라."

"그럴게. 그건 그렇고."

재호가 서류를 내밀었다.

"저번에 부탁한 거, 움직임이 심상치 않은데."

"……."

"확인해 보는 게 좋을 것 같다."

잠자코 서 있던 그의 눈이 잠시 흔들렸다가 차분해졌다. 윤혁은 한 모금 빨아들인 담배 연기를 그대로 뱉어 내고는 타들어 간 필터의 담뱃재를 털어 내며 말을 이었다.

"그럴 사람 아니야."

"잘 생각해. 애써 눈감아 주는 게 답은 아니야."

"서세하는."

단호한 음성이 적막을 메웠다.

"나 못 버려."

"……."

"아니. 내가 안 놔."

반쯤 태운 담배를 비벼 껐다. 알면서 속아 주고 싶었을지도 모른다. 그 방법이야 모르지만 어디로 어떻게 튀어 나갈지 모른다는 사실은 진작 알았다. 세하의 어머니가 돌아가셨을 때부터 이건 예고된 둘의 처지였다.

어떤 것에 쉽게 승복하거나 포기하지 않는 눈. 넘어진 만큼 충실히 일어났던 태도. 눈치껏 주위를 살피고, 이성의 끈을 놓지 않으려 노력하던 여자. 세하는 누구보다 고된 인생을 살아온 사람이었다.

* * *

"엄마……. 엄마!"

세하가 짐승 같은 비명을 터트리던 때. 겨울인데도 불구하고 창가에 볕이 들어 이상하리만큼 날이 따듯하던 오후. 이상하리만큼 어떤 외상의 흔적도 없이 사람이 죽었고 사람들은 재빠르게 움직였다.

마치 불필요한 쓰레기를 버리듯 미뤄 뒀던 방 청소를 하듯 냉담했다. 규명에게 타격이 가지 않도록 수습하기 위해서였다. 진심으로 죽음을 슬퍼하는 인간은 몇 되지 않았다.

슬픔은 오로지 세하의 몫이었다. 죽음에 대한 조사도 진행되지 않았다. 그간 수고라도 했다는 듯이 장례만이 성대하게 치러졌다. 마지막까지 외로웠던 육신은 재가 되어 자기에 담겼다. 세하는 눈물조차 나지 않았다. 납골당에 유골을 안치하고 유품을 비롯해 세상에 남은 흔적을 홀로 정리해 불태웠다.

겨우 열여덟. 곁을 지켜 준 유일한 사람은 윤혁이었다.

"세하야."

시체 보관소처럼 추운 방에서 그가 다정하게 품을 내주었고, 끼니를 거르지 않게 보살폈다. 그녀는 도통 기운이 없어 잘 마른빨래처럼 뻣뻣하게 굳어 있었다. 조문을 온 사람들을 맞이하는 일도 하지 못했다.

"언제부터 혼자 있었어. 몸은 또 왜 이렇게 차."

"……."

"어디 아픈 거 아니지."

그녀는 꼭 앙상한 나무 같았다.

"왜 왔어?"

"……."

"……너도 나한테 뭐 얻을 거 있어?"

"세하야."

"왜 이렇게 나한테 잘해 주는 거야?"

세하는 당장에라도 창문을 열고 뛰어내리고 싶은 사람처럼 무기력했다.

"네가 나한테 잘해 줘서 얻는 게 뭐라고. 왜 나한테 이러는 거야."

"서세하."

"……필요 없어. 나도 엄마 따라 죽을래."

스쳐 지나가려던 손목을 윤혁이 잡아 온다. 힘주어 확 잡아당기는 통에 품으로 쓰러질 수밖에 없었다.

"사람 피 말리게 할래?"

눈가 밑으로 날카로운 턱선이 드러났다. 열이 오른 숨을 힘겹게 내쉬고 있는 그녀의 얼굴색이 파리했다.

"놔."

"다 이해해. 아무것도 네 탓 안 해."

"정윤혁."

"세상 사람들이 다 너한테 손가락질해도 난 아니야."

"……."

"나만큼은 너한테 그런 사람이 될게."

헐어 버린 입천장처럼 마음도 그랬다.

"너 지킬 수 있는 거, 여기 나밖에 없잖아. 아니야?"

마주한 두 눈은 붉게 충혈돼 있었다. 아픈 심장이 속력을 높여 뛰어왔다.

"내가 너한테 뭐라고 이래……. 나 때문에 너까지 손가락질 받을 거야."

"상관없어."

"……뭐?"

"네가 원하는 게 내가 원하는 거고, 네가 행복한 게 내가 행복한 거였어. 그래서 무슨 일이 있든 옆에 있어 줬어."

"……."

"근데 네 편 해 주는 거, 그거 하나 못 하겠어?"

관계들은 언제부턴가 조금씩 어긋나 있었다. 누굴 만나든 외줄 타기를 하듯이 한 발만 잘못 디디면 관계가 무너질 거란 생각은 떠난 적이 없었다. 그런 불안에 떠는 자신을 감싸 주고, 덮어 주는 일. 그런 일.

"난 너한테 그런 사람이 되지 못할 거라니까……."

"바라고 시작한 일도 아닌데, 왜."

그 얼굴을 마주해야 하는 게 전보다 더 편치 않았다.

"너랑 나는 이제부터 다른 인생을 살게 될지도 몰라. 정윤혁."

"서세하."

"날 봐……. 고아가 됐어. 고아라고 나."

"……."

"이제 우리 집안에서 나 반길 사람 아무도 없어. 그래서 난 고아야."

"……."

"다들 잘됐다 하고 날 버리자고 할 거야."

윤혁은 눈물로 범벅된 그녀의 얼굴을 조심스럽게 닦아 주었다. 그리고 손을 꽉 잡았다.

"내가 너 지킬게."

"……."

"지금은 힘도 없고 어리지만, 그만큼 강해져서 내가 너 지킬게."

그 눈빛은 분명했다. 거짓말이 아니다.

"그때까지만 나 기다려 줘."

열여덟을 회상하는 윤혁의 표정은 밝지도 어둡지도 않았다. 한 사람만 바라보며 10년을 견딘 것은 자신이 생각해도 말도 안 되는 시간이었다. 그저 흘러가는 시간에만 기대기에는 속도가 더뎠다. 자꾸만 무너지는 그녀를 보면서 윤혁은 이성의 끈을 간신히 붙들고 있었다.

똑같이 열여덟. 강해져야겠다고 다짐한 건 그때부터다. 자신이 아닌, 누군가를 위해. 스무고개처럼 주어진 질문과 힌트에 순응했다. 동시에 가리키는 답에 굴복할 수밖에 없다. 그저 부정할 근거를 찾지 못하고 본능적인 결론에 닿는다.

사랑이 분명했다.

"……."

윤혁은 침대에 누워 있는 세하의 곁으로 갔다.

"컨디션은 좀 어때."

"괜찮아……."

뺨을 감싸는 온기에 그녀의 무거운 눈꺼풀이 들렸다.

"내일 조식은 직접 셰프 올려 보내서 신경 쓰라 했어."

"……."

"명색이 상견례라고 오늘 신경 많이 썼을 텐데. 피곤하지."

"……."

"구색 맞추고 어색하게 밥 먹는 거 딱 질색인데, 알잖아 어른들. 다른 것보다 이런 자리에 더 신경 쓰시는 거."

"윤혁아."

그녀는 숨을 한번 가다듬었다. 단 한 번도 그의 앞에서 이런 말을 해 본 적이 없었다. 평소답지 않게 무거운 음성이 침잠하듯 가라앉았다.

"나 때문에 네가 불행해지면 어떡하지."

"무슨 소리야."

"……넌 정말 나랑."

"……."

"결혼하고 싶어……?"

조요한 달빛이 내려앉아 윤혁의 얼굴을 비쳤다. 선이 굵고 뚜렷하지만 어딘지 부드러운 이목구비. 반듯하지만 어딘지 모르게 서늘한 눈매. 차분하게 그녀를 응시하는 눈동자는 암담했다.

"네가 아니라면 난 이 결혼 안 해. 너라서 하겠다고 한 거야."

윤혁은 그녀의 마른 등을 쓰다듬었다. 아주 조용하게.

"너 때문에 내가 불행해지면 어떡하냐 물었지."

"……."

"그럴 일 없게 해. 나도 너한테 적어도 불행은 안겨 주지 않을 테니까."

그녀는 이상하게 목이 따끔거렸다.

"난 바라는 거 하나밖에 없어. 앞으로도 그럴 거야."

어쩐지 초연한 얼굴의 윤혁이 쓰게 웃음 지었다. 그녀의 절박한 심정을 진작 눈치라도 챈 건지 눈을 맞춰 오는 그의 얼굴이 이상하리만큼 흔들렸다. 웃고 있는 얼굴 뒤에 감추고 있는 것들이 무엇인지 알 수가 없었다. 구시대적인 방식은 사양하고 싶었다.

"내 옆에 있어. 그거면 돼."

꼭 그녀가 숨겨야 하고 그가 실패해야만 하는 일을 알고 있는 사람처럼.

"부디 경고가 아니었기를 바란다. 세하야."

무표정의 나른한 얼굴을 한 그가 일어섰다. 크리스탈 유리잔을 기울이며 조용히 창가를 바라보았다. 불꽃의 잔재가 하늘을 수놓고 있었다. 용서받을 수 없는 짓의 정도는 어디까지일까. 아마 생각하는 범위 밖에 있으리라. 분명한 세하의 선전 포고였지만 그는 더 묻지 않았다. 이상하게 세하의 일이라면 이성이 허용되지 않는다. 어디까지나 묻어 둘 생각이었다.

"……정윤혁."

세하가 다른 말 없이 윤혁에게 다가갔다. 뒤에서 차분히 껴안았다.

"……넌 날 닮았어."

입 안에 고여 있던 숨을 겨우 끌어냈다.

"넌 날 참 닮았는데…… . 그치. 윤혁아."

가장 전하고 싶은 한마디는 하지도 못했다. 소리 내지 않아도 전해지리라 믿으며 경직된 입가를 풀어냈다. 눈동자에 잔잔한 파문이 일었다. 마침내 윤혁이 돌아섰다. 내려다보는 눈길은 한층 어두워져 있었다.

이정표를 잃은 여행자처럼 어떤 방향으로 나아가야 할지 갈피를 잡지 못하고 있는 그녀의 얼굴을 보면서 할 말을 골라냈다. 손가락 끝으로 콧잔등과 입술을 차례대로 만져 주며 손 안에 담아냈다.

"서세하."

눈이 마주쳤다. 그가 아무것도 모르리라 생각하지 않았다.

"안 그래도 내 인생에서 내가 선택할 수 있는 거 몇 안 돼."

"……."

"너까지 나…… 버리지 마."

불꽃놀이는 계속 하늘을 장식했다. 펑. 펑. 개미만큼 작게 보이는 사람들이 환호했다. 그녀도 눈을 감고 소원을 빌었다. 먼 훗날 모든 것을 다 가진 윤혁이 단 하나, 저 자신을 잃는다 해도 그게 그리 큰 아픔이 되질 않길 바랐다.

약속하지도, 대답하지도 않은 세하는 천천히 윤혁에게 입을 맞추었다. 가슴에 뛰는 어지러운 맥박이 여기까지 느껴졌다. 크고, 빠른 고동 소리. 훅 하는 뜨거운 입김이 턱을 감싸고 아랫입술에 닿았다. 비스듬히 기울어진 얼굴에 빈틈없이 그의 입술이 밀착되었다.

한참을 얽히고설키다 숨이 차 벌어지는 틈새를 비집고 들어온 혀가 몹시 질척였다. 촉촉하게 젖은 혀가 손가락을 걸고 약속하듯이 미끄럽게 얽혔다. 그의 어깨를 쥔 손가락에 잔뜩 힘이 들어간다. 윤혁은 나머지 손으로 세하의 허리를 조금 더 가까이 끌어당겼다. 키스를 하며 천천히 뒤로 밀리다가 침대에 발끝이 닿았고 그대로 침대 위에 겹쳐졌다.

무게에 밀려 침대 헤드에 부딪치진 않을까 머리를 감싸 오는 그의 배려에 세하는 이불자락을 조금 더 세게 쥐었다. 손끝까지 뜨거워진 체온에 이도 저도 못 했다. 맥박이 펄떡이는 게 생생하게 느껴졌다. 한참 입술을 물고 놓자 적나라한 마찰음이 나며 떨어졌다. 여전히 입술을 붙인 그가 생전 처음 보는 눈을 하고 말했다.

"내가 너…… 안아도 돼?"

흐트러진 앞머리 사이로 보이는 그의 눈은 침전해 있었다. 휘장처럼 어두웠다. 세하는 조심스럽게 고개를 끄덕였다. 손가락 사이사이 겹쳐서 깍지를 껴 온 윤혁이 원피스 뒤로 손을 넣어 지퍼를 내렸다.

그 사이로 들어간 손이 속옷을 끌어 내린 뒤 등을 천천히 만지며 내려온다. 다시 입술이 겹쳐 오며 곧 축축한 마찰음이 귀를 습격한다. 척추뼈를 따라 오목한 부분을 문지르는 탓에 민감한 소리가 이어졌다.

"천천히 할게."

시트 위에 흐트러진 머리칼을 다정히 감싼 그가 이마 위에 입을 맞추었다. 천천히 눈꺼풀에도, 콧잔등에도, 마지막으로 입술에도 길게 입을 맞추었다.

이 세상에 자신이 존재하는 한 평생 그녀를 원하고 또 원할 것이라

감히 예상해 본다. 세하가 무슨 일을 저지른 대도 덜어지지 않을 마음을 알고 있어서, 그녀를 떠올리면 자꾸만 눈물이 날 것 같아서.

그녀의 옷가지를 완전히 벗겨 내자 침대 밑으로 아무렇게나 떨어졌다. 바람 하나 새어 나갈 틈도 주지 않고 세하를 다시 안았다. 거친 그의 호흡이 섞일수록 몸이 잔뜩 달아올랐다. 부드럽게 엉키는 혀에 온몸의 신경이 날카롭게 섰다. 머리카락을 걷어 드러난 목부터 쇄골까지 윤혁의 뜨거운 입술이 닿았다.

세하의 곧은 허리 가운데 움푹 팬 척추 선을 따라 누르니 고양이 기지개 켜듯 쭉 휘어졌다. 입을 맞출 때는 참았던 뭔가가 폭발한 것처럼 다급했지만 그 손길만큼은 다정했다. 미처 뱉지 못한 그녀의 숨이 목소리와 함께 섞여 나왔다.

"……윤혁아."

떨어진 입술이 코앞에 머물렀다. 그를 보는 세하의 눈은 어쩐지 애절했다. 윤혁의 뺨을 붙잡고 눈을 마주칠 뿐 한마디도 하지 못했다. 윤혁 역시 마찬가지였다. 말하지 않아도 닿는 마음을 알고 있었다. 조용히 그녀의 눈을 바라보다가 다시 입을 맞추었을 뿐이다.

세하의 허리춤을 한 손으로 주무르며 입술 사이를 벌리고 혀를 넣었다. 허리의 말랑한 살결을 애타게 문지르던 그의 손이 천천히 아래로 내려갔다. 틈 사이로 조심스럽게 체온보다 더 뜨거운 손을 넣었다. 이미 축축하게 젖은 아래에서 분주하게 손가락을 움직여 대자 앓는 소리가 이어졌다.

윤혁은 그녀의 귓가에 몇 번이나 숨결을 불어 넣어 달랬다. 기울였던 상박을 일으키고 그녀의 다리 사이에 자리를 잡았다. 천천히 혀를 세워 미끈한 아래를 잔뜩 밀어 올리고 쓸어 냈다. 본격적으로 예민한 부분을 집요하게 빨아 대자 세하가 몸부림을 친다.

그는 단단하고 큰 손으로 양 발목을 잡고 움직이지 못하게 했다. 질구까지 배회하며 따뜻한 혀를 넣어 움직이자 자연스레 세하의 고개가 젖혀지고 뒤통수가 시트에 비벼졌다. 달뜬 숨소리가 연이어 커지기 시작했다.

"아……! 아아……!"

가슴팍이 부풀 정도로 헐떡이며 어쩔 줄 몰라 했다. 밀려오는 흥분에 허벅지가 달달 떨리고 발끝까지 잔뜩 오므렸다. 이내 폭발적으로 신음을 내지른 그녀의 허리가 휘더니 몇 번이나 엉덩이가 들썩였다. 천천히 상체를 들어 다시 세하의 위로 몸을 겹친 윤혁이 그녀의 머리칼을 쓸어 넘겼다. 땀으로 젖은 그녀의 이마를 손으로 훔쳐 내고는 입을 맞췄다. 입술과 입술 사이로 말로 못다 하는 이야기들이 오고 갔다.

"괜찮아?"

살짝 웃는 것으로 대답을 대신한 세하는 그의 목을 끌어안았다. 커다란 절망을 품에 가득 안는 것 같아 서러웠다. 맞닿은 가슴팍에서 유난히 세게 뛰는 박동을 느끼며 잠시 눈을 감았다. 윤혁도 그 의미를 아는지 편안히 그녀를 끌어안으며 말했다.

"잠시만 이러고 있을까."

"응……. 안아 줘."

더 꽉 껴안아 오는 품에 얼굴을 묻었다. 무엇을 말해야 하고, 또 무엇을 말하지 말아야 하는지. 무엇을 견뎌야 하고, 또 무엇을 확인

받고 싶은지. 미처 쏟지 못하고 봉합해 버린 마음 때문에 어지럽게 흔들리는 세하의 동공이 처절했다. 윤혁을 볼 수가 없었다. 지금 보면 왠지 눈물이 날 것 같았고, 또 모조리 다 쏟아 내 버릴 것 같았다.

늦은 새벽이었다. 창밖으로 추적추적 내리는 빗소리가 이지러진다. 세하는 몇 번이고 펜을 쥐었다 놓았다. 주어진 선택지는 배신뿐이지만 어떻게 해야 그가 덜 아플 수 있을까.

[너한테만큼은 미안한 사람이 되고 싶지 않았어.]

편지의 첫 문장은 그렇게 시작됐다. 꾹꾹 눌러써서 부단히도 고심한 흔적들이 드러났다. 미안하지 않은 척, 사랑하지 않는 척 거짓말하는 것만이 윤혁에게 줄 수 있는 유일한 배려였다.

[그 자리에 네가 아닌 다른 누구라도 나는 그랬을 거야. 너랑 나는 같은 길을 갈 수 없잖아. 그러니 용서해 달라는 말은 하지 않을게. 그냥 네가 마음 편히 증오하길 바라.]

윤혁이 짊어지고 있는 무게를 안다. 증오는커녕 저를 기다릴 거란 생각에 이상하게 목이 따끔거렸다. 어떻게 해야 이 관계를 완전히 끊어 놓을 수 있을까. 어떻게 해야 이 사랑을 죽이고 종결시킬 수 있을까.

끝내 망설이다가 마지막 문장을 쓰기까진 오랜 시간이 걸렸다.

[넌 누굴 만나든 그 사람을 행복하게 해 줄 거야.]

이마 위에 올린 손등으로 눈가를 가렸다. 그 밑으로 천천히 흐르는 눈물이 뜨거웠다. 언제까지고 그와 함께할 수 있을 거라 생각했다. 함께 있는 게 너무 당연해서 그를 잃는 건 생각하지도 않았었다.

[다른 사람 만나 잘 살아. 정윤혁.]

누군가는 알고 싶어도 알 수 없는 그들의 10년이 그렇게 종결됐다.

2

뉴스 특보에서는 동시다발적으로 세하의 실종을 보도했다.

　—이틀 전, 성진 호텔의 예식장에서 서규명 의원의 친딸인 서세하 씨가 실종되었다는 소식을 전해 드렸습니다. 경찰에 따르면, 사라진 서세하 씨의 동선과 생존 반응은 추적이 불가한 상태라고 발표하였습니다.

　그리고 아나운서는 연이어 기사를 보도했다.

　—서세하 씨의 실종 직후, 성진 그룹과 서규명 의원 사이에 밀접한 관련이 있다는 내부 고발이 일파만파 퍼졌습니다. 이와 관련한 속보, 지금 전해 드립니다.

　자막의 헤드라인이 시시각각 바뀌었다. 성진 정진건 회장 비자금,

정치인 서규명 뇌물 수수, 선거 자금 의혹, 정치자금법 위반.

자극적인 헤드라인의 기사들은 프레스 엠바고가 풀린 것처럼 연달아 쏟아져 나온다.

[1보] 성진 그룹 정진건 회장, 차기 대권주자 불법 정치 자금 제공 의혹

중대한 사안들이 심의를 거치지 않고 한꺼번에 쏟아지는 것으로 보아 미리 기사를 써 둔 것이 분명했다. 그 주축에는 반드시 사라진 세하가 있으리라. 내부자가 되어 여론이 들끓을 정도로 중대한 비밀을 폭로한 채, 세하는 어디론가 사라져 버린 것이다.

항간에서는 내부 고발의 종말은 세하의 죽음이라 칭하며, 규명과 성진이 밀접한 관련이 있는 게 아니냐는 논쟁이 벌어졌다.

—서규명 의원님 폭로가 사실입니까! 현 상황을 어떻게 생각하십니까?

—따님의 죽음에 성진 그룹도 관련이 있는 겁니까? 유출된 문건에 대해 한마디 해 주십시오!

삽시간에 대한민국 전역이 정경유착 검찰 조사로 떠들썩했다. 카메라 프레임 속 난투극은 장관이었다. 경호원들은 구름처럼 몰려들어 기자들을 통제하려 애썼다. 규명의 턱을 찌르고 가슴팍을 찌르는 마이크들이 화면의 반을 차지했다. 카메라에 어깨를 찍혀 잔뜩 짜증이 난 규명의 얼굴이 화면을 메웠다. 딸을 잃은 슬픔 따위는 전혀 보이지 않았다.

삼 일 밤낮을 뜬눈으로 지새운 윤혁은 신경질적으로 모니터를 껐다. 책상 위에 널브러진 많은 서류들을 치워 버렸다. 딱딱한 책상을 주먹으로 내리치며 아무렇게나 흐트러진 앞머리를 거칠게 쓸어 넘겼다.

세하를 잃은 그는 빠르게 죽어 가고 있었다. 면도도 하지 않고 수척해진 꼴이 말이 아니었다. 지금 윤혁의 상태는 반송장이나 마찬가지였다. 재호의 입을 다물게 만들 정도로 애처로웠다.

"이러다 네가 죽겠어."

"차라리 죽는 게 나을 지경이야."

"윤혁아."

"지금 내가 제정신인 게 말이 된다고 생각해?"

"……."

"반드시 찾아서 다 되돌릴 거야."

하지만 대체 어디서부터 어떻게 되돌려 놓아야 할까. 이성적으로 굴러가지 않는 머리는 답을 주지 못했다. 재고 따져야만 덤벼들 수 있는 현실이 잔인하기만 했다.

곧 특검이 조직되고 수사가 진척될 것이다. 가까스로 손을 써서 검찰 조사가 유보 상태로 들어섰지만, 여론은 그저 들끓는 수준이 아니라 북새통이었기에 주어진 시간이 많지 않았다.

무엇보다 아버지가 움직이기 전에 세하를 찾는 게 급선무였다. 한시라도 빨리 찾아내 안전한지 확인하고 싶었다. 재호는 지친 기색이 역력한 윤혁의 담배에 불을 붙여 주었다.

"하나부터 열까지 파헤치고 있는데 이상하게 나오는 게 없다."

"……."

"조심스러운 말이지만 정신 똑바로 차려야 해. 물론 너한텐 세하 씨 찾는 게 우선이라는 건 이해하지만 회사 일, 더 이상 직원들끼리 해결하게 둘 수 없어."

그는 성진 물산의 이사라는 직책도 잊은 채 세하를 찾는 데에만 전념하고 있었다. 사업가로서 거래가 일상인 윤혁은 그녀의 행방에 모든 걸 배팅한 것이다. 그의 낮은 음성이 말과 말 사이로 끼어들었다.

"형."

윤혁은 잘게 핏줄이 선 눈자위를 치켜떴다. 눈빛으로도 모든 걸 찢어발길 기세였다.

"이 판, 절대 혼자 꾸밀 짓 아니야. 내 눈으로 확인하기 직전까지 아무것도 못 믿어."

윤혁은 항간에 떠도는 세하의 죽음을 믿지 않았다. 믿고 싶지도 않았고, 믿을 작정도 없었다. 하지만 한 가지 확실한 사실이 있었다. 그녀가 죽기를 작정하면서까지 이런 선택을 한 이유가 있으리라.

아마 세하의 목표는 검찰에 직접 출두하는 아버지였을 테다. 하지만 건강 핑계를 대며 휠체어를 타게 될 그들은 열 번의 소환 조사에 단 한 번도 응하지 않겠지. 대한민국에 네가 원하는 연출은 나오지 않아. 결국 네가 질 게임이었고, 본전도 찾지 못했을 거라고. 서세하.

그런데 그녀가 몰랐을까? 아니다. 결국 그 누구도 이길 수 없고, 얻을 게 없는 게임이라는 걸 알면서도 저지른 짓이다.

서세하. 망가뜨려 놨으니 네가 직접 고치러 와야지. 안 그래?

윤혁은 기도하듯이 손을 모아 지끈거리는 머리를 기댔다. 아무리 침착해지려 노력해도 나아지지 않았다.

"찾아야 이기는 게임이 아니야."

"……."

"찾고 나서부터 시작되는 거지."

창가에서 약하게 불던 바람이 어디론가 숨는다. 이 밤의 고요는 견딜 수 없이 힘들었다.

"이 믿음의 정체는 나도 모르겠어."

하지만 그게 중요한가? 초연한 표정의 윤혁은 굳게 믿었다. 서세하는 살아 있다. 살아 있어야만 한다. 그렇게 믿지 않으면 자신이 죽어 버릴 것 같았으니까. 절망이 섞인 분노는 가늠할 수 없을 정도로 커졌다. 연초를 입에 물고 일어선 그는 창밖을 응시했다. 마른 입술 사이로 연기가 굼뜨게 피어오른다.

* * *

윤혁은 양가 친척 어른들 앞에 무릎을 꿇고 앉았다.

"죄송합니다."

"그만 일어나게."

"……다 제 탓입니다."

"이런 일이 일어날 줄 자네도 몰랐던 게 아닌가."

누가 보태 주지 않아도 충분히 비참한 심정이었다. 모든 게 꿈이었으면 하고 숨 쉬듯이 절망하다가 현실에 다다랐다.

진짜 세하가 사라진 뒤의 현실을 마주해야 했다. 애석하게도 윤혁 자신만 세상이 뒤바뀐 모양이다. 한 사람이 사라졌지만 그 누구도 개의치 않아 했다.

"기사부터 막읍시다. 집안의 위상이 뭐가 되겠습니까."

"면목이 없습니다. 제가 딸아이를 제대로 교육시키지 못해 벌어진 일입니다."

"결국 못 견뎌서 제 발로 돌아오겠죠. 기다려 봅시다."

그들은 그저 세하를 우리에서 탈출한 동물처럼 여겼다. 떠나 버린 세하를 찾는 사람은 아무도 없었다.

윤혁은 무릎을 꿇은 채 한참 생각했다. 이런 환경이 진절머리가 나서 견딜 수가 없다. 그녀가 왜 도망쳤는지, 왜 그럴 수밖에 없었는지. 머리로는 그녀를 용서할 수 없다고 말하지만 가슴으로는 전부 이해할 수 있었다.

그는 기꺼이 세하의 죄를 대신 짊어지기로 자처했다.

"제가 그러라고 했습니다."

"지금 뭐라고 했나?"

"이미 세하가 오래전부터 준비한 일입니다. 다 알고 있었고, 제가 허락했습니다. 성진의 재정 관련 서류 일체를 전부 넘긴 것도 접니다."

"대체 지금 무슨 말을······!"

"아시잖습니까. 세하 항상 떠나고 싶어 했던 거. 이건 저희에게 준비되지도 않은 결혼이었습니다."

순간 그의 어머니가 컵에 들어 있던 물을 얼굴로 끼얹었다.

"그래서 감히. 네 아버지를 배신하고, 집안의 위상을 더럽혀?"

"……."

"키워 주고 길러 줬더니 이렇게 뒤통수를 쳐?"

늘 우아한 자태로 고고하게 앉아 있던 그녀였다. 그녀에게 윤혁은 금메달 같은 아들이라 그를 잘 키워 내고 그의 어머니로서 자신의 존재를 완성시키고자 했다.

그게 실패로 돌아가자 이리 화가 난 것이다. 분노에 찬 그녀의 목소리에 분노가 서려 있었다. 떨어진 유리잔이 카펫 위에 뒹굴었다. 죄인처럼 고개를 숙인 윤혁의 앞머리에서 물기가 뚝뚝 떨어졌다.

"어머니."

"난 너 같은 자식 키운 적 없다. 나가라."

"그만들 해."

서재 밖에서 지켜보던 정 회장이 한쪽 손을 들어 제지했다. 사건으로 떠들썩한 신문을 탁자 위에 내려놓고 윤혁의 어깨 위에 손을 얹었다.

"알았으니 됐다. 일어나라."

"여보!"

"당신도 그만해. 어차피 몇 달도 안 가 묻힐 기사야."

정 회장이 겁먹은 아이를 타이르듯 다정하게 말했다. 그녀는 이해할 수 없다는 듯 지끈거리는 머리를 짚었다.

"자식이라는 것들이 당신 이름에 흠집을 냈잖아요."

"별것도 아닌 걸 가지고 흠은 무슨."

정 회장은 놀랍도록 평온했다. 잔소리가 따분하다는 듯 미간을 좁혔다.

"한 집안의 가장이 될 녀석이 안사람 간수 못 한 죄가 더 크지."

"이이는 정말……!"

"긴말할 것 없어. 그만 끝내."

윤혁은 유년시절부터 철저한 관리 감독 아래 살아왔다. 덕분에 어느 곳에서도 1등을 놓친 적 없는 수재였으며 대학까지 전체 수석으로 졸업했다. 미국에서 가볍게 시작한 개인 사업으로 천문학적인 수익을 벌어들인 인재다. 그의 위로 여럿 둔 형제들과 달리, 정 회장은 늘 윤혁을 가문의 자랑으로 삼았다. 그에게 반드시 필요한 아들이었다.

"윤혁아."

"……."

"흠은 없애라고 있는 거야. 결혼은 또 하면 된다."

어차피 결혼은 집안끼리의 대소사라 서로에게 필요한 것을 채워주기 위한 수단이다. 결혼의 성사만이 목적이라 그사이에 벌어질 온갖 구설수와 해프닝은 잠시 귀찮은 일일 뿐이었다. 성진은 외부에서 끌어내린다고 내려질 위치도 아니었다.

윤혁 역시 그것을 알기에 소유물 취급이 치욕스러웠다. 세하의 부모와 다를 것이 없는 태도였다. 머지않은 미래에 이런 때가 온다면, 즉 다시 한번 부모를 거역해야 하는 순간이 온다면 그들이 본디 본성을 드러낼 거라 이미 알고 있었다. 수십 년을 아버지의 통제 아래에서 살아왔던 까닭이다.

윤혁은 자신을 잃지 않고 또 세하를 지키는 것만이, 그래서 부모에게서 자유로워지는 것만이 어쩌면 평생의 목표였다.

"이번 일. 달게 벌 받는다고 생각하고 잠잠해질 때까지 가서 쉬어라."

"아버지."

"사내 녀석이 함부로 무릎 꿇는 거 아니야. 윤혁이 너 일어나라."

"제가 꾸민 일이라고 말씀드렸잖습니까."

"그만해라. 조 회장 막내 손녀딸이 혼기가 찼다던데, 잠잠해지면 상견례 잡을 거다. 그렇게 알아라."

한동안 고개를 숙이고 있던 윤혁이 조용히 읊조렸다.

"다른 사람 만나는 거 못 합니다. 저."

유리잔이 깨지며 쨍그랑, 하고 날카로운 파열음이 났다.

"세하, 제가 사랑하는 사람이었어요. 아버지."

윤혁에겐 어제처럼 생생한 일이었다. 그는 매일 같은 꿈을 꿨다. 약지에 끼워 둔 반지와 웨딩드레스를 죄다 쓰레기통에 버리고 도망치는 세하의 뒷모습. 먹구름이 낀 것처럼 어두운 눈동자를 하고서 저를 버린 연인의 초상.

"1년만 시간을 주신다면 어떻게든 되돌려 놓겠습니다."

"나와 연을 끊고 싶은 게냐? 우리 성진의 위상을 떠나, 로비에만 수백, 수천 억이 들었어!"

"기회를 주시면……."

"두 번 말하게 하지 마라. 우리 가문에 없던 일이야. 새장가 들어서 나한테 진 빚 갚아라."

"그럴 생각 없습니다. 제 생각 확고하다고 말씀드리는 겁니다."

애쓰면 더 안 된다는 진리를 어기고서라도 간절했다. 이건 그가 스스로 놓지 못해서 아픈 병이다.

분노였고, 증오였고, 그럼에도 불구하고 사랑이었다.

"그럼 나와 연을 끊기라도 하겠다는 거냐?"

"그렇게 해야 한다면, 그렇게 하겠습니다."

분에 찬 정 회장이 윤혁의 뺨을 내려쳤다. 철썩. 고개가 돌아갔다.

"꼴도 보기 싫으니, 당장 나가."

돌아간 고개가 정면을 향했다. 그는 손을 짚고 일어섰다. 맞은 뺨이 부어올라 있었다. 윤혁은 내색하지 않고 빠른 걸음으로 서재를 빠져 나갔다. 어머니가 등 뒤에서 악을 지르며 울어도 돌아보지 않았다.

모시겠다는 본가 경호원의 호의도 거절하고 직접 차에 탄 그가 눈가 위로 손등을 덮었다. 도무지 세하의 얼굴이 지워지지 않았다. 그녀가 아무런 언질을 주지 않고, 오랫동안 준비해 온 것처럼 아무 흔적을 남기지 않은 것도 일종의 배려였을 것이다.

먼저 배신하고 버려 주는 것만이 자신을 미워할 수 있는 유일한 방법이라 생각했겠지.

"하……."

뒤이어 상황을 수습하고 급히 내려온 재호가 창문을 두드렸다.

"너 이 상태로 운전 못 해."

"……"

"정윤혁."

빛을 잃은 윤혁의 눈동자에 파문이 일었다.

"형이 그랬지. 출입국 기록도, 호텔의 CCTV에도 아무런 흔적이 없다고. 그러니까 서세하가 날…… 버린 거라고."

"……"

"흔적은 지우라고 있는 거라더니. 그게 내 발목을 잡을 줄이야."

"……너 할 만큼 하고 있어. 그 정도면 됐잖아."

"아니."

"……."

"이제 시작이야."

질병처럼 지긋지긋한 관계지만 끝을 맺을 수 없었다. 스스로 놓을 수가 없기에.

"전부 되돌려 놓을 거야."

정윤혁에게 서세하는 염증이었다. 곪아서 언젠가는 터질 고통으로 괴롭게 할 사람.

* * *

계획적인 도피의 끝이었다. 입을 작게 열고 닫을 때마다 입김이 뽀얗게 새어 나왔다. 세하는 주소가 적힌 쪽지와 함께 여권을 받아 들었다.

"이 비행기가 이륙한 이후 저와의 인연도 끝입니다. 아가씨. 어떤 일이 있더라도 포기하지 마시고 굳건하게 새 인생을 사시길 바랍니다. 보이지 않는 곳에서 응원하겠습니다."

"이 은혜는 죽을 때까지 잊지 않을게요."

세하는 끝내 눈물을 숨기지 못한 채 박 실장을 끌어안았다. 본처의 자식이라고 한들, 아무도 저를 사랑해 주지 않는 집안에서 유일하게 사람답게 대해 준 사람이었다. 그는 세하의 아버지와 연배도 비슷해 마치 친아버지처럼 그녀를 보좌했다.

"아가씨가 안전하게 생활하실 수 있도록 경호원을 구해 놨습니다. 그분은 아주 어릴 적 사모님과 연이 닿은 분이라 알고 있습니다."

"우리 엄마가…… 살아생전 후원해 줬던 아이들 중 한 명이라는 말씀이시죠."

"예. 사모님께서 좋은 일을 많이 하셨으니 그 아이가 벌써 자라 은혜를 갚을 순간이 온 겁니다."

"……그런가요."

"사모님이 돌아가시기 직전, 제게 불러 말씀하신 지시이기도 합니다. 혹시라도 아가씨가 위험한 순간이 온다면 아가씨를 그분께 보내라 하셨습니다."

"……."

"믿을 만한 사람이니 걱정하지 않으셔도 됩니다."

박 실장은 제 목도리를 풀어 그녀에게 매어 주며 미소를 지었다.

"무탈하십시오."

"……너무 많이 보고 싶을 거예요."

"여기서 있었던 일은 다 잊으셔야 합니다. 이제 새로운 삶을 사셔야지요. 그러니 절대, 절대로 들켜선 안 됩니다."

한국에서는 세하의 행방에 관해 쏟아지는 기사와, 관계자들의 불구속 입건으로 여론이 난리였다. 성진 역시도 그녀를 잡기 위해 혈안일 것이다.

예상치 못한 폭로는 누구에게도 득이 될 것 없는 게임이었지만, 결과가 어떻게 되든 한 가지는 명확했다.

서세하는 자유를 찾아 떠났다는 것.

* * *

[Welcome to Newyork.]

뉴욕은 낯선 타지였으나 고향처럼 반가웠다. 떨리는 마음으로 입
국심사를 마치고 무사히 통과한 그녀는 손에 쥔 주소를 펼쳐 보았다.

평생 죽은 것처럼 그녀가 머물러야 할 곳이었다. 당장 필요한 옷
몇 가지만 챙긴 캐리어를 끌고 모자를 더 깊게 눌러썼다. 노을이 지
는 저녁 하늘의 불빛이 공항의 통유리를 넘어 새어 들었다.

그리고 그녀의 앞으로 슈트를 입은 남자가 다가왔다.

"기다리고 있었습니다."

"그쪽이……."

"네. 처음 뵙겠습니다. 이휘겸이라고 합니다."

다정하면서도 부드러운 목소리와 매끄러운 얼굴선, 모난 데 없이
꽉 들어찬 날카로운 이목구비까지. 다른 이들의 눈길을 사로잡기 충
분한 그에게서는 단정한 분위기가 풍겼다.

"많이 피곤하실 텐데 바로 호텔로 모시도록 하겠습니다."

"전화가 없어서 그런데…… 실장님께 제가 잘 도착했다고 말씀 전
해 주실 수 있나요."

"네. 바로 연락드리겠습니다."

휘겸은 대기하고 있던 세단에 캐리어를 싣고, 뒷문을 열어 그녀의
탑승을 도왔다.

"추우실까 봐 온도를 많이 올려 뒀는데 불편하시면 말씀해 주세요."

"……아니요. 딱 괜찮아요."

"다행입니다."

뉴욕의 겨울은 잔인하리만큼 추웠다. 세하는 창문에 기대 창밖의 풍경을 살폈다. 크리스마스가 얼마 남지 않아서인지 대형 트리가 관광객들을 맞이했다.

록펠러 센터 앞에 세워진, 세계에서 가장 큰 크리스마스트리. 캐럴까지 사방으로 흐르며 즉석 공연을 펼치는 버스킹 무리와, 눈치 볼 것 없이 애정 행각을 하는 연인들이 거리를 메웠다. 멍하니 바라보고 있으니 시야가 어지러웠다.

"저……. 바쁘실 텐데 공항까지 마중을 나오신 건가요. 분명 제가 쪽지에 적힌 주소로 찾아가야 한다고 했었는데……."

"걱정이 되어서요."

"……."

"세하 씨를 잘 보필하는 게 제 역할이기도 하니까요."

그는 조심스레 말을 덧붙였다.

"뭣보다 너무 만나 뵙고 싶었습니다."

"……."

"어릴 적부터 저를 후원해 주신 사모님께 꼭 은혜를 갚고 싶었는데……. 이런 기회가 생겨서 너무 감사하기도 하고요."

"엄마의 후원에 대한 보답이라기엔…… 제가 휘겸 씨에게 큰 빚을 지는 건 아닐까요."

"아닙니다. 제가 은혜를 갚을 기회를 주세요. 힘드신 상황이라는 걸 알고 있으니 더 신경 써서 챙겨 드리고 싶습니다."

"……."

"편하게 부르셔도 좋고, 얼마든지 요구하셔도 괜찮습니다. 세하 씨가 마음 가는 쪽으로요."

그가 어떤 사람인지는 알 수 없으나 저를 배신하지 않을 사람이라는 건 확실했다. 진중한 낯빛이 그렇게 말하고 있었다.

"그럼 제가 먼저 편히 부를 테니, 휘겸 씨도 저 편하게 불러 주실래요?"

"아닙니다. 제가 어떻게……."

"그렇게 해 주세요. 나이도 같다고 들었는걸요. 엄마도 저희 둘이 그렇게 지내길 원하실 거예요."

세하는 작게 미소 지었다. 어딘지 모르게 서글픈 미소였다.

"휘겸 씨가 제게 첫 번째 사람이 되어 주면 좋을 것 같아요."

"……."

"전 가족도, 친구도, 사랑도. 모든 걸 버리고 떠났으니까요……."

눈 끝에 그렁그렁 맺힌 눈물이 뚝 떨어졌다. 그간 참고 또 참았던 눈물이 기어이 쏟아져 나온 것이다. 그녀는 두 손으로 얼굴을 감싸고 떨리는 목소리로 같은 말만 반복했다.

죄송해요. 죄송해요. 자꾸 눈물이…….

눈을 감으면 자꾸 윤혁의 얼굴이 아른거렸다. 상견례 날, 공허한 눈으로 윤혁을 보던 게 생각난다. 이젠 도무지 다가갈 수도 없고, 만질 수도 없는 슬픔이 우리에게 있었다.

천천히 내려앉는 속눈썹이 무거웠다. 세하는 지금 자신이 어디에 있는지 알 수가 없었다. 그러니까 어디로 가고 싶어 하는지도 모르는 것이다. 윤혁이 있고 자신이 있는, 그들이 꿈꾸던 미래. 이제 그곳에 더 이상 윤혁은 없다. 존재하지도 않는 미래를 놓지 못해서, 놓을 자신이 없어서 무력했다.

잠시 차를 세운 그가 차에서 내리더니 뒷좌석을 향해 걸어왔다. 문이 열리고 무릎 한쪽을 굽혀 앉아 시선을 마주한 그는 손수건을 내밀었다. 상박을 기울여 몸을 가까이 한 휘겸에게서 청결한 향기가 훅 끼쳤다.

"괜찮아요?"

엉엉 울지 못하고 항상 그래 왔듯이 꾹꾹 참고 있는 세하의 습관이 신경 쓰였다. 처음 보는 사람 앞에서도 저렇게 눈물샘이 쉬이 터지는 사람이라면 아마 마음속이 많이 문드러진 사람일 테다. 꼭 그 습관이 제 모습과도 비슷했다. 그렇게 우는 습관이 얼마나 외로워서 그런 건지 잘 알고 있었다.

휘겸은 잠시 회상에 잠겼다.

열 살의 나이에 그는 부모를 모두 잃었다. 마땅히 그를 맡아 키워줄 친척마저 없었기에 샌프란시스코의 보육원으로 가게 되었다.

그곳엔 인종을 불문하고 저와 같은 처지의 수 많은 아이들이 있었다. 특히 이미 초등학교에 들어간 아이들은 쉬이 입양되지 못했다. 열두 살이 된 휘겸도 그 아이들과 같은 처지였다.

어린 휘겸은 바람이 드는 창가에서 매일 양치질을 하며 하염없이 밖을 보았다. 종종 들어온 지 얼마 안돼서 입양이 되어 차를 타고 떠나는 어린아이들을 보았다. 쇠창살도 없는 창문이고 감옥도 아니라 언제든 뛰쳐나갈 수 있는데도 발은 엉거주춤했다. 그리고 깨달았다.

언제나 '어디'가 중요한 거지만 자신에게 그 '어디'란 없어져 버렸다고. 그러니까 세상에서 완전히 버려졌다고.

열두 살이 되던 해의 봄. 그날은 무척이나 화창한 날씨였다. 휘겸은 원장실의 화분 하나를 수돗가로 가져가 직접 물을 주기 위해 그것을 들고 가고 있었다. 양손에 쏙 들어올 정도로 작은 미니 화분은 그에게 소중한 것이었다. 조심조심 걷던 와중에 아니나 다를까 돌부리에 걸려 넘어졌고 이내 화분도 바닥으로 엎어져 흙이 잔뜩 쏟아지고 말았다.

"아야……."

무릎을 걷어 보니 바닥에 쓸려 상처가 났고 피가 고여 따끔했다. 쓰라려서 다시 일어나기가 힘들었다. 휘겸은 상처에도 아랑곳하지 않고 우선 넘어진 상태로 쏟아진 화분부터 주웠다. 그리고 그때, 인기척과 동시에 휘겸의 앞으로 고운 손이 불쑥 나타났다.

"……?"

휘겸이 고개를 들었지만 역광이 져서 얼굴이 잘 보이지 않았다. 하지만 아주 좋은 향기가 났다는 것과, 부드러운 목소리를 가진 어른이라는 건 알 수 있었다.

"조심해야지. 괜찮니?"

"……어?"

오랜만에 듣는 한국어에 놀란 휘겸의 눈이 동그랗게 커졌다. 여자는 부드러운 미소를 지어 보이더니 휘겸을 붙잡아 일으켜 줬고 뒤에 서 있던 수행원에게 말했다. 이 남자아이 무릎이 다친 것 같은데 선생님께 데려가서 치료해 줘요.

감사하다는 말도 하지 못했는데 곧바로 휘겸은 그녀의 수행원에게 업혀 양호실로 가야 했다. 쓰라린 무릎이 아픈데도 불구하고 방금 저를 도와준 어른에게 정신이 팔려 있었다.

　수행원의 등에 업힌 채 고개를 돌려 멀리 사라지는 그녀의 인영을 하염없이 바라보기만 했다. 고상하게 틀어 올려 묶은 머리, 다정하게 내민 손의 약지에 다이아 반지, 가 보지도 못한 고국이 그리워지는 편안한 향기. 어린 휘겸의 눈에는 모든 게 대단해 보였다. 그래서 호기심을 참지 못하고 물었다.

　"저분은 누구세요?"

　"이 보육원에 후원을 하러 오신 분이시란다."

　그 나이의 휘겸은 후원이라는 단어가 뭔지 잘 몰랐지만 한 가지는 알 수 있었다. 제가 맞닥뜨린 그녀가 다정하고 선한 인물이라는 것이다.

　휘겸은 상처가 난 무릎에 어른 주먹만 한 밴드를 붙였다. 벌서는 것처럼 벽 뒤에 숨어서 원장실에 있을 그녀가 나오기를 계속 기다리기만 했다.

　시간이 얼마나 흘렀을까. 그녀를 배웅해 주러 원장과 다른 직원들이 우르르 빠져나왔다. 성장이 더딘 탓에 어른 키의 반밖에 되질 않았던 휘겸은 까치발을 들고 고개를 내빼 어떻게든 그녀를 보려고 애썼다. 한 명씩 반갑게 악수를 하고 인사를 나누는 얼굴이 아무래도 측면이라 잘 보이지 않았다. 하지만 고개를 돌릴 때마다 언뜻언뜻 보이는 미소가 아주 우아했다.

　이 순간을, 저 사람을 기억해야 한다는 걸 어린 휘겸은 본능적으로 알았다. 마이클이 와서 함께 축구 경기를 하자고 휘겸의 어깨를 흔들었지만 그는 꿈쩍도 하지 않았다. 그저 그 자리에 하염없이 서서 그녀가 타고 왔던 세단의 종류까지도 기억하려 애썼다.

의문의 후원자가 다녀간 이후, 상황이 여의치 않았던 보육원에 다시 활기가 돌았다.

먼저 음식부터 달라졌다. 매일 특식을 먹게 된 아이들은 뛸 듯이 기뻐했다. 꼭 필요한 생필품이나 장난감들도 아낌없이 쓸 수 있게 되었다. 매 식사 시간마다 원장은 아이들과 함께 식전 기도를 했다. 또랑또랑한 목소리에서 나오는 낯선 그 이름을 휘겸은 기억했다.

"우리의 어머니와 같은 미세스 조를 위해 기도합시다."

기도하듯 손을 모으고 눈을 감은 아이들이 우렁차게 말했다.

「감사합니다. 미세스 조.」

그녀는 정말 이곳에서 만인의 어머니였다. 입양을 원하는 부모들은 아직 말 못 하는 어린아이들을 훨씬 선호하기에, 나이가 많다는 이유로 입양되지 못하여 보육원에 오래 남아 있어야 하는 아이들을 살뜰히 챙겨 달라며 부탁했다.

보육원에서 자랄수록 돈이 많이 들어가는 게 사실이기에 내심 자기 자신을 골칫덩이로 생각했던 아이들도 웃음을 되찾을 수 있었다. 그런 아이들은 얼굴 한 번 본 적 없는 그녀를 어머니로 생각했다. 휘겸 역시 똑같았다. 매일 침대 위에서 감사 일기를 쓰거나 전할 수 없는 편지를 쓰기도 했다.

[Dear. Mrs. Joe.

제게 손 내밀어 주셨던 당신을 기억하고 있어요.]

그에게 세상은 언제 어느 때건 불친절한 사람들뿐이었다. 고된 하루를 견디는 것이 곧 어른이 되는 일임을 모르지 않았다. 하고 싶은 일보다 해야 하는 일에 치여 아무것도 안 하고 싶지만 조금만 울고 다시 일어나야 했다.

새로운 부모를 만나 자유를 찾아 떠나는 다른 아이들을 보며 부럽기도, 한편으로 억울하기도 했다. 어쩌면 이곳에 있는 아이들 모두에게 세상은 그러했다. 삭막한 인생 속의 유일한 등대가 되어 줄 사람이 바로 세하의 어머니였던 것이다.

그리고 어느 날 휘겸은 신문 기사에서 우연히 그녀의 인터뷰를 보았다. 한 일간지에 수록된 내용이었다.

그녀는 자신도 보육원 출신이라고 밝혔다. 게다가 늦은 나이에 부모를 여의고 보육원에 들어갔기에 성인이 되어 독립할 때까지 보육원에서 살았다고 했다. 당시 가장 연장자로서 보육원에서 겪어야 했던 숱한 설움들이 상세히 기록되어 있었다.

끝까지 저를 원하는 부모를 만나지 못했기에 꿈을 한 번 펼쳐 보지도 못했다며, 그것이 한으로 남아 보육원에 오래 남아 있어야 하는 아이들에게 후원을 한다는 것이다.

휘겸은 다음 장으로 지면을 넘겼다. 눈에 들어온 유일한 형태, 사진 속 그녀는 환하게 웃고 있었다. 얼핏 몇 년 전 보았던 그 어렴풋한 모습이 상기되며 머릿속에 그려진다.

"……."

절대 잊지 말아야 할 사람이라고 생각했다. 인터뷰 마지막 질문에서, 아이들에게 하고 싶은 말이 있다면 무엇이냐는 기자의 질문에 그녀는 답했다.

자신은 빛나는 청춘이 없었지만 아이들만큼은 제 몫을 다해 열심히 살아 줬으면 좋겠다고. 그 은혜와도 같은 답변에 휘겸은 다시 한번 잘 살아 내야겠다고 다짐했다. 다시 만날 수 있다면 반드시 감사인사를 하고 싶었다.

보육원에서 독립한 이후로 그는 한 번도 일을 쉬어 본 적이 없었다. 그러던 중 박 실장이라는 사람에게서 연락이 왔고 작금의 상황에 도달한 것이다.

입국 게이트를 통과해 멀리서 걸어오는 세하를 바로 알아본 것은, 그가 세하의 어머니인 그녀의 얼굴을 여전히 기억하고 있기 때문이었다.

둘은 너무도 닮아 있었다. 평생 꼭 한번 다시 만나 보고 싶었던 사진 속 그녀와 정말 너무도 똑같았다. 그래서 우는 모습을 제 앞에서 보이는 세하를 보니 일말의 죄책감이 들었다.

은인과도 같은 그녀가 자살했다는 소식 역시도 충격이었고, 더 이상 직접 만나 은혜를 갚을 기회가 없어졌단 사실에, 자신을 찾아온 세하만큼은 반드시 지켜 줘야겠다 생각했다.

"울지 말아요."

휘겸을 마주하는 속눈썹까지 눈물에 젖어 잘게 떨렸다. 반사적으로 떨어지는 눈물을 닦으려 하자 그가 엄지로 눈물을 한번 훔쳐 주었다. 소매가 젖지 않게 다정히 접어 주기도 했다.

"그렇게 얼굴 가리고 우니까 너무 마음 쓰여요."

"……."

"앞으로 이런 얼굴 내가 못 봐서라도 눈물 나는 일 없게 할게요."

가물가물한 시야에 잡힌 그의 얼굴은 어쩐지 서글퍼 보였다.

"그리고 친구 되어 달라고 했죠. 아까."

"……해 줄 수 있어요?"

"당연하죠."

좋은 집안의 자녀라면 마냥 행복할 줄 알았다. 어째서 일이 이렇게 되었는지 알고 싶었다. 알게 된다면 세하가 그걸 극복할 수 있도록 돕고 싶었다.

물리적인 상처는 시간이 지나면 금방 아물 것이다. 대신 누군가의 기억에 오래 남는다. 엄청난 다정함을 선사하는 것도 아닌데 사정을 지껄이고 싶게 만드는 사람. 어디로 튈지 모르는 생각과 일렁이는 마음을 붙잡아 줄 수 있는 사람.

"기대도 돼요."

"……."

"날 이용해도 되고."

눈 부신 햇살이 둘 사이를 관통했다.

같은 시각, 갑자기 멈춘 한 대의 차량 탓에 강남 일대가 마비됐다.

"씨발. 차 세우라니까!"

윤혁이 또 반사적으로 튀어 나간 탓이다. 가슴이 터질 듯 전속으로 달려간 그는 세하와 너무나도 닮은 뒷모습을 가진 여자의 팔을 잡아 돌려세웠다.

당연히, 그녀가 아니었다. 놀란 표정의 여자가 인상을 찡그리며 팔을 뿌리쳤고, 그는 무릎을 짚은 채 고개를 떨궜다. 재호가 다가와 급히 상황을 중재했다.

"그만해."

"닮은 사람을 봤어."

"정신 차려. 몇 번째야 이게."

그의 이마에서 땀방울이 흘렀다. 갑갑하게 매어 놓은 넥타이를 신경질적으로 풀었다.

"씨발⋯⋯."

"회장님이 기다리셔. 조찬 앞두고 시간 엄수하시는 거 알잖아. 우선 출발하자."

"어떻게 사람 하나가 연기처럼 사라졌는데, 어디서 살았는지 죽었는지도 모르는데 인간들이 이따위로 태평해."

"윤혁아."

"알아서 수습하겠다고 말하지 마. 돌기 직전이니까."

손을 들어 땀방울을 닦았다. 얼굴을 적시는 건 땀이 아닌 눈물일지도 모른다. 왜 눈물은 항상 뜨거운지.

그녀가 사라진 지 겨우 일주일이었다. 그들이 독재자라는 충격적인 폭로에 세상이 조용할 리 없었고, 성진은 이 논란을 잠재우기 위해 박차를 가했다.

조작된 문서, 악의적인 루머, 증거 불충분. 세 키워드를 이용해 사력을 다하고 있었다.

대형이든 소형이든 크기를 막론하고 언론의 기자들은 연일 그를 찾아왔다. 언론사 이름이 적힌 수첩을 들고 본사 건물로 들어가는 그에게 질문을 퍼부어 댔다.

윤혁은 그저 침묵으로 일관했다. 카메라에 찍힌 무표정한 그의 얼굴이 시시각각 포털 사이트에 업로드됐다.

윤혁은 온몸으로 사람들을 밀어 버리고 본사 건물로 들어갔다. 침통한 얼굴로 그를 맞이하는 사람은, 성진에서 중요한 업무를 맡고 있는 사람들이었다. 정 회장의 사람이지만 그의 사람이기도 했다.

"……오셨습니까. 이사님."

지상파에서는 성진 대변인의 회견문 발표 중이었다.

—*성진 그룹은 이 같은 사태에 있어서 조사에 철저히 임할 것이며, 반드시 진실을 밝힐 것…….*

세하를 거짓말쟁이로 몰아가는 것에 그는 구역질이 났다. 신경질적으로 소파 위에 재킷을 집어 던지며 뒷머리를 털었다. 아버지가 저보다 먼저 그녀를 찾아낼지도 모른다는 두려움 때문이었다.

"어디까지 추적했습니까."

"죄송합니다. 아직……."

"실장님."

"……."

"내가 지금 하하 호호 장난하자는 거 아니잖아."

그가 우악스럽게 경호팀장의 멱살을 휘어잡았다.

"세하 위험해지면, 실장님이라도 가만 안 둡니다. 아시겠습니까?"

"최선을 다하겠습니다."

"최선이 아니고 반드시 우리 쪽에서 먼저 찾아야 합니다."

"잘 압니다. 누를 끼치지 않게 최선을 다하겠습니다."

윤혁이 그의 멱살을 놓아주었다. 뒤에서 침통한 기색으로 뒷짐을 지고 있던 한 실장이 담담하게 이야기를 풀어냈다.

"이사님. 성진 내부에서 소문이 돌고 있습니다."

윤혁의 눈썹 한쪽이 날카롭게 올라갔다.

"서 의원에게 여러 스캔들이 있는 건 이미 알고 계실 겁니다."

"세하가 많이 힘들어했죠. 그것 때문에. 애첩들이 인간 취급도 안 해 준다고 하더군."

"사모님이 돌아가시고 첩들은 정 회장님께서 들이셨다는 말이 돌고 있고요."

"팩트만 전달해요. 확실합니까?"

"아시다시피 서규명 의원과 정 회장님께서는 오랜 죽마고우시지 않습니까. 근거 없는 추측은 아니라 봅니다."

"……"

"올리기 어려운 말씀입니다만, 돌아가신 사모님의 유서에 따르면 죽음을 둘러싼 큰 비밀이 있는 모양입니다. 그때 다른 조사 없이 자살로 마무리된 점이 저 역시 이상하다 느꼈습니다. 물론 뒷감당은 모두 성진이 처리한 것으로……."

"그만해요."

윤혁은 혀가 목 안으로 말리는 것 같았다.

"역겨워서 못 들어 주겠으니까."

증오의 무게감은 압도적으로 변했다. 다른 비밀이 있어서 이런 사태를 꾸밀 거라고 예상을 했지만, 그 진실이 이런 최악의 스캔들이라니 믿을 수가 없었다. 모든 일에 성진이 영향력을 행사하고 있었다는 사실이 참담했다.

"대선 후보 서규명 비자금 조성에 가담한 성진. 눈길 끌기 좋은 대목이지. 둘 다 보내 버릴 수 있으니까."

"아가씨는 서 의원님뿐만 아니라 정 회장님께도 원망이 크신 듯합니다."

그랬다. 결국 그녀가 평생의 복수심에 최후의 수단으로 결혼식장에서의 도피를 선택할 동안 아무도 그녀를 구해 내지 못했다.

저 조차도 세상 사람들 앞에서 반드시 그녀의 편이 되어 주겠다 다짐했으나 세하의 앞에서는 죄인이 분명했다. 분노는 고개를 쳐들고 끓었다. 아무것도 내주지 못했던 자신이 한심했으며, 처량했다.

"그렇게나 편이 되어 주겠다 말했는데……."

한 실장은 윤혁의 담뱃불을 붙여 주며 말했다.

"올리기 조심스러운 말씀입니다만…… 이사님과는 같은 길을 갈 수 없다 판단하셨기 때문이겠지요."

윤혁은 성진의 사람이 맞다. 대외적으로 그게 사실이었다. 그는 그녀의 행방을 다루는 속보 때문에도 비상한 머리가 기능을 멈추고 말았다. 감히 행복을 단언했고 그렇게 만들어 주겠다 약속한 여자였다. 사랑하는 여자의 실종과 집안의 오명. 이 모든 걸 평온하게 감당해 낼 사람은 없을 것이다.

하지만 나에게서 구원을 찾았어야지. 서세하.

사무실 전면이 통유리 창으로 된 창가에 선 윤혁은 아래를 내려다

보았다. 태어나고 자란 도시, 서울. 전경을 물끄러미 바라본다.

이젠 그 어디에도 세하를 찾을 수 없으리라.

"내 발로 일어설 겁니다."

"……"

"아버지가 아닌, 내 스스로요."

"……"

"다 제 손으로 돌려놓을 겁니다. 세하까지도."

결국 그녀가 떠나고 난 뒤 그의 세상은 둘로 나뉘었다. 서세하가 있는 곳과 없는 곳.

"계속 세하 찾아요. 사소한 거라도 바로 보고하고."

"아가씨는 자신을 구하러 떠난 겁니다. 그 누가 저로 인해 인생을 망친 사람을 택할까요."

"저를 보고 계시면서도 그런 말씀을 하십니까."

그녀는 윤혁의 인생에 유일한 사람이었다. 고작 단어 따위로 관계를 규명할 수 없었다.

사랑, 욕망, 소유욕. 지구에 존재하는 언어를 초월한 그 무엇이었다. 그 뜻을 이해한 한 실장이 고개를 숙였다. 윤혁은 자조하며 말을 이어갔다.

"다들 내가 이렇게 될 걸 아셨잖습니까."

"……"

"내 인생을 망친 여자를 지금 내가 택하고 있잖아."

그 정도의 사랑은 처음이었다. 처음이자 마지막일 것이다.

* * *

장대비가 내리기 시작했다. 예상도 못 한 호우의 시작이었다. 초
저녁임에도 불구하고 자정처럼 어둑했다. 하늘이 번쩍하고 밝아졌다
가 다시 어두워지는 것이 반복되었다.

그 비를 뚫고 윤혁의 차체가 미끄러지듯 회전한다. 이내 세하의
오피스텔 지하 주차장으로 들어선다. 지금의 그는, 아주 담담한 얼굴
로 이 사태를 받아들이고 있었다.

언제나 그렇듯 어두운 집 안의 불을 켜니 마지막으로 보았던 그
모습 그대로다. 인적이 없어서 공기가 서늘할 뿐 집 안은 깔끔했다.
먼지 한 톨 보이지 않았다. 현관을 지나, 온기가 느껴지는 바닥으로
올라섰다.

세하가 세상에서 사라졌다는 게 믿기지 않을 정도로, 흐트러짐 없
이 그대로 보존되어 있는 물건들이 보인다. 천천히 방문을 열고 들
어가면 익숙한 그림이 하나 놓여 있다. 익숙하다는 것은 그만큼 오
래되었다는 뜻이다.

아주 오래전, 세하는 캔버스 위를 그어 버리려고 칼을 들고 서 있
었다. 칼을 쥔 손이 바들바들 떨리는 건 몹시 망설였기 때문이다. 그
리는 건 쉽지 않지만, 긋는 것은 순식간일 테니까. 어느새 나타난 윤
혁이 그런 세하의 손목을 잡아채며 말했다.

"긋지 마."

"투시도 어긋났고 색감도 엉망이야. 안 예뻐."

"외관만 화려한 게 전부는 아니잖아."

"……."

"이게 진짜 예술 아닌가. 작가의 의도와 관계없이 대작이 나오는 경우도 있었으니까."

그러면서 윤혁은 그 캔버스를 들어 옮겼다. 세하는 그것을 멀뚱히 바라보았다. 가장 그림답지 않다고 생각했을 때, 윤혁이 가장 예술 같다고 말했다. 그래서 세하는 그림을 칼로 그어 버리지 못했던 것이다.

과거, 세하의 좌절과도 같았던 그때의 그림이 이곳에서 윤혁을 기다리고 있었다. 관리가 잘 되어 어제 그린 것처럼 새것이었다. 윤혁은 그때의 기억에 어쩐지 눈물이 날 것 같았다.

서랍에 있는 세하의 옛 드로잉 북을 꺼내 한번 휘리릭 펼쳐 보았다. 온통 저 자신을 그린 스케치밖에 없었다. 몇 년간 버리지도 못하고 찢어 버리지도 못한 이유는, 그 피사체가 저 자신이기 때문일 것이다.

"서세하. 네 피사체는 나였잖아."

윤혁은 대답 없는 허공에 계속해서 말을 뱉었다.

"네가 멈추라면 멈추고, 네가 웃으라 하면 웃고. 나는 네 앞에서 너 하나만 보고 살았는데……."

아마 이 유예 상태가 지속된다면, 그는 죽을 때까지 세하를 이해할 수 없을지도 모른다. 세하의 선택은 둘의 세상에 너무나도 큰 균열을 불러일으켰다. 하지만 윤혁의 이성은 힘이 없어서, 그럼에도 세하를 사랑하라 재촉했다.

계속 드로잉 북을 뒤적이며 지면을 넘기는데 바닥에 무언가가 툭 떨어졌다. 발치에 차인 것은 편지 봉투였다.

천천히 몸을 기울인 그는 그것을 주워들었다. 잘게 파동이 일던 입매가 스르르 굳어진다. 떨리는 손으로 봉투를 열자 편지가 나왔다. 세하의 필체가 분명했다.

[너한테만큼은 미안한 사람이 되고 싶지 않았어.]

그렇게 시작되는 첫 문장에 윤혁은 가슴이 내려앉았다. 펜촉이 닿은 마지막 글씨에는 눈물로 번진 자국이 있었다.

[그 자리에 네가 아닌 다른 누구라도 나는 그랬을 거야. 너랑 나는 같은 길을 갈 수 없잖아. 그러니 용서해 달라는 말은 하지 않을게. 그냥 네가 마음 편히 증오하길 바라.]

마음 편히 자신을 증오하라니. 윤혁은 밀려오는 허탈함에 자조했다. 세하가 쉬이 이런 말을 할 수 있는 걸 보니 마음의 크기는 역시 자신이 더 큰 모양이다. 억울하다고 생각해 본 적은 없었는데 왜 이렇게 사무치는지.

그는 첫 문장이 넘어가면 다시 첫 문장을 읽고, 첫 문단이 끝나면 다시 시작으로 돌아가곤 했다. 짧지도 길지도 않은 편지에는 그를 거절하는 내용뿐이었으나, 눈물 자국 하나로 그는 확신했다.

서세하. 널 좋아했던 10년 그 이상의 역사가 분명히 말하고 있다. 널 찾아야만 한다고. 내가, 널 잡아야 한다고.

인간에게는 얼마만큼의 진실이 필요할까. 때로는 진실을 알 수 없음에 감사하며 살아가는 사람도 있으리라. 마치 그들 사이의 불안하고 아슬아슬한 관계처럼.

"잘 숨어 있어."

서늘한 윤혁의 얼굴이 편지를 응시했다.

"내가 찾기 전까지."

그가 쥐고 있던 편지를 접자, 그 안에 숨은 비밀들도 고스란히 접혔다.

3

　뉴욕의 최고급 호텔 앞에 차량이 멈춘다. 안내를 받고 들어선 최상층의 펜트 하우스는 꽤나 고즈넉한 분위기였다.

　고급스러운 가죽 소파와 벽면을 장식한 장식품과 책장, 벽난로, 피아노. 천장까지 닿아 있는 유리창은 뉴욕의 전경을 한눈에 볼 수 있었다. 허드슨강부터 이스트강, 브롱크스부터 브루클린, 센트럴파크에서 대서양까지의 풍경이 모두 눈에 들어왔다.

　노을빛이 들이치는 유리창 앞에 선 세하는 그 풍경을 내려다보았다. 그저 쉼 없이 아득하기만 했다. 천공처럼 뻥 뚫려 있는 시원한 경치라 해도 생각을 덜어 주지 못했다.

　나고 자란 도시, 서울과는 매우 다른 풍경을 보니 정말 뉴욕에 있다는 게 실감 났을 뿐이다. 세상에서 동떨어진 기분으로 이렇게 평생을 살아가야 할 것이다. 다른 공간에 있지만 같은 시간을 걷고 있는 한편, 윤혁은 자신의 부재를 어떻게 이겨 내고 있을까. 여전히 그 생각뿐이었다.

따라 들어온 휘겸은 창밖을 보고 있는 그녀의 심각한 얼굴을, 그 분명한 옆태를 마주했다. 조용히 등 뒤를 지나쳐 가서 짐을 풀어 정리해 주었다. 그리고 앞으로 해야 할 일들을 생각했다.

그녀가 어서 우울을 떨쳐 버리길 바랐지만 지금으로선 혼자 놔두는 것만이 위로였다. 딱히 세하에게 무언가를 해 줄 수 없기에 그녀와 함께 기분이 가라앉는 것 같았다.

"피곤할 텐데 쉬어요."

"고마워요."

세하는 겉옷을 벗고 벽난로 앞 침대에 누워 눈을 감았다. 휘겸이 다가와 이불을 잘 정리해 주었다. 순간 그녀가 마른기침을 몇 번 하자 나가려던 발걸음이 멈췄다.

"몸이 안 좋아요?"

"아뇨, 그냥……."

사실 휘겸에게 무어라 말할 기력도 없었다. 침잠한 기분이 좀처럼 그녀를 놓아 주지 않는 까닭이다. 걱정스러운 얼굴의 휘겸이 제 손등을 세하의 이마 위에 살짝 대었다.

"미열이 좀 있네요."

"……그래요?"

"우선 푹 자고 일어나요. 몸도 많이 지쳤을 거예요."

세하는 여전히 눈을 감고 있었다. 누군가 돌봐주려는 손길은 오랜만이어서 저도 모르게 또 윤혁을 떠올렸다.

죄책감과 서글픔이 동시에 몰려왔다. 뭘 하든 어디에서든 윤혁이 먼저 떠오르는 건 이제 어쩔 수 없는 관성 같은 것이다. 잠에 들기 직전까지 그녀는 윤혁을 생각하며 눈을 감았다.

환절기 감기에 걸린 세하는 약 기운을 이겨 내고 눈을 떴다. 몸 위로 두툼한 겨울 이불이 겹쳐 있었다. 이불을 걷어 내고 슬리퍼를 질질 끌며 나왔다. 니트의 소매를 걷어붙인 휘겸은 부엌에서 씨름 중이었다.

"어……."

"일어났어요?"

기다란 숟가락으로 냄비를 젓고 있던 휘겸이 씩 웃으며 돌아본다. 고소한 냄새가 펜트 하우스의 내부를 부유했다.

"목마르죠."

"아. 괜찮아요. 제가 꺼내 마실게요."

"앉아 있어요."

휘겸은 미지근한 물이 담긴 컵을 그녀의 앞에 가져다주었다.

"찬물 마시면 안 좋을까 봐."

감사하다는 뜻으로 살짝 목례했다. 주방을 돌아보니 폭격을 맞은 듯 재료들이 어지럽게 널려 있었다. 몇 번의 시행착오가 있었던 모양인지 설거지거리도 한가득이었다. 휘겸의 입가에 묻어 있는 수프 가루가 눈에 띄어 그녀는 살포시 웃고 말았다.

"휘겸 씨……. 입."

"네?"

"……여기."

세하는 제 오른쪽 입가 주변을 검지로 톡톡 두드렸다. 뒤늦게 말귀를 알아들은 그는 민망하게 목덜미를 긁적이며 입가를 휴지로 닦아 내었다.

"……아침부터 정신이 없어서."

"이렇게까지 안 해주셔도 되는데……."

"밤에 계속 지켜봤어요. 열이 떨어지다가도 다시 오르더라고. 지금도 미열이 살짝 있는 것 같고요."

"……."

"세하 씨 입맛에 맞을 것 같은 수프로 준비했어요."

휘겸이 숟가락을 손에 쥐고 호호 불었다. 맛을 보라는 듯 숟가락 아래를 받치고 그녀에게 건네주었다. 쌀죽같이 입 안에서 녹는 부드러운 느낌이었다. 오물거리며 맛을 음미한 세하는 맛있다며 눈을 동그랗게 떴다.

"맛 괜찮아요?"

"너무요."

"뜨거워요. 천천히."

테이블 위에 올라간 수프를 그녀는 잘도 먹었다. 숟가락질이 멈추지 않았다. 휘겸은 세하의 앞에 앉아 턱을 괴고 그 모습을 연신 지켜보았다.

"많이 걱정했는데……."

"밤새 앓아서 그런지 배가 너무 고팠어요."

"입맛은 있다니 다행이네요."

도망치듯 건너온 타국. 낯선 공간과 시차. 심지어 이민이 아닌 이사에도 적응의 시간이 필요한 법인데 세하에겐 원치 않는 도피였으니 마음이 편할 리가 없고 몸이 아프지 않을 리가 없었다. 희고 가냘픈 그녀의 성마른 모습을 보며 휘겸은 계속 그녀를 보호해 주고 싶었다.

"고마워요. 챙겨 줘서……."

"난 이게 일이잖아요. 챙겨 주는 거."

입으로 바람을 후후 불며 죽을 식힌다. 뜬금없는 상황에 입을 벌리고 있자, 어느덧 온도를 맞춘 그가 숟가락을 입에 밀어 넣었다.

"혹시 몰라서 감기약도 종류별로 사 왔어요. 잠결에 자꾸 깨는 것 같아서."

"……."

"오늘 하루 더 지켜보고 안 되면 병원 같이 가죠."

배려를 받는 게 너무도 오랜만이라 세하는 문득 가슴이 찡해졌다. 호의를 거절하는 방법조차 잊은 지 오래다.

"……바쁘지 않아요? 저한테만 이렇게 붙어 있어도 돼요?"

"위엔 잘 말해 뒀으니까 내 걱정은 안 해도 됩니다."

"……."

"앞으로도 세하 씨는 그냥 받기만 하면 돼요."

세하는 고개를 끄덕였다. 정작 잠에 빠진 시간은 길지 않았지만 옆에서 보살펴 준 사람이 있었던 까닭인지 몸은 한결 상쾌했다.

휘겸은 정말로 그녀에게 필요한 사람이었다. 올곧은 눈빛이 그녀에게 닿았다.

"사모님 사진을 본 적이 있어요. 뵙고 꼭 한번 인사드리고 싶었는데. 덕분에 제가 이렇게 잘 자랐다고…….'

"……."

"저한테는 정말 감사한 분이거든요. 살아갈 용기를 주신 분이에요."

"……돌아가시고 난 뒤에야 알았어요. 엄마가 그런 일 하셨다는 거."

"아마 세하 씨한테 좋은 세상을 남겨 주고 싶으셨을 거예요. 돈보다 더 큰 유산이요. 저 역시 절대 사모님을 잊지 않겠다고 다짐도 했고요."

"……."

"세하 씨를 보는 순간 정말 닮았구나. 정말 그분의 딸이구나, 싶었어요."

"……저랑 엄마가 그렇게 닮았어요?"

"그렇게 닮았어요."

세하는 작게 미소 지었다. 어렴풋이 떠오른 엄마의 얼굴을 그려 냈다. 거울을 볼 때마다 저를 살게 하고, 또 저를 슬프게 하는 엄마.

"……너무 보고 싶어요."

"……."

"그런 날엔 어떻게 할까요. 이젠 납골당에 찾아갈 수도 없는데."

떠도는 침묵이 아프게 느껴지지 않았다. 한 뼘 정도 될 만한 작은 거리에서. 휘겸이 그녀의 얼굴 정중앙을 가르고 있는 머리카락을 넘겨 주며 말했다.

"아무 생각 없도록 도와줄게요."

"······."

"괜찮아질 때까지만 옆에 있을게요."

"괜찮아지지 않으면요······?"

"이겨 낼 수 있어요."

"······."

"내가 그렇게 만들어 줄게요."

그 자신감 있는 특유의 목소리 때문에 세하는 꼭 자신이 그렇게 될 것만 같았다. 다 잊고, 없었던 일처럼, 그러니까 꼭 자신이 바라던 모습처럼.

"그러니까 나랑 약속 하나 해요. 세하 씨. 이겨 낸다는 마음으로, 나 믿고 같이 버티겠다고."

"······그럴게요."

하물며 글자 하나를 만들어 내는 것도 어려운데 감정이라면 어떨까. 휘겸도 충분히 알고 있었다. 누군가에게서 누군가를 덜어 낸다는 건 고된 일이다. 지우는 것도 쉬울 수 없다. 시작부터 쉽지 않았을 테다.

하지만 저라면 이 길고도 고된 과거를 끊어 내 줄 수 있을 것 같았다. 파고들려 마음만 먹으면 못할 것도 없겠지만 쉬이 내키지가 않았다. 그저 모르는 척해 줘야 할 땐 모르는 척해 주고, 없었던 일로 해 달라면 없었던 일로 해 주고 싶었다.

지독한 모순이 끌고 간 이야기의 결말엔 무엇이 있을지 알고 있지만 이상하리만큼 휘겸에게 세하는 첫 만남부터 그런 생각이 들게 하는 여자였다.

일종의 의무지만, 꼭 의무만은 아닌 여자.

* * *

세하는 나날이 늘어나는 기사들에 언제나 신경을 곤두세웠다. 쏟아지는 기사를 살펴본다고 한들 이제 와 어쩔 수도 없다는 걸 알면서 자꾸 찾아보게 됐다.

연이은 이슈에 대한민국의 정·경계는 정말이지 흔들리고 있었다. 사람들은 언론이 밝히는 진실보다 가열한 논란에 분쟁하고 몰두하는 법이다. 지금은 마치 한 시대에 남을 터닝 포인트와 다름이 없었다.

세간에는 성진의 악재라고도 불렸다. 세하는 이렇게 될 줄 알았고, 이런 현실을 원했으나 막상 이 모든 걸 제 손으로 벌였단 사실에 겁이 났다. 당장 위기에 처한 성진과 제 아버지를 지켜보면서 누군가는 터질 게 터졌다며 축배를 들 것이다. 도망쳐 어딘가로 흔적도 없이 사라져 버린 세하를 우상으로 여길지도 모른다.

막상 그 주인공인 그녀는 편히 쉴 수도 없이 호텔에만 머물며 쏟아지는 기사에만 몰두하고 있다는 게 문제였다.

똑똑똑. 노크 소리와 함께 휘겸이 방으로 들어왔다.

"세하 씨. 식사……."

"……생각 없어요."

간밤에 악을 쓰고 울었던 까닭에 눈가는 퉁퉁 부어 있었다. 이불을 머리끝까지 뒤집어쓰고 있는 세하는 미동도 없었다. 평소 같으면 그녀를 혼자 두었을 테지만 이제는 아니었다. 휘겸은 방문을 닫고 엄한 얼굴로 기대어 섰다.

"잠깐 얼굴 좀 봐요."

"……."

"잠깐이면 돼요."

세하가 이불을 걷고 반쯤 상체를 일으켰다. 들지 않는 고개 속에 숨은 얼굴은 보지 않아도 처절할 것이다. 휘겸은 그리로 걸어가 침대맡에 앉았다.

"우리 약속 했었죠."

"……."

"나 기억하고 있는데, 세하 씨는 아니에요?"

휘겸을 믿고 함께 이겨 내 보겠다는 약속이었다. 세하는 뭐라 변명할 기력조차 없었다. 그저 악만 남았을 뿐이다. 마음에 너무 병이 들어서 기분이 오락가락했다. 살고 싶다가도 갑자기 죽고 싶은 것처럼.

"……입맛이 없어서 그래요. 이게 내 잘못이에요?"

"세하 씨."

"나도…… 나도 진짜 안 이러고 싶은데……!"

금세 울렁이는 목소리로 가쁘게 숨을 토해 냈다. 골이 다시 뜨거워지며 눈물을 맞이한다.

"미안해요. 화내려던 게 아니라. 그냥 내가 지금 너무……."

"알아요. 세하 씨."

그런 세하를 보며 휘겸은 정말이지 함께 벼랑 끝에 서 있는 것 같았다.

"나 봐요."

"……."

"세하 씨 탓한 게 아니에요."

세하는 홀로 고개를 마구 도리질 쳤다. 제 잘못이라 중얼거린다. 내내 이런 지옥 같은 마음으로 새벽을 버텼을 것이다. 꼭 간밤의 상흔 같은 거였다.

"안 없어져요. 지우려고 하는데. 그냥 계속 얼굴이……. 꿈에도 나와서 나를 막……."

24시간 내내 운동화에 묶인 신발 끈처럼 따라다니는 윤혁의 생각 때문에 온종일 괴로웠다. 밥을 먹어도 밥그릇 위로 윤혁이 생각나고, TV 속의 다른 얼굴들을 봐도 윤혁이 생각났다. 끊으려 해도 끊을 수가 없었다. 그래서 더더욱 자기도 모르게 기사들을 찾아봤던 것이다. 누구 하나라도 윤혁이 잘 견디고 있다고 말해 주길 바라서. 그래서.

"……세하 씨."

그 절절한 사랑을 알 리 없는 휘겸은 함께 처절해질 뿐이다.

"나한테 말해 줄 순 없어요? 뭐가 그렇게 세하 씨를 괴롭히는지."

"……."

"내가 아는 지금 그 이유 때문인지, 아니면 다른 것들 때문인지."

실은 저조차도 알고 있었다. 이상하리만큼 그녀의 눈물과 그녀의 슬픔에 자신이 예민하다는 것.

우는 사람 앞에서 마음이 쓰이는 건 당연한 것이지만 지금의 휘겸은 너무도 함께 슬퍼하고 있었다. 자신이 자각하지도 못할 정도로 마음을 쓰는 일이 당연하게 되어 버렸다.

세하를 보면 자꾸만 어릴 적 제 모습이 떠올랐다. 부모를 여의고 보육원에 처음 들어오던 날, 그날부터 한 달 가까이 휘겸은 방 밖으로 나오지 않았었다. 이름까지 잃은 휘겸은 그때부터 헨리라고 불렸다.

「헨리, 너 괜찮아?」

아이들이 먼저 다가와 그를 둘러싸고 말을 걸었다. 어린 휘겸은 무릎 사이로 얼굴을 파묻고 고개를 들지 않았다. 선생님들도 잘해 주려 노력했지만 뜻대로 되지 않았다. 이미 제 안의 마음이 지옥이 었던 까닭이다.

현실이 아닌 것 같아 괴로웠지만 현실이 맞고, 사실 아무것도 할 수 없음에 무력했을 뿐이다. 누군가가 절실히 필요하지만 손길을 거부하는 것도, 다 자신을 지키기 위한 잘못된 방법이라는 걸 그는 몸소 겪어서 알고 있었다.

"이렇게 끼니 거르면 몸 상하잖아요."

"……아무것도 안 하고 싶어서, 그래서 그랬어요."

목소리는 많이 지쳐 있었다.

"정말 미안해요……. 휘겸 씨까지 힘들게 해서."

"세하 씨."

휘겸이 조용히 그녀와 눈을 맞추었다.

"세하 씨가 힘들지 않길 바랐던 거지, 다른 뜻은 없었어요."

"……."

"내가 어떻게 해 주면 될까요."

아마 그녀에겐 사람이 필요할 것이다. 회고하고 싶지 않은 오랜 과거의 자신이 겪어 본 적 있는 슬픔이라서 알고 있다.

한없이 허망하기만 한 현실. 도망치고만 싶은데 막상 도망친 곳이 이런 현실이라니 세하의 마음은 무너졌을 것이다.

"어떻게 해 줘야 조금이나마 괜찮아질까요."

그 슬픔의 깊이를 감히 가늠할 수 없었다. 조금만 아프고 견뎌 내는 법을 깨우치길 바랐다.

"……휘겸 씨."

세하가 휘겸의 팔을 붙잡아 왔다.

"옆에…… 있어 주세요. 잠깐이면 돼요."

온 불행을 다 머금고 있는 얼굴로 휘겸을 보는 그녀는 마치 삶의 의미를 잃어버린 것 같았다. 마지막 날을 기약하며 하루하루 연명하는 시한부 환자처럼 메마르고 또, 처절했다.

휘겸은 그녀가 다시 잠들 때까지 조용히 옆에 있어 주었다. 누군가 옆에 있어 준다는 사실 하나만으로도 처음보다 훨씬 편안해진 모습을 보면서 감히 손가락 하나도 뻗을 수 없었다.

단잠에 빠진 얼굴은 오랜만에 좋은 꿈이라도 꾸는지 평온했다. 어쩌면 뉴욕에 오고 나서 처음으로 악몽을 꾸지 않는 걸 수도 있다. 이불을 잘 덮어 주고 일어선 그는 커튼을 꼼꼼히 닫아 햇빛을 차단해 주었다.

현실을 부정하고 싶어서 매일 잠만 잤던 그때의 어린 시절 자신처럼, 세하도 지금 이 순간만큼은 평온하길 바랐다.

방에서 나오던 휘겸의 발에 무언가 차였다. 허리를 숙여 바닥에 떨어져 있는 구겨진 종이 뭉치를 주웠다. 조심스럽게 펼쳐 보니 어떤 남학생의 사진이었다. 너무 매만져서 닳고 닳아 버린 폴라로이드 사진 한 장.

"……."

그는 자고 있는 세하를 향해 뒤를 한번 돌아보았다. 동시에 그녀의 목소리가 상기됐다.

"안 없어져요. 지우려고 하는데. 그냥 계속 얼굴이……. 꿈에도 나와서 나를 막……."

전부 다 이 사진 속 남자 때문이었을까. 휘겸은 한참이나 사진 속 남자의 얼굴을 들여다보았다.

교복 차림의 남학생은 앳된 얼굴을 하고 있지만 어딘지 익숙했다. 서랍장 위에 사진을 올려 둔 휘겸은 거실로 나와 태블릿 PC를 켰다.

한국의 포털 사이트에 접속해 아직도 열기가 가라앉지 않은 기사들을 살펴보았다. 일의 진위에 대해 연신 쏟아져 나오는 언론의 기사들은 얼마나 충격적인 이슈인지 체감하게 했다.

정경유착, 성진, 정 회장, 서규명.

그리고…… 정윤혁.

"……."

사진 속의 남자와 비슷한 얼굴을 가진 사람이 거기에 있었다. 앳된 티를 벗고 이제는 다 자라 버린, 뚜렷하고 확실한 얼굴선을 가진 윤혁이었다. 침착하던 휘겸의 눈빛이 매섭게 변했다.

"……."

자신이 모르는 어떤 시나리오들이 그녀를 괴롭히는 건지 가늠도 할 수 없었다.

＊ ＊ ＊

"우리 같이 이거 해 볼까요."

테이블 위로 버킷리스트 작성지를 내밀었다. 핸드폰 기사만 보던 세하는 시선을 그쪽으로 돌렸다. 일주일 내내 펜트 하우스에 들러 휘겸이 식사를 챙겨 주고 보살펴 줘도 마음이 건강하지 못하니 푸석한 얼굴이었다.

"이게 뭐예요……?"

"버킷리스트. 뉴욕에 오면 하고 싶은 거 있었을 것 같아서요."

뉴욕은 세하가 헤어 나오지 못하는 그 현실에 비해 꽤나 평화로웠다. 가고 싶은 곳은 어디로든 갈 수 있었고, 하고 싶은 것도 다 할 수 있었다. 그녀가 이제 그만 밖에 나갈 준비를 하고 새로운 인생을 살고 싶다는 마음만 먹는다면.

"저는…….."

고개를 숙인 세하는 잠시 말이 없었다. 분명 뉴욕에 오면 껍질을 벗고 새롭게 태어날 수 있을 거라 믿었었다. 한때는 그랬었다. 그런 데 지금 제 모습은 그저 마음에 병이 든 것과 다름이 없었다. 물을 주지 않아 하루하루 말라가기만 하는 이파리처럼 말이다.

휘겸은 그런 세하가 안쓰러웠다.

"날이 많이 풀려서 햇빛도 좋고, 바람도 좋은데."

"……."

"같이 나가서 맛있는 것도 먹고 그래요, 우리."

"……."

"걷기도 하고, 차 타고 떠나기도 하고, 여행도 가고. 세하 씨가 가고 싶은 곳 어디든요."

그는 정말이지 다정했다. 무언가 보살펴 주고 책임져 주려는 얼굴과 목소리에서 자꾸만 윤혁이 겹쳐 보였다. 하지만 이제 조금씩 극복해야 하는 걸 알기에 휘겸을 이휘겸 그 자체로 보려고 노력해야했다. 언제까지 이 일에 얽매여 있을 수만은 없다는 걸 알고 있지만……. 극복할 수 있을까? 자신이 없었다.

"뭘 어떻게 시작해야 할지 모르겠어요. 사실……."

"뭐든지 하면 돼요. 지금부터."

"……."

"그럴 마음만 있다면 제가 도와줄게요."

자신감 있는 목소리는 꼭 그녀를 지켜 줄 것처럼 든든했다. 굳어졌던 세하의 표정이 조금씩 풀려 갔다. 그걸 눈치챈 휘겸이 그녀의 손에 조심스럽게 펜을 쥐여 주었다.

"그럼 우리 하나씩 써 볼까요?"

잠시 머뭇대던 세하는 리스트에 하나씩 적어 내려가기 시작했다.

사실 그녀는 맛있는 음식을 마음껏 먹고 싶었고, 어디든 자유롭게 가고 싶었다. 더 이상 쏟아지는 기사와 사진들에만 매달리지 않고 할 수만 있다면 아무 일도 없었던 것처럼 살아가고 싶었다.

트라우마를 극복하기 위한 첫 단계는 이제 그만 용기를 내어 밖으로 나오는 일이다. 휘겸은 그녀의 새로운 시작을 함께해 줄 수 있다는 사실에 꽤나 마음이 설렜다. 누군가의 위로가 되는 일이란 그런 거였다.

버킷리스트에는 단정한 글씨로 많은 것들이 적혔다. 세하가 잠시 낮잠을 자는 동안 창가에 기대선 휘겸은 그것들을 하나하나 읽어 내려갔다.

그녀는 브로드웨이의 뮤지컬을 보고 싶다 적었고, 시원한 경치를 보고 싶다고 적었다. 휘겸은 직접 일일이 계획을 짜고 날짜를 정했다. 어쩌면 진짜 그녀가 원하는 어떤 것은, 제가 평생 이루어 줄 수 없을 거란 걸 안다. 다만 버킷리스트에 적힌 것들은 함께 해 줄 수 있을 것 같아 마음이 놓였다.

* * *

햇살 좋은 어느 날 오후. 휘겸은 세하를 데리고 뉴욕에서 가장 아름다운 다리, 브루클린 다리로 데려갔다. 할랄푸드 카트에서 군것질거리를 나눠 먹기도 했다.

다리 위로 올라오자 창공을 가득 메우는 건물들과, 많은 관광객들, 펄럭이는 미국 국기가 보였다. 시원한 겨울 공기에 가슴이 뻥 뚫리는 것 같았다.

아무 생각 없이 나눌 수 있는 실없는 얘기들을 하며 걸었다. 세하가 웃을 때마다 옆에서 수없이 셔터를 눌러 주기도 했다. 겨울의 하늘의 오묘한 색감과 노을, 그 아래 브리지와 세하의 웃는 얼굴은 너무도 아름다웠다.

"이거 너무 예쁘다!"

가판대의 기념품을 만지작거리는 세하는 몇 년 만에 한 번 주어진 자유를 만끽하는 사람처럼 평화로워 보였다.

휘겸은 세하의 보폭에 천천히 맞춰 주었다. 환한 세하의 얼굴에 덩달아 기분이 좋아졌다.

"휘겸 씨. 날이 이렇게 좋은지 몰랐어요."

"자주 이렇게 나와요, 우리."

둘은 벤치에 잠시 앉았다. 후련해 보이는 세하를 묵묵히 바라보았다.

"춥진 않아요?"

"괜찮아요."

따뜻하게 입으라고 휘겸이 몇 번이나 당부했었다. 장갑을 끼라는 잔소리마저 꼭 아이를 챙기는 엄마처럼 일일이 신경 써 주던 목소리였다. 그걸 생각하니 이휘겸이라는 사람이 어떤 사람인지 문득 궁금해졌다.

"⋯⋯귀찮지 않으세요?"

"어떤 게요?"

"그냥 제가⋯⋯."

"⋯⋯."

"손도 많이 가고⋯⋯ 그렇잖아요."

그렇게 말하며 운동화 앞코를 바닥에 쿡쿡 찌르는 그녀는 어딘지 쓸쓸해 보였다. 휘겸은 잠시 그 옆태를 바라보다가 담담하게 내뱉었다.

"우리 말 놓을래요?"

"네?"

"세하 씨 괜찮으면 이제 말 놔요. 우리."

해 주고 싶은 말이 있었다. 그녀에게 잘 와닿지 않을까 그게 걱정이었다.

"친구 해 주고 옆에 있어 주겠다고 한 건 난데, 자꾸 나한테 미안해하는 것 같아서요."

"……아니에요. 꼭 그런 건 아니지만."

"어렵게 생각 안 했으면 좋겠는데."

"……."

"세하야."

"……."

"이렇게 불러도 되지?"

휘겸이 살포시 웃으며 그녀를 보았다. 다정하고 부드러운 미소였다. 세하는 수긍하듯 고개를 끄덕였다. 그는 주머니에서 꺼낸 따뜻한 핫팩을 세하의 손에 쥐여 주었다.

"세하 네가 나라면 어떻게 했을 것 같아?"

"……."

"왠지 너도 나처럼 똑같이 했을 것 같은데."

맞은편의 맨해튼 브리지를 바라보았다. 다리 밑으로 배가 지나간다.

"……동정으로?"

"동정이라고 단순하게 말할 수 있는 마음이면 지금보다 쉬웠을 거야."

뉴욕에 오고 나서 그녀는 제정신이 아니었다. 휘겸이 식사를 만들어 줘도 끼니를 거르기도 했었고, 어느 새벽에는 목 놓아 울기도 했다. 방 안에 틀어박혀 눈물만 찔끔찔끔 흘리다가 아무것도 하고 싶지 않아 계속 잠만 자는, 그런 우울한 일상의 반복이었다.

그럴 때마다 휘겸은 말없이 그녀의 옆에 있어 줬다. 겨우 하루를 버텨 다음 날이 되면 지난 새벽에 있었던 일들을 입 밖으로 꺼내지도 않았다.

휘겸 역시 알고 있는 것이다. 몇 번 떨쳐 내 주었다고 떨어져 나갈 감정이면 애초에 슬픔도 아니었을 거라고.

"……나는 너한테 아무것도 해 줄 수 있는 게 없는데."

"지금은 말고 다음번엔 세하 네가 나 응원해 줘."

"……."

"잘 극복해서 나중에 괜찮아지면. 그렇게 해 줄 거지?"

벤치에서 일어난 휘겸이 그녀의 앞에 한쪽 무릎을 굽히고 숙였다. 반쯤 풀려 버린 운동화 끈을 묶어 주었다. 그리고 꽤나 담담하게 말했다.

"숙이는 건 내가 다 할 테니까."

"……."

"너는 숙이지 마."

"……."

"무슨 일을 겪었든 절대 자기를 낮추지 마. 안 그랬으면 좋겠어."

휘겸의 등 뒤로 석양이 붉게 타오른다. 지나가는 연인들, 가족들, 관광객 무리들. 행복해 보이는 모두의 얼굴이 캠프파이어 앞에 손을 뻗고 앉은 사람처럼 달아올랐다.

"……휘겸아."

이름을 불러 주는 세하의 목소리에 고개를 들었다. 서늘한 바람이 순간 그의 앞머리를 찌르는데도 휘겸은 눈 하나 깜빡할 수 없었다. 노을빛이 닿은 그녀의 얼굴이 너무 아름다웠기 때문이다.

"그렇게 말해 줘서 고마워."

"……."

"진짜 위로가 됐어."

가쁘게 뛰는 가슴은 궤도를 잃은 것처럼 질주했다. 그건 휘겸에게 처음으로 보여 주는 미소였다. 문득 그 광경을 넋을 놓고 바라보다 휘겸은 정신을 차렸다. 바람에 흔들리는 빨랫줄처럼 설렁설렁 뛰는 가슴은 그 의미가 명확했다.

자꾸 챙겨 주고, 달래 주고 싶었던 것도 사실 자신과 닮아서라는 이유뿐이 아니다. 인정하면 끝나는 감정일 테다. 평소에는 찾아볼 수 없는 해맑게 웃는 웃음. 휘어지는 눈꼬리. 하얀 도화지 같은 청초한 얼굴.

"얼른 마저 건너가자."

신발 끈을 예쁘게 묶고 일어선 휘겸은 세하를 위해 보폭을 맞춰 줄 뿐 떨리는 마음을 티 내지 않으려 애썼다. 세상에 존재하는 모든 짝사랑의 시작이란 그런 거였다. 좋아한 순간을 기억한다면 좋아하지 않을 순간도 정할 수 있을까. 애써 헤엄쳐 나오려 하지만 사실 희망 따위 없는 것.

"휘겸 씨가 제게 첫 번째 사람이 되어 주면 좋을 것 같아요."

"……."

"전 가족도, 친구도, 사랑도. 모든 걸 버리고 떠났으니까요……."

그렇게 말하던 세하를 기억한다. 어쩐지 자신의 마음은 명확해진 것 같은데 현실은 그렇지 못했다. 제가 서 있는 곳, 그녀의 곁에 있는 이유, 그러니까 자신의 위치를 기억해야만 했다.

"옆에…… 있어 주세요. 잠깐이면 돼요."

결국 한 번 꺼내 보지도 못할 사랑이 될 걸 알았다.

* * *

먼지를 떨어뜨리는 가지 끝이 바람에 파스스 떨린다. 기자들은 저마다 중무장을 한 채 건물 앞에서 진을 쳤다. 그들이 숨을 쉴 때마다 허연 입김이 여러 갈래로 뱉어진다.

몇 시간 후 나갈 기사의 헤드라인은 이와 같을 것이다. 〈성진 물산 제 2 신사옥 준공.〉 카메라를 든 취재진들이 서로 속삭였다.

"그 난리가 겨우 1년 전인데 완전히 위기를 기회로 잡았어요."

"뭐 성진이니까요."

벌써 사계의 한 바퀴를 돌아 다시 찾아온 겨울이었다. 대한민국에서 가장 뜨거운 이슈였던 화젯거리는 찬물 붓듯이 식어 버리고 성진은 한 움큼 더 도약했다.

1년 만에 성과 200%를 달성하고 보란 듯이 대표 기업 위치를 지킨 극적인 전개가 가능했던 건, 한 사람 덕분이다.

"정윤혁이다!"

여기저기서 플래시 세례가 터졌다. 경호원이 문을 열자 세단에서 내린 사람은 윤혁이었다. 의전과 비서들이 행사장으로 걸어 들어오는 그의 뒤를 따른다.

윤혁은 무척이나 결연한 자태였다. 특히 빼어난 허우대의 그는, 중년의 임원진들 사이에서 가장 눈에 띄었으며 또 올곧은 자세였다. 윤혁은 관계자들과 형식적인 인사를 나누고 중앙에 섰다.

테이프 커팅식이 시작되자 수십 대의 카메라에 그의 얼굴이 담긴다. 수척한 얼굴이 미소 안에 숨겨졌다.

윤혁에게는 태어나 가장 길었던 1년이었다. 많은 것들을 잃었고 또 많은 것들을 얻었다. 사람들은 그가 사태를 견디지 못할 거라 떠들어 댔지만 윤혁은 지난해 취임식에서 공언했던 약속들을 보란 듯이 속도 높여 추진해 나갔다.

꼭 원리 원칙대로만은 아닌, 비상시에도 차분함을 잃지 않는 경영과 인재를 선별하는 능력, 끝까지 제 편에 설 사람들을 안고 가는 것 역시 총명한 두뇌 덕분이었다. 이것은 곧 제가 부임한 성진 물산의 실적으로 보답받았다.

윤혁의 도전적인 눈빛이 카메라에 닿았다. 여과 없이 상승세만을 보이는 그를 보며 취재진들은 저들끼리 연신 떠들어 댔다.

"애 티를 벗었어요. 저 나이에 수장인 것도 대단한데 놀랍네요."

"타격이라도 있을 줄 알았죠. 이렇게 극복할 줄은……."

성진의 이름을 들어 본 적이 있는 사람이라면 그룹의 후계자가 막내아들인 정윤혁이 되지 않겠느냐며 떠들어 댔다.

아마 지금으로부터 반년 후 건물이 완공되면 성진 물산은 더욱 빼어난 기업이 될 것이다. 위기를 기회로 돌려놓은 그의 놀라운 성과였다.

＊ ＊ ＊

"굿 샷!"

경기도 외곽 지역에는 성진 그룹의 사격장이 위치해 있었다. 공기 좋고 물이 맑은, 산새가 뛰어난 그곳의 일대 전부가 정 회장의 땅이었다. 사냥을 하기에 딱 좋은 곳에 경영진을 초대한 것은 윤혁이었다. 성진과 오랜 협약 관계를 맺고 있는 지인들도 함께였다.

윤혁은 정확한 자세로 섰다. 매서운 눈이 궤적을 계산한다. 장총을 너른 어깨 위로 올린 그가 과녁을 향해 조준하자 탕! 탕! 발포음이 울린다. 새들이 푸드득 창공을 날았다. 탄피가 바닥으로 튕겨 나가며 연기가 총구 사이에서 피어오른다. 두어 발 내리 명중이었다.

"이사님 컨디션 좋으십니다."

지척에서 박수와 환호가 이어졌다. 샷건을 비서에게 넘긴 윤혁은 가죽 장갑을 벗으며 생수를 들이켰다.

"제가 사격에 욕심이 있다는 건 다들 아실 겁니다."

본론을 꺼내기 전, 서론이었다. 내리 무표정한 윤혁은 동요하는 기색 따위 없었다.

"목표물이 날 쏴 달라 가만히 기다리고만 있으니, 인간인지라 슬슬 흥미가 떨어지더군요."

그는 일관된 표정으로 픽 웃는다.

"아무래도 제가 사냥을 시작해야 할 것 같은데 다들 어떻게 생각하십니까?"

사격과 사냥은 엄연히 다른 의미다. 윤혁이 그냥 던지는 말은 없기에 모두 눈치를 살피기 시작했다. 비서에게 총을 받아 든 그가 다시 한번 목표를 향해 총구를 세웠다. 한 번 더 발포음이 울렸고, 역시 명중이었다.

"이렇게 가만히 목표를 보고 계산하다 보면 그런 각오가 생기더군요. 밀어 주는 힘과 탄의 아귀, 그 궤적이 정확하다면 백발백중으로 좋은 성과가 나오지 않을까 하는 생각 말입니다."

그는 안전한 경로를 택하지 않는다. 위험이 필연이라도 제가 승기를 잡으면 그만이었다. 윤혁은 어떠한 동요 없이 일관된 표정으로 말했다.

"모처럼 바쁘신 분들께서 모이신 자리이니 한 말씀 올리겠습니다."

"제안이십니까."

"다들 아실 겁니다. 1년 전 있었던 해프닝."

잊으려 발버둥 칠 뿐 완전히 사라지지는 못한, 지우고 싶은 기억의 반대편에 서 있는 그녀를 떠올렸다.

"요란한 빈 수레를 타고 있어서 제대로 된 대처도 하지 못했죠."

"……"

"유년시절 아버지께 배운 대로 저는 사업도, 권력도, 명예도. 하나의 게임이라고 생각합니다. 앞으로의 성진. 제가 누르고 일어설 겁니다. 제안이 아니라 반드시 그렇게 될 겁니다."

"……"

"줄 설 기회, 드리겠습니다."

그의 순간적인 기세는 강력했다.

"저를 이용해서 득점하시죠. 힘을 얹어 주시면 반드시 그 결과를 보여 드리겠습니다."

첨예한 대립각에 긴장감이 이어졌다.

"이 바닥의 룰은 오는 게 있으면 가는 게 있어야 하죠. 적으세요, 액수. 일이 잘 처리된다면 정확히 두 배로 갚겠습니다."

"……."

"저는 권력이 필요합니다. 대한민국에서 저희 아버지, 정진건 회장의 무게를 견딜 수 있는 힘이요. 저를 일으켜 세워 줄 바로 그 힘이요."

윤혁의 뒤로 붉은 석양이 내려앉고 있었다.

"은혜는 절대 잊지 않습니다. 제가 기억력이 좀 좋은가요."

그의 인생에 비켜 쏘는 경우는 없었다. 상대를 잡으려면 단숨에 쥐고 비튼다.

"여기 계신 분들은 현명한 선택 하실 거라 믿습니다. 잘 부탁드립니다."

권력이 너무도 절실하던 날이 있었다. 다 자라지 못한 어린 소년이던 삶의 이맘때였다.

세하의 세상이 무너졌던 날도, 결혼이라는 두 글자 아래 평생의 약속이 조롱거리가 된 날도, 꼭 이렇게 찬 기운이 가득했다. 떠올리기만 하면 종잇장처럼 구겨진 이맛살이 말해 주는 기억이자 지우개로 쓱쓱 흔적도 없이 지워 버리고 싶은 시간.

그는 다음 스케줄로 이동하기 위해 임원들에게 일일이 악수를 청하며 뜻을 견고히 했다. 손을 맞잡으며 상대의 표정을 기민하게 살폈다. 누가 제 편이 될 것이고, 누가 적이 될 것인지 한 번 더 확인하는 인상적인 제스처였다. 정리를 마치고 나온 그가 세단에 탑승하기 직전 수행비서가 뒤에 따라붙어 소식을 전했다.

"지시하신 대로 모두 마무리했습니다."

"확인하고 또 확인하세요."

"물론입니다. 빈틈 하나 없도록 철저히 하겠습니다."

세단에 탑승한 윤혁이 담배를 꺼내 물었다. 조수석에 탄 재호가 그를 돌아보며 물었다.

"대본은 빼라고 했다며."

"필요 없어."

차창 밖을 보는 그의 표정은 언제나 공허하게 굳어 있었다. 가로로 굳은 입매. 조금 날카로워진 서늘한 눈빛까지.

"급발진 안 하니까 걱정 마."

"기자회견 엎는 것도 엎는 거지만, 끝까지 가 봐야 아는 거 알지."

그는 꽁초가 된 담배를 손가락으로 튕겨 버리곤 남은 연기를 훅 뱉었다.

"알지."

"……."

"잘 알지."

다시는 없을 기회이자 도전이었다. 명분이라고는 하나였다. 오로지 서세하. 아무리 시간이 지나도 여전했기에 시간만이 아픈 상처에 피딱지를 앉게 해 준다는 진리는 거스르고도 남았다. 무거운 눈꺼풀을 내리감을 때마다 세하의 얼굴이 떠올랐다. 이젠 눈앞에 없기에 한번 보려면 눈을 감고 생각해야만 보이는 얼굴이었다.

"지금은 힘도 없고 어리지만, 그만큼 강해져서 내가 너 지킬게."

성진은 공고하다고 모두들 떠들었지만 아무것도 끝나지 않았다. 이제 시작이었다.

* * *

한겨울 뉴욕의 늦은 오후는 해가 다 내려 있었다. 1년을 돌고 돌아 다시 다가온 겨울의 기운이 천천히 흐르는 강물 위로 스며든다. 건너편 도시의 빛을 받은 강물이 햇빛 아래서 빛나며 수면 위로 수를 놓았다.

세하는 막연히 울고 싶어졌다. 아무것도 생각하고 싶지 않은데. 다시 돌아온 겨울은 순간순간마다 자신을 괴롭고 숨 막히게 만들었다.

그녀는 바쁘게 몸을 움직였다. 가끔은 직접 청소를 해 보고, 요리를 하고, 커피 머신을 돌렸다.

가만히 천장만 보고 누워 있는 게 어떤 것보다 고된 일이었다. 여전히 세하에게 그 일은 현재 진행형이었다.

빠르게 끓어오른 온갖 구설수들은 순식간에 식어 버리고 여러 이슈는 종식됐지만, 누군가 저를 찾으러 올지도 모른다는 불안감은 사라지지 않았다.

자신의 행방불명을 두고 세상이 어떻게 수군거리는지도 알고 있었다. 이젠 언론 그 어느 곳에서도 1년 전 있었던 그 일을 들추지 않는다. 모든 자료는 악의적으로 조작된 것이며 대선을 1년 앞두고 여야 사이의 해프닝, 혹은 정치 공작과 악성 루머 및 선동이었다며 마무리됐다.

예상했던 일이지만 윤혁에게 피해를 주지 않았기에 잘 된 결론이라 할 수 있을까. 소파에 앉은 그녀의 어깨 위로 햇빛이 내려졌다. 커피 잔 위로 부슬부슬 내리는 잔 먼지를 보았다.

멍하니 앉아 있던 세하는 테이블 위에 놓인 태블릿 PC를 켰다. 무슨 이슈 때문인지 동영상 사이트 상위 검색어가 오르락내리락했다. 의심 없이 그것을 클릭한 순간, 몸이 굳고 말았다.

'서규명 기자회견'

'서규명'

'전 국무총리'

세하의 눈이 커졌다. 덜덜 떨리는 손으로 상단에 뜬 속보를 눌렀다. 연단에 선 자신의 아버지가 보였다. 태블릿 PC에 보이는 얼굴이란 분명히 규명이 맞았다.

—존경하는 국민 여러분. 서규명입니다.

서규명 前 국무총리 정계 복귀 기자회견이었다.

—1년 전 있었던 불미스러운 일로 국민 여러분께 심려를 끼쳐 드린 점 다시 한번 사죄드립니다. 사실 관계는 명명백백히 밝혀졌으나 제 딸아이의 행방을 두고 이런저런 구설이 많기에 이루 말할 수 없이 참담한 심경입니다.

1년 만에 마주한 그는 조금도 초라해지지 않았다. 가장 가까이에서 바라봐 온 인간이기에 모든 것이 이날 하루를 위한 연출이라는 것쯤은 구분할 수 있었다.

—한 가장의 아버지로서 딸자식을 제대로 지도하지 못한 저의

불찰이기에 자리에서 내려와 가장 낮은 곳에서 반성했습니다. 그리고 오늘, 국민 여러분께서 응원해 주셨기에 다시 이 자리에 설 수 있었습니다.

세하는 주먹을 쥔 손에 힘을 주었다. 치가 떨렸다.

—다시는 고의적인 선동으로 억울한 피해자가 생겨선 안 됩니다. 과분하게 쏟아 주신 국민 여러분의 애정에 힘입어 저는 흔들리지 않고 나아갈 것입니다.

그것은 꼭 화면을 보고 있을 저 자신에게 경고하는 것 같았다.

한마디, 한마디가 떨어질 때마다 정신은 무섭도록 또렷해졌다.

이건 세하가 원하는 삶이 아니었다. 모든 계획은 그저 치기였다는 듯 너무도 당연하게 참담한 패배로 종식되어 버렸다.

예상했던 것 이상으로 긍정적인 여론이 형성됐다. 사방에서 플래시가 터지며 다양한 헤드라인이 쏟아졌다.

[구설에 휘말려 바닥을 보이고도 꿋꿋이 일어난 리더. 범국민적 지지에 한 번 더 고개 숙여 인사……]

기자회견이 실시간으로 중계되는 동시에 SNS에서는 응원의 메시지가 장을 이루었다.

예견된 그의 승리이자, 예견된 세하의 패배이기도 했다.

규명이 연설을 마무리하고 연단에서 내려오려던 순간이었다. 중계 카메라가 몹시 뒤흔들리더니 장내가 소란스러워진다. 중앙 입구에서부터 기자들이 홍해처럼 갈라졌다.

화면에 담긴 주인공의 얼굴은 기자회견장으로 걸어 들어오고 있는 윤혁이었다. 넓은 보폭의 걸음은 주저가 없었다. 갑작스러운 그의 등장에 당황한 아버지의 얼굴까지 중계됐다.

세하는 너무 놀라 자리에서 주저앉았다. 규명을 처음 보았을 때보다 훨씬 불안정하게 몸이 떨리고 있었다. 꿈을 꾸나 싶었다.

윤혁아…….

현실을 피해도 사라지지 않던 마음의 응어리가 천천히 상기되며 터널 속의 어둠처럼 잡아먹히는 것 같다. 떨리는 손으로 태블릿 PC를 다시 한번 쥐었다. 무엇보다 오늘은 아버지의 정치 복귀를 알리는 날이 아니던가.

화면 속 결연한 표정의 윤혁은 규명을 향해 허리 숙여 인사했다. 당황한 얼굴을 지었다 금방 포커페이스를 유지하는 규명의 모습과, 급한 걸음으로 달려와 규명에게 말을 전하는 수행비서의 모습이 순서대로 카메라에 잡힌다.

흔들리지 않는 눈빛으로 중계 카메라들을 쭉 휘둘러보던 윤혁은 주저 없이 연단 위로 걸어 올라갔다. 두 사람 모두 소름 끼치도록 다정한 미소를 짓고 있어 제삼자가 볼 때는 어떤 대화가 오가는지 알 수 없는 상황이었다.

—자리 좀 비켜 주시죠.

—뭐 하는 짓이지?

—뭐 하는 짓인지는.

윤혁의 살벌한 눈빛과 달리 입매는 반듯이 올라가 있었다.

—두고 보시면 아시겠죠.

예상치 못한 돌발 상황에 경호팀이 중재하지 않는 걸 보니 이미 매수가 끝난 것 같았다. 그는 규명의 어깨를 지나쳐 회견이 마무리 된 연단에 자리를 잡고 선다.

사건이 벌어진 이후, 좀처럼 세상에 얼굴을 드러내지 않던 윤혁의 갑작스러운 도발은 낯선 풍경이기에 모두들 혼란을 금치 못했다.

도전적인 눈의 윤혁은 마이크를 손가락으로 두 번 튕긴다. 급격히 소란스러워진 내부가 조용해질 때까지 가만히 서 있었다. 얼마 가지 않아 시끄러웠던 소음이 멎었다.

—시작해도 되겠습니까?

자막이 띄워졌다.

〈속보〉 성진 물산 이사 정윤혁 긴급 기자회견.

—안녕하십니까. 정윤혁입니다.

그를 담은 사진은 한동안 재계의 뜨거운 감자가 될 것이다. 장내 는 이내 연단에 선 사람 하나에게로 집중되었다.

—이른 아침 뉴스는 다들 보셨으리라 생각합니다. 헤드라인이었 죠. '성진과 여권의 정경유착, 이대로 진척 없이 마무리되나.' 모쪼록 억울한 피해자가 생겨서는 안 된다는 서규명 의원의 앞선 발의, 통 감합니다.

앞선 기자회견에 있었던 회견문을 교묘하게 비꼰 발언이었다. 원 고 없는 연설에 탁 트인 음성과 절제 있는 제스처. 그의 연설은 강력 한 무기다. 모두의 인식에 강하게 박힐 만큼 각별했다.

―바쁘신 기자님들이 모이신 만큼 돌려 말하지 않고 단도직입적으로 말씀드리죠.

그는 두꺼운 서류철을 카메라를 향해 들어 보였다.

―증거 불충분으로 마무리된 특검, 협조하겠습니다.

윤혁의 파격적인 소신 발언으로 미친 듯이 카메라 플래시가 터진다. 눈 하나 깜빡이지 않고 정면을 응시한 그는 여전히 진중한 얼굴을 하고 있다. 이어 낮은 음성을 덧붙인다.

―집안과의 전면적인 대치가 맞습니다. 저 스스로 저희 집안의 치부를 들추는 것이기에 아마도 이해하지 못하시리라 예상합니다.

취재진들에게 아주 파격적인 헤드라인 감이었다. 잠시 소강상태이던 장내가 불같이 끓어오르며 질문이 득달같이 쏟아졌다.

―무슨 말씀이십니까? 사전에 조율된 내용인가요?

―집안 문제를 직접 폭로하시겠다는 겁니까?

―좀 더 자세하게 말씀해 주시죠!

그는 왼손을 들어 잠시 들끓은 분위기를 가라앉히려 제재했다. 실시간 여론은 두 갈래로 나뉘었다. 그가 정말 사연이 있는 게 맞다, 혹은 그가 무언가를 위해 각오한 것이다. 답이 무엇이든 간에 이런 도발은 정 회장이 잠재워 놓은 사태를 전면에서 엎는 꼴이었다. 한층 더 나아가 기름을 붓고 불을 붙이는 것이다.

―국민 여러분. 이건 쇼도, 협박도, 연기도 아닙니다. 성진의 삼남인 제 신분을 차치하고, 사건의 시비를 투명하게 밝히기 위해 이 자리에 선 것입니다.

어딘지 모르게 풀어지는 얼굴빛은 서글펐다.

―이 사건의 가장 최측근으로서, 성진의 내부자로서, 그리고 한 여자의 소신을 지지하는 사람으로서. 이제라도 모든 걸 되돌리려 합니다.

카메라를 직시하는 눈동자가 너무도 투명했다. 너무 투명해서 오히려 무슨 마음을 먹고 있는지 알 수가 없었다. 세하는 그 눈이 꼭 중계를 보고 있을 자신을 꿰뚫는 것 같았다. 마치 그의 앞에 나신으로 서 있는 것 기분이었다.

매일 매일 꿈에 나오는 사람이라 잊을 수도 없는 윤혁의 얼굴. 그렇게나 큰 죄를 저질렀는데 그가 저를 잊은 적도, 놓은 적도 없었다는 추측이 사실이 되는 순간 입을 틀어막았다.

―국민 여러분. 1년 전 저는 제 전부를 잃었습니다.

세하는 조금씩 뒷걸음질 치다 태블릿 PC를 손에서 놓치고 말았다. 겨우 버티던 그녀의 입술도 거세게 떨리기 시작했다. 새하얗게 핏기가 가신 입술은 정신력으로 버티고 있다는 증거였다.

―손에 쥐고 있어서……. 전부인 줄 몰랐기에 잃었습니다.

결국 아무것도 끝나지 않았다. 모든 건 이제 시작일 뿐이다.

그녀는 무너지듯 주저앉아서 무릎 사이로 얼굴을 묻었다. 오한이 오듯 떨리는 몸은 주체가 되지 않았다. 결국 불씨를 지핀 것이 저 자신이란 사실까지도 괴로웠다. 퍽퍽 가슴을 쥐어뜯자 단추들이 바닥으로 후드득 떨어져 내렸다.

"대체 왜……."

휘겸이 놀란 눈으로 달려왔다. 가물가물한 시야 속에 그의 얼굴이 잡혔다.

"세하야!"

그 말을 끝으로 아무 소리도 들을 수 없었다. 온몸의 신열이 전쟁 중인 것처럼 뜨겁고 어지러웠다. 무너지다 못해 부서지듯 휘겸의 품에 휘청이며 쓰러졌다. 눈가에 고여 있던 눈물이 볼을 타고 흘러내린다.

세 번의 계절을 지나 돌아온 겨울. 창밖은 눈발이 조금씩 흩날리고 있었다.

* * *

꿈을 꿨다. 십수 년 전 그 일이 또 재생되고 있었다.

"내가 너 지킬게."

"……."

"지금은 힘도 없고 어리지만, 그만큼 강해져서 내가 너 지킬게."

그 눈빛은 분명했다. 거짓말이 아니다.

"그때까지만 나 기다려 줘."

기억에서 그때를 가위로 잘라 내 영영 지워 버리고 싶었다. 뒤로 물러설 곳조차 없는 낭떠러지 앞에 혼자 외롭게 버려진 것 같았던 그 기분. 절박해서 아무나 붙잡고 싶었던 그 때의 처참한 심정. 아무 렴 어떠냐는 듯 자신을 선택하겠다던 목소리.

그 한 순간으로 평생을 기댈 줄 알았던 음성은 이제 다시는 떠올리고 싶지 않은 끔찍한 기억으로 남고 말았다.

몇 년이 지났지만 여전히 애달픈 목소리가 귓가에 맴돌았다. 여전히 기억 속에 머무르는 조각들을 꺼내어 봐도 너무나 욕심 같은 사랑이다.

그렇게 말하던 어린 시절의 그는 오래전의 약속을 잊지 않고 지키기라도 한 듯, 그녀를 택했고 집안과 틀어지는 걸 각오했다.

'윤혁아. 내가 널 그렇게 만들어 버린 거니.'

꿈속에서도 세하는 몇 번이고 자신에게 물었다. 정말 널 기다릴걸 그랬나. 정말이지 널 믿어야 했었나.

'넌 대체 왜 날……'

눈이 번쩍 뜨였다.

심장이 가쁘게 뛰고 있었다. 꿈인지 현실인지 알 수 없을 만큼 어지러웠다. 침대맡에 앉아 제 두 손을 붙들고 있는 휘겸을 보고 나서야 긴 꿈에서 깨어났다는 걸 알았다. 아직은 동이 트지 않은 새벽이었다.

그녀가 뒤척이자 휘겸이 번쩍 고개를 들었다.

"깼어? 나 여기 있어."

"……휘겸아."

"많이 놀랐지."

휘겸이 다가와 물을 건네주었다. 다행히 빠르게 뛰던 심장도 점점 가라앉는 듯했다. 무언가를 체념한 흐리멍덩한 눈이 휘겸을 향했다.

"……나 오래 누워 있었어?"

"조금."

"……"

"걱정하지 마. 의사도 여러 번 왔다 갔는데, 잠깐 정신을 잃은 거래."

그가 마른 수건으로 식은땀을 닦아 주었다. 잔뜩 눈물이 어린 시선이 맞닿는다. 말없이 제 얼굴을 쓸어내리는 손이 이상하게 서글펐다.

"······휘겸아."

덜덜 떨리는 입술을 입 안으로 삼킨다.

"나 꿈을 꿨어······. 윤혁이가 꿈에 나왔어."

"······세하야."

"내가 윤혁이한테 무슨 짓을 해 버린 것 같아."

"······."

"나만 망가지면 되는데······. 나만 죽으려고 했는데······."

뺨을 돌려 저를 마주하게 했다.

"세하야."

어둠 속에서도 세하의 얼굴이 또렷하게 보였다. 눈을 깜박일 때마다 휘겸의 머리로 지난 1년간의 시간이 스쳐 지나갔다.

처음엔 은혜를 갚고 싶은 마음뿐이었다. 너무나 작고 연약해서 지켜 주고픈 마음이었다. 그곳에서 힘들었으니 반드시 행복해졌으면 싶었다.

하지만 점차 욕심이 생겼다. 이젠 그녀가 모든 걸 잊고 온전히 웃어 줬으면 했다. 진창 같은 마음, 쉽게 떨쳐 낼 것이라면 사랑도 아니었겠지만 1년이라면 충분하다 싶었다.

언제인가부터 휘겸은 결말이 정해져 있고 그게 오롯이 상처뿐이더라도 그녀를 선택하고 싶었다. 더 이상 그 남자로 인해 우는 얼굴을 보고 싶지 않았다.

"그런 말 하지 마. 너만 죽으면 된다니."

"난······."

세하는 너무 깜깜하고 어둡다는 변명으로, 지금 그가 말로 표현할 수 없는 참담한 얼굴을 하고 있다는 걸 알지 못했다.

"지금까지 잘해 왔잖아."

그 목소리는 낮고 진중하게, 그러나 불안하게 나왔다.

"너 충분히 행복할 수 있어. 내가 도와주면."

차마 아무런 대답을 할 수가 없어서 그녀는 질끈 감은 눈을 뜰 수 없다. 지금 그에게서 누구를 보고 있는 건지. 왜 윤혁의 생각을 지울 수도 원망할 수도 없는 건지. 스스로가 초라했다. 어디서부터 어떻게 무언가가 어긋난 걸까. 너무 늦었지만 그걸 되돌릴 수는 없는 걸까.

흡사, 재난이었다.

4

성진은 성역이다. 그 성역과 대치하기로 작정한 윤혁의 파격적인 발언이 변수였다. 들끓다가 식은 줄 알았던 대중의 관심은 1년 전보다 거세게 파동했다.

이미 공황 상태이던 주식시장도 전례 없는 사태를 맞이하고 있었다. 겨우 회복해 놓은 성진의 이미지는 다시 먹칠이 됐고, 그 누구도 함부로 전면에 드러나선 안 된다는 걸 깨달았는지 정치권 역시 혼란이었다. 여론은 특검을 두고 의견이 분분했으며 재수사를 해야 한다는 청원이 빗발쳤다. 상황은 전혀 잠잠해질 기미가 보이지 않았다.

"무슨 생각으로 이런 짓을 벌인 거지?"

본사 이사실의 문이 쾅 하고 열렸다. 정 회장이 쳐들어왔다.

"내가 완전히 호랑이 새끼를 키웠구나. 나를 건드리면 같이 무너지는 줄도 모르고. 등신 같은 놈."

"아버지. 이제 아실 때도 됐는데."

그는 초연한 얼굴로 답했다.

"제 인생 1년 전에 끝났잖아요."

윤혁은 늘 생각했다. 명예와 평판이 뭐라고 평생을 바치는 것인지. 자식은 과연 부모의 소유물밖에 되지 않는다는 말. 부모의 금메달이 되어 부모를 비추기 위해 존재하는 인생. 그런 자식만을 자식으로 인정하는 일……. 윤혁도 더 이상 지겨웠다.

"그때도 그깟 여자, 라고 말씀하셨죠. 잘 보세요. 그깟 여자 하나 때문에 후레자식이 된 제가 아버지를 어떻게, 어디까지 망칠 수 있는지."

"집안 망신이다. 윤혁아."

"집안 망신이요?"

윤혁은 헛웃음을 터트렸다.

"서 의원. 어디서부터 어디까지 덮어 주신 겁니까."

"멍청한 질문이구나."

"왜 입에 담기도 역겨운 인간을 이렇게 돕는 거냐 여쭤보는 겁니다."

"정윤혁!"

"아시잖아요? 깡패 새끼들도 이렇게 지극 정성은 아니에요. 뭐 책잡히셨나 보죠? 그야말로 이게 집안 망신 중의 망신 아닙니까."

정 회장의 얼굴이 뒤틀린다. 윤혁은 반듯이 서서 해야 할 말을 끝까지 했다.

"모든 정황을 밝히고 세하를 잡을 수 있었던 그 기회, 1년 전. 아버지 탓에 제가 놓쳤습니다."

"아득바득 덤벼도 소용없다. 네가 날 이길 수 있을 거라 생각하는 것부터 어불성설이니."

"말씀대로입니다. 차기 대통령 만드는 데 물밑 작업 한번 깔끔하시더군요."

"너도 알다시피 사내라면 실수 한 번 할 수 있는 것 아니냐. 그따위 약점 아무것도 아니다."

"회장님."

"이건 철저히 상호 이득을 위해서야. 돈과 권력! 이 자리에 올라오기까지 그럼 아무 희생도 없을 거라 생각했니? 사내자식이 순진해 빠져서."

결국 그가 저지른 모든 악행의 뒤에 성진이 있었다는 걸 인정하는 셈이었다.

"분명 너도 훗날 나에게 고맙다고 하는 날이 오겠지."

윤혁은 눈을 질끈 감았다. 구역질이 나서 참을 수가 없었다.

"제가 벌인 이 판. 그저 장난질이라고 생각하십니까."

그는 경고하듯 그의 아버지를 똑바로 바라보았다.

"분명하게 말씀드리는 겁니다. 세하 건들면 크게 다치실 거라고."

"내가 다치면 너도 다칠게다."

"그따위 협박은 이제 소용없다는 것도 아셔야죠."

넥타이를 거칠 게 푼 그가 신경질적으로 재킷을 집고 일어섰다. 정 회장을 지나쳐 가려던 찰나였다.

"그 애가 네 곁에서 안전할 거라 생각하니?"

윤혁의 발이 묶인 듯 굳었다. 두 다리가 뻣뻣했다.

"내가 감당할 수 있는 짓만 해라. 그 이상의 장난은 나도 받아들이기 힘들거든."

"아버지."

그가 정 회장을 향해 돌아보았다.

"나 눈 돌면 아버지고 뭐고 없잖아."

싸늘하게 식어 가는 낯빛은 그 자체로도 어떤 협박이었다. 그는 지나치게 격정적이었다.

쾅. 문을 닫고 나왔다. 상한선을 모르고 커져 나가는 욕심 탓에 자식을 잃은 정 회장의 얼굴이 눈앞에 선명했다. 애석하게도 모든 건 지금부터가 시작이었다.

거친 보폭으로 걸어 나오는 윤혁에게 재호가 조심스레 문서를 건넸다. 서류를 펼쳐 본 윤혁의 눈동자가 흔들렸다.

"확실해?"

재호는 굳은 표정으로 고개를 주억거렸다.

"확실하지는 않지만 세하 씨를 봤다는 목격자가 있으니 확인해 보는 게 좋지 않을까 싶어서."

그저 목격일 뿐이고 아닐 확률이 더 높겠지만 윤혁의 눈은 번쩍 뜨였다. 장장 1년을 찾아왔던 사람이다. 방방곡곡을 직접 들쑤시고 다니지 않은 곳이 없었다. 그런데도 끝내 그녀를 찾지는 못한 이유는 새 신분 때문이리라. 끈질기게 숨어 있는 세하를 보게 될 날이, 얼마 남지 않은 것 같다는 예감이 들었다.

"내가 직접 가."

"그럴 것 같아서 스케줄 조정하고 비행기 표 마련해 뒀어."

서세하를 포기한다는 가설이란 머릿속에 없었다.

"……뉴욕이라."

윤혁은 잠시 무언가를 생각하더니 고개를 떨구었다.

1년의 지옥 같은 시간을 보낸 그에겐, 서세하라는 이름만 들어도 가슴이 들끓었다. 그녀를 다시 만나고픈 마음은 윤혁을 이길 사람이 없을 것이다. 다가온 재호가 그의 담배에 불을 붙여 주었다.

"이제 진짜 시작인 거야."

"……갑자기 의문이 들어."

"……."

"내가 세하를 찾는 이게 맞는 건지……. 이제 와서. 미친놈처럼."

잔뜩 섞여 든 머릿속은 세하의 생각뿐이었다. 감정이 윤혁을 천천히 잠식하기 시작한 그 이후부터 사랑이라는 이유로 모든 걸 인내해왔다.

"세하……. 날 다 잊지 않았을까."

세하를 되돌리는 일이 윤혁에게 맡겨진 일종의 의무인 것처럼 1년을 보냈다. 그게 그의 인생이었다. 윤혁의 인생은 오직 세하밖에 없었다.

"서세하가 있어야 나는 살 수가 있는데 이제 내가 아니라고 하면……."

"목숨 걸고 자리 지켜 온 너야. 이미 전부를 걸었어. 근데 세하 씨 마음 그거 하나가 무섭니."

무서울 정도의 추진력으로 모든 걸 제힘으로 이루어 낸 그지만, 사랑하는 여자의 마음 앞에서는 이토록 겁쟁이였다. 재호는 이런 둘의 관계가 참 처연하다고 생각하며 담배 연기를 뱉었다. 꽁초를 떨어트린 윤혁은 구둣발로 담배를 비벼 끄며 물었다.

"알아보라고 한 그 일은."

그 일, 이란 세하의 친모의 죽음에 얽힌 사연이었다.

"10년도 넘게 지난 사건인 데다가 기록마저 남아 있는 게 없으니 추적이 어려워."

"실마리 하나쯤은 드러나기 마련이지. 계속 움직여."

모든 일의 원흉이 거기서부터 비롯됐다고 윤혁의 예리한 감각이 그리 말하고 있었다. 처음으로 되돌아가 하나하나 짚어 나가기 시작한다면 왜 이런 일이 벌어졌는지, 또 왜 세하가 그런 선택을 했는지 알 수 있으리라 믿었다. 분명 그 일로부터 시작된 게 분명하기에.

"형. 한 가지 확실한 건, 그날 그 시간대에 저택에 있던 집안 사람들이 남김없이 모두 사라졌다는 거야."

"지금까지도 생활 반응이 나타나지 않고 있고."

"그게 꽁꽁 숨긴 건지, 숨길 필요조차도 없이 깔끔하게 죽인 건지. 꼬리가 길면 밟혀."

"……."

"반드시 찾아야 해. 목격자. 사소한 증거라도 절대 놓치지 마."

판을 뒤집을 유력한 증거이자 그 화살이 성진, 즉 윤혁 자신에게 향하더라도 그는 멈추지 않을 작정이다. 10년 전 그때, 세하를 안고 진실을 밝혀 주겠다 다짐한 건 그였다. 너무 늦었지만, 이제야 그 기회를 찾게 되었지만, 그는 자신이 쏜 독화살이 부메랑처럼 되돌아온다고 해도 절대 포기하지 않을 것이다. 세하를 잃은 그때부터 다짐했던 일이다.

"내가 너 지킬게."

"……."

"지금은 힘도 없고 어리지만, 그만큼 강해져서 내가 너 지킬게."

어린 날의 다짐을 회상한 윤혁의 두 눈은 어느새 붉게 충혈돼 있었다. 다시 세하를 본다면 무엇부터 말해야 할까. 하고 싶은 말들이 너무 많아서 어떤 말부터 해야 할지 정리가 되지 않았다.

기다렸다는 말도, 보고 싶었다는 말도, 여전히 사랑한다는 말도. 아니. 그런 말은 더 이상 필요치 않았다. 그저 마지막으로 한 번만 더 꽉 껴안고 싶었다.

서세하. 나는 내가 더 잘 되길 바랐어. 내가 더 잘 돼서 널 구하길 바랐다. 네가 날 이용해서라도 진정 행복하길 바랐으니까.

침묵하는 그의 얼굴은 심해처럼 가라앉아 있었다. 말하지 못할 지저분한 진실은 끝내 삼켰다. 정윤혁에게 서세하는, 평생을 앓아도 모자랄 사람이었다. 확실한 이유 따위 없었다. 이미 사랑한다는 이유 아래 모든 걸 참고 견딜 정도였으니.

* * *

오래전의 기억이 세하의 머릿속에서 또 한 번 반복된다.

교복을 입은 세하는 지하실로 조심조심 내려갔다. 규모가 상당해서 서로 전화 통화를 해야 만날 수 있는 저택이기에, 일반 가정집보다 훨씬 넓은 지하실에는 그녀를 위한 비밀 아지트가 있었다.

이곳에서 세하는 낮잠을 청하거나 멍하니 창밖을 보곤 했다. 세상에서 영영 사라지는 기분이란 어떨까, 생각하곤 했다.

곧 경호원들이 사라진 그녀의 행방을 찾으려 안달을 낼 것이다. 근래에 규명의 명령을 듣지 않고 자꾸 도망을 치는 바람에 경비가 바짝 엄해졌다. 하늘에서 떨어지는 물방울들 때문인지 창밖은 마치 번진 물감들처럼 뿌옇게 바랬다. 무릎을 감싸고 앉은 세하는 떨어지는 빗방울을 구경했다. 윤혁에게서 연락이 왔다.

[과외 시작하는데 어디 갔어?]

이번 도주의 원인은 과외였다. 심신이 지쳐 있는 마당에 또다시 펜을 쥐고 싶지 않았다. 이미 규명의 종용으로 선생들까지 관리 감독이 심해져 들킨다면 끌려 들어갈 지도 모른다.

[나 그냥 숨어 있어. 공부하기 싫어서ㅠㅠ]

답장을 보내고 한참이나 연락이 없다가, 윤혁에게서 전화가 왔다.
"여보세요?"
-내가 너 찾아볼래.
"어떻게 찾아? 집이 이렇게 넓은데."
-나라면 너 찾을 수 있을 것 같아.

그 말투에는 왠지 자신감이 있었다.

-나도 공부하기 싫은데 우리 같이 숨어 있자.

"그럼 나 있는 곳으로 와 봐."

-내가 너 찾으면 소원 들어주기다.

그렇게 둘만의 술래잡기와 숨바꼭질이 시작됐다. 세하는 일부러 아무런 힌트도 예고도 주지 않았다. 키득거리며 통화를 계속하던 중, 지하실에 누군가 내려오는 발걸음 소리가 들렸다. 세하는 우선 전화를 끊고 숨죽여 그 신발 소리를 들었다.

윤혁의 것이 분명했다. 세하는 제 웃음소리를 감추려 입을 틀어막지만 자꾸만 큭큭대는 소리가 새어 나갔다.

"아. 여기 맞는 것 같은데. 어디서 누가 계속 웃네."

지하실로 내려온 경호원이 아무리 그녀를 찾아 헤맸어도 비밀 아지트의 문을 찾는 사람은 단 한 명도 없었는데, 그런 그녀를 단번에 찾아낸 건 윤혁이었다. 책으로 제 얼굴을 가린 세하를 보며 그는 픽 웃었다.

"그렇게 숨으면 내가 못 찾아?"

"아. 어떻게 알았어!"

세하는 괜히 투덜대는 소리를 했다. 장신의 키 때문에 허리를 잔뜩 굽힌 윤혁이 아지트의 입구로 들어왔다.

"딱 알지. 어떻게 모르냐. 웃는 게 딱 넌데."

"그럼 나 네 소원 들어줘야 돼?"

"어. 근데 킵해 둘래."

윤혁이 웃으며 그녀의 옆자리에 똑같이 무릎을 굽혀 앉았다. 그의 등장만으로 좁은 아지트가 꽉 찬 것 같았다. 서로의 어깨는 피하려 해도 어쩔 수 없이 닿아 있었다.

"근데 나 지금 얼음 상태잖아. 아직 땡 못 해."

"왜 못 해. 땡."

순간 세하의 볼에 입술이 장난스럽게 닿았다. 쪽, 하고 닿았다가 금방 떨어진다. 얼굴이 벌게진 그녀가 윤혁의 어깨를 퍽 밀었다. 힘껏 휘어지는 눈과 시원하게 벌어지는 윤혁의 입이 시야에 가득 찼다. 여지없이 가슴이 설레는 건 어쩔 수 없었다.

실컷 물어뜯은 손가락마다 피가 맺혀 있으면, 윤혁이 그 손을 잡아 줬다.

아지트는 좁았지만 적적해서 좋았다. 그녀가 읽던 책을 마저 읽으면 윤혁은 그녀의 옆선을 가만 바라보았다. 제법 심도 있게 세하를 관찰했다. 차분하게 가라앉은 눈꺼풀과 히터 바람에 가늘게 휘어지는 머리카락 같은 것들을.

"세하야."

"응?"

세하가 고개를 들어 그의 눈을 보았다. 윤혁은 가끔 저를 보며 대답이 없었다.

"왜?"

"……그냥."

"뭐야. 심심해? 너도 책 읽어."

"난 너 그냥 이렇게 가만히 보고 있어도 재밌어."

그리고 둘은 윤혁의 이어폰을 나눠 꼈다. 생전 처음 듣는 멜로디와 기타 소리와 목소리가 흘러나왔다.

"노래 좋아."

"그래?"

윤혁이 조용히 그녀의 머리칼을 넘겨줬다.

"계속 이렇게 너랑 같이 있으면 좋겠다."

그 눈에는 어쩐지 미숙한 고뇌가 섞여 있었다.

얼마간 시간이 지나지 않아 우르르 계단을 내려오는 소리가 났다. 세하가 사라졌기에 연락을 받고 출동한 경호원들이었다. 그들이 이렇게나 많이 내려오는 건 처음이었다. 아마 지하실을 구석구석 뒤지기 시작할 테고 그렇다면 아지트의 정체도 발각되어 다시는 숨을 수 없을 것이다.

"어떡해?"

"넌 여기 있어."

세하의 머리칼을 쓰다듬고 일어선 윤혁은 아지트를 조심스럽게 나섰다. 그리고 부러 반대편에서 소리를 내어 경호원의 이목을 끌었다. 그리고 살짝 열려 있는 문 틈새로 보이는 세하의 얼굴에 슬쩍 윙크를 했다. 난 괜찮아, 그렇게 말하는 것 같았다. 대번에 끌려가는데도 기분이 날아갈 듯 좋아 보였다.

꿈에서 깬 세하는 발작하듯 자리에서 일어났다. 같은 꿈이 반복될 때마다 세하는 어두운 천장 아래서 손등으로 눈을 가렸다. 돌아오는 답이 없기에 영영 풀리지 않을 물음이었다.

언제나 그를 떠올리면 길을 잃은 듯한 기분이 들었다. 안개 속처럼 뿌연 공간 안에 버려진 것 같았다. 본능적인 감각이 그를 덜어

내야만 한다고 그렇게 말하고 있었다.

"……하."

이마에는 식은땀이 흥건했다.

무언가를 체념한 눈으로 창밖을 보았다. 눈이 내리기 직전처럼 흐린 날씨였다. 세하는 다 식어 버린 커피 잔을 보며 탁, 탁 손톱을 뜯기 시작했다. 거스러미가 다 일어나 따가웠지만 더 이상 잡아 줄 손이 없었다. 그 잔인한 사실에 눈물만 진물처럼 찔끔찔끔 흘렀다.

* * *

윤혁의 시간은 일반인의 시간보다 수천, 수억 배는 비싼 시간이다. 감히 그 가치를 매길 수 없을 만큼 귀한 것이다. 그럼에도 그는 세하를 목격했다는 목격자를 만나기 위해 앞뒤 제치고 전용기 위에 몸을 실었다.

그는 꼬박 열네 시간이 지나서야 JFK 공항에 도착했다. 긴 비행시간 동안 그는 단 한숨도 자지 않고 누가 건드리면 바로 공격할 것처럼 날을 세우고 있었다. 마치 기다란 발톱을 숨겨 놓은 맹수처럼 숨을 죽이고 고심에 빠져 있었다.

세하를 찾아서 방방곡곡을 들쑤시고 다닐 때 그녀를 봤다는 목격자가 없었던 것은 아니다. 그럴 때마다 윤혁은 목격된 장소가 어디든 직접 제 발로 그곳까지 갔다. 하지만, 목격했다는 증언들은 모두 착각이었거나 사례금을 위한 거짓말이었을 뿐이었다.

이번 뉴욕에서의 목격담 역시 착각이거나 거짓일 확률이 더 높을 것이다. 그러나 세하의 일이라면 윤혁은 정상적인 사고 회로가 돌아가지 않았다. 꼭 자신의 힘으로 그녀를 찾아낼 수 있다는 최소한의 가능성에 모든 걸 배팅하고 싶었다.

"시차 적응 안 될 텐데 잠깐 쉬었다가 이동하자."

"아니."

윤혁은 단호했다.

"지금 바로 가."

육체적인 피로가 상당할 텐데도, 그는 지체하지 않았다. 실핏줄이 터진 흰자는 피로도가 거짓이 아님을 증명해 주고 있었다. 게이트를 빠져나온 윤혁은 대기하고 있던 차에 올라탔다. 운전석과의 거리가 꽤 먼 고급 세단은 안락했다.

재호는 목격자의 신상 정보가 적힌 서류철을 전달했고, 그는 피곤한 눈자위를 꾹꾹 누르며 어디서 어떻게 세하가 목격됐다는 것인지 정독했다. 공항에서 출발한 차는 빙글 돌아 맨해튼으로 이동 중이었다.

호텔에 도착한 윤혁은 안내에 따라 23층의 복도를 걸었다. 그 중, 가장 끝에 있는 룸으로 들어섰다.

덜컥, 호텔의 문이 열리자 세련된 정경이 눈에 들어왔다. 덥수룩한 수염을 가진 한 남자가 소파에 앉아 연신 긴장한 표정으로 물을 마시고 있었다. 윤혁의 등장에 남자는 벌떡 자리에서 일어났다.

시간을 길게 끌고 싶지 않았던 윤혁은 재호를 시켜 서류 가방에 가득 담긴 달러부터 보여 줬다. 그리고 맞은편 소파에 앉아 담배에 불을 붙인 뒤 천천히 읊조렸다.

「지금부터 당신이 할 일은 아주 사소한 거라도 나에게 보고하는 겁니다.」

윤혁은 뚫어져라 남자를 주시했다.

「내가 그렇게 한가한 사람이 아니라 장난칠 시간이 없으니.」

「……」

「사소한 거라도 전부 사실만을 얘기하세요. 부탁이 아니라, 명령입니다.」

곧 고개를 끄덕이고 말을 시작한 남자에게서 1년 전의 이야기가 펼쳐졌다.

남자는 두드러진 멕시코 억양을 갖고 있었다. 본론부터 단도직입적으로 말하자면 브루클린 다리에서 세하를 목격했다는 것이다. 그녀의 옆에는 처음 보는 동양인 남자도 있었다고 한다. 워낙 관광객들의 인파로 가득한 그곳에서 하필 세하를 목격하게 된 건, 컴퓨터 괴짜이자 개발자로 일하는 그가 한국에서 벌어진 초유의 사태에 관심이 많았기 때문이다.

어쩌다 기사를 통해 세하의 얼굴을 알게 됐고 그녀는 제법 눈길을 사로잡는 외모를 가졌기에 기억하기 쉬운 것도 사실이었다.

"그러니까 브루클린 다리 위에서 관광을 했다, 지금 이 말이지."

윤혁은 픽 웃었다.

"나를 엉망으로 망가뜨려 놓고."

너무 놀라서 이 순간을 기록하려고 했지만 사진을 찍을 새도 없이 행방을 놓쳤다는 남자는, 자신의 말이 거짓 없는 사실이라고 주장했다. 그도 그럴 것이 남자는 세하의 생김새를 꽤 자세하게 묘사하고 있었다. 지금껏 그녀를 만났다며 주장하는 여러 진술을 마주했던 윤혁도 제 앞에서 항변하는 남자의 말이 거짓이라 생각하지 않았다. 그저 어떤 실마리를 잡은 동시에 또다시 풀어지는 것 같았다. 안색이 굳어진 윤혁은 잠시 상념에 빠졌다.

이대로라면 내가 보낸 지옥 같았던 1년을, 아무리 설명해 봤자 넌 그저 흘려보내고 말겠지.

가끔 모든 현실이 거짓처럼 느껴졌다. 땅에 발을 디디고 서 있지만 이 현실이 꿈속의 세계처럼 아득하게 다가왔다. 차라리 깰 수나 있는 악몽이었으면 좋을 정도로 자신을 버리고 도주한 것은 세하인데, 이런 순간조차도 그에게 절실하게 필요한 한 가지는 또다시 세하였다. 이건 그가 비정상이라는 명백한 신호였다. 그녀에게 집착하고 있다는 확실한 증거였다.

이럴 때마다 세하에 대한 기억은 또 다시 영사기를 통과한 필름처럼 그려졌다. 모든 건 하늘의 뜻이었고, 어쩔 수 없다는 말로 자신을 위로하고 싶었다. 그렇게라도 생각하지 않으면 견딜 수 없어서였다.

그러나 과정이 어찌 됐든 게임은 아주 오래전에 시작되었다. 주사위는 던져졌고 게임 판은 위태로웠다. 이미 시작된 게임에 다른 전제를 붙일 필요는 없다. 그가 쥐고 있는 판의 히든카드는 세하였고, 더 이상 끌려다니고 싶지 않았다. 언젠가 끝이 날 거라면 반드시 자신의 손으로 끝을 내겠다 다짐했다.

"계속 이렇게 너랑 같이 있으면 좋겠다."

그게 내가 너한테 바란 유일한 소원이었는데.

"우선, 같이 있다는 그 동양인 남자가 누군지 알아 봐."

입 안이 마르는 느낌에 혀를 내어 입술을 축이자 재호가 제 몫의 담배 하나를 내밀었지만 그는 그것을 거절했다. 윤혁은 쓸쓸하게 자조하며 고개를 저었다. 창밖에선 싸락눈이 내리고 있었다.

다가오는 크리스마스를 예상했다. 1년 전이나, 지금이나 최악일 것이 분명했다.

* * *

크리스마스를 기념해 록펠러 센터 앞에서는 초대형 전등식을 앞두고 있었다. 웃음소리로 가득한 이곳에는 온갖 연인들로 넘쳐 났다. 한 남자는 여자에게 청혼을 하고 있고, 한 커플은 서로 입을 맞추고 있다.

바삐 길을 지나던 세하도 멈춰 서고 말았다. 뉴욕에서 두 번째로 맞는 크리스마스였다. 스트리트 위에서 본 뉴욕의 야경과 크리스마스 트리는 어김없이 아름다웠다. 순간을 찍어 남긴다 한들 회상하는 그 순간에 '지금'을 다 담을 수 없을 정도로 묘했다. 과하지 않은 불빛과 여러 소리가 뒤섞인 소음들이 그녀를 감쌌다.

그때 〈Time to say goodbye〉의 클래식 음률이 연주되기 시작했다.

"……."

그녀는 익숙한 그 멜로디에 짐짓 굳고 말았다. 모든 걸 버리고 호텔에서 도망치던 그때, 마지막으로 들었던 그 음률이었다.

모든 게 예정대로 진행됐다면, 드레스를 입고 걸어 들어간 세하는 웃으며 윤혁의 손을 잡았을 것이다. 눈을 감으면 그려지는 그때의 장면을 잊을 리가 없었다.

Time to say goodbye. Horizons are never far.

반주가 끝나자 노랫소리가 시작된다. 세하는 가수를 비추는 전광판에서 눈을 뗄 수 없었다.

Would I have to find them alone? without true light of my own with you.

셀 수 없는 조명들이 물기 어린 그녀의 눈자위 위로 어른거렸다. 눈물이 볼을 타고 흘러내렸다. 동시에 요란한 불꽃들이 까맣게 암전된 하늘에서 번쩍 번쩍 터진다. 모두가 멍하니 하늘을 올려다보고 있을 정도로 불꽃이 수놓는 하늘은 아름다웠다. 너무도 아름다워서 떠오르는 기억들로 그녀의 마음을 아프게 만들었다.

상견례를 했던 날도, 터지는 불꽃 아래 윤혁은 그렇게 말했었다.

"네가 아니라면 난 이 결혼 안 해. 너라서 하겠다고 한 거야."

폭죽 소리가 계속해서 머리 위로 내려앉았다.

"안 그래도 내 인생에서 내가 선택할 수 있는 거 몇 안 돼."

"……"

"너까지 나…… 버리지 마."

그 약속을 지키지 않고 도화선에 불을 지핀 것은, 불행히도 자기 자신이었다.

별들이 떨어지는 것이 아닐까 하는 착각을 들게 할 정도로 하늘은 화려했다. 손등으로 눈물을 훔친 세하는 하늘을 보고 있던 고개를 내렸다. 많은 사람들 사이로 다시 걸음을 재촉하는 순간, 세하는 숨을 멈췄다. 어쩐지 수많은 인파 사이로 윤혁을 본 것만 같았다.

말도 안 돼. 그럴 리 없어.

세하는 세차게 고개를 저었다. 그를 너무 생각한 나머지 이제 환상까지 보는 거라 생각했다. 하지만 꿈이 아니었던 모양이다.

눈을 꽉 감았다 떠 봐도 지근거리에 윤혁이 있다. 클래식 연주에 마치 1년 전 결혼식 날을 떠올리는 저 자신처럼, 굳은 낯빛으로 인파 속에 서 있는 윤혁이 있다. 잔인하게도 성악가의 아름다운 목소리는 음률을 따라 계속 노래한다.

No, they don't exist anymore. It's time to say goodbye.

노래를 갈무리하는 순간, 고개를 반대편으로 돌린 윤혁과 눈이 마주쳤다. 아주 차가운 칼바람이 얼굴을 감쌌다. 지금의 그녀는 무언가 옳고 그름을 판단할 만큼의 정신이 아니었다.

"안…… 돼."

나무토막처럼 뻣뻣하게 굳어 버린 다리가 천천히 뒤로 뒷걸음질 친다.

"날 보지 마. 제발……."

세하는 창백한 얼굴로 뒷걸음질 치다가 힘이 풀려 제 자리에 주저앉고 말았다. 그런 그녀를 보며 사람들이 수군댔다. 전신을 둘러싸고 있는 신열이 목구멍을 턱턱 짓누른다.

왜 하필. 왜 이곳에. 왜 그가…….

산 듯이 죽어 있는 기분이 이런 것인지 그때 깨달았다. 눈물이 차오르며 시야가 흐려지더니 다가오는 그의 모습이 여러 갈래로 갈라졌다.

이래선 안 되는데……. 이래서는 그에게서 도망칠 수 없는데.

동시에 윤혁은 믿기지 않는다는 듯 미간을 찡그렸다. 멍해졌던 눈이, 한참 만에 퍼뜩 정신이 든 것처럼 초점이 또렷해졌다.

어떻게 네가…….

어떻게.

젠장!

그는 미친 듯이 달려가 세하의 어깨를 쥐었다. 손아귀로 그러쥐는 입체감은 꿈이 아니었다. 정말 세하가 분명했다. 감히 눈앞에서 보고도 믿기지 않았다. 이를 악다물고 저를 올려다보는 잔인한 눈길마저도, 정녕 그녀가 맞았다.

서세하. 너는 알까. 나는 이 순간을 아주 오래전부터 철저하게 그려 왔었다는 걸. 1년 전에 멈춰 있던 시간이 흐르고, 과거에 발이 묶여 있던 내가 널 찾아내 미래를 말하는 순간.

윤혁은 실성한 것처럼 웃었다.

"세상 참 좁다. 그렇지?"

그러나 그의 낯빛은 형용할 수 없을 정도로 매우 처절했다.

"뭐 하나 변한 거 없이 그대로네."

"이거 놔!"

"이거 놔? 1년 만에 날 보고 하는 첫 마디가 겨우 그딴 거야?"

서로를 마주 보고 있는 이 순간 둘은 불행의 전조를 예감했다. 윤혁의 비참한 목소리보다 더 큰, 세하의 음성이 허공을 가른다.

"그럼 내가 무슨 말을 해야 하는데!"

세하는 그날 이후, 수 없이 머릿속에서 연습했던 한 마디를 뱉었다.

"차라리 내가 죽었다고 믿는 게 낫지. 다시 만나 봤자 뭐가 좋다고!"

"좋아서 이랬겠어? 내가 살려고 널 찾은 거지!"

감정 섞인 거친 호흡이 침묵을 뒤흔든다.

"네가 있어야 내가 사니까⋯⋯. 아직도 모르겠어, 서세하?"

윤혁의 눈자위 위로 짙은 비극이 드리웠다.

그렇게나 애지중지했던 세하가 지금 무슨 말을 지껄이고 어떤 행동을 하든, 눈앞에 살아 있는 것만으로도 윤혁은 감사했다. 그래서 저도 모르게 허겁지겁 그녀를 끌어안았다. 세하는 마구잡이로 윤혁의 어깨를 내려쳤다.

싫어! 제발 꺼져! 그 말에 그는 가슴이 터져 버릴 것 같았다. 대체 무엇이 우리를 이토록 파국의 구렁으로 밀어 넣었을까.

세하의 눈에서 뜨거운 눈물이 뚝뚝 떨어지기 시작했다.

"말했잖아. 내가 널 불행하게 만들 거라고."

"서세하."

"너는 날 사랑하면 안 된다고 말했잖아."

"그만해."

"다른 건 다 핑계였고 결국에 네가 싫어서 이런 짓을 꾸민 거라니까!"

하지만 악다구니를 쓰는 목소리에서 거짓말이라는 걸 쉽게 유추할 수 있었다. 세하는 1년 전 그 일이 자신의 책임으로 마무리되는 줄 알았는데, 다시 도화선에 불을 지핀 윤혁이 정말 무슨 일이라도 저지르게 될까 봐 무서웠던 것이다.

윤혁은 판단했다. 지금 이 순간은 누구의 승패도 아니다. 결국에 그녀를 끝까지 안고 갈 거라면 함께 죽는 결말만이 남았다. 그의 이성이 가리키는 답은 하나였다.

"네가 나를 아무리 화나게 해도 소용없어."

"뭐?"

"내 인생에 너를 포기하는 명제가 있을 거라 생각해?"

순간 세하는 넋이 나간 듯 굳었다. 윤혁이 버둥거리는 그녀의 팔을 붙잡고 단번에 안았다. 세하의 몸이 힘없이 휘청하며 윤혁에게 옭아 매였다. 아주 처절하게 그의 품에 안겼다. 눈물이 가득 찬 그녀의 눈자위에서는 소리 없이 눈물이 흐른다.

"……네가 어떻게. 어떻게 여길 찾아와."

차분한 눈동자는 완전히 지쳐 있었다. 불필요한 희망 같은 건 이제 필요 없었다.

"1년이면 충분했잖아. 그만 돌아가자."

그답기 짝이 없는 제안에 그녀는 헛웃음을 쳤다.

"내 집은 여기야."

"여전히 거짓말은 못하는구나."

"……뭐?"

"사실대로 말해. 다 되돌리고 싶었다고."

그랬다. 세하는 하마터면 사실대로 말할 뻔했다. 오래도록 내가 버리고 온 네 생각이 났다고. 그래서 그렇게 꿈에 나오나 싶을 정도로. 너를 내가 버렸다는 사실로 내게 벌을 주려고 하나 싶을 정도로. 네 생각이 났다고.

"……이거 놔. 잘못 찾아왔어."

"똑바로 내 눈 보고 얘기해."

그럴 수 없었다. 눈을 보면 무너질까 봐.

"아니면 아니라고 해 봐, 어디."

"정윤혁."

"사람 속 몰아서 썩이고. 재밌었니?"

그가 세하의 턱을 세게 쥐었다.

"네가 그때 물어봤었지. 용서받을 수 없는 짓 하면 어떻게 할 거냐고."

아주 분명한 눈빛이 오갔다. 윤혁은 아주 담담하게 그녀의 속을 헐어 놓았다.

"아마 더 한 일을 했어도 네가 밉지 않았을 거야."

"거짓말하지 마."

"네가 더 잘 알잖아."

"착각이야. 넌 나를 증오해야 맞아. 다 착각이야!"

"아니. 난 너야."

"아니야!"

윤혁이 그녀의 어깨를 세게 붙잡았다.

"난 너라고. 너, 너, 너!"

손바닥까지 차갑게 식는다. 무너지듯 눈물을 삼켜야 했다. 1년이 넘도록 가슴에 묻어 뒀던 감정들은 너무나도 버거웠다. 억겁의 시간을 보냈을지도 모르는 그를 생각하니 가슴이 죄어 왔다.

"난 너 못 버려. 내 인생에서."

"……."

"왜 이렇게 나를 모르니."

"……."

"네가 어디에 있든 널 찾아낸 건 난데."

불안한 결말은 기우가 아니었다. 시야 속에 윤혁의 서글픈 얼굴이, 금방이라도 지워질 이슬처럼 맺혔다. 그녀는 차마 긍정도 부정도 하지 못했다. 잇새로 입술을 짓이긴 윤혁의 눈자위가 마구 흔들렸다.

"서세하. 넌 애초에 그런 짓을 저지르면서 나에게 걸리는 상황을 예상했어. 신경 쓰고 있었던 거지. 내 등에 칼 꽂는 짓을!"

"그래! 나는 널 배신했고, 너희 부모님한테 죄지었어. 네가 이렇게 다시 찾아왔는데도 난……! 너한테 이딴 말만 해야 해."

"상관없어. 다 지난 일이야. 나한테는 너만 있으면 돼."

"대체 뭐가 상관이 없고, 뭐가 지난 일이야! 어?!"

"서세하."

쓸쓸하고 차가운 목소리였다. 그의 목울대가 심히 울렁인다.

"너 없이도 행복하라고? 마음편히 널 증오하라고? 그런 말이 나한테 의미나 있을 거라 생각했어?"

"……."

"……널 미워하는 법, 사랑하지 않는 법. 가르쳐 주고나 떠나든지."

"……."

"이미 내 세상이 너였는데."

세하는 의아하게도 그에게 처음 사랑에 빠졌던 순간을 떠올렸다. 시작과 끝이 행복한 기억이었다. 이젠 그녀 자신이 내팽개쳐 버린 과거고 추억이며, 윤혁이 실패한 일이 되어 버렸다. 아무리 사랑이 전부라 해도, 아무리 그가 보고 싶었어도 더 이상 그를 망칠 수 없다.

"······그래도 안 돼."

"세하야."

"아무것도 하지 마. 제발. 너는 너로 살란 말이야. 정윤혁."

뒤에서 저를 끌어안는 그의 팔을 뿌리쳤다. 뒤를 돌아볼 수 없었지만 사무치도록 서글픈 얼굴을 하고 있을 것이다.

"널 걱정해서 이런 부탁을 하는 게 아니라, 그냥. 난 네가 아니야. 정윤혁."

"······."

"내 마음은 네가 아니라고."

"······."

"그러니까 더 이상 애쓸 필요 없어. 네 인생 살아."

망설이듯 나온 거짓말을 들킬까 세하는 울음을 참아야 했다. 다시 팔을 붙잡혔으나 전단을 물리치듯 뿌리쳤다. 돌아보지 않고 그를 스쳐 지나가는 발걸음에 그가 함께 묶인 것처럼 무거웠다.

재빨리 자리에서 벗어나 골목길에 들어서자마자 벽을 짚고 주저앉았다. 미친 듯이 눈물이 터졌다.

가슴에 무언가가 꽉 막힌 느낌이었다. 면도날로 베는 것처럼 시리고 아팠다. 눈앞이 하얗게 변하며 뛰는 가슴을 쾅쾅 쳐 댔다. 그래도 한번을 나아지질 않았다.

"······흐으."

아프게 될 걸 알면서 저지른 미래였고, 당연한 결론이었다.

5

쥐 죽은 듯이 고요한 새벽이었다. 동네의 작은 예배당 뒤쪽으로 빠르게 걸음을 옮긴 그녀는 공중전화를 붙잡았다. 사방을 예의주시하며 빠르게 번호를 눌렀다. 얼마간의 신호음 끝에 전화가 걸렸다.

"……저 세하예요."

"세하 아가씨? 정말, 정말 세하 아가씨가 맞는 겁니까?"

1년 전, 그날의 사건을 가장 가까이에서 도와준 사람. 저를 친아버지처럼 챙겨 주었던 박 실장이었다. 세하는 흐르는 눈물을 소매로 닦아 냈다.

"저 맞아요. 너무 보고 싶었어요. 목소리도, 너무……. 어디 편찮으신 곳은 없으신 거죠?"

"아닙니다. 아가씨. 제 걱정은 마세요. 그날 이후 이렇게 다시 통화하게 될 줄은 몰랐는데……. 무슨 일이 벌어지셨으니 제게 연락을 주신 거겠지요."

수화기를 붙잡고 있는 작은 손이 벌벌 떨렸다.

"……윤혁이가 절 찾아냈어요."

지금의 상황은 악몽과도 같았다. 아니, 악몽이 더 나은 처지였다. 이게 꿈이라면 깰 수나 있으니.

"그게 무슨 말씀이십니까. 정 이사님이 아가씨를 찾았다니요."

"길게 설명하긴 어려워요. 대체 어떻게 제가 여기 있는 걸 알았는지……."

"다 제 불찰입니다. 아가씨. 도움이 되지 못해 죄송스럽습니다."

"아니에요. 실장님이 왜……. 다 제 탓이죠. 죄송하다고 하실 필요 없어요."

"이미 일이 이렇게 된 이상 아무래도 다른 수가 필요한 것 같습니다."

"……."

"그리고 정 이사님이 아가씨의 행방을 아셨다는 건, 성진 측에서도 모든 정황을 알고 있을 확률이 높습니다."

성진. 이제 그 두 글자만 봐도 머리가 지끈 아파 왔다. 진창 같은 이 관계를 어떻게 끝맺을 수 있을까. 아무리 생각해 봐도 답이 나오지 않았다. 애초에 답이 없는 문제일지도 모른다. 정윤혁과 제 관계가 아무리 끊어 내려고 해도 끊어지지 않는 질긴 실타래인 것처럼.

"우선 아가씨. 어디든 숨어 계시는 게 좋겠습니다."

"다신 찾아오지 말라고 말했는데…… 듣지 않겠죠."

"그럴 겁니다……. 정 이사님이라면."

"저에 대해 어디까지 알고 있는 걸까요. 어디로든 떠나야 할 것만 같아요……."

"……아가씨."

"그냥……. 아주 멀리요. 누구라도 제가 죽었다고 생각할 만큼."

"……."

"차라리 윤혁이가 그렇게 믿어 준다면, 절 포기할 수 있지 않을까요."

세하는 자꾸 눈가를 문질러 댔다. 따갑고 아픈 것에 자꾸 손이 가듯이 제 눈가를 꾹꾹 눌러 댔다.

"아가씨. 여기서 무너지시면 안 됩니다."

"……."

"상대는 성진이에요. 이사님이 아무리 성진과 연을 끊었다 한들, 핏줄이라는 건 강력합니다. 아시잖습니까."

"……."

"여론도, 언론도 모두 그들의 편입니다. 모든 게 성진의 위주로 꾸며진다는 거, 이젠 아실 겁니다. 이사님께서 다시 불씨를 지핀 이 사태가 얼마나 갈 것 같으십니까."

애초에 승산 없는 싸움이었고 모든 건 예측된 결과였다. 어림도 없는 복수라는 건 세하 자신도 알고 시작한 일이다. 그녀는 이제 더는 누군가 다치는 꼴을 볼 수 없었다. 볼 수도 없었고, 보고 싶지도 않았다. 그저 무력했다.

"……저 때문에 윤혁이가 다칠 거예요."

"두 분 다 다칠 수밖에 없습니다. 어떻게든 피하셔야 합니다. 어렵겠지만……."

공중전화 부스 벽에 기댄 그녀는 몸에 힘이 풀려 스르륵 주저앉고 말았다. 부는 바람도 위안이 되어 주질 못했다.

"……다시, 다시 연락드릴게요."

드디어 이곳은 낙원도 지옥도 아닌 곳이 됐다. 어쩌면 발을 디디는 사방이 지옥일지도 모른다. 눈을 감으면 아직도 그 기억이 어제의 일인 것처럼 닿았다. 저절로 흑백이 되는 그런 기억.

죄악이 분명했다. 몇 년 전 제가 지키지 못한 약속이 환청처럼 머리를 어지럽혔다.

"안 그래도 내 인생에서 내가 선택할 수 있는 거 몇 안 돼."

"……."

"너까지 나…… 버리지 마."

틈만 나면 닳을 것처럼 매만지고 아끼는 그 사진은 윤혁과 함께 찍은 사진이었다. 사실 그녀는 이곳에 머물면서 조금이라도 윤혁과 뒷모습이 비슷한 남자를 보면 따라가곤 했다. 여태껏 진짜 그가 아니라 다행이었지만, 정말 그였다면 무언가를 할 자신도 없으면서 습관처럼 그렇게 하곤 했다.

윤혁은 저를 원망하고 있을까. 아니면 비워 내려 노력이라도 할까. 머리끝까지 분노하고 있으면서도 가슴은 일정한 곳으로 뛰었다. 뱉어 내고 토해 낼 수 있는 마음이라면 차라리 나을 텐데.

"하……."

분명했다. 그를 버리고 짓밟아 버린 건 그녀 자신이었다.

집으로 돌아온 그녀는 통 한숨도 제대로 자지 못했다. 칼칼한 목 안은 가시라도 박혀 있는 것 같았다. 온종일 입맛이 없어 끼니를 걸렀다. 폭우가 쏟아지는 창밖만 하염없이 보았다.

"……."

차라리 죽을까, 생각했다.

그때 휘겸에게 연락이 왔다. 한인타운에서 저녁을 사 왔으니 함께 들자는 메시지였다. 다정한 호의를 거절할 수 없어서 알았다고 답을 보냈다. 얼마 지나지 않아 휘겸이 도착하고 식탁 위에 한 상이 차려졌다. 찌개에서부터 따끈한 흰밥, 갖가지 반찬들, 모조리 세하가 좋아하는 음식이었다.

"어떻게 이걸 다……."

"먹고 싶어 했잖아."

부드럽게 미소를 짓는 휘겸은 언제나 다정했다. 성의를 생각해서 수저를 들고 열심히 입 안으로 밥알을 밀어 넣어 보지만 맛이 잘 느껴지지 않았다. 오고 가는 대화도 이상하게 뚝뚝 끊겼다. 애써서 무언가를 숨기고 싶어 하는, 평상시와 같지 않은 그녀의 모습에 휘겸은 단번에 눈치챌 수 있었다. 또 무슨 일이 있던 걸까. 또다시 홀로 얼마나 깊은 곳으로 자신을 데려가 숨기려 하는 것일까.

"세하야."

휘겸은 어쩐지 기운 없이 앉아 있는 그녀의 마른 어깨 위로 담요를 가져다주었다.

"추울 것 같아서."

"……고마워."

"아무것도 안 먹어도 돼?"

"입맛이 없네……."

"그래도. 이렇게 끼니 거르면 내가 못 견디겠어."

그가 부드럽게 눈을 마주쳐 왔다.

"아까 발 부었다고 했지."

"……조금."

"족욕 할까. 오랜만에."

그 말에 세하가 잠시 멈칫했다. 휘겸은 종종 이런 제안을 하곤 했다. 처음엔 자신의 기분을 풀어 주기 위한 따스한 제안이라 생각했지만, 점점 말없이 자신의 발목을 붙드는 시간이 길어지곤 했다. 그 시간이 조금씩 어색해졌다.

괜찮다 하려 했지만 자신을 보는 휘겸의 눈빛에 멈칫했다. 왜인지 거부할 수가 없었다. 천천히 고개를 끄덕이자 휘겸이 생긋 웃었다. 그리고 말릴 새도 없이 순식간에 자신을 들어 올렸다.

"……!"

"발 부었으니까. 편하게 데려다줄게."

딱히 거절할 만한 대답이 떠오르지 않았다. 미리 발목이 잠길 정도의 물을 받아 놓은 스파 욕조에 내려 주었다. 욕조 끝에 걸터앉자 그가 복숭아뼈가 도드라진 발목을 조심스럽게 쥐었다. 양말을 벗기고 적당한 온도의 물 안으로 집어넣는다.

"온도 괜찮아?"

"응. 좋아."

그가 부은 발을 매만져 주기 시작했다. 손가락으로 발뒤꿈치를 감싸고 발목 선부터 꾹꾹 누른다. 계속되는 마사지에 피곤했던 몸이 서서히 풀리며 노곤해졌다.

"괜찮아?"

"······응. 시원해."

물 안에서 찰박이는 소리가 이어졌다. 마사지를 해 주는 그의 손을 유심히 보았다. 손등 위로 힘줄이 서 있어 투박하지만 가지런한 손이었다. 일정하게 발을 만져 주는 손길에 구멍 난 듯 허한 가슴도 점차 안정을 찾는다. 천천히 긴 호흡을 같이한다.

"발이 많이 부었어."

"······그러게."

"얼굴도 안 좋고."

휘겸은 신발 끈을 묶어 줄 때도 이렇게 개의치 않고 제 앞에서 무릎을 굽혀 주는 사람이었다. 그의 마음을 알 것 같아 죄를 짓는 것 같았다.

"세하야."

"······."

"난 네가 이렇게 흐트러지면 마음이 아파."

어쩌면 윤혁을 잃으며 자기 자신을 사랑하는 방법도 잊어버린 것 같다. 온 신경을 기울이는 섬세한 그의 모습에 아이러니하게도 안도를 했다.

"많이 티 나는구나. 그래······. 넌 내 얼굴만 봐도 다 아는 사람이니까. 미안. 불행은 옮는다더니 내가 자꾸 이런 모습 보이면 너도 우울할 텐데."

"……세하야."

"난 이기적이야, 휘겸아."

"……."

"한 사람의 인생을 내가 망쳐 놨고, 그 사람을 내가 버렸는데도……. 매일 매일 머리에선 정윤혁을 정리해야 한다고 그렇게 외웠는데도. 아무것도 달라지지 않았어."

그가 주는 사랑을 한 번도 당연하다고 생각해 본 적 없었다. 그래서 떠났던 것이다. 자연히 미워할 줄 알고, 원망할 줄 알고. 시간이 지나면 모든 게 잊힌다는 진리처럼 윤혁의 인생에 단 하나의 오점으로 남을 뿐 추억도, 회상도 하지 않게 될 거라고.

이 감정이 몹시 비정상적이라는 건 안다. 자신을 잃어 가면서까지 누군가를 사랑한다는 건 흔치 않은 일이다. 계속 자신의 좀 더 깊은 곳으로, 좀 더 깊숙한 곳으로 사랑을 접고 접어 숨겼다.

윤혁아. 네 손을 놓겠다 다짐한 그 날부터 끊임없이 고통스러운데 그러면서도 나는 너를 놓지 못하고. 미련하게.

"그냥, 너무 미안했어……. 너무 미안해서 죽고 싶었어."

"……."

"윤혁이가 꼭 행복했으면 좋겠다고 생각하는 건……… 욕심일까."

제게 있어서 윤혁은 고작 있으면 있고 없으면 마는 사람이 아니었다. 쉽게 털어 버릴 감정도 아니었다. 그걸 너무 뒤늦게 알아 버린 것이 가장 큰 잘못이었다.

"휘겸아. 나 미련하지?"

듣고 있던 휘겸은 덧붙이는 말도, 망설임도 없이 작은 몸을 꼭 안아 주었다.

"네가 미련하다고 생각해 본 적 한 번도 없어."

해석할 수 없는 다정한 그 눈길. 지금 그는 무슨 생각을 담고 있을까. 할 수 있다면 오늘 같은 일상을 계속 함께하고 싶다고 생각할 것이다.

"너무 슬퍼서 울고 싶을 때 있잖아."

"……."

"너무 외로워서 그냥 아무나 필요할 때. 그럴 때."

"……."

"그냥 나 불러."

아무것도 묻지 않고 안아 줄게.

"너한테 내가 있다는 거, 잊지 마."

머리칼을, 뺨을 소중하게 어루만지는 그는 세상에서 가장 좋은 것을 주고 싶다는 얼굴이다.

"널 지킬 수 있는 것도 나라는 거, 잊지 마."

끊임없이 파고드는 낮은 음성은 서글펐다.

무언가 말을 해야 할 것 같은데 차마 입 밖으로 나오지 않았다. 발에서 느껴지는 온기가 몸으로 퍼지며 점차 졸음이 몰려왔다. 눈을 감지 않으려 해도 저절로 감겼다.

조용히 그 모습을 지켜보던 휘겸이 세하를 안아 들었다. 그와 동시에 세하는 조용히 잠들었다. 그 모습을 지켜보며 휘겸이 침실로 향했다. 침대에 세하를 눕혔다. 고이 잠든 세하의 모습을 휘겸은 바라보았다. 잠시 안았던 세하의 향기가 몸에서도 똑같이 나고 있었다.

"……언제쯤이면 네가 괜찮아질까."

"……."

"내가 그렇게 만들어 주고 싶은데. 너만 괜찮다면, 내가 그렇게 만들어 줄 수 있는데."

아무것도 대답할 수 없었다. 그저 끌어안아 오는 그의 품에서 조용히 눈을 감을 뿐이다.

품속에서 나는 향기가 몸에서도 똑같이 나고 있었다. 애절한 얼굴의 그가 손 틈 사이로 빠져나가는 연기를 허겁지겁 안아 보려는 사람처럼 그녀에게 더 얽매여 왔다.

"내가 널 좋아해도 된다고……."

"……."

"기다리면 네 마음이 나한테 올 수도 있다고……."

"……."

"그렇게 말해 주면 안 될까?"

천천히 내려앉는 속눈썹이 무거웠다. 휘겸이 유일하게 잘 해내지 못하는 건 그녀를 '좋아하지 않는 척'이었다. 어쩌면 그녀와 제 사이는 애초에 승산이 없는 관계일지도 모른다. 저에게 미안함만 가지고 있는 사람을 좋아하는 일이란.

"세하야……. 나랑 떠날래?"

휘겸은 언제 어느 때나 영원한 건 없다고 믿고 있으면서도, 영원한 해피엔딩으로 끝나는 미래를 그리고 싶어졌다.

"너만 괜찮다면 나랑 떠나자. 세하야."

그녀를 좋아하는 마음에 거짓이란 없으니.

* * *

바텐 체어에 자리를 잡은 윤혁은 은색으로 된 철제 스툴 위에 늘어지게 몸을 기댔다. 넥타이를 거칠게 풀어 헤치며 연거푸 담배를 피웠다. 손가락에 담배를 끼우고 글라스를 들자 담겨 있던 얼음이 달그락 부딪쳤다.

세하의 애달픈 목소리가 귓가에 맴돌았다. 여전히 기억 속에 머무르는 조각들을 꺼내어 봐도 너무나 욕심 같은 사랑이다. 할 수만 있다면 영원을 믿고 싶지 않았다. 언젠가 끝날 감정이라면 죽은 듯이 외롭게 살 수도 있을 것 같았다. 하지만 그럴 수 있는 마음이 아니기에 썩어 문드러져도 견뎌야만 했다.

윤혁은 지독한 술 냄새를 풍길 때까지 단숨에 위스키를 털어 냈다. 그런 그의 곁으로 재호가 조심스럽게 다가왔다.

"주중으로 긴급 이사회가 소집된다는 말이 돌아. 주주들 반발 난리도 아니잖아."

"멀쩡히 밥 처먹다 내가 밥상 엎은 꼴이니까."

윤혁은 타들어 가는 담배 끝을 보며 자조적으로 웃었다.

"내일 오전에 검찰 발표인가. 그쪽 반응은 어때."

"대부분 네가 자폭한 걸 놀라워하는 분위기. 가시적인 성과 반드시 보여 줘야 해. 대표직 해임 안건까지 올라오면 손쓸 방법 없어."

"우리 측에서 넘길 수 있는 자료는 일체 넘겼지만 결정적인 한 방은 아니지. 서 의원 측에서도 가만히 당하지만은 않을 테니까."

"그걸 알면서도 패를 보였다고? 너 대체 무슨 생각인 거야."

태연하게 담배를 피우던 그가 눈을 내리깔았다.

"아버지가 날 건드릴 거야. 크게 다칠 수도 있겠지."

"뭐?"

"자식새끼여도 앞길 막으면, 얄짤 없잖아. 회장님."

정진건은 잔인한 인간이었다. 평생 개운하게 벗어 내지 못할 어둠으로 돈과 권력을 가진 사람. 선대가 악바리 정신으로 일으켜 세운 성진을 지키기 위해서는 무엇이든 할 사람이다. 성진이 성역이라는 말도 우스갯소리가 아니었다.

"네가 전면에서 덤벼들어 엎는 게 뭔데."

"대선 몇 개월도 안 남았어. 벌써 다들 굽히고 줄 서는 마당에 특검이나 여론 몰이로 결과 못 뒤집어. 그래서 날 건드리게 한 거야."

"……결국은 도박이라는 거, 너도 알고 있잖아."

"알지. 별수 있나. 세하는 내가 지켜야 하는데."

윤혁은 한 수 앞을 내다보는 전략이나 작전으로도 능통하지만 오로지 오감만으로도 경기를 승리로 이끌 수 있는 선수였다.

"꼬리가 밟혔다 한들 세하 씨랑 넌 달라. 넌 전면에서 맞서야 해. 위험해질 수도 있어."

"그래."

"……."

"다쳐도 내가 다쳐."

애초에 특검이나 여론 따위 손톱만큼도 정 회장에게 영향을 주지 못한다는 걸 알고 있었다. 정 회장이 로비한 검사들은 검사직을 사퇴한 뒤 곧 회장의 개인 변호사가 됐고, 그가 밀어준 인간들은 여야를 불문하고 반드시 정치권 인사를 전임했다. 정 회장은 그런 순리를 가능하게 하는 사람이었다.

"내가 가만히 있었다면 조용히 넘어갈 수도 있다 생각하겠지. 다들 우리 회장님을 과소평가하더라."

"몇 배로 되갚아 주실 생각이셨던 건가."

"생각뿐이 아니야. 직접 움직이기 싫어하는 양반이 서 의원을 기어이 자리에 다시 세운 것 봐."

그녀의 곁에 윤혁이 있어야 했지만 이 게임에서 그녀를 제외하고 제가 주인공이 된 순간부터, 자신이 위험해졌다. 윤혁은 아무렴 상관없었다. 그 결과가 어떻게 되든 그녀를 지켜야만 했고, 지키겠다고 오래전부터 약속했었다.

"의미 없는 질문이긴 하지만……. 윤혁아. 정말 이렇게까지 해야 해?"

그는 허탈한 얼굴로 픽 웃었다. 공허한 눈을 아래로 내리깔았다.

"이렇게까지 하는 내가 나도 낯설어."

"……."

"근데 정말 웃긴 건, 내가 이렇게 애써도 세하는 나한테 안 온다는 거야."

윤혁은 창틀에 팔을 걸친 채 호흡하듯 담배를 태운다. 뿌옇게 흐려지는 연기처럼 서로에 대한 원망도 사라진다면 좋을 텐데.

"내가 보고 싶지 않았대. 세하는."

1년 전 그날, 그녀가 쓰레기통에 처박았던 그 결혼반지를 아직도 버리지 못하고 간직하고 있었다. 반지에서 시선을 떼지 못한 채 쓰게 웃어야 했다. 이런 반지 따위로 그녀를 제게 얽매여 놓을 수 없다는 건 진작 알고 있었다. 겨우 이런 걸로 그녀가 손에 잡힐 것 같았다면 아마 수천 개는 가져다 바쳤을 테니.

"그래도 오랜만에 보니까 살 것 같더라."

"그만 속 끓이고 사실을 얘기해 주는 게 어떨까 싶은데."

"이미 충분히 힘들어. 세하."

"……."

"날 믿지 못하는 것도 이해해."

윤혁은 계속하여 잔을 털었다. 이런 날은 쉽게 취하려면 좋으련만. 마실수록 정신이 분명해진다. 하필 기억력도 좋아서 세하가 남긴 편지의 필체 하나하나를 기억하고 있는 자신이 우스웠다.

"그래도 방법은 하나밖에 없어. 죽일 듯 미워도 서로의 옆에 있는 거. 세하에게도, 나에게도 잔인하지만……."

"……."

"날 망가뜨리기 위해 그런 선택을 했다는 세하의 말이 사실이라고 해도."

손에서 반지를 굴리던 그는 그것을 부서뜨리기라도 할 것처럼 꽉 쥐었다.

"내 옆으로 데려올 거야. 서세하의 원래 자리로."

당연한 명제처럼 세하는 돌아와야 했다. 서세하를 제외하고 모든 것을 다 가진, 정윤혁이 선택한 일이다.

6

지금으로부터 1년 전 개업한 세하의 액세서리 매장은 주로 아시아권 손님들과 한국인들이 들끓었다.

언론에 그녀의 얼굴이 공개된 적이 없는지라 아무도 그녀를 알아보지 못했다. 다행이라면 다행이었다.

'Store Closing'

마지막으로 매장을 연다는 갑작스러운 소식에 단골손님 여럿이 찾아왔다. 그녀가 몸담은 이곳에서 평판이 좋았던지라 모두들 아쉬워했다.

"사장님. 어떻게 되신 거예요? 이렇게 갑자기요?"

"어디 가시는 거예요?"

폐업을 결정한 건 윤혁 때문이었다. 박 실장과 휘겸이 일러 주었듯 윤혁이 없는 곳이라면 어디로든 떠나야 했다. 그렇게 또 한 번 어딘가로 훌쩍 떠나서, 그가 절대 찾을 수 없도록 숨어서, 차라리 자신이 죽었다고 믿어 준다면 좋을 텐데. 사실은 아무것도 자신이 없었다.

"그냥……. 여행을 떠나기로 했어요. 이곳저곳 돌아다니면서요."

그저 또다시 도망치는 것만이 윤혁을 위한 선택이었다.

"여행이요? 누구랑요? 혹시 그 사장님 애인 분인가?"

"그분이 애인 맞죠? 너무 부럽다."

"뭐가 됐든 사장님은 꼭 행복하셔야 해요."

휘겸은 워낙 다정한지라 손님들 사이에서도 유명했다. 가끔 단골들은 저런 남자를 어디서 만났느냐며 진지하게 묻기도 했다. 하지만 그녀는 다정한 인사에 제대로 화답하지 못하고 그저 입만 웃고 있었다.

"……아. 감사합니다."

몇 번의 고민 끝에 세하가 먼저 이곳을 떠나고 싶다는 의견을 꺼냈었다. 가만히 듣던 휘겸은 그 말을 기다리고 있었다는 듯 함께 하겠다 말해 주었다.

1년 전과 다를 것 없이 영 답답하게 구는 저를 보면서 한 마디도 얹지 않는 휘겸에게 고마우면서도 미안했다. 이 모든 결정이 윤혁을 위한 것이며, 윤혁에게서 멀어지기 위함이었기에 더욱더 미안했다.

갈 곳을 잃은 눈은 아래로 향해 넋을 잃은 것 같았다. 손님들은 그녀가 왜 저리 슬픈 눈을 하고 있냐며 고개를 갸웃할 뿐이다. 그때 손님 중 누군가 윤혁의 얘기를 꺼냈다.

"아 맞다. 다들 소식 들었죠? 그 회사, 여기에 초고층 빌딩으로 들어선다면서요?"

사람들에게 성진 그룹의 유명한 막내아들, 정윤혁의 개인 회사가 세워진다는 소식은 이곳 사람들에게도 뜨거운 감자였다.

"그 사람 대단한 것 같아. 완전히 집안이랑 틀어지고도 혼자 힘으로도 될 놈은 되나 봐."

"능력도 없이 덜컥 사장 직함 다는 사람이 천지인데. 성진 그룹에서 자수성가? 대박이지."

"그 일도 있었잖아. 결혼식 날 신부가 도망친 거. 나였으면 멘탈 탈탈 털렸을 텐데."

"맞아. 높으신 분들 건드린 거라 완전 역대급 스캔들이었지. 신부가 서규명 딸이잖아?"

"그래. 여당에서 밀어주는 그 인간. 근데 그 여자는 어떻게 됐대?"

"몰라. 아직도 행방불명일걸? 죽었을지도 몰라."

거울을 보고 귀걸이를 귀에 대 보며 떠들던 그들이 카운터에 앉아 있던 세하에게도 동조를 구했다.

"근데 사장님은 그때 한국에 계시지 않았어요? 난리 나는 거 눈으로 다 봤겠다."

"성진 그룹에 그 회장 불구속 입건이니 뭐니 하면서 사람들 들고일어나고 뒤집어졌었다던데. 지금 정윤혁 그 사람이 다시 불씨 붙였잖아요."

입이 바짝바짝 말랐다. 잊고 싶던 수많은 기억들이 총알처럼 머리를 스친다.

"정윤혁 그 사람, 진짜 괜찮은 건가."

"뭣보다 난 그게 너무 신기해. 식장까지 갔는데도 틀어진 거 보면 인연은 따로 있나 봐."

사진 속 윤혁이 약지에 끼고 있던 그 반지가 1년 전 식장에서 끼고 있던 그 반지라는 건 영원히 아무에게도 말할 수 없으리라. 그녀는 그저 다른 곳을 보며 눈물을 삼켜야 했다.

"그러게요……. 인연은 따로 있는 거죠."

어쩌면 1년 전보다도, 어제보다도 더, 끝이라는 게 실감이 났다. 흘러내린 머리카락이 얼굴을 가렸지만, 서글픈 표정은 숨길 수 없었다.

펜던트를 만지작거리며 작업에 집중해 보려고 노력했지만 가라앉은 기분은 나아지지 않았다. 따뜻한 커피로 목을 축이며 관자놀이를 꾹꾹 눌렀다. 창밖에서는 기어코 비가 쏟아지기 시작했다.

안경을 벗은 그녀는 턱을 괴고 눈을 내리깔았다. 침잠하는 빗소리를 멍하니 듣자 살짝 뜬 눈 앞에 인영이 그려지는 듯했다. 교복을 입고 있는 저와 윤혁. 지금보다 훨씬 앳된 얼굴. 풋내 나던 그 시절.

"세하야."

열여덟의 완연한 여름. 그날도 그렇게 비가 왔었다.

"같이 가. 서세하."

"따라오지 마. 같이 있는 거 알면 너도 혼날 거야."

교복에 어울리지 않는 몸집만큼 큰 배낭과 앞만 보고 걷는 걸음. 그녀는 누가 봐도 가출 중이었다. 윤혁이 머리 위로 우산을 씌워 주며 말했다.

"나도 같이 갈래."

"뭐?"

"나도 간다고."

살짝 젖은 그의 머리칼에서 빗물이 뚝, 떨어졌다. 제 어깨가 젖고 있는 것 따위 아랑곳하질 않는다.

"무슨 소리야. 네가 왜 가출을 같이 해."

"왜긴. 너 혼자 가면 외롭잖아. 따라가지 뭐."

"……나 지금 장난으로 가출하는 거 아니거든."

"나도 장난으로 따라가는 거 아닌데."

"야. 너희 어머님한테는 뭐라고 하려고!"

"허락 맡고 가출하는 사람도 있냐."

씩 웃은 윤혁이 뾰로통한 볼을 툭 건드렸다. 무거운 배낭을 들어 주며 고개를 까닥한다.

"가자."

영락없이 씩 웃으며 대꾸해 오는 그 미소가 사랑스러웠다. 정말이지 손잡고 어딘가로 가자고 하면 이유도 묻지 않고 나서 줄 사람. 윤혁은 제게 그런 사람이었다.

"날씨도 따라 주는 가출이네. 네가 어떤 걸로 시위하는지는 모르겠지만."

"……너 내가 어디 가는 줄도 모르잖아. 정윤혁?"

"그게 뭐가 중요해. 네가 간다면 어디든 같이 갈 텐데."

"장난치지 마. 나 진심이야."

"나도 진심."

"……참나."

"왜 가출하는지 가면서 들어나 보자."

우산 아래 윤혁이 자연스레 어깨를 감싼다. 어이가 없어 그에게서 고개를 휙 돌렸지만 픽 새어 나오는 웃음은 숨길 수 없었다. 함께 걷는 두 개의 스니커즈 위로 빗방울이 튀어 찰랑인다.

"손."

"어?"

"손 줘."

대저택의 쪽문으로 몰래 빠져나가는 길목은 경사가 가파르게 졌다. 윤혁이 손을 내밀어 안전하게 균형을 잡아 주었다. 이내 맞잡은 손에 손깍지를 껴 오며 빙글 웃는다. 괜찮지? 그리 묻는 것 같았다.

조심조심 미끄러지지 않게 언덕을 내려가던 와중에 주위에서 차 소리가 들렸다. 정체 모를 세단이 주차장으로 들어오고 있었다.

"……어어?"

너무 놀라 우왕좌왕하던 와중에 그가 팔을 끌어당겼다.

"이리 와."

"윤혁……!"

"쉿."

풀숲 사이로 자연스레 무릎을 굽혀 안긴 몸이 겹쳐졌다. 작은 체구가 윤혁의 품속으로 쏙 들어갔다.

우산 아래 두 몸도, 내리는 빗소리도, 가느다란 숨소리마저도 묘했다. 닿아 있는 그의 가슴팍은 위아래로 들뜨고 있었다. 계속 잡고 있던 그의 손은 따뜻하다 못해 뜨거웠다. 아니, 뜨거워지는 듯했다.

고개를 살짝 드니 날렵한 그의 턱선이 보였다. 목울대가 크게 한

번 일렁이는 것까지 눈에 담겼다. 밀어 낼 수도 없고, 소리를 낼 수도 없었다. 이내 고개를 내린 윤혁과 눈이 마주친 순간 숨을 안으로 삼켜야 했다. 눈동자 안에 타오르는 그 눈빛을 보고야 말았다. 그 시간이 거짓말처럼 길게만 느껴졌다.

어색해 먼저 시선을 피했지만 뺨을 붙잡혔다. 그가 양 뺨을 쥐고 저를 보게 했다. 이번엔 그 시선을 피하지 않았다. 순간 비 냄새가 잔뜩 묻은 서늘한 바람이 머리칼을 스쳤다. 그가 바람에 흐트러져 있는 머리를 귀 뒤로 넘겨 주며 말했다.

"세하야."

낮은 음성에 심장 고동이 멈추는 것 같았다.

"키스해도 돼?"

싱그럽게 웃는 그의 미소에 아무 말도 할 수 없었다.

바라보는 풍경은 연출된 스틸 컷처럼 멈춰 있는 것 같았다. 눈을 감기도 전에 입술이 먼저 닿았고 따뜻한 손에 뺨이 잔뜩 붙들렸으며, 온 세상에 그가 밀려들어 오는.

첫 키스의 순간이었다.

* * *

뉴욕의 야경을 보며 생각에 잠긴 윤혁의 뒤에 선 재호가 보고했다.

"성진에서 벌써 다섯 명 넘게 따라붙었어."

"보고는 어떻게 올라왔지?"

윤혁은 유사시를 대비해 성진의 사람 몇을 매수해 두었다. 1년 전부터 계획한 일이었다. 쓸 만한 인재 몇을 골라 실체가 드러나지 않게끔 차명 계좌로 지원하고, 분명한 제 사람으로 만들었다.

스파이란 그 정체를 들켜선 안 되기에 따로 만남을 가진 적도 없었다. 그저 주도면밀하게 정보를 빼내는 일에만 몰두했다. 재호는 보고받은 서류를 그에게 넘겼다.

"지체하면 늦어. 지금 정중하게 말씀 올리는 겁니다. 이사님."

"알아. 섣부르게 대응할 필요 없어."

업무용 책상 앞에 앉은 그가 두툼한 서류를 넘겼다. 성진 측에서 세하의 동향을 더욱 긴밀하게 찾고 있다는 보고였으며, 그 위치가 미국으로 좁혀졌다는 보고였다.

윤혁이 한발 빨랐을 뿐이지 성진 역시 추적이 느린 속도는 아니었다. 언제까지고 꽁꽁 숨어 있을 수는 없다는 걸 그녀 자신도 알 것이다. 세하를 안전하게 제 옆에 두고, 성진을 코너로 몰아 가는 방법이 그나마 유일한 플랜이었다.

성진의 움직임을 예측했기에, 윤혁은 세하에게 미리 사람을 붙여 뒀지만 그것만으로는 충분하지 않음을 알고 있었다. 서세하는 반드시 제 옆에 있어야만 했다. 절대 이성적이지 않은 불안감이 그의 뇌를 파고들었다.

다음으로 여러 장의 사진들이 책상 위로 우수수 떨어졌다. 가장 먼저 시야에 박힌 건 남자의 인영이었다.

순식간에 분위기가 날카로워졌다. 그의 미간이 좁혀졌다. 사진을 쥔 윤혁의 손에 힘이 들어갔다. 이미 복잡한 상태인 머리는 아무런 도움도 주지 못했다.

남자가 혼자 찍힌 사진은 거의 없었다. 대부분이 세하와 같이 찍힌 사진이었다. 머리가 차갑게 식었고 이루 말할 수 없이 비참했다. 대체 무엇을 모르는 척하면서 무엇을 지키고 싶은 것일까.

뒤이어 남자의 신상이 기재된 서류가 나왔지만 그는 차분히 서류를 내려놓았다. 테이블 위로 두 손을 짚고 고개를 떨궜다. 건조하게 굳어져 있던 속이 허는 것처럼 흉부를 강타한다.

그런 윤혁을 보며 재호는 잠시 기다렸다.

남자의 이름. 이휘겸. 그가 어떤 인간이고, 세하가 휘겸을 사랑하는지 아닌지는 상관없다. 다만 머리 아프게 하는 부분은 따로 있었다.

"이휘겸. 언제든 널 치고 들어올 수 있는 사람이야."

"이 상황을 주시하는 모든 인간들이 그렇겠지."

윤혁은 그가 심히 거슬린다는 얼굴이었다.

"지시만 해 주면 우리 선에서 끝낼게. 신변 파악한 것만으로도 게임 끝이라 보는데."

"계속 지켜봐. 수상한 움직임 있으면 바로 보고하고."

윤혁은 깍지 낀 손을 머리 뒤로 넘겼다. 의자 등받이에 기댄 채 창밖을 살피며 나직하게 중얼거렸다.

"우선 세하만 안전하면 돼."

"회장님이 너한테 칼을 들이민 거나 다름없어. 왜 이렇게 태평해."

"나 다 잃고 쪽박 칠 새끼야. 이제 와서 뭐가 두렵다고."

"정말 이렇게까지 해야 하냐."

"왜. 형도 성진 쪽으로 넘어갈래?"

픽 웃은 윤혁은 자조 섞인 탄식을 뱉었다. 재호조차도 그가 무슨 꿍꿍이인지 알 수가 없었다. 재떨이에 담배를 비벼 끈 윤혁이 알 수 없는 말을 내뱉었다.

"내가 못 미더우면 가도 돼. 형 인생도 비싸니까."

"러브콜 와도 거절했지. 내가 아는 임원 중 네가 제일 덜 지랄 맞거든."

"때가 되면 내가 직접 가라고 등 떠밀 수도 있다는 것도 아셔야지."

"근 10년을 충성한 수족을 내치시겠다?"

"보내 주는 것도 사랑이란 거 모르나."

아무렇게나 내려온 앞머리를 쓸어 넘겨 정리한 그가 와이셔츠의 단추를 두어 개 풀어냈다.

"날 믿어?"

"믿지."

윤혁이 자기 사람들을 끔찍이 생각한다는 것은, 재호도 알고 있다. 변화가 필요한 곳에 과감히 칼을 휘두르는 결단력, 기꺼이 악역을 맡겠다는 결의. 다소 현실감이 떨어지는 전략일지라도 정윤혁에게 실패란 없었다. 시장의 흐름을 휘어잡고 천문학적인 수익을 벌어들인 것도 이와 같은 자신감이 있었기 때문이다.

"바닥 쳐야만 성진을 이길 수 있어. 알잖아."

결론은 간단하고도 무거웠다. 반드시 비극을 맞이해야만 행복할 수 있다. 쉽지만 애매한 방법이 있었다면 택하지 않았으리라. 세하를 두 번 다시 잃어선 안 되기에. 세하를 얻는 대신 자신을 내주는 일이 자충수가 되지 않기를 간절히 바랐다.

큐브를 만지작대던 윤혁은 세하를 떠올렸다. 이제 그녀의 생각은 생각의 일종이라기보다 호흡과 같은 무의식적 습관이 분명했다. 손목에 찬 메탈 시계는 세하가 선물해 줬던 것이며, 넥타이와 손목의 커프스도 세하가 오래전 골라 준 것이다. 그를 감싸고 있는 모든 게 서세하였다.

"세하 계속 지켜보고 있는 거지."

"분부대로 하고 있어."

"오늘 다시 찾아가 볼까 하는데."

세하의 가게 근처에서 그녀를 항상 지켜봤었다. 손을 뻗으면 닿을 거리에 그녀가 있지만 남보다 못한 사이가 되어 말 한 번 걸어 볼 수 없는 게 애석했다. 들키지 않을 거리에서 그녀의 뒤를 따라가다가 집으로 잘 들어가는 걸 보고 나서야 걸음을 돌렸을 뿐이다.

세하와는 상당히 깊고 복잡하게 얽혀 있는 인연이다. 어디서부터 손을 대야 할지 감히 쉽게 결정을 내릴 수 없을 정도로 깊었다.

"무슨 말을 해야 한 번이라도 내 말을 들어 줄지 모르겠어."

윤혁은 만지작거리던 큐브를 치워 버렸다.

"……사랑하는 게 죄가 될 줄은 몰랐는데."

칼로 미세하게 깎아 낸 연필심처럼 윤혁의 날카로운 얼굴이 미묘하게 흔들리고 있었다.

* * *

마지막으로 찾아온 단골손님까지 무사히 보낸 후 세하는 가게 문을 닫았다. 폐업을 알리는 'close' 표시를 보며 한참 서 있었다.

이젠 아무리 퍼 담아도 끝이 없을 정도의 고통으로 물든 기억들도, 이렇게 정리하고 떠나보낼 수만 있다면 참 좋을 텐데.

지금은 윤혁에게서 멀어지는 것이 더 급했다. 가게를 빠르게 정리하긴 했지만 그사이 윤혁이 또 찾아오지 않을까 초조했다. 하지만 윤혁은 찾아오지 않았다. 그러면 안 되는데 왜인지 슬펐다.

사랑하지 않겠다 다짐했던 긴 세월이 우스울 정도로 다짐이란 헛된 것이다. 끊임없이 입으로라도 외워야만 했다. 이게 윤혁을 위한 길인 거라며, 나를 위한 일이기도 하고, 결국에는 우리 모두를 위한 거라고.

휘장을 덮은 것 같은 어둠이었다. 우산을 쓰고 어깨를 잔뜩 움츠린 세하는 걸음을 빠르게 옮겼다. 폭우가 쏟아져 내리는 탓에 한 치 앞도 잘 보이지 않았다. 길이 잘 닦이지 않은 뒷골목은 파여 있는 웅덩이마다 물이 고여 첨벙댔다.

소름 끼치는 느낌은 그때부터였다. 등 뒤에서부터 누군가 따라오는 것이 느껴졌다. 걸음을 뗄 때마다 뒤를 돌아보면 거리에 두어 명이 따라오고 있었다. 차가 계속 뒤에 따라붙는 것이 거리를 메운 상가들의 유리창을 통해 보였다.

무언가를 직감한 그녀는 가슴이 덜컥 내려앉았다. 어깨 밑으로 흘러내린 크로스백을 추스르지 못하고 뛰기 시작했다. 따라오던 몇 명의 발걸음도 함께 달리기 시작했다.

잡아! 괴물 같은 목소리에 온몸의 털이 쭈뼛 섰다. 가로등에 부딪치는 순간 우산을 놓쳤고 이내 폭우 속에서 전신이 흠뻑 젖어 들기 시작했다. 빗물에 머리카락이 엉겨 붙어 앞이 잘 보이지 않았지만 계속 뛰어야 했다.

그 순간, 누군가 세하의 팔목을 낚아챘다.

"……쉿."

윤혁이었다. 둘은 가까스로 예배당의 쪽문을 통해 숨어들었다. 콰쾅- 우레가 치며 빗줄기가 거세졌다. 다행히도 정체를 알 수 없는 무리들은 눈치채지 못하고 흩어진 듯했다.

창고처럼 좁은 라커룸에서 그녀를 품에 안은 윤혁이 내리 한숨을 쉬었다. 작은 몸이 사시나무 떨듯 떨리고 있었다. 그가 걱정스러운 얼굴로 뺨을 감싸 왔다.

"괜찮아?"

"……."

"나 좀 봐."

작은 빛만이 새어 들어오는 좁은 공간에서 가쁜 숨을 몰아쉬니 정신이 나갈 것 같았다.

"나 여기 있어."

"……흑."

"이제 괜찮아."

빗소리도, 천둥소리도, 무지막지하게 뛰는 심장 소리도 견딜 수가 없었다. 그의 셔츠가 구겨지도록 붙잡았다.

"이게……. 이게 다 어떻게 된 거야?"

"나중에 다 설명할게."

"……뭐?"

"진정해. 지금은 나랑 같이 있으니까 괜찮아."

숨통이 조여들었다 풀어지기를 반복했다.

"설마⋯⋯. 사람들이 내 위치를 알게 된 거야?"

"아니야. 세하야."

"어디서부터 어디까지 아는 거야. 너도 어떻게 날 찾았던 거야."

"그런 게 아니라고."

"왜 다 아니라고만 해. 그런 게 아니면 뭔데? 이게 대체 다 뭔데. 네가 날 찾아온 것도 다 연관이 있는 거지, 그렇지? 나 살아 있는 거 다들 알게 된 거지?!"

"지금 너 너무 힘들어. 나중에 설명해 주겠다니까."

품에서 벗어나려 몸을 비틀자 그가 양 팔목을 단단히 붙잡아 왔다.

"진정해."

"어떻게 진정을 해!"

"제발⋯⋯."

숨을 내쉴 때마다 위아래로 반동하는 그의 어깻죽지가 애처로웠다.

"제발 내 말 좀 들어. 서세하⋯⋯."

빗물인지 눈물인지 알 수 없는 것이 그의 볼을 타고 떨어지는 걸 본 순간, 모든 움직임이 정지했다. 머리칼에 아슬아슬하게 걸쳐 있던 빗물이 뚝, 떨어진다.

"정윤혁⋯⋯. 너 위험한 거지. 나 때문에, 네가 다치는 거지."

침잠하듯 가라앉은 시선이 허공에 들어찼다. 찬바람만 에둘러 위로하듯 몸을 감쌌다. 이상하리만큼 이유를 말해 주지 않는 그를 보며 확신해야만 했다.

"맞구나. 그런 거였어. 그래서 찾아온 거였어."

"아니야."

"아니긴 뭐가 아니야!"

"……세하야."

"그러게 내가 찾아오지 말라고 했잖아."

"……."

"가. 가란 말이야. 가!"

윤혁의 어깨를 퍽퍽 내려쳤으나 그는 저항 없이 맞아 줄 뿐 미동도 하지 않았다.

"가. 제발. 다쳐도 내가 다칠 테니까 가!"

"그만해."

"왜 네가 나 대신 다치려고 해. 왜 네가 다 잃으려고 해! 왜!"

"제발."

"네 인생 잘 살면 된다고 했잖아! 어?!"

"그게 어떻게 돼!"

가슴이 철렁했다. 어깨를 밀어 내던 손도 멈추고 말았다.

"그게 어떻게 돼. 어?"

"……놔."

피곤한 눈자위에 맺힌 눈물이 흘러내렸다.

"알아. 이런다고 너를 가질 수 있는 것도 아닌 거."

"……."

"근데 자꾸 난……."

"……."

"혹시 네가 날 버린 걸 후회하지 않을지. 돌아오진 않을지."

"……."

"그 혹시나 하는 가능성이 나를 죽여."

익숙한 그 향기가 온몸을 감싸 왔다. 그녀는 겨우 두 발로 버티고 서 있었다. 무너지지 않으려 했지만 이미 그럴 수 없다는 걸 알고 있었다.

"넌 정말 나 없어도 괜찮아?"

"윤혁아."

"너무 보고 싶어서, 너무 괴로워서, 밤을 지새워 본 적도 없어?"

그렇게 말하는 얼굴은 파리하고 창백했다. 그는 그에게서 벗어날 여지도 주지 않고 끈질기게 엉켜 들었다.

"세하야. 나는 매일매일이 지옥이었어."

"……."

"널 사랑하는 게 용서받아야 하는 일이 되어 버려서…… 견딜 수가 없었어."

무거운 침묵이 찾아들었다. 윤혁은 세상의 모든 걸 등지고 세하를 택할 수 있냐 물으면 주저 없이 그렇게 할 것이다. 그녀가 제게 더한 기다림을 주고, 결말이 정해진 사랑을 혼자 평생 앓아야 한다고 해도.

"내가 너라잖아……."

그녀는 어떻게든 악연을 돌이키고 싶어 하는 윤혁을 보며 무너지듯 울고 싶어졌다.

"네 손을 놓은 건 나야……. 널 놓은 건 나라고. 윤혁아. 처음부터 알고 있었잖아."

"그래. 알고 있었어."

"……뭐?"

"내가 몰랐어야 해?"

"알면서도 어떻게 날……."

"그래. 어떻게 널."

"……."

"정말 어떻게 내가 널."

"……."

"사랑하지 않을 수 있겠니."

"……."

"너는 내가 다 알면서도 널 사랑하는 걸 몰랐어?"

정말이지 이건 그의 잔인한 방식이다.

"알았어. 알아서 널 배신한 거야! 그래야 네가 날 증오하고, 날 혐오하고, 결국엔 날 놓을 테니까."

세하는 겨우 겨우 말을 뱉어 냈다.

"책임질 수도 없는 이 지긋지긋한 걸 대체 왜……!"

"책임지지 마."

"……뭐?"

"책임지지 마. 아무것도."

윤혁이 한 글자 한 글자에 힘을 주어 말했다.

"하지만 내가 널 사랑하고 있다는 건 부정하지 마."

"……."

"네가 어떻게 하든지 나는 너를 놓지 않을 거란 사실도 부정하지 마."

강경한 그의 태도 때문에 세하는 무너지듯 울고 싶어졌다. 아니라고 해야 하는데. 이런다고 달라지는 건 아무것도 없다고 말해야 하는데. 미련하게도 그가 밉지 않았다. 지우지 못할 많은 것들을 남기는 그가 싫지 않다.

"정신 차려. 나는 시간을 되돌려도 똑같은 선택을 할 거야."

"서세하."

"나는……. 나는 널 배신할 수밖에 없어. 어떻게 해도 상황은 달라지지 않아."

"그래. 알고 있어."

"나는 너를 알면서도 버릴 거야. 아주 처참하게 버려 버릴 거야. 그 기억으로 널 평생 괴롭게 만들 거야. 그래도?"

"그래도."

"난 너를 두 번이고, 세 번이고 더 버릴 수 있어. 평생 너를 아프게 할 수도 있어."

"아프게 해. 그럼."

"정윤혁!"

"버리고 싶으면 버려!"

차가운 시선에 갇힌 체 꼼짝도 할 수 없다.

"끈질기게 돌아갈 테니까."

말을 끝맺지 못하고 힘없이 내려앉는 그 손이 천천히 밑으로 향한다. 손등을 지나서 새끼손가락만이 간신히 붙잡혔다. 차가운데 뜨거웠다. 그리고 서글펐다.

"세하야."

"……"

"숨바꼭질은 끝났어."

이 말을 듣고 싶지 않아서 피하고 싶어서 그렇게 안간힘을 썼던 것인데. 결국에.

"난 널 사랑해. 여전히."

"……"

"변한 게 있다면 변한 게 없다는 결론뿐이겠지."

그는 지난날들을 회상했다. 낯선 세계에 홀로 남겨진 이방인처럼 추억은 회한이 되어 칼날처럼 그를 찌른다. 우린 이렇게 정처 없이 떠다니다가 정말 어디로 닿게 될까. 아니, 어딘가로 닿을 수는 있는 걸까.

"……대체 정윤혁. 넌 왜."

세하는 참고 있던 감정들을 구역질하듯 토해 냈다.

"……왜 나를."

정윤혁. 우린 처음부터 만나지 말았어야 했어. 날 사랑할 사람이 너여선 안 됐어. 아무리 돌고 돌아도 결국 이렇게 끝날 테니까.

"사랑하면 된다는 거 말이야 좋지……. 정말, 네가 있고, 내가 있는 미래. 그런 게 우리에게 있을 거라 생각하니. 윤혁아?"

"그러니까 내가 다시 쓰겠다고. 그 미래."

"……정윤혁!"

"네가 저질러 버리고, 네가 후회하는 그 과거. 이제라도 내가 돌려 놓겠다고!"

"언제까지 그렇게 당당할 수 있는데?!"

"뭐?"

"네가 날 다시 선택하는 거, 모두에게 죄짓는 거잖아. 낳아 주고 길러 주신 부모님을 배신하고 나에게 오겠다고? 그게 말이 된다고 생각해?"

"……."

"난 너만큼은 잘 살길 바랐어……. 좋은 사람 만나서 행복하길 바랐어. 정말이야."

"네가 없는데 내가 어떻게 잘 살아."

"……윤혁아."

"난 너 아닌 사람 생각조차 해 본 적 없어."

그가 벌게진 얼굴로 토해 냈다. 진심이 아닐 리 없는 그 표정을 보니 말문을 잃었다.

"다쳐도 내가 다쳐."

"……."

"아파도 내가 아파."

모든 게 엉망진창이라 자꾸만 그녀의 눈앞이 흐려졌다.

"날 살고, 날 죽게 하는 게 너라는 걸. 왜 몰라."

누군가의 1년이란, 돌아봤을 때 기억도 나지 않을 만큼 짧은 시간이다. 둘에겐 달랐다. 엄연히 인생을 바꾼 지점이었다. 어쩌면 처음 만났던 수십 년 전부터 예견된 미래일지도 몰랐다.

모두가 아프게 될 걸 알면서도 시작한 관계, 더럽히고 짓밟아 버린 게 서로라는, 말하지 못할 그 진실까지, 전부 서로에게 잔인하기만 했다.

눈물을 흘리기 시작한 세하가 천천히 주저앉았다. 되짚어 보면 분명한 사실이었다. 널 위해 뭐든지 할게. 어린 윤혁은 저 말을 달고 살았다. 해 줄게, 내가 할게, 할 수 있어. 움츠러든 어깨를 감싸 주며 다정하게 말해 줬었다.

네가 원하는 것이라면 뭐든 하겠다고. 그리고 단 한 번도 그 약속을 어긴 적이 없었다. 윤혁도 같이 그녀와 앉아 세하를 천천히 품에 안았다. 바람 하나 통할 수 없게 힘주어 세하를 더 세게 안았다. 품안에 그녀의 향기가 느껴졌다.

침묵 사이로 빗소리만 가득했다.

7

시간이 얼마나 지났을까. 더 실랑이하기도 지친 새벽이었다.

가까스로 빠져나와 윤혁의 차를 타고 도시의 중심부에서 조금 떨어진 호텔로 향했다. 사람들은 로비에서부터 비 맞은 생쥐 꼴이 신기한지 곁눈질했으나, 윤혁은 신경 쓰지 않고 세하를 챙겼다. 혹시라도 그녀의 얼굴이 노출될까 모자를 더 깊게 눌러 씌워 주었다.

윤혁은 남아 있는 방 중 가장 최상층의 프라이빗 펜트 하우스와, 그 아래 전 층을 결제하겠다며 카드를 내밀었다. 이미 예약된 손님들 탓에 그가 위약금을 물어야 하는 상황임에도 금액의 액수 따위 무신경한 얼굴이었다.

"방해하는 일 없도록 부탁합니다."

허스키한 목소리는 피곤한지 가라앉아 있었다. 백색의 빌지 위로 필기체의 글씨가 빠르게 새겨졌다. 연락을 받고 달려온 호텔 최고 매니저와 총지배인은 연신 둘에게 굽신거리며 전용 엘리베이터로 안내했다.

모던하고 세련된 디자인의 펜트 하우스의 조명은 적당한 빛을 유지하고 있었다. 거실 전면에 펼쳐진 2층 높이의 통유리창이 가장 먼저 눈에 띄었다. 커튼을 열어젖히자 화려한 도시의 야경이 한눈에 들어왔다. 내려 붓는 빗줄기는 점점 더 거세지고 있었다.

"물 받아 줄게."

그가 커다란 스파 욕조에 따뜻한 물을 받았다. 걷어붙인 팔목에 힘줄이 돋아 있었다. 손을 넣어 온도를 확인해 주는 넓은 등판을 바라보며 세하는 멍하니 서 있었다.

"온도는 이 정도면 된 것 같은데."

"……어."

"얼른 씻어. 감기 들겠다."

그가 수건 여러 장과 속옷, 샤워 가운까지 협탁 위에 올려 두었다. 호텔 어메니티가 아니라 브랜드 제품인 걸 보니 이 시간에 사람을 시켜 구해 온 것 같았다.

"다른 거 더 필요하면 말하고."

그녀는 고개를 끄덕였다.

"……."

뭣보다 너무 젖어 몸에 달라붙어 있는 티셔츠를 내려다보았다. 기운도 없는지라 애를 써도 벗겨지지 않는 게 문제였다. 달라붙은 옷이 말을 듣지 않아 끙끙 사투를 벌이고 있으니 윤혁이 다가왔다. 말없이 티셔츠의 끝을 쥐고 명령하듯 말했다.

"손, 만세."

"……어?"

"만세."

너무 젖어 상체에 달라붙어 있던 티셔츠와 이너웨어까지 한꺼번에 벗겨진다. 속옷만 입은 맨몸으로 그를 마주하는 게 오랜만이라, 엑스자로 팔을 모아 가렸다.

"……고마워."

"바지는."

"……."

"혼자 벗을 수 있어?"

욕실의 은은한 조명 아래 그 역시도 셔츠가 온통 젖어 있었다. 다부진 어깨와 근육, 그리고 두드러진 상박이 드러났다. 윤혁의 분명한 시선을 피해 엉거주춤한 자세로 발끝만을 조용히 응시했다. 샤워기에서 뚝뚝 떨어지는 물소리만이 크게 들렸다.

등 뒤로 벽이 닿아 옴짝달싹할 수도 없었다. 마주 본 둘 사이에 조용한 숨결만이 오갔다. 윤혁의 눈빛이 뭘 말하는지 너무 명확해 떨리는 목소리가 새어 나갔다.

"……괜찮은데."

"서 있어."

그가 한 손으로 세하의 허리를 끌어당긴다. 다른 저항 없이 그의 앞으로 끌려갔다. 입술을 깨물고 있는 표정을 한번 살핀 그가, 이내 바지의 훅 부분을 양손으로 풀어내기 시작했다. 길고 잘빠진 섬세한 손가락이 훅을 당기고, 지퍼를 천천히 내렸다. 그녀가 본능적으로 살짝 주춤대자 단단히 허리를 얽매여 왔다.

"발 들고. 옳지."

습기를 잔뜩 머금은 것처럼 달라붙어 불편하게 느껴지던 천이 거침없이 밑으로 내려가기 시작했다. 그녀의 속살이 조명 아래 훤히 드러났다. 윤혁의 상박이 닿을 정도로 너무 가까이에 있어 아주 미묘하게 거칠어진 그의 호흡이 신경 쓰였다.

이내 그가 부드럽게 바지를 모두 벗겨 냈다. 몸이 중심을 잃지 않도록 맨허리를 꽉 붙들어 준 채였다. 세하는 여전히 가슴을 가린 채 어설픈 시선만 다른 곳을 향한다.

"……"

그때 핏줄이 불거진 손이 그녀의 뺨을 쥐어 왔다.

"……"

아무 말이 없었지만 맞받아쳐 오는 눈빛만은 아주 많은 말을 하고 있었다. 온몸이 홧홧할 정도로 생경하게 번지는 감각. 이상하리만큼 그의 손이 체온 그 이상으로 뜨거워 화들짝 놀랐다.

"나 봐."

마디가 굵고 가지런한 큰 손이 뺨을 돌려 기어이 제 눈을 보게 만든다. 추적거리는 빗소리. 작게 스며드는 달빛. 온난한 조명 아래에서 그의 얼굴 위로 시원하고 곧게 뻗은 선들을 보았다.

꼭 꿈을 꾸는 것 같았다. 손을 내어 얼굴선을 조심스레 만지자 윤혁은 조용히 눈을 감았다. 뺨을 감싸 오는 그녀의 손가락 위로 살며시 제 입술을 찍었다. 천천히 입을 맞추고, 눈을 마주하고, 이내 손바닥 위로 입술의 여운을 남겼다. 그리고 서로의 호흡이 맞닿는 순간 적나라하게 입술을 물어 왔다.

윤혁은 마치 짐승처럼 덤벼들었다. 맞잡은 손과 맞닿은 입술이 그저 뜨거웠다. 달래듯이 키스한 그가 뜨거운 혀를 옭아맨다. 집요하게 찾아드는 키스는 손끝까지 힘이 들어갈 만큼 벅차기만 했다. 젖은 혀가 미끄럽게 얽히며 입 안까지 젖어 들었다. 질척이며 떨어진 입술이 열기를 잃어버리기도 전에 서로를 다시 갈구했다.

엉덩이 밑으로 손을 넣어 그녀의 몸을 번쩍 안아 든 윤혁은 욕실에서 그녀를 안고 나와 밀어 내듯 침대 위로 몸을 겹쳤다. 물기로 가득한 목덜미를 혀끝으로 연신 핥아 올리다 몸을 굽혀 가슴에 얼굴을 그대로 가져다 댔다. 젖어 있어 미끄덩거리는 어깨에 입을 맞췄다.

윤혁은 하얗게 드러난 그녀의 목덜미에 입술을 묻었다. 가느다란 목선을 따라 입을 맞추자 진한 살 내음이 풍긴다. 자연히 그녀의 입에선 신음이 새어 나왔다.

위아래로 들뜨고 있는 그의 다부진 어깨를 살짝 짚으며 세하는 가쁜 숨을 쉬었다. 그가 그런 그녀를 달래듯이 하얀 목덜미 위로 연달아 입을 맞춘다. 사탕 굴리듯 어깨까지 키스하며 핥아 내려온 윤혁이 맞대고 있던 입술을 뗐다. 다시 서로를 마주하니 숨결이 얼굴 위로 닿았다.

"너무 안고 싶었어……."

억지로 꽉 깨물고 있었던 입술을 그가 부드럽게 손가락으로 풀어 내렸다. 항상 그리웠던 온기가 손에 머물러 심장이 뛰었다. 눈 감으면 불현듯 떠오르던 그 얼굴이 눈앞에 있음에 주체할 수 없을 만큼 가슴이 떨리고 시렸다.

이러면 안 된다는 걸 안다. 하지만 지금 이 순간만큼은 그의 품에 안기고 싶었다.

"입술 그렇게 하지 마."

그가 살짝 입을 맞추고 볼을 쓰다듬었다.

"네가 좋아하는 거 보고 싶어. 세하야."

눈꺼풀과 콧등, 입술까지 차례대로 입을 맞춘 윤혁이 상박을 좀 더 기울여 왔다. 한 팔로 그녀의 허리를 감고 쇄골로 입술을 옮겼다. 그 위로 연거푸 입술을 지분대며 부드럽게 키스한 그가 천천히 어깨끈을 내려 브래지어를 벗겨 낸다. 이내 혀를 내어 속살을 핥고 어루만졌다. 그 때문에 말끝을 흐리며 끙끙대는 소리가 절로 새어 나왔다.

"……하. 윤혁아."

"괜찮아?"

나긋한 음성은 언뜻 비치는 단호한 얼굴만큼이나 야했다. 눈을 질끈 감고 고개를 끄덕이는 그녀의 허벅지가 저도 모르게 움츠러들었다. 그걸 놓치지 않고 그 사이로 그의 손이 들어왔다. 다리를 오므렸지만 그는 놓치지 않고 허벅지를 제 손으로 쥐었다. 부드럽게 가슴을 물어 대며 손은 안쪽을 탐하고 있었다.

머리부터 발끝까지 온 세포 하나하나를 다 깨우는 느낌에 발가락은 오므라들고 입에서는 밭은 신음이 계속 터져 나왔다.

허벅지 안쪽으로 파고드는 생생한 느낌에 그녀의 아래는 온통 젖었다. 얇은 속옷 위로 천천히 지분대다 들어오는 뜨거운 손가락이 가장 예민한 곳에 닿는다. 동시에 그가 귓바퀴를 살짝 깨물었다.

손가락을 세워 문지르는 손길이 빨라질수록 질척이는 소리도 커졌다. 그게 부끄러워 닿아 오는 시선을 피하자 그가 작게 웃으며 한 손으로 그녀의 머리를 부드럽게 쓸어 넘긴다.

"너 지금 엄청 예뻐."

아래 속옷까지 전부 벗기고 손을 넣어 질구까지 애무를 계속했다. 달뜨는 숨과 신음이 이어졌다. 그녀가 참지 못하고 고개를 젖힐 때마다 여린 목덜미를 삼키듯 빨았다.

"좋아?"

아래에서는 점차 빠르게 손가락을 움직이고 있었다.

"너도 나랑 이러고 싶었어?"

"그런 말……."

"만져 봐. 네가 지금 얼마나 젖었는지."

그가 그녀의 손목을 쥐고 미끈대는 아래로 손을 가져다 댄다. 음부 전체에서 미끈거리는 액이 제 손가락에 닿자 수치심이 들었다. 붉어진 얼굴로 눈을 질끈 감으며 손을 떼려고 하자 그가 손가락 위로 큰 손을 겹쳐 온다.

"떼지 마."

겹친 손가락으로 음핵을 문지르는 탓에 그녀의 손가락까지 젖어 들었다. 이내 윤혁은 그녀의 손목을 쥐고 보란 듯이 젖은 손가락을 빨았다. 부러 눈을 똑바로 보며 액을 남김없이 쪽쪽 빨았다. 절대 피하지 않는 그의 눈빛도, 입 안에서 굴리는 뜨거운 혀까지도 지나치게 자극적이었다.

윤혁은 고개를 숙여 그녀의 다리 사이로 혀를 내었다. 혀에 닿는 말랑한 살의 온도는 뜨거웠다. 여린 살을 옭아매고 간질이자 그녀의 눈가는 다 풀려 있었다. 집어삼킬 듯 애무하는 매끄러운 혀 때문에 호흡이 가빠지며 고개가 뒤로 젖혀졌다.

그 모습을 본 윤혁의 잇새로 나직이 욕이 새어 나왔다. 그녀의 골반을 더욱 바짝 당겨 잡으며 아래에서 움직임을 계속했다.

이내 그녀는 몸부림을 치더니 격정적인 신음을 쏟아 냈다.

아아……. 윤혁아! 발끝까지 오므리며 아래에서 액이 질펀하게 쏟아져 흐른다. 머릿속에서 가느다란 줄이 탁, 하고 끊어진 느낌이었다. 터질 것처럼 뛰는 가슴은 주체되지 않았다. 질구가 미친 듯이 조여지며 여운이 계속됐다. 뜨겁게 뛰고 있는 심장 박동 소리가 귓가에 울렸다.

"얌전히 있어."

윤혁이 입 안 가득 가슴을 물고 혀끝을 세워 애무했다. 솟아오른 유두를 살살 돌리며 목덜미, 허리, 등줄기, 엉덩이까지 천천히 키스했다. 주위만 맴도는 혀 놀림은 의도적이었다. 그녀가 참지 못하고 엉덩이를 들썩이며 애원하듯 신음을 흘렸다.

그는 그녀의 발목을 붙잡고 무릎에서부터 입을 맞추며 내려갔다. 매끈한 종아리를 한쪽 어깨 위로 올렸다. 발끝에 걸쳐 있던 그녀의 속옷을 완전히 벗기고 아래를 밀착했다. 온몸을 관통하는 혈류가 온통 한쪽으로 쏠리는 기분이었다.

"괜찮아?"

살짝 고개를 끄덕이는 그녀의 눈가가 흥분으로 살짝 젖어 있었다.

달아오른 몸은 본능적으로 계속해서 그를 원하고 있었다. 미약한 빛이 서린 그녀의 얼굴과 몸은 무척이나 야했다. 윤혁은 콘돔 포장지를 이빨로 뜯어 내었다. 양손으로 그녀의 골반을 쥐고 제 중심으로 가까이 붙였다. 사정 직전처럼 혈관이 도드라져 팽팽한 아래가 맞닿는다.

"할게."

벌겋게 달아오른 세하의 얼굴을 내려다보는 그의 눈빛이 형형했다. 허리를 살짝 들고 두껍게 팽창한 그것을 미끄러지듯 천천히 삽입했다.

"힘 빼. 세하야."

반도 들어가지 않았는데 벌써 안이 꽉 차는 지경에 그녀는 그의 너른 어깨를 붙잡고 고개를 도리질 쳤다. 본능적으로 입구에서부터 좁혀 드는 탓에 윤혁 역시 의식이 조각날 것 같았다.

천천히. 천천히. 아프지 않게 달래 가며 삽입되던 그것이 어느 지점을 지나자 쑥 빨려 들어갔다.

"아아……."

"후……. 괜찮아?"

처음 느껴 보는 고통이었지만 희열이 훨씬 더 컸다. 내부에 가득 찬 느낌이 간질거리고 미묘했다. 세하는 윤혁의 목을 끌어안으며 고개를 끄덕였다. 윤혁 역시 가슴팍 쪽으로 그녀를 가득 안으며 작은 탄식을 내뱉는다.

"……하. 나 봐야지."

그가 위아래로 천천히 허리를 움직였다. 세하가 아플까 봐 아주 천천히 움직이는데도 그 느낌이 파동처럼 잔잔하게 전해져 오히려 더 흥분을 일깨웠다. 윤혁은 그녀의 눈가 위에 꼼꼼히 입을 맞추었다. 아래에서 부드럽게 마찰하는 순환은 멈추지 않았다. 묘하고 간질거리는 생생한 느낌이 그녀의 전신을 감쌌다.

그러다 점차 속도가 붙기 시작했다. 허리 짓이 조금 더 빨라지더니, 허벅지에 부딪쳐 찰싹이는 소리가 이어졌다.

퍽. 퍽. 퍽. 내부에 드나드는 질척하고 끈적이는 소리가 뒤섞여 외설적으로 울려 퍼졌다. 달래듯이 입술에 키스하며 그녀의 양 팔목을 결박했다. 침대 헤드 위로 올려놓고 쳐올리기 시작했다. 강한 허리 짓에 여느 때보다 격정적인 신음이 터져 나왔다.

"하앗. 하. 하으……! 윤혁아……!"

그녀의 턱을 억지로 붙잡아 돌렸다. 맞닿은 입술 안에서 앓는 소리가 났지만 봐주는 법 없이 키스는 더욱 거칠어졌다. 허리 짓을 멈추지 않고 그녀의 목덜미를 쥐며 끈질기게 대답을 채근했다.

"서세하."

"하응. 하아……."

"다른 새끼 좋아서 갔다는 거. 하……. 거짓말이라고 말해."

그는 지나치게 흥분했고 격정적이었다.

"네가 사랑하는 건 나라고 말해."

몇 번이나 자신이 아니라고 밀어 내던 세하의 목소리가 산란했다. 귓가를 어지럽히는 숨소리를 내며 시트 위에서 흔들리는 그녀의 몸을 안아 올렸다. 틈도 없이 껴안고 다시 강하게 아래를 쳐올렸다.

"아웃. 윤혁아……. 아아."

숨이 막힐 정도로 달아올랐다. 날렵한 턱 끝을 타고 흘러내리는 땀방울 때문에 온몸의 감각이 달구어져 있는 것 같았다. 그녀의 아래에서 흐르는 액 때문에 질척이는 소리가 방 안을 울리며, 그도 점차 사정감이 몰려왔다.

"허리 조금 더 들어 봐."

낮은 목소리가 그녀를 무척 달아오르게 했다. 그는 성난 짐승처럼 안으로 계속 박아 넣으며 목덜미 위로 빨갛게 부어오른 흔적에 다시 이를 세웠다.

"힘 좀 풀고. 어?"

"아웃. 아……. 윤혁아. 하아! 아! 아!"

못 참겠다는 듯 고개를 도리질하며 거친 숨소리를 내던 그녀가 허리를 꺾으며 파정했다. 몇 초간 온몸에 전율이 일던 그녀가 가쁜 숨을 색색거리며 그에게 기댔다.

윤혁은 땀에 젖은 그녀의 머리카락을 치워 주며 등허리를 바싹 끌어안았다. 고개를 숙여 가슴에 부드럽게 입술을 문지르다가 다시 힘주어 입 안으로 집어삼킨다.

뜨겁게 뛰고 있는 심장 박동 소리가 가득 울렸다. 흐트러진 그녀를 바로 눕혀 골반을 쥐고 가열하게 아래를 쳐올렸다. 밑도 끝도 없이 좁아지는 내부에 마찰이 지속되며 그도 미약한 신음을 조금씩 내뱉었다.

"하……."

뜨겁고 좁은 안을 미친 듯이 침범하며 한 곳으로만 박아 넣었다. 몰려오는 사정감을 누르며 허리를 움직였다. 기립한 그곳으로 피가 쏠리는 탓에 그는 눈을 질끈 감았다.

퍽. 퍽. 퍽. 둔탁한 소리 끝에 그도 사정했다.

암실처럼 어두운 공간에 가느다란 그녀의 신음만이 남았다. 그의 머리칼 끝에서 땀방울이 뚝뚝 떨어졌다. 제 아래에서 입술을 짓이기며 여운을 느끼고 있는 그녀를 보니, 다시 아래가 직전처럼 빳빳해지는 느낌이었다. 윤혁은 그녀의 안에서 계속 머무르며 뺨을 붙잡고 부드럽게 키스했다.

가쁘게 숨을 몰아쉬는 작은 몸을 윤혁이 안아 왔다. 그녀가 진정할 때까지 기다려 주며 달래듯 이곳저곳에 키스한다. 뺨을 지나 가슴과 배, 무릎까지 다정한 키스 세례가 이어졌다. 부끄러워서 그의 어깨를 밀어 내며 손등으로 눈을 가리자 그는 일부러 파고들어 시선을 맞췄다. 사랑스럽다는 눈은 그 자체로 애정이었다.

"예쁜 얼굴 보여 줘."

"……아. 저리가."

"왜. 부끄러워?"

"……."

"귀여워라."

나직하게 속삭이는 음성은 그녀를 달래기에 충분했다. 그저 세하를 좀 더 꽉 껴안고 흘러내린 머리칼을 넘겨 주었다.

"세하야."

윤혁에게 그녀를 사랑하는 일이란 전쟁 같은 일이다. 서로가 서로에게 쓸쓸해지기만 하고, 상처만 남을 비운의 엔딩까지도 안고 가야만 하지만. 그럼에도 불구하고.

"사랑해."

정말이지 나누지도, 빼지도 못할 그의 진심이었다.

세하는 그를 보며 잠시 그런 생각을 했다. 모든 걸 약속했어도, 헤어짐까지는 약속하지 않아서 서로를 포기하지 못하는 것 같다고. 함께 있었을 때의 그 찬란한 순간들을 어둠으로 덮기에 정말 아무것도 약속하지 않아서, 그래서 예상하지 못했던 끝을 받아들일 수 없는 걸지도 모르겠다고.

노곤한 얼굴 위로 아침 햇볕이 닿았다. 찡그리며 눈을 뜨자 눈앞에 그가 있었다. 여지없이 윤혁의 따뜻한 시선을 느꼈다. 살짝 헝클어진 갈색 머리칼, 온전히 저만 담긴 눈동자, 가라앉은 속눈썹과 예쁘게 벌어지는 입매는 모조리 그만의 것이다. 꿈속에서도 이 얼굴이 그렇게나 그리웠다.

"언제 깼어?"

"아까."

"넌 잠도 없다."

"네가 내 옆에서 자는데 내가 잠이 와?"

장난스럽게 웃으며 머리칼을 쓸어 넘겨 준 그가 넓은 품으로 끌어안아 온다.

"너한테서 나랑 똑같은 향기가 나."

"……."

"머리에서도, 몸에서도. 다 나랑 똑같아."

함께 숨을 쉴 때마다 서로의 열기가 파고들었다. 어쩌면 그가 가진 열을 모두 다 빼앗고 있는 줄도 몰랐다. 따뜻한데 허한 느낌은 아무래도 적적한 마음 때문일 것이다.

"세하야."

무언가를 내려놓은 듯 흘러나오는 낮은 음성은 적적했다.

"네가 나한테 했던 말이 계속 떠오르더라."

"……어떤 말?"

"왜 너여야만 하냐고 그랬던 거……."

윤혁과 재회한 이후 일부러도 아픈 말을 여럿 던져 댔다. 하지만 억지로 그를 비우려 하고 그를 밀어 내려 할수록 아파 오는 건 세하 자신이었다. 아무리 진심이 아니었더라도 가시 박힌 말들에 무던한 사람은 없다.

"너랑 있어야 내가 살고 싶어지더라. 세하야."

그의 표정은 미묘했다. 아픈 것 같기도 하고, 행복한 것 같기도 했다.

"너랑 있어야 내가…… 견딜 수 있어."

"……윤혁아."

"그래서 무서워."

"……."

"지금 이렇게 안고 있는 게 너무 행복해서 무서워."

"……."

"네가 나 버릴까 봐, 끝날까 봐 무서워."

그가 세하의 목덜미에 얼굴을 묻는다. 끌어안은 손이 무척 애달팠다. 그녀는 그의 너른 등을 끌어안으며 말했다.

"……차라리 나 찾아서 원망이라도 하지 그랬어. 미워라도 해 보지 그랬어."

"내가 어떻게 널 원망하고, 미워하겠어."

"……."

"널 사랑하는 마음도 조절이 안 되는데."

윤혁의 사랑은 아무에게나 주고 털어 버리고 싶은 사랑이 아니라, 온전히 그녀에게만 주고 싶은 사랑이었다.

"1년 동안 생각했어. 더 좋은 사람이 되고 싶었어."

"……."

"내 집안의 힘이 아니라 내 스스로 올라서면, 내가 더 성공하고 인정받는 사람이 되면. 아무도 너한테 함부로 못 할 것 같았어."

추억이 주마등처럼 흘러간다. 분명히 그가 있다. 좋아한다고 말하던, 사랑한다고 말하던, 아끼고 지켜 주겠다고 말하던 그가 있다.

"이제 내 이름으로 일으킨 회사가 이곳에도 세워져."

"……."

"누구의 허락도 필요 없어. 너만 있으면 돼, 나는."

그는 꼭 결백을 주장하는 얼굴로 말한다.

"이래도 내가 미련한 거야?"

아무래도 그는 괜찮은 모양이다. 폐허처럼 어질러진 마음을 얹혀 주는 일. 그저 흐릿하게 웃는 일. 그런 일들이 그에겐. 다.

"……널 너무 사랑해."

그가 그녀를 받아들여선 안 되는 이유는 여럿이라도, 오로지 세하 여야만 하는 이유는 다른 그 어떤 이유들을 불문하고 첫 번째였다.

맞닿은 몸이 따뜻해서 더 눈물이 났다. 어설프게 숨겨 왔던 진심들을 모두 쏟아 내 보이고 있는 순간에도 깨어 버릴 꿈일까 두려웠다.

그는 아주 큰 걸 바라는 게 아니었다. 사소한 것으로도 하루 종일 웃던 둘의 과거처럼, 윤혁은 그저 내일을, 내일모레를, 그 이상을 그녀와 함께하고 싶은 것뿐이다.

"다른 건 바라지 않을게. 날 아프게 해도 돼. 나한테 상처 줘도 돼."

"……."

"근데 세하야……. 날 버리지만 말아 줘."

그 목소리는 낮고 진중하게 그러나 불안하게 나왔다.

세하는 윤혁의 불안이 가까이에 보였다. 그 형체가 감각으로 느껴졌다. 그건 온전히 자신 때문이었다. 윤혁을 위해서라도 이러면 안 되는데 자꾸 그의 곁에 있고 싶었다. 상반된 두 감정과 끊임없이 이지러지는 마음속의 충돌이자 자신만의 싸움이었다.

감정의 파편은 점점 그 크기를 더한다. 그게 얼마나 큰지, 견뎌 낼 수 있는지 가늠조차 되지 않았다.

하지만 어차피 견뎌 내야 하는 게 사랑이라면 모든 걸 잊고 자신을 던지고 싶었다. 어떤 결말이라도 윤혁과 함께하고 싶었다. 욕심이라는 걸 알면서. 행복하지 못할 거라는 걸 알면서. 지금 이 순간 도저히 윤혁을 놓을 수 없다는 그 이유 하나뿐이었다.

세하는 대답 대신 그를 좀 더 세게 안았다. 윤혁은 짐짓 놀란 듯이 그녀를 내려다보았다. 세하 또한 윤혁을 마주 보았다. 윤혁의 눈가가 살며시 접혔고 세하 역시 그를 보며 웃었다.

어제의 비는 온데간데없이 아침 햇살이 두 사람 위로 쏟아졌다.

8

한편 경기도 야산 일대에서 50대 여성의 시신이 발견됐다. 주변 산줄기 조망이 좋기로 유명한 곳이었다.

저수지에 낚시를 하러 가던 펜션 주인이 시신을 최초 발견하였고 경찰에 신고하였다. 목격자의 진술에 따르면 처음에 시신이 마네킹인 줄 알았다고 한다. 실제로 그녀의 입술은 너무 메말라서 까칠했고 사람 입술 같지 않았다.

조사가 끝난 그녀의 사인은 경부 압박 질식사, 즉 자살로 판명되었다. 그녀의 등산복 주머니 속 꼬깃꼬깃하게 접힌, 무려 천만 원짜리 수표 뒤에 한 줄의 글씨체로 남겨져 있는 유서가 있었다. 놀라울 정도로 너무 간결하고도 짧은 문장이었다.

[이렇게는 못 살겠습니다. 조미선 사모님께 죄송합니다.]

조미선. 그것은 세하의 친모였다. 사모님이라는 호칭 역시 단순히 생각하고 넘어갈 문제가 아니었다. 게다가 불분명한 여지를 남기고 자살한 이 시체가, 바로 십수 년 전 한남동 그 저택에서 일했던 사람 중 하나였음이 드러났다. 지금껏 생활 반응 따위 없었던 목격자 중 하나라는 뜻이다.

이 모든 게 아주 우연한 일치라고 보기엔 어려웠다. 유서에도 특이점이 있다고 판단한 재호는 윤혁에게 연락해 이 사실을 전했다.

─어쩌면 살아 있던 마지막 목격자였을 수도 있어. 우리에게 중요한 열쇠였는데.

"그래. 그때 그랬지. 모조리 죽었을 확률이 더 크다고."

그리고 윤혁은 탄식했다.

"입을 막는 조건하에 돈을 받았지만 죄책감에 어쩔 수 없이 자살이라……. 경찰 조사 아직 진행 중인가."

─워낙 사인이 분명해서 자살로 마무리할 것 같은데.

"난 좀 다르게 봐. 성진이 사람들을 꽁꽁 숨긴 게 아니라, 사실 그들이 꽁꽁 숨었던 거라면?"

─그러니까…… 타살? 유서도 명확한데 어째서.

"물리적인 사인을 얘기하는 게 아니야. 유서를 보면, 이렇게는 못 산다고 했지."

─…….

"그게 과연 죄책감을 얘기하는 것뿐일까?"

잠시 수화기 너머로 조용해졌다. 짐짓 눈을 내리깐 윤혁이 조용히 일갈했다.

"압력. 감시. 10년을 넘게 불안에 떨며 살았겠지. 살아도 사는 게 아니었을 거야."

이건, 자살을 빙자한 타살이야.

실마리 하나가 그의 손에 잡힌 기분이었다. 이렇게까지 그날의 목격자들에게 외압을 가하며 감시하고 통제했던 분명한 이유가 무엇일까. 마치 성진의 도움 없이 서규명 혼자 해결할 수 없는 일이라는 것처럼.

이에 가장 최악의 판단만이 그의 머릿속을 떠돌며 사라지지 않았다. 아주 몰랐던 게 아니라, 그저 아니라고 믿었던 것인데. 앞으로의 결말에서 밝혀지게 될 진실이 지금 자신이 생각하는 그것이 아니기를 간절하게 바라야 했다. 그런 죽음은 너무 가혹하고 또 그런 죽음을 묻어 버리는 세상은 너무도 잔인하기가 짝이 없지 않은가. 수화기 너머로 재호의 엄중한 목소리가 들렸다.

-이 건……. 꼭 들쑤셔야 하나?

"알아. 건들면 돌이킬 수 없을 거라는 거."

윤혁은 지끈거리는 머리를 짚고 관자놀이를 꾹꾹 눌렀다.

"그래도 해야 돼."

-…….

"반드시."

모두가 잠든 새벽이지만 통화를 끊고도 윤혁은 오랫동안 잠에 들지 못했다. 괜히 읽던 책을 넘겨 보기도 하며 분주한 머릿속을 잠재우려 노력했다. 와인을 목으로 넘기던 그는 잠든 세하의 머리칼을 쓸어 주며 나른하게 눈을 깜빡인다.

세하야. 너에게 잔인해지고 싶지 않은데 우리를 둘러싸고 있는 진실이 그렇지가 못해. 어느 쪽이 너를 위한 선택일까. 네가 너무 많이 아픈 걸 나는 다신 볼 수가 없을 것 같은데……

윤혁은 세하를 볼 때마다 모든 사람들이 등을 돌려도 그녀를 안겠다고 다짐했다. 그렇게 해서 제가 크게 다치더라도 절대 그녀를 포기하지 않을 거라고. 하지만 세상에 영원한 비밀은 없듯이 신뢰도 이와 같은 이치였다. 얻기 위해 인고의 시간을 쏟아야 하지만 무너지는 건 막을 수도 대처할 수도 없이 한순간이다. 그러니까 꼭 엎질러진 물 같은 것이다.

이제 곧 전쟁이 시작되리라. 성진이 먼저 눈치를 채고 꼬리를 내린다고 해도 이미 그들은 넘어서는 안 될 선을 넘었다. 받은 만큼 갚아 줘야 하는 것은 일종의 관습이었다. 여태 실컷 펀치를 얻어맞았으니 이제는 그가 돌려줄 차례였다.

진동이 울리는 핸드폰에 친형인 지석의 이름이 뜨자, 조심스럽게 서재로 향했다.

"왜."

딸깍, 전화가 걸리자 지석의 장난스러운 목소리가 들렸다.

-오랜만에 통화하는 건데 싹수없는 것 봐라. 형 안 보고 싶었어?

"지랄. 내가 언제 싹수 있었다고. 용건은."

-나 귀국할 거야.

"언제."

-다음 주 중으로. 네가 엎은 밥상 구경하러 간다, 새끼야.

윤혁의 둘째 형인 지석은 경영이나 실무에 관심이 없고 노는 걸 좋아하는 파티광이라, 요트 한 척으로 세계 일주를 하며 자유롭게 사는 인간이었다. 그의 귀국에 있어 다른 이유가 있는 게 분명했다. 의문에 확인 사살이라도 하듯 지석이 먼저 운을 띄웠다.

-너 이 새끼 사고 거하게 쳤나 보더라? 해임 얘기도 나오던데 어떻게 된 거야. 진짜 아버지랑 갈라서기라도 할 거야?

"갈라서야 하면 갈라서야지."

-미친 새끼냐. 사춘기도 제때 오면 행운이라더니, 왜 지랄이야.

수화기 너머 지석이 호탕하게 웃으며 그의 패기를 칭찬했다. 와인 잔을 손에 끼고 책상에 기대 창밖을 바라보던 윤혁이 조용히 말했다.

"형이 도와줄 게 좀 있어."

-돈 떨어졌다고 너한테 신세 진 거 불효로 갚으라는 거 아니지.

"이건 아버지랑 내 싸움이야. 형한테 피해 가는 일 없어. 한 번만 도와줘."

-뭔데.

"누구 하나 크게 다칠 거야. 물론 내가 될 확률이 더 높지. 그 시기가 곧 올 거라는 건 안 봐도 알겠고."

-그래서?

"만약 내가 잘못되면 서세하 형한테 보낼 거야. 지시도 그렇게 해 뒀고. 어떻게 해야 하는지 알지."

-뭐? 나더러 네 여자 책임지라는 거야? 나 그런 거 싫어하는 거 알면서?!

갑작스러운 충격적인 요구에 지석이 빼액 소리를 질렀다. 미간을 찌푸리고 잠시 핸드폰을 귀에서 뗀 윤혁이 다시 차분하게 통보했다.

"끝까지 들어. 보낸다고 했지 책임지란 말 안 했어. 형이라면 세하 살아남을 수 있도록 나 대신 어디 멀리 보내는 것쯤은 해 줄 수 있잖아."

-왜 없을 일을 지금 얘기하는 거야. 뭔 일 나면 너만 좆되겠단 거 아니야?

"다 생각이 있어. 그렇게 해 줘."

-잘못하면 널 영영 못 볼 수도 있겠단 생각이 드는데.

"어. 나 진짜 아버지 손에 죽을 수도 있거든."

윤혁이 너무도 아무렇지 않게 얘기하는 탓에. 지석은 농담인지 아닌지 구별이 가지 않았다. 하지만 한 가지는 확실했다. 윤혁은 쉽게 죽겠다는 말을 뱉거나, 쉽게 동요하고 쉽게 판단하는 사람이 아니다.

-이, 이 새끼 살벌한 것 봐.

"도와줘. 마지막 부탁이라 생각하고."

픽 웃은 윤혁은 어쩐지 모든 걸 체념한 얼굴이었다. 왜인지 모든 건 끝났다던 그녀의 애달픈 목소리를 떠올렸다. 기억 속에 머무르는 조각들을 꺼내어 봐도 너무나 욕심 같은 사랑이다.

알고 있다. 높은 확률로 세하가 원하는 결말을 내줄 수 없다. 이 관계에 있어 윤혁은 반드시 다쳐야만 했으니.

"……."

그 넓은 등을 세하가 보고 있었다. 모든 걸 엿들은 그녀가 조금씩 뒷걸음질 쳤다.

죽을 수도 있다는 말은 무엇이고, 곧 죽을 사람인 것처럼 체념한 목소리는 또 무엇인지. 심장이 덜컥 내려앉는 것 같았다. 주춤대던 발걸음이 꼬여 넘어질 뻔했으나 겨우 벽을 짚어 중심을 잡았다. 머리가 너무 혼란스러웠다.

"상대는 성진이에요. 이사님이 아무리 성진과 연을 끊었다 한들, 핏줄이라는 건 강력합니다. 아시잖습니까."

그 말은 미래를 예측이라도 하듯 정확했다. 몰랐던 게 아니다. 알면서도 속고 싶은 진실이었다. 문득 그런 순간에 도달한 것 같았다. 어떤 선택을 하고 어떤 길을 걸었든 지금처럼 반드시 무거운 마음으로 윤혁의 등을 보았을 것 같다고 느껴지는 순간.

테라스 난간으로 다가간 그녀는 힘없이 아래를 내려다보았다. 어둠이 내려앉은 길거리는 자동차들의 헤드라이트로 가득했다. 아직도 불이 꺼지지 않은 빌딩들, 바쁘게 목적지를 향해 걸어가는 사람들, 파란불로 바뀌는 신호등까지. 하염없이 바라보고 있으니 멀미가 일었다.

모두 어디로 향하고 있는 것일까. 사랑하는 사람들이 기다리고 반겨 줄 그곳으로 가고 있을까. 자꾸만 눈앞이 흐려진다.

차가운 바람까지 얼굴을 화악 덮쳤다.

"……하."

입술 새에서 나오는 숨소리가 간헐적으로 변했다. 빈속을 게워 낼 것처럼 온몸이 차게 식었다. 티셔츠 자락을 겨우 붙잡고 있는 손이 부들부들 떨렸다. 필름처럼 무언가 머릿속을 스쳐 지나간다.

하나씩, 하나씩. 아버지의 얼굴과, 정 회장의 얼굴, 그리고 우리가 잊고 있던 것. 절대 행복할 수 없는 결말. 이대로는 안 된다. 윤혁이를 다치게 할 수 없다. 아직 늦지 않았다.

복잡한 머릿속은 결국 하나의 방향을 이야기하고 있었다. 도망친 곳에 낙원은 없으며, 내 스스로 정윤혁을 구해 내야만 한다고.

서재를 지나쳐 조용한 발걸음으로 펜트 하우스를 나선 세하는 엘리베이터를 탔다. 볼을 타고 흐르는 수많은 눈물 자국 위에 눈물 한 방울이 덧대어지기 시작했다. 당장에 터질 것처럼 심장은 빨리 뛰었다. 홧홧한 속과 달리 머리는 차가웠다.

겨우 로비로 내려간 그녀는 공중전화를 붙들고 미친 듯이 번호를 누르기 시작했다. 얼마간 지나지 않아 신호음이 닿았다.

"저예요. 세하……."

"어떻게 되신 겁니까. 아가씨. 다른 연락이 없어 걱정하고 있었습니다."

"죄송해요. 너무 죄송해요."

박 실장은 눈치를 챘는지 길게 한숨을 내쉬었다. 그들의 진창 같은 사랑을 이해하면서도, 이해할 수 없었다.

"정 이사님과 같이 계신 모양이군요."

"……네. 알고 있어요. 이래선 안 된다는 거."

"아가씨. 진정한 행복을 위해서 놓아주어야 한다고 말씀드렸잖습니까."

"……."

"성진이 혈안입니다. 이사회 해임 안건까지 올라온 거 알고 계시죠."

"……그게 문제가 아니에요. 윤혁이가 절 속였어요."

"속였다니요. 무슨 말씀이십니까."

"윤혁이가…… 저 때문에 다칠지도 모른다고 해요. 전화하는 걸 엿들었는데 죽을 각오까지 아무렇지도 않게 말했어요."

"결국 정 회장님께서 손을 쓰신다는 말씀이군요. 이렇게 돌아간다는 건 어쩌면 당연한 결론일지도 모릅니다."

"저 윤혁이 살리려면……. 다시 성진으로 돌아가게 만들어야 해요."

상황이 극단적으로 흘러갈 것을 몰랐다고 하기엔 거짓말일 테다. 그저 두 눈을 감고 두 귀를 막고 윤혁과 함께 며칠이라도 함께 하고 싶었을 뿐이다.

하지만 사람 욕심이라는 게 그리 만만치는 않았다. 하루가 지나니 또 다음 날이 욕심이 났고, 그다음 날이 되니 또 내일을, 평생을 욕심내고 싶었다. 가끔 제 옆에서 자고 있는 윤혁을 보며 세상에 우리 둘만 완전히 분리되어 없어지면 좋겠다는 생각까지 했었다. 영영 사라지고 싶었다. 가당치도 않은 욕심을 떨쳐 내지 못해 상황이 이렇게까지 되었지만.

세하는 또다시 자신을 원망했다. 수도 없이 해 왔던 후회가 밀려들어 온다. 지금이라도 성진에 윤혁을 돌려보내면 자식이기에 눈감아줄 수 있을지도 모른다. 그리고 자신은 영영 떠나 주는 것. 그것만이 방법일 것이다.

그녀는 이제야 모든 걸 해탈할 수 있었다. 숨을 한번 크게 들이쉬어 본다.

"그러니까 놓으려고요……."

"……아가씨."

"제가 놓아주려고요. 돌려주려고요. 윤혁이."

"……."

"이제 알겠어요. 제 존재 자체가 윤혁이를 죽이고 있다는 걸요."

함께 웃고, 우는 사랑에 속아선 안 됐다. 다시 만나지 못하는 한이 있더라도 이젠 그를 놓아주어야 했다.

* * *

동틀 녘. 휘겸은 담벼락에 기대 담배를 피웠다.

몇 시간째 꼼짝없이 그곳에 서 있는 중이었다. 떠오르는 생각들을 죽여 보려 노력하면서. 하지만 불행히도 그녀와 함께할 수 없다 그려지는 미래에 고개를 저으면서. 불 한 번 켜지지 않은 창가를 본다. 어젯밤 세하가 약속을 지키지 않은 것이다.

분명 그녀가 폐업 정리를 마치고 빨리 돌아오겠다 약속했었다. 그래서 휘겸은 함께 떠나기 위해 항공편까지 마련해 뒀었다. 하지만 모두 무용지물이 되었다. 그는 볼이 패도록 담배를 빨아들였다. 공중에 짙은 연기가 자욱했다.

세하야. 단 한 번이라도 네 마음이 여기 있던 적이 있던가. 늘 붙잡고 놓지 않았던 건 나였을 뿐, 네 마음은 언제든 그곳, 그 시절에 머물러 있었지.

그는 죽기 직전 과오를 성찰하는 사람처럼 세하와의 첫 순간부터 마지막 순간, 그리고 지금 이 순간까지 생각했다.

언제나 함께 있어 주겠다며 약속했고 그러기 위해 노력했지만 세하는 좀처럼 잡히지 않았다. 잘 보살펴 주지 못한 제 탓이라 믿었다. 아무리 웃게 해 줘도 점점 앙상하게 말라 가는 그녀의 몸은 뼈밖에 남지 않은 것 같았다. 일종의 상사병임을 그는 모르지 않았다.

가늘고 약한 빗줄기가 내렸다. 아직은 어두운 골목길, 휘겸의 앞에 세단 한 대가 선다. 뒷문을 열고 내리는 남자의 실루엣을 보았다. 검정색 우산이 들리며 얼굴이 보인다. 모르는 사람이었지만 누구인지 알 수 있을 것 같았다.

"잠시 얘기 좀 하시죠."

그 남자가 명함을 건넸다. 명함을 본 휘겸이 굳었다.

"대충 알 겁니다. 저를 누가 보냈는지."

그는 윤혁의 어머니, 경희가 보낸 사람이었다. 휘겸은 성진의 로고가 박혀 있는 명함을 만지작거리며 표정을 굳혔다. 그들의 등장이란 곧 세하의 위치가 발각되었다는 뜻이다.

"잘 생각하셔야 할 겁니다. 어느 쪽이 서세하를 위한 길인지."

대체 이 지리멸렬한 악연을 어떻게 풀어 낼 수 있을지 목 뒤가 뻐근해졌다. 이 실장이 담배에 불을 붙이자 희뿌연 연기가 위로 솟았다가 이내 흔적도 없이 사라졌다. 추적추적 내리는 빗소리만이 적막을 메웠다.

"어차피 그 둘. 안 돼. 쓸데없이 힘만 빼고 있는 거라고. 회장님과 정 이사 싸움에 서세하 방치할 거야? 당신 이 여자 사랑한다며."

"……."

"사모님께서 주신 마지막 기회, 잡아야 할 것 같은데."

눈빛은 어느새 본래의 색을 되찾아 서늘해져 있었다.

"우리 쪽으로 넘어오시죠. 돈은 얼마든지 챙겨 줄 테니."

남자가 떠난 후에도 휘겸은 오랫동안 우두커니 자리에 서 있었다. 명함의 각진 모서리를 만지작거렸다. 양옆으로 어지러이 시야가 흔들린다. 어떻게 해야 할까. 꼭 정답이 아니어도 좋으니 어떻게 해야 근사치에라도 가까워질 수 있을까. 해가 지고 밤이 되어도 세하는 여전히 돌아오지 않았다. 짧은 연락조차 없었다.

그 사람이 했던 말에 잠시 흔들렸던 처참한 기분을 되새겼다.

세하가 떠나지 않을 거라는 같잖은 믿음 따위 모호해졌다. 아무리 애원한들 달라지는 건 없을 것이다. 늘 애정을 갈구하고 눈치 보는 쪽은 저 자신이었고, 언제든 바람처럼 떠날 수 있는 건 그녀였다. 휘겸은 짙은 한숨을 내쉬며 계속 담배를 피웠다.

그 순간 저 멀리 인영에 눈길이 갔다. 연락도 없이 사라졌던 그녀가 제 발로 뛰어오고 있었다. 심지어 누군가에게 쫓기기라도 하듯 창백한 얼굴이었다.

얼른 담배를 비벼 끈 그는 반사적으로 달려 나갔다. 날씨에 비해 얇게 입은 그녀를 본 휘겸은 얼른 어깨 위에 재킷을 덮어 주며 화를 냈다.

"서세하. 너 왜 이렇게 와! 감기 걸……."

"지금 당장 떠나야 해."

그녀가 이상하리만큼 급한 손길로 휘겸의 팔을 붙잡았다.

"휘겸아. 나 떠나야 해."

"뭐?"

"떠나야 해. 어디로든."

세하는 자꾸 입술을 잡아 뜯었다. 딱지에 상처가 나고 피 맛이 돌수록 어지러웠다. 지금 이 순간에도 그러지 말라며 엄지로 입술을 펴 주던 윤혁의 생각에 견딜 수가 없었다. 정말이지 한순간도 그를 떼어 낼 수가 없다.

"떠날 거야. 지금 떠나야 해."

"세하야. 진정하고……."

"……떠나야 한다고. 차라리 죽든지."

이어지는 침묵은 서늘한 바람처럼 그들을 에워쌌다. 방향 없이 터져 나오는 말들, 방향을 잃은 감정들과 서툰 투쟁. 그는 침착해지려고 노력했다. 하지만 정말이지 이런 순간은 견딜 수 없다.

"차라리 죽는다니. 지금 무슨 말을 하는 거야."

"……."

"그 새끼가 너 이렇게 만든 거야? 네가 떠나야만 하도록 널 이렇게 망가뜨리는 거야?"

"그런 게 아니야. 나는, 그런 게 아니라……."

휘겸의 얼굴이 처참히 가라앉았다. 이내 똑같이 그녀의 앞에 무릎을 굽히고 앉았다.

"네가 이렇게 우는데, 내가 또 속아야 하니."

"……."

"내가 어디까지 참아 줘야 해."

끈질기게 다가오는 시선과 애써 피하려는 시선이 한데 엉킨다. 그녀는 머릿속을 휘겸에게 들킬까 겁이 났다. 정말이지 그 눈에 얽힌 무수한 사연들을 더는 읽고 싶지 않았다. 그런 눈을 보면 길을 잃은 듯한 느낌이 들 뿐이다. 하지만 그를 마주하고 있는 이상 어디에도 숨을 곳은 없었다.

"내가 몇 번이고 말했지. 널 지켜 주는 건 나라고."

피곤한 눈자위에 맺힌 눈물까지 쓸어내린다.

"내 앞에서 다 해도 된다고 한 거 거짓말이야. 다른 사람 때문에 너 이렇게 무너지는 거. 나 못 견뎌."

숨결만이 조용히 오갔다. 끝끝내 휘겸이 먼저 손을 붙잡아 온다. 눈물이 날 정도로 뺨을 부드럽게 감싸며 제 눈을 보게 했다. 그 얼굴을 마주하니 너무도 암담했고, 처절했다.

"떠나자."

"……휘겸아."

"네 말처럼 어디로든 떠나자."

부드러운 손끝이 그녀의 눈과 입술을 차례대로 쓸었다.

"네가 아직 날 필요로 한다면 기꺼이 같이 떠날 거야."

"……."

"그게 어디든 같이 가 줄게."

"……왜 아무것도 묻질 않아."

"서세하."

"차라리, 차라리 물어보기라도 해."

"다른 이유 필요 없이 그냥 네가 그렇다면 그렇게 할 거야."

감정은 계속 파동치고 있었다. 휘겸은 언젠가 자신 있게 그녀의 손을 잡고 말하고 싶었다. 좋아한다고. 좋아하는 마음이 그만두려는 의지를 이겨서 어쩔 수가 없다고. 좋아하는 이유 하나가 좋아하지 말아야 할 수만 가지 이유를 이길 수가 없다고.

"미련한 거 알아."

"……."

"······너는 늘 다른 사람 생각을 하는데."

세하는 머리가 많이 자라 그늘이 진 휘겸의 눈을 보며 생각했다. 결국 그 누구에게도 상처뿐인 결말이라는 것을.

"세하야. 내가 어떻게 해야 네가 덜 괴로울까."

"······."

"내가 어떻게 해 주면 돼."

고르지 못한 숨소리만 퍼져 나간다. 그는 모든 걸 다 해 주겠다고 하지만 윤혁을 지우고 말고는 그녀만이 할 수 있는 일이다. 그래서 세하는 대답하지 못했다. 안 하는 것이 아니라 못 하는 것이다.

"······사랑하고 싶지 않아."

"······."

"사랑하고 싶지가 않아. 이거 그만하고 싶어. 근데 안 돼. 안돼서 미칠 것 같아."

그녀는 벽을 짚고 무너지듯 울었다. 휘겸은 그녀를 안아 줄 뿐 아무것도 할 수 없었다. 속만 타는데 아무것도 할 수 없다. 매일이 그런 나날들의 반복이었다.

"실장님께 말씀드리고 다시 여권 마련되는 대로 떠나자."

세하는 그의 품에서 조금이나마 진정할 수 있었다. 언제쯤 이 헤어짐을 감당할 수 있을까. 전하고 싶은 말은 끝도 없이 넘치고, 아직 시선이 머무는 곳곳에 그가 있어 괴로웠다. 휘겸도 그걸 알고 있는지 더 묻지 않았다.

빠르게 마지막으로 남은 짐을 모두 챙겼다. 뭣보다 그녀에게 가장 중요한 물건은 윤혁과 찍은 사진이었다. 그 사진을 지니고 다니던

주머니에 습관처럼 손을 집어넣었다.

빈 허공이다. 아무리 뒤져 봐도 잡히는 것이 없다. 사진이 있어야 하는데. 사진이 없으면 살 수가 없는데. 너무 놀라 눈이 번쩍 뜨였다. 그의 사진을 테이블 위에 놓고 온 모양이다.

"……사진."

"뭐?"

"사진이……."

그녀는 반사적으로 몸을 돌렸다. 튀어 나가려는 팔을 휘겸이 붙잡았다.

"서세하."

"놓고 온 게 있어."

"정신 차려. 너 이렇게 가면 못 와!"

미련으로 남더라도 결코 윤혁을 잊고 싶지는 않았다. 조금이라도 그러고 싶지 않았다. 그래서 사진은 그녀에게 중요한 의미였다.

"아니야. 아니야, 휘겸아."

"제발 정신 차려!"

"금방 올게. 정말 금방. 미안해."

휘겸의 팔을 가까스로 뿌리쳤다.

"세하야……."

또 그녀를 놓치고 만 그의 팔이 스르륵 내려갔다. 문이 쾅, 닫히는 소리와 함께 그의 마음은 무너지는 듯했다. 공허한 그의 눈동자는 서글펐고, 탁했다.

불을 붙인 담배 끝에서 오렌지색 불꽃이 일었다. 휘겸은 타들어

가는 담배 끝만 보다가 시선을 내렸다. 편도가 부어 담배 연기가 더 알싸하게 혀를 마르게 했다. 그녀를 위해 썼던 편지는 비에 젖어 형체를 알아볼 수 없을 만큼 뭉개졌다. 그는 그것을 제 손 안에서 구겨 버렸다.

"……어떻게 해야 널 잡을 수 있는 거야."

한 손으로 눈가를 가린 그가 바지 주머니 속에 있던 명함을 꺼냈다. 성진의 이름이 적힌 명함이었다. 고민하다 몇 번에 걸친 신호음 끝, 나직한 음성이 적막을 메웠다.

"이휘겸입니다."

"연락 기다리고 있었습니다. 꽤 빨리 전화 주셨군요."

"……제가 협조하면, 세하. 정말 제 곁에 둘 수 있는 겁니까."

휘겸은 결국 성진의 편에 서는 것을 선택했다.

짧게 통화를 마친 휘겸은 통화가 끊긴 화면을 바라보았다. 그리곤 이내 전화를 힘껏 내던졌다. 핸드폰은 산산이 부서졌다. 산산조각 난 전화를 차게 식은 눈으로 바라보았다.

이명처럼 상기되는 세하의 얼굴. 신경질적으로 마른세수를 한 그가 제 머리를 감싼다. 허공에 외마디 고함을 질렀다. 거친 음성이 방 안에 메아리처럼 퍼져 나간다. 유리창에 어렴풋이 비추는 몰골은 꼭 처참하게 실연당한 남자 같았다. 어이가 없어 웃다가 미친놈처럼 고개를 저었다.

다시 담배를 피우며 문을 바라보았다. 그렇게 기다리면 누군가 들어올 것처럼.

유예 시간은 겨우 이틀이었다.

9

세하는 미친 듯이 달리고 있었다.

회의가 길어질 테니 늦을 수도 있다고 말했던 윤혁이었다. 빠르게 사진만 챙겨 나온다면 들키지 않을 것이다.

로비에 진입한 세하는 주변의 눈치를 살피며 엘리베이터를 기다렸다. 초조한 마음에 손톱을 물어뜯었다. 다행히 넓은 펜트 하우스에는 인기척이 없었다. 몇 번이고 안도의 한숨을 내쉬며 침실로 향했다. 조심스러운 발걸음의 끝에 방문이 열리고, 조명이 방 전체를 밝혔다. 순간 그녀는 자리에 주저앉을 뻔했다.

침대맡에 고개를 숙인 윤혁이 앉아 있었다. 세하는 눈앞에 검게 그려진 실루엣만으로도 그의 기분을 짐작할 수 있었다. 창가에 들어오는 달빛만이 어두운 그의 얼굴을 조요하게 비춘다. 이상하게도 윤혁은 안주도 없이 술을 들이켜고 있었다. 그의 날카로운 턱뼈가 움직였다.

"어디 다녀와."

그는 매트리스 뒤로 손을 짚으며 고개를 삐딱하게 기울였다.

"어디 갔다 왔냐고 묻잖아."

순간 윤혁의 눈빛을 읽었다. 분명하게 꼬집어 말할 수 없는 예감이 서리기 시작했다.

"……그게. 호텔에만 있으니까 답답해서."

덜컥 내려앉은 가슴과 달리 아무 일도 없던 척을 하려 애를 썼다.

"그냥. 좀 걸었어……. 이 근처…… 돌아다니다가."

"그래?"

적막한 음성이 숨 막히게 무거운 공기를 메운다. 윤혁의 눈은 이상하리만큼 동요 없이 차분했다. 그래서 숨이 더 옥죄어 왔다.

"근처 어디."

"……."

"아무리 찾아도 너 없던데."

"……걷다 보니까 좀 멀리 갔었어."

그녀는 어떻게든 애를 쓰고 있었지만 몹시 흔들렸다. 새빨간 거짓말을 하는 지금보다 거짓이 탄로 될 나중의 일이 더욱 두려웠다.

"……벌써 퇴근한 거야? 피곤할 텐데 왜 기다렸어."

"세하야."

"……어?"

"그걸 말이라고 해. 널 안아야 내가 쉬지."

윤혁이 가까이 다가왔다.

"네가 안 오는데."

"……."

"네가 어디서 뭘 하는지 모르는데."

"……윤혁아."

"기다려야지. 주인 기다리는 개새끼처럼."

한쪽 팔로 허리를 감아 온다. 자연스레 몸이 그에게 딸려 갔다. 여린 목덜미에 얼굴을 묻으며 숨을 깊게 들이쉬는 그가 무슨 말을 던질지 불안했다. 낯선 향기를 맡은 그의 눈썹 한쪽이 날카롭게 올라간다.

"누구 만났어?"

그녀는 심장의 고동이 덜컥 그치는 기분이었다.

"너한테서 다른 새끼 냄새 나."

그가 싸늘하게 되묻는다. 눈동자는 갈피를 못 잡고 방황하기 시작했다. 그 사실이 스스로도 느껴져 괴로웠다.

"그게……. 지하철도 타고 그러다 보니까 사람들한테 냄새 배었나 봐."

대답에도 말없이 노려보는 윤혁의 시선을 피하며 세하는 고개를 돌렸다.

"너무 정신없이 돌아다녀서 머리 아픈데……. 나중에 얘기하면 안 될까?"

세하는 거짓말을 잘하는 사람이 아니었다. 그녀의 마른 어깨를 부드럽게 감싼 그가, 읽을 수 없는 얼굴로 작게 웃는다.

"그래. 네가 그렇다면 그런 거지."

"……화났어?"

"아니."

입술이 다가온다. 곧 입을 맞출 거라 생각했지만 다가온 입술은 가까스로 빗겨 났다. 목적지를 지나쳐 귀에 생생하게 박아 넣는 낮은 음성.

"나한테 그런 권한도 있나. 나는 언제나 매달리는 처지인걸."

"……윤혁아."

"어딜 가면 어딜 간다 연락 좀 줘."

"……."

"연락 없으니까 걱정되잖아."

이마에 입술이 닿는다. 식은땀으로 축축해진 그녀의 머리칼을 쓸어 넘긴다. 표정과 달리 다정한 말투에 세하의 온몸이 뻣뻣하게 굳었다. 도망치려던 사실을 들킬까 입술을 잘근잘근 깨물자 그의 손가락이 입술에 닿았다.

"입술 깨물지 마. 아파."

"……어?"

"불안해?"

"……."

"왜 이렇게 진정을 못 할까."

온몸을 돌던 피가 거꾸로 흐르는 것처럼 떨려 왔다.

"하긴. 두 눈 새파랗게 뜨고 거짓말하는 타입은 아니지, 네가?"

처음부터 잘 속일 수 있을 거란 생각 따윈 하지 않았다. 그를 속일 수 있는 유일한 방법은, 그가 속아 주는 것뿐이니까.

서로의 마음은 진작 읽고도 남았다. 윤혁은 그녀의 어깨를 감싸고 있던 손을 스르륵 내려 손목을 한 번 붙잡고, 뺨에 입을 맞추며 손깍지를 꼈다. 확인해야 할 게 있었다.

"내가 몇 번이고 말했지. 서세하."

귀에 익은 나직한 목소리는 떨리는 걸 애써 숨기려 힘이 들어갔다.

"나 너랑 있는 게 너무 행복해."

"……."

"너무 행복하니까. 내 옆에 네가 없으면 돌아 버릴 것 같아."

윤혁은 불안해하는 그녀를 보며 어느 정도 체념해야 했다. 서로의 옆에 없어도 돌아올 거라는 확신이 드는 날은 영영 오지 않을 것이다. 입을 맞추고, 껴안고, 사진을 바라보는데도 그녀를 잡지 못해 안달인 사람은, 그 자신이었다.

잠시 적막이 일었다. 어떤 말도 없이 오가는 시선만큼은 진실이었다. 애석하게도 그녀의 입에서 흘러나오는 말은 늘 사과뿐이다.

"……미안해."

"뭐가."

"그냥 너한테 다……. 미안해."

"말했잖아. 넌 그냥 나한테 사랑한다고 해 주면 돼. 그거면 돼."

곧 버려질 사람에게 사랑한다 말하는 것은 이루 말할 수 없이 그를 괴롭게 만들 것이다. 결국 세하는 죄인처럼 고개를 숙인 채 입술을 안으로 삼켰다.

"……미안해. 그냥."

미안하단 고백에는 많은 말이 숨겨져 있었다. 윤혁도 그것을 모르지 않았다. 가까스로 눈을 뜬 그녀의 낯빛에서 복합적인 감정이 읽혔다.

"대체 맨날 뭐가 미안한데."

"……."

"나 봐. 대답해."

"……."

"미안한 거 없잖아. 무슨 일이 있어도 눈감아 주겠다 했잖아. 지금까지 그렇게 해 줬잖아."

하지만 그녀는 끝까지 아무 말이 없다. 윤혁은 설명할 수 없는 감정이 끓어 가녀린 몸을 억지로 세게 끌어안았다.

"왜 답이 없어."

"……그게."

"나 사랑하는 거 아니야?"

"……."

"사랑하냐고 물으면 사랑한다고 답해. 제발."

"……윤혁아."

"이럴 때마다 미칠 것 같으니까."

찾아오는 침묵은 커다란 공백 같아서 둘을 좀먹는 것 같았다. 받아들여야 하는 일은 당연히 자꾸 부정하게 된다. 그렇게 부정할수록 아픈지만, 인정하는 일도 많이 아플 것이다.

윤혁의 안면이 뒤틀렸다.

"세하야."

"……."

"네가 날 살게 한다고 했잖아."

"……."

"내 옆에 네가 있어 주면…… 아무것도 필요 없다고 했잖아."

윤혁은 끊임없이 생각했다. 세하만 옆에 있어 주면, 자신이 어떻게 되든 견딜 수 있을 거라고. 나중에는 이런 생각이 들었던 것조차 우리에게 우스운 추억이 될 거라고. 언젠가 웃으며 이 시간을 돌아볼 수 있을 거라고.

"나 버리지 마……."

윤혁이 그녀의 눈가에 빠짐없이 키스했다. 이젠 저조차도 저를 감당하기 버거웠다. 어쩌면 서로에게 결코 할 수 없을 질문 따위를 뱉지 않기 위해 이리 안간힘을 쓰고 있는 줄도 몰랐다.

그는 그녀의 뺨을 어루만지며 계속해서 입술을 맞댔다. 허리를 세게 끌어당겨 안으며 물었다.

나 사랑하는 거 맞지? 입술을 맞댄 채로 불안한 듯 자꾸만 물었다. 드러난 그녀의 목덜미엔 붉은 자국들이 여전히 남아 있었다. 살살 그 몸을 만지며 고개를 내려 목덜미의 자국을 핥기 시작하니 세하의 몸이 비틀린다. 잇새로 작게 소리를 내기 시작한다.

서서히 뒤로 함께 밀리다 그녀를 번쩍 안아 침대 위에 눕혔다. 자연스럽게 벌어진 다리 사이에 몸을 기울인 윤혁은 그녀의 얇은 발목을 붙잡고 매끈한 다리 위로 입을 천천히 맞추며 내려갔다. 시시각각 변하는 그녀의 표정 하나하나를 세심하게 절대 놓치지 않으며, 당장이라도 달려들 듯한 그의 눈빛은 형형했다.

이내 그녀의 발등 위까지 입을 맞추고 떨어졌다. 윤혁이 셔츠를 벗자 창밖의 조요한 달빛은 근육이 잡혀 탄탄하고 두꺼운 그의 상박을 비추었다.

어느덧 구름이 달을 가려 버린 어둠 속. 그녀의 어깨 위로 입술을 비비며 벗겨 내던 윤혁이 세하의 옷 속으로 손을 넣어 맨 허리를 어루만지기 시작했다. 손바닥으로 잘게 문지르며 등허리를 타고 올라가 속옷을 풀어냈다. 부드럽게 따듯한 속살을 움켜쥐고 천천히 매만지며 귀와 목 언저리를 핥았다.

꼭 앓는 것처럼 작게 흐르던 그녀의 소리가 조금 더 커졌다. 윤혁역시 달아오른 몸이 주체할 수 없을 정도로 들떴다. 뜨겁게 내쉬는 숨이 입술 위로 퍼진다. 그녀의 입술을 머금다가 벌어진 입술 사이로 넣어 섞었다.

미칠 듯 아래에서 끊임없이 부대끼며 그녀의 옷가지를 모두 벗겨내고 단번에 가슴을 물었다. 뜨겁고 말캉한 혀가 여린 살을 핥으며 빨아들였다. 아래로는 엉덩이를 움켜쥐곤 대담하게 속옷을 벗겨 내었다. 발등까지 걸쳐 있던 팬티가 아래로 툭, 떨어졌다.

동시에 그녀의 다리 사이에 위치한 윤혁이 턱을 들고 마구 키스해온다. 길고 잘 빠진 손가락이 거침없이 아래로 내려가 긁듯이 지분대기 시작했다. 근처에 손이 닿는 것만으로도 이미 끈적하고 맑은 액체가 질펀했다. 세하가 신음을 쏟아 내며 어깨를 틀어쥐었지만 문지르는 손가락은 멈추지 않았다.

"……흐읏. 윤혁아."

윤혁이 머리를 숙여 그녀의 아래를 핥고, 빨고, 살짝씩 물어 왔다. 생생한 감각에 세하는 정신이 나갈 것 같았다. 이내 윤혁이 손가락을 넣어 질 벽을 살살 긁어 대기 시작하자 자지러지는 신음이 이어졌다.

감각에 한없이 예민해진 그녀의 몸을 윤혁은 끌어안고 놔주질 않았다. 손가락의 움직임이 점점 빨라질수록 그녀는 미친 듯 숨을 몰아쉬었다. 질펀거리는 소리가 공중에 가득 찼다.

"아응…… 제발. 아아!"

무척이나 야한 얼굴에 계속해서 입을 맞추며 윤혁이 숨 쉬듯 귓가에 뱉었다.

"사람들이 예뻐서 쳐다봤겠네. 어차피 내 건데."

잠시 몸을 일으킨 그가 팽팽하게 곤두선 제 것 위로 콘돔을 씌운다. 그리고 망설임 없이 그녀에게 몸을 겹쳤다. 세하를 끌어안고 좁은 곳에 천천히 제 것을 밀어 넣자 반쯤 안으로 들어찬 것이 벌써 꽉 물렸다.

그는 숨을 길게 몰아쉬며 조심조심 달래듯 그녀를 쓰다듬는다. 혀를 내밀어 귀를 핥고 목덜미까지 키스했다. 윤혁이 살짝 허리를 움직이기 시작하자 터질 것처럼 좁은 감촉이 잔뜩 좆을 물어 왔다. 다 넣지도 않았는데 이미 안에 꽉 차는 지경에 그녀는 잔뜩 달뜬 얼굴로 신음을 터뜨렸다.

"넣기만 해도 가네. 어? 움직이지도 않았는데."

자동으로 들린 허리에 몸 안으로 한결 깊숙이 삽입되는 순간 세하는 저도 모르게 숨을 몰아쉬었다. 잔뜩 갈망하는 그녀의 얼굴은 사뭇 절경이었다.

박아 줘? 낮은 음성이 귓가를 덮친다. 부끄러워하는 모습에 윤혁이 픽 웃으며 그녀에게 대답을 종용했다.

"박아 달라고 말해 봐."

붉어진 얼굴로 눈을 질끈 감고 몸을 끌어안았지만 그는 좀처럼 봐 주지 않았다.

"말로 해야지. 박아 달라고."

"하응……. 나……."

눈꺼풀을 내리깔고 망설이는 모습에 그는 부러 감질나게 살살 허리를 앞뒤로 흔들었다. 대답을 강요하는 것이다.

"아아……. 하으. 박아…… 줘."

"어떻게. 이렇게?"

본격적인 허리 짓이 시작됐다. 갈망하던 움직임이 커지자 그녀는 본능적으로 신음이 터져 나왔다. 온몸으로 퍼져 나가는 전율에 손을 뻗어 윤혁의 목을 껴안았다. 그런 몸을 그가 붙들고 조금 더 세게 쳐 올렸다.

"얼마나 더 세게 해 줄까. 어?"

찰싹 맞물린 아래에서 격정적인 소리가 퍼져 나갔다.

"너무, 깊어, 윤혁아……. 아아……!"

허리에 매끄럽게 감긴 그녀의 종아리가 흔들린다. 느끼는 지점에 가까워질수록 그 진동과 세기가 더해졌다. 윤혁은 상박을 숙여 벌어진 그녀의 입술에 입 맞추며 숨을 길게 토해 냈다. 본능적으로 아래를 미친 듯이 좁히고 있는 그녀를 보니 신경세포 하나하나가 날뛰는 것 같았다. 유독 소리가 커지는 각도로 허리를 쳐올리며 조금씩 신음을 뱉었다.

"후……."

내부의 조임이 점점 세기를 더해 가서 그는 딱 죽을 것 같았다.

거세어진 움직임으로 정처 없이 허리 짓을 하면서도 멈출 수가 없었다. 도무지 제어가 불가능한 상태였다. 귓가에 들려오는 신음과 거친 그의 숨소리만이 방 안을 메웠다.

세하는 몸을 비틀며 저도 모르게 그의 등을 할퀴어 댔다. 절정에 닿을 것만 같은 느낌에 고개를 도리질 쳤다.

"하으응……. 하아. 하!"

눈을 뜰 수도 없는 쾌감이 세하를 덮쳤다. 어느새 비명을 지르듯 신음을 토해 내고 있었다. 한차례 눈앞이 하얗게 변하며 절정이 찾아왔다. 하지만 여운을 느끼기도 전에 금세 몸이 휙 돌아갔다.

"더 싸 줘. 세하야."

그녀의 엉덩이를 붙잡은 윤혁이 뒤에서 사정없이 찔러 대기 시작했다. 이미 달아오른 몸에 또 다른 절정이 기다리고 있었다. 도무지 정신을 차릴 수 없을 정도의 쾌감에 속눈썹 사이사이로 눈물까지 맺혀 눈앞이 흐렸다. 윤혁이 그녀의 입에 손가락을 가져다 댔다.

"빨아."

그녀는 앓듯이 신음을 토해 내면서 명령에 따랐다. 그는 마치 벌이라도 주는 것처럼 세하가 손가락을 물고 빨 때마다 더 거칠게 허리 짓을 했다.

"흐으……. 아아!"

밀려드는 절정의 느낌에 그녀의 교성과 침이 잔뜩 엉켰다. 골반을 붙잡고 찔러 대던 윤혁은 이내 그녀의 위로 몸을 겹쳤다. 조금 더 깊게 들어와 집요하게 쑤시는 느낌에 온몸이 녹아 사라지는 것 같았다.

"하……. 사랑한다고 말해."

"아응. 아! 사랑…… 해……."

"사랑한다면서. 세하야. 어? 꼭꼭 숨으면 안 되지."

낮은 신음을 뱉으며 그가 집요하게 입술을 물어 댔다. 얼마나 질러 댔는지 세하는 더 이상 목소리가 나오질 않았다. 윤혁은 그녀의 신음까지 삼킬 기세로 키스해 왔다. 질척하게 혀가 엉키며 한참이나 그 혀를 머금었다.

"나 아직 시작도 안 했는데 이렇게 만들 거야?"

그녀는 위도 아래도 정신이 하나도 없었다. 끊기는 목소리로 겨우 소리를 냈다. 몇 차례 절정을 맞이한 뒤라 보다 더 쉽게 쾌감이 치고 오르고 이내 눈물까지 줄줄 흐른다. 윤혁이 혀를 놓아주고 나서야 겨우 숨을 뱉었다. 사실 숨을 뱉을 여유도 없었다.

"넌 내 거야."

"……하으. 하아. 윤혁아."

"전부 다 내 거야."

그녀의 배에 손을 대고 끌어안으며 규칙적으로 쳐올렸다. 사정없이 머리칼이 흩날렸다. 이를 악물고 앙앙대는 그녀의 신음에 더 참을 수 없었다. 여린 숨을 내쉬며 흔들리는 가슴과 헐떡이는 입술이 야했다.

그는 세하의 턱을 잡아 고개를 돌리게 하고 다시 혀를 섞었다. 한 순간이라도 놓치지 않겠다는 듯한 윤혁의 눈빛은 꼭 그녀가 아니면 죽을 것 같은 눈이었다.

정신없이 치고 들어가며 받은 숨을 내쉬던 윤혁은 그녀의 팔을 붙잡고 돌려 가슴을 물었다. 잔뜩 솟은 젖꼭지를 혀로 핥고 빨면서 아래로는 치고 올렸다. 동시에 손가락으로는 허벅지를 벌려 가장 뜨거운 곳을 문지르니 교성이 일시에 터진다.

세하는 눈물까지 흘리며 미친 듯이 허리를 들썩였다. 똑같이 사정감이 몰려온 윤혁은 그녀의 목덜미에 거친 숨을 뱉으며 깨물었다.

"씨발. 하……."

퍽. 퍽. 퍽. 그녀의 몸이 흔들릴 정도로 붙들고 세게 박던 윤혁이 이내 몇 번의 허리 짓 끝에 사정했다. 인상을 쓰면서 낮고 깊은 숨소리를 뱉는다. 동시에 축 늘어지는 그녀의 몸을 붙잡아 여린 목에 입을 맞추며 눕혔다. 너무 지쳐 힘이 다 빠져 버린 그녀를 끌어안고 있으니 조용한 숨결만이 오고 갔다.

손가락이 그녀의 머리칼을 살살 헤집는다. 윤혁은 세하의 이마에서부터 천천히 입을 맞추었다.

"사랑해."

제법 부드러운 목소리가 엉겼다. 세하는 말없이 윤혁을 고스란히 끌어안았다. 그에게 듣는 사랑한다는 말은 이제 속절없이 슬펐다. 윤혁 역시 그랬다. 어디에 있든 불현듯 떠오르는 세하의 얼굴과 다시 잃어버릴 것만 같은 불안에 압도당해 자꾸만 가슴이 시렸다. 지독할 정도로 맹목적인 애정의 대상이었다.

세하야 모든 걸 바치겠다고 결심했으니까. 너를 사랑하니까, 그 이유에 기대 너에게 나를 억지로 맞춘다 해도 맹세코 너를 선택한 걸 단 한 번도 후회한 적이 없다, 나는.

옆에 있음에도 멀리 떨어져 있는 기분을 그녀는 모를 것이다. 아무리 껴안아 봐도 손에 잡히지 않는 느낌도 알 수 없으리라. 크고 작은 불빛들이 창문에 반사됐다가 부서졌다. 늘 그렇듯 모든 게 아슬아슬하게 빗겨 나간 시간일 뿐이다.

그는 어둠 속에서 잠든 세하의 뺨을 쓰다듬었다. 숨소리도 내지 않고 잠든 처연한 얼굴이었다. 기어이 두 손으로 그녀의 손을 처연하게 붙든 채, 소리 없이 눈물을 흘려야 했다.

"제발……. 나 떠나지 마."

영원히 함께하자는 약속을 지키기 위해 많은 것을 잃어버리고 포기해야 한다면 기꺼이 그러려고 했다. 말하고 싶은 것을 참고, 알아야 할 것을 일부러 모른 척하며 그렇게 지내려고 했다.

"……네가 떠나면 난 무너질 수밖에 없어."

얽히고설킨 운명은 분명히 고독을 가져온다. 날카롭고 딱딱한 가시를 온몸으로 두르고 경계하며 살아야 하는 일. 윤혁의 뒤로 그런 그림자가 따르고 있었다.

커튼 사이로 진한 푸른빛이 감도는 새벽이었다. 세하는 바스락거리는 이불을 걷고 몸을 일으키려 했다. 순간 놀라지 않게 붙잡는 힘이 자연스레 그녀의 허리를 끌어안고 넉넉한 품에 가둔다.

"어디 가."

"나 그냥……."

"잠깐만 더 나랑 있어."

그의 말에 따라 눈을 감고 얌전히 있으니 따스한 숨결이 이마 위에 닿았다. 윤혁은 한 줌의 허리를 감싸며 한숨을 푹 내쉬었다.

"너 왜 이렇게 살이 빠져."

함께 있으면서 세하가 좋아하는 음식은 전부 가져다 바쳤던 그였다. 그런데 이상하게도 체중이 늘기는커녕 줄기만 했다. 마른 몸에 더 살을 붙여야겠다고 생각했다. 허리와 척추뼈를 만지작거리며 어림잡아 체중을 가늠했다. 적어도 몇 킬로그램은 살이 붙어야 안심할 수 있을 것 같았다.

"한약이라도 지어야 하나."

"괜찮아."

그가 뭐라 말을 꺼내기도 전에 먼저 입술을 가져다 댔다. 무언가 말하려던 입술이 닫혔고, 맞닿은 몸은 따듯하기만 했다. 더 이상 윤혁을 속이는 건 자신이 없었지만 이제 내성이 생긴 모양이다.

세하는 쓸쓸하게 눈을 내리깔고 생각했다. 뭐라고 변명해야 할까. 뭐라고 해야 네가 나를 놓아줄 수 있을지 모르겠다. 나는 오늘 또다시 너를 속이고 도망쳐야만 해, 정윤혁.

세하는 눈치껏 천천히 말을 골라냈다.

"내 걱정하지 말고 네 걱정이나 해. 윤혁아."

"……."

"다른 거 필요 없고 그게 내 소원이야."

결말을 바꿀 수는 없어서 조용히 골라낸 말이었다. 혼란스러운 마음을 말로 정리하는 건 힘들었다. 절대 멈추지 않는 쳇바퀴를 뛰는 것 같았다.

"어쩔 수 없는 순간이 다시 온다고 하면, 그땐 절대 이러면 안 돼."

"다시 오지 않을 텐데 왜 그런 얘길 해."

세하는 불안해하고 있는 그의 눈빛을 읽었다.

"네가 너무 나밖에 모르는 것 같아서."

"당연한 거잖아."

"……"

"내 인생이 넌데."

세하는 입을 꾹 다물고 말았다. 머릿속이 멍해졌다. 네가 이기나, 내가 이기나. 꼭 그런 물러설 수 없는 싸움을 하고 있는 것 같았다.

"세하야. 내 소원도 딱 하나야."

"……"

"네가 날 믿어 주는 거."

그녀의 목덜미에 파고들어 얼굴을 묻은 윤혁은 길게 한숨을 내뱉었다.

"준 만큼의 사랑을 돌려받으려고 이러는 게 아니야."

"……"

"그냥 난……. 네가 내 옆에 있다는 사실 하나로도 살아갈 수 있어. 그래야 이겨 낼 마음이 생겨."

하지만 어쩌면 좋을까. 어떤 순간이 와도 제 편에 서 주었던 건 윤혁이지만, 세하는 절대 그럴 수 없을 것 같았다.

사랑의 크기를 따지는 문제가 아니다. 그저 애초부터 이 사랑의 결말은 행복할 수 없다고 굳게 정해진 것이다. 제 무모함 때문에 너무 많은 사람들이 피해를 봤고, 더 이상 그 누구도 괴롭게 하고 싶지 않았다.

세하는 윤혁을 놓아야만 했다. 그가 자신을 사랑하기에, 더 놓아야만 했다. 늘 강하기만 한 윤혁이 약해지는 유일한 사람이 세하이고, 그렇게 되기까지 많은 결심이 있었단 것을 모르지 않았다. 그래서 이 결심은 잔인하기 짝이 없었다.

"윤혁아."

그녀는 작은 손으로 윤혁의 양 볼을 쥐었다. 처절한 시선이 맞닿았다.

"나도 힘이 있어서 널 지켜 줄 수 있으면 좋을 텐데."

"……."

"미안해……."

악몽을 끝낼 수 있는 방법은, 억지로라도 꿈에서 깨 현실로 돌아오게 하는 것뿐이다.

지금 걷고 있는 이 길의 끝에서도 함께라면 좋을 텐데. 다른 길을 걸을 수밖에 없는 현실은 처참하기만 했다. 사랑만 하고 싶다는 그 소박한 바람이 사치였던 걸까. 세하는 윤혁을 끌어안으며 홀로 되새겼다.

그에게서 도망쳐야겠다고. 알면서도 눈 감고 있던 것들을 늦었지만 모두 끝내야겠다고.

* * *

메트로폴리탄 오페라 하우스는 링컨 센터의 가운데 건물에 위치해 있었다. 그리스 신전처럼 둥근 아치형의 뼈대가, 몬드리안의 그림처럼 묘한 조화를 이루었다.

세단에서 내린 윤혁은 제복을 입은 직원들의 안내에 따라 입구에 들어섰다. 박스 오피스에 넘쳐야 마땅할 인파는 전혀 보이지 않았다. 오늘 이곳에서 열리는 공연의 티켓을, 그가 전부 샀기 때문이다.

무려 전 좌석의 티켓을 구매해 버린 이는 지금까지 아무도 없었다. 아마 링컨 센터의 후원 명단에 윤혁의 이름이 오르게 되리라.

그는 가장 비싼 좌석들이 배치된 중앙의 1층 레벨로 향했다. 그중에서도 특히 로얄석에 앉아 공연이 시작되기 전, 최소한의 인원을 제외하고 아무도 없는 오페라 하우스의 광경을 쭉 둘러보았다. 가히 6층까지 자리한 거대한 규모의 좌석들이 텅 비어 있으니 서늘한 느낌이 강했다.

윤혁이 이렇게까지 하는 건, 단 한 사람 때문이었다.

텅 비어 있는 홀에 걸어 들어오는 사람이 있다. 직원의 안내도 딱히 필요 없다는 듯 무른 그가, 익숙한 듯 좌석을 찾는다. 그 남자는 휘겸이었다. 먼저 자리에 앉아 있는 윤혁을 흘끔 본 휘겸이 한 자리 떨어진 좌석에 앉는다. 그리고 생수병을 따서 목을 축였다.

푹신하게 의자가 꺼졌고 서로가 같은 공간에 있다는 걸 알지만, 둘 중 누구도 고개를 돌리거나 먼저 입을 열지 않았다. 잠시 정적이 이어지고 암전이 내리고 나서야, 윤혁은 천천히 말을 꺼냈다.

"이제야 독대를 하게 되네."

며칠 전, 윤혁은 사람을 시켜 휘겸에게 만남을 제안했다. 이상하게도 휘겸은 그 제안을 흔쾌히 수락했다. 그리고 지금 이 자리에 나타난 것이다.

"기다리고는 있었지만 좀 늦었다는 생각이 드는데."

"글쎄."

"내가 누군지 파악하는 데 오래 걸렸나?"

"파악할 게 있나. 뭣도 없어서 훨씬 쉬웠지. 다만."

날카로운 눈의 윤혁이 고개를 돌렸다.

"네가 미끼를 물기를 기다렸던 거야."

아드득, 휘겸이 이를 가는 소리가 입술 사이로 새어 나왔다. 픽 웃은 윤혁의 한쪽 입꼬리가 말려 올라갔다. 이내 휘겸을 향해 그가 서류철을 내밀었다.

"네 쪽에 불리한 내용은 하나도 없으니. 원하는 대로 적어, 액수."

휘겸은 그걸 보고도 받아 들지 않았다.

"노선 잘못 잡았어."

"그쪽이 아니었나?"

사업가는 거래가 연속인 일상을 산다. 돈을 이용해서 물질적인 것을, 혹은 그 이외의 것까지 사고파는 것은 당연한 일이었다.

"원하는 건 돈이라고 생각했는데. 어차피 네가 할 일은 그거잖아. 돈 받고 서세하 지키는 거."

"잘 아네. 그쪽이랑 있을 때의 지옥 같았던 시간들을 세하는 내 덕분에 버틴 거야."

"그건 아주 고맙게 생각해."

윤혁은 빙글 웃었다.

"사람이 필요했겠지. 넌 꽤 쓸모 있었고. 그래서 내가 수고비를 주겠다는데 문제가 되나?"

"그 입, 좀 다무는 게 좋을 텐데."

휘겸은 지지 않고 응수했다.

"당신은 내가 무슨 카드를 쥐고 있는지 모르잖아."

윤혁은 방금 그가 던진 말의 의미를 파악하기 위해 눈썹을 꿈틀거렸다. 그리고 와인 잔에 든 와인을 한 모금 느리게 삼켰다. 휘겸의 진의를 읽어 내기 위함이다. 손수건으로 입가를 닦은 윤혁이 뒤늦게 웃음을 터트렸다.

"어디 밑바닥이나 구르던 게 주제 파악 못 하고 거래를 하자고 드네."

윤혁은 픽 웃었다.

"네가 무슨 카드를 쥐고 있든지. 내가 네 조건을 들어야 하는 타당한 이유를 대."

"돈을 쥐는 수완은 좋은데 다른 경험은 없나 봐. 지금 불리한 건 그쪽인데 말이야."

"불리한 게 내 쪽이라."

"……."

"왜. 서세하가 내가 아니라 널 선택하기라도 할 것 같아?"

순간 공기의 마찰마저 날카로웠다. 휘겸의 얼굴이 잔뜩 일그러지는 것을 윤혁은 보았다. 그는 양 팔꿈치를 무릎에 걸치고, 손을 깍지 끼듯 맞잡으며 목소리를 낮췄다.

"큰 꿈을 꾸고 있네. 딱하기도 해라."

"닥쳐. 씨발."

"서세하가 너한테 사랑이라도 한대?"

그런 적은 한 번도 없었다. 결국에 한 방향의 사랑이자, 필사적으로 혼자 줄을 잡고 매달리는 짝사랑일 뿐이다.

벌써 목소리의 세기가 커진 저와는 달리, 계산적으로 구는 윤혁을 보며 휘겸의 속은 단번에 끓어올랐다. 제어하지 못하는 분노가 정수리로 새어 나가는 느낌을 삼켜 내지 못하고 결국 앞좌석을 발로 쾅,

차 버리고 일어섰다. 그리고 윤혁의 멱살을 잡아 올렸다.

"너 따위 쓰레기 새끼가 서세하를 구할 수 있을 거라 생각해? 세하를 망쳐 놓는 건, 누구도 아닌 그냥 너야."

"그래? 어떻게 복구할지는 차차 고려해 보지."

"이 새끼가!"

험악해진 분위기에 대기하고 있던 윤혁의 수하들이 총을 꺼냈지만 그가 한 손을 들어 제지했다. 윤혁은 이것이 저와 이휘겸의 차이라는 듯 힘주어 말했다.

"흥분하지 마. 내가 지금 너무 착한가?"

픽 웃은 윤혁은 검지로 휘겸의 어깻죽지를 꾹꾹 눌렀다.

"후달리는 거 알았으면. 닥치고 들어야지. 씨발 새끼야."

그의 눈빛이 형형했다.

"돈 줄 때 받고, 조용히 꺼져. 내가 그렇게 신사적인 편은 아니라서."

윤혁은 잡힌 멱살을 세게 뿌리쳤다. 그리고 휘겸의 귓전에 똑똑히 때려 주었다.

"발 빼라는 협박이고 경고, 부디 새겨듣길 바란다."

그는 휘겸의 멱살을 쥐었다가 깃을 잡는 척 툭툭 털며 놓아준다. 낯빛이 굳은 휘겸이 그 손을 탁, 뿌리치며 픽 웃었다. 윤혁은 이런 상황에도 그가 웃을 수 있다는 게 제법 아이러니했다.

"웃을 수 있을 때 많이 웃어 놔."

"뭐?"

"억지로 한 번 웃으려 해도 괴로워 죽고 싶은 날이 곧 올 테니까."

그 말을 듣는 순간 윤혁의 표정이 순식간에 어그러졌다.

"개소리 작작 지껄여."

"너도 불안하겠지. 마음속으로는."

눈앞의 휘겸이 마치 제 속을 읽듯이 일갈했다.

"나처럼 너도 하루하루가 지옥이겠지. 서세하가 네 옆에 있다고 한들, 평생 네 편일 거란 보장은 못 하거든."

말 한마디에 숨통이 조이는 것처럼 미간이 찡그려지는 윤혁을 보며, 날 선 얼굴의 휘겸이 흥미로운 듯 상박을 기울였다. 당도한 눈빛은 잔인할 정도로 싸늘했다.

"다 잡은 기회를 두 번 놓치는 아둔한 인간은 아니겠지."

"그만 지껄이랬어."

"잘 간수해. 네가 꼭꼭 숨겨 둔 보물."

둘 사이의 거리는 한 뼘밖에 차이가 나질 않았다. 찡그리면 찡그리는 대로, 눈자위가 흔들리면 흔들리는 대로 선명하게 보였다. 저 협박은 상대를 향한 것이기도 하지만, 본인에 대한 자조이기도 하리라.

윤혁은 계산적으로 판단했다. 휘겸에게 말릴 이유가 없었다. 순간적으로 머리를 재정비한 윤혁은 인상을 썼던 얼굴을 가라앉혔다. 그런데도 살의가 그득한 눈은 거두지 않았다.

"어쭙잖은 경고 잘 받았다. 그럼 이제 내 차례인가?"

평정을 되찾은 윤혁이 픽 웃으며 일갈했다.

"될 수 있는 대로 빨리 꺼지는 게 좋을 거야."

"……."

"네가 아무리 발악을 해 봤자 서세하의 마음은 나한테 있거든."

"……."

"그건 우리가 같이 있든, 떨어져 있든 변하지 않아."

성이 난 그의 미간은 앞으로 벌어질 각축전을 예고했다.

"보장? 그따위 좆같은 말 필요 없어. 결말은 내가 만드는 거니까."

윤혁은 휘겸의 상박을 거칠게 밀치고 구겨진 옷을 털어 냈다. 뒤따르는 직원들을 무시하고 건물을 빠져나왔다. 대기하고 있던 세단의 운전석에 타고 신경질적으로 핸들을 꺾었다.

미친 듯이 엑셀을 밟아 호텔로 운전하기 시작했다. 신호도 지키지 않고 달리는 차량에 길거리를 지나는 사람들의 시선이 묶였다.

한차례 폭풍이 지나간 뒤에는 더 커다란 폭풍이 기다리고 있었다.

10

불과 한 시간 전이었다. 윤혁의 사진 하나를 소중하게 챙긴 세하는 최후의 발악을 앞두고 있었다. 마음을 단단히 먹지 않으면 모든 걸 포기하게 될까 봐 절대 뒤돌아보지 않았다. 평생을 함께해야만 하는 도피의 그림자에 매일 매일을 허덕이면서 살아왔고, 앞으로도 그럴 것이다.

아이러니하게도 눈물은 나지 않았다. 오히려 담담했다. 자신이 떠나 준다면 그를 살릴 수 있다는, 어딘가 희미하게 남은 절실한 희망 때문일 것이다.

세하는 이제 공허한 속을 저 자신으로 빈틈없이 메워 가는 윤혁이 두렵기까지 했다. 다시 놓지 않으면 수년간 그래 왔듯 온 몸과 마음을 잠식당하고 말 테다. 사랑이라는 미련한 감정이 주는 굴레에서 도망치려면 지금이 마지막 기회였다.

우선, 그녀는 윤혁이 저 몰래 심어 뒀을 가드들의 눈을 속여야 했다.

"제가 조금 몸이 안 좋아서 그러는데 병원에 데려가 주실 수 있나요?"

"네. 가능하지만 우선 정 이사님께 보고를 올려야 합니다."

"아뇨. 별거 아닌데 걱정한다고 또 바로 올 거예요. 요새 윤혁이 일도 바쁜데 잠도 제대로 못 자는 애한테 그러고 싶지 않아요."

"그래도 제가 보고를 해야 하는데……."

"부탁드릴게요. 그러지 말아 주세요……. 윤혁이가 제 일이라면 얼마나 민감한지 아시잖아요. 병원에서 일 끝나고 제가 직접 윤혁이에게 전화할게요."

꽤나 그럴듯한 변명이 먹혔던 이유는, 그 말이 사실이었기 때문이다. 세하의 일이라면, 그것도 세하가 아픈 거라면 윤혁은 앞뒤 제치고 무조건 달려올 테다.

그가 얼마나 서세하라는 여자에게 미쳤는지 알고 있는 윤혁의 가드들은 세하의 말을 무조건적으로 이해할 수 있었다. 부담을 주고 싶지 않다는 말도 의미가 다르지만 진실이었으니 우선 그녀의 말에 따라 주기로 했다.

앞다투어 세단 세 대가 도로변을 달린다. 가운데 차량에 세하가 탑승해 있었고, 앞뒤로는 그녀를 보호하는 차량이었다. 맨해튼의 대형 병원 앞에 내린 세하의 뒤를 몇 명의 가드들이 따랐다.

로비에 들어선 세하의 체구가 워낙 작았기에 인파 속에 묻힐 수도 있는 상황이었다. 지척에서 제대로 주시해야만 했다.

사람이 워낙 많은지라 몇 십 분의 대기를 거쳐 세하가 진료실에 들어섰다. 가드 한 명이 따라붙으려 했지만, 부인과 진료의 경우 환자가 아닌 보호자는 출입할 수 없다는 간호사의 강경한 말로 저지됐다. 진료실에 들어선 세하는 구구절절 제 상황을 피력할 기력이 없다는 듯, 한 마디의 말을 건넸다.

「저 좀 도와주세요.」

너무도 가녀린 그녀의 자태에 의사는 순간적으로 상황 판단을 마쳤다. 바깥의 남자가 당신에게 무슨 해코지를 한 거냐며 당장 폴리스를 불러 주겠다 했지만, 세하는 끝끝내 거절하고 시간을 벌어 줄 기회를 만들어 달라고 했다. 도망칠 수 있는 비상계단만 있다면 알아서 하겠다고 말했다.

「우리는 신고할 의무를 지켜야 합니다. 경찰의 도움을 받는 게 좋을 텐데. 정말 괜찮겠어요?」

세하는 그렇게 해 달라고 거의 애원하듯 말했다. 심상치 않은 일임을 감지한 간호사가 의사와 눈짓을 주고받았다. 의사는 고민하더니 한 가지 대책을 내놓았다.

「경찰에 신고하는 건 우리의 의무야. 일단 그녀를 수술실로 데려가. 그쪽은 의료진이 아닌 이상 아무도 들어올 수 없고, 비상 통로를 이용하면 쉽게 빠져나갈 수 있을 거야. 나중에 경찰이 오면, 그녀가 사라졌다고 하자.」

세하는 고개를 끄덕이고 연신 고맙다는 말을 남겼다. 진료실에서 빠져나온 그녀의 뒤로 자연히 가드들이 붙었고, 간호사 두어 명이 그녀를 수술실로 안내했다. 사람들이 넘쳐 났으나 기다란 복도에는 낯선 분위기가 오갔다. 무언가 터질 듯, 터지지 않는 그런 묘한 공기가 감돌았다.

외부인 출입 금지.

가드들은 그 앞에서 발길을 멈춰야만 했다. 괜찮다는 듯 눈짓을 해 보인 세하가 수술실에 들어섰고, 이내 간호사가 가르쳐 준 비상 통로를 향해 빠르게 걸었다. 죄를 짓는 것만 같아서 심장이 터져 버릴 것 같았다. 너무 속이 떨려서 헛구역질까지 났다.

내가 사라지면 넌 이 넓은 전역을 모두 뒤지겠지. 네가 그렇게 매달렸는데 내가 또 널 버렸다는 사실에…… 처참히 무너지겠지.

이 더러운 배신의 시도를 윤혁은 이번에도 알고 있을까. 저지르도록 방치하는 걸까. 두려운 마음에 미친 듯이 계단을 내려가던 그녀가 서둘러 비상문을 활짝 열었다. 싸늘한 공기가 얼굴을 화악 덮었다.

모자를 조금 더 깊게 눌러 쓴 그녀는 택시가 있는 대열로 달렸다. 그리고 익숙한 주소 하나를 불렀다.

「빨리 가 주세요.」

그녀가 탄 택시는 휘겸의 집으로 향했다. 수술 시간이 두 시간이라고 했으니, 그 시간 안에 뉴욕에서 벗어나야만 했다. 아마 그 전에 윤혁에게 연락이 갈지도 모르는 일이었다.

급한 마음에 세하는 자꾸 침을 꿀꺽 삼켰다. 손톱의 거스러미를 탁, 탁 뜯었다. 창밖의 정적인 풍경도 위로가 되지 못했다.

택시에서 내리자마자 길목에 주차된 세단 한 대가 보였다. 세하는 직감적으로 걸음을 멈춰 섰다. 경호원에 의해 뒷문이 활짝 열리고 한 여자의 실루엣이 모습을 드러냈다. 가만히 서서 돌아보는 자태만으로도 위협적이었다.

그 여자는 윤혁의 어머니, 경희였다. 식은땀 한 줄기가 이마를 타고 천천히 흘러내린다. 세하는 정말이지 심장이 멎을 정도로 놀랐다. 맥이 탁 풀려 떨리기 시작하는 몸은 제 기능을 하지 못했다. 근처까지 다가온 경희의 낯빛은 어떤 표정도 읽을 수 없었다. 그저 이 모든 상황을 예측이라도 한 듯 담담하기만 했다.

"들어가서 얘기하자."

"……."

"시끄럽게 소란 피우지 말고."

그 말은 무언가를 상징하는 것 같았다. 잔인한 경고였다.

한낮의 오후. 도시의 중심부와 멀리 떨어진 곳에 위치한 카페는 한적했다. 창가에 햇살이 덮치듯 쏟아져 들어왔다. 테이블 위에 놓인 두 개의 찻잔이 식어 간다. 햇살이 비추는 세하는 아슬아슬해 보였다. 금방이라도 쓰러질 것처럼 위태로웠다.

"너 하나 때문에 내 아들 죽는 꼴 볼 수 없어서 직접 찾아왔다."

"어머님……."

"내가 왜 네 어머님이니. 호칭 똑바로 해라."

"……죄송합니다."

자리에서 천천히 일어선 세하는 그녀 앞에 무릎을 꿇었다.

"정말 죄송합니다……."

불안한 듯 감쳐문 입술에서 피 맛이 돌았다.

"다신 볼 일 없을 거라 생각했다."

"……"

"다시 보면, 난 널 죽여 버릴 수도 있을 거라 생각했어."

"……"

"윤혁이를 돌려 달라고 해야 하는지. 널 없애 버려야 하는지 많이도 고민했다."

세하의 목덜미를 타고 땀방울이 흘렀다. 감당할 수 있는 이상으로 번져 버린 물감을 어떻게 수습해야 할지 모르는 어린애처럼 잠시 숨을 삼켰다.

"알고 있을 거다. 윤혁이. 내 모든 것을 바쳐 키운 애야. 어딜 가든 수재 소리를 듣고, 뭐든지 빠짐없이 잘하는 인재였지. 부모 말이라곤 한 번도 거슬러 본 적 없었어. 그저 우리 집안의 미래. 그런데…… 네가 그걸 다 망쳐 놨어."

"……"

"우리 아이를 괴물로 만들어 버렸어."

"……"

"왜. 도대체 윤혁이가 왜! 그 착하던 애가 왜 죽을 각오까지 하고 있는지! 지 애비 얼마나 무서운 인간인 줄 알면서도 널 싸고도는지!"

세하의 눈동자에 가득 물기가 찼다. 차마 경희를 볼 수 없어서 초점 잃은 눈동자로 고개를 떨군 채 바닥을 바라봤다. 보는 동시에 외면하고 있었다. 답은 정해져 있는데 맞히고 싶지가 않았다. 인정해 버리면 끝도 없는 나락으로 추락할 게 분명하니까.

"……죄송합니다."

헤집어진 사고는 전혀 정돈되지 않았다.

"마지막 기회를 주는 이유. 딱 한 가지다. 내가 널 봐 온 세월이 있으니. 넌 적어도 말귀를 알아듣는 아이였지 않니."

눈물 탓에 반투명하게 비치는 경희의 모습에서 윤혁의 얼굴을 떠올렸다. 저를 보며 반색하던 그의 얼굴 뒤로 남아 있던 묘한 차분함. 우리가 이렇게 될 줄, 어린 너는 알고 있었니. 대답 없는 질문과 함께 세하는 다시 고개를 떨구었다.

"더 이상 우리 윤혁이 앞에 나타나지 마라."

짧은 말은 머리와 가슴이 받아들이기까지 꽤 시간이 필요했다.

"아무도 모르는 곳으로 떠나. 쥐 죽은 것처럼 살아."

"……."

"지금이야 내가 회장님을 막아 보겠다만, 만에 하나 네가 내 말을 한 번 더 거스르면."

"……."

"그땐 네가 아니라 윤혁이가 어떻게 될지 장담 못 하겠구나."

두려움은 거세게 밀려들어 온다. 심해로 끝없이 빨려 드는 기분이었다. 깊은 바다를 떠도는 잡풀에 다리가 엉긴 것처럼 속수무책으로 끌려갈 수밖에 없는 상황이었다.

"네가 떨쳐 내기 어려울까 윤혁이 사업에 직접 손을 좀 써 뒀다. 내부자는 네가 될 거고. 증거는 다 조작해서 확보해 뒀다."

"네? 지금 무슨 말씀을……."

손발이 급격하게 차가워졌다.

"곧 그 아이가 알게 되겠지. 네가 자길 두 번이나 배신했다고."

"……."

"억울하니?"

"……아닙니다."

"세상에 어떤 인간도 두 번이나 자기 뒤통수를 친 사람을 선택할 수는 없어. 똑똑하니 알아듣고 처신 제대로 할 거라 믿는다."

세하에게 도피처 따위 없었다.

"그럴게요. 사모님. 말씀하신 대로 할게요."

가라앉은 눈동자가 마구 흔들렸다.

"윤혁이만 살려 주세요."

한계에 달했는지 그녀가 입술을 세게 물고 숨을 헐떡였다. 눈이 새빨갛게 부어오른다.

"저는 어떻게 되든 괜찮아요."

사랑은 무엇으로도 변화시킬 수 없는 것이라 믿어 온 시간이 있었다. 쌓아 둔 세월이 무너지는 것을 그저 최선을 다해 받아들이고 싶었다. 이젠 서로의 기억 속에 잔류해서도 안 된다. 그저 옆을 지켜 달라며 애원해서도 안 된다. 결론은 분명했다. 각자 제자리를 찾아가야만 했다.

세하는 뚝뚝 떨어지는 눈물을 어쩌지도 못하고 파들파들 떨었다. 무릎이 아릴 정도로 꿇고 있는 세하의 위로 그림자가 졌다. 그녀가 천천히 고개를 들어 그 인영을 마주했다.

"……?"

휘겸이었다. 세하는 놀란 눈으로 잠시 미동 없이 그를 보았다. 눈물이 볼을 타고 내려와 턱 끝에서 뚝, 하고 떨어졌다. 경희는 카페 문을 박차고 들어온 휘겸을 보며 조용히 커피 잔을 기울였다.

한 모금 마시며 그를 지긋이 응시하곤 한쪽 입꼬리를 비죽 올렸다. 상황이 이렇게 될 줄 알고 있었다는 편안한 얼굴이었다.

휘겸은 울음을 삼키려 입술을 미친 듯이 깨물어 상해 버린 세하를 보면서 무너지는 것 같았다. 단숨에 그녀의 팔을 붙잡고 일으켜 세웠다.

"일어나."

그리고 휘겸은 천천히 경희를 돌아보았다.

"1년 동안 세하. 하루도 빠짐없이 괴로워했습니다. 편안하게 잠든 적이 손에 꼽아요. 굳이 찾아와 일을 이 지경으로 만든 정윤혁한테 따지셔야죠."

"너 뭐 하는 거야. 휘겸아. ……사, 사모님. 죄송합니다."

화들짝 놀란 세하는 다시 한번 경희에게 사과했다. 숨통이 조여들었다 풀어진다. 동시에 휘겸의 미간에 주름이 잔뜩 잡혔다. 모든 게 제 탓이라며 자책하듯 중얼거리는 세하를 보니 명치가 욱신거린다.

"죄송하다는 말 그만 안 해?"

목구멍으로 참았던 울분이 역류한다.

"사과는 잘못한 게 있을 때 하는 거야. 고개 들어."

흐르는 눈물을 닦아 주는 것만으로도 상처가 될까 시도조차 않았다. 세하는 당장이라도 도망치고 싶었다. 연달아 터져 나오는 거친 말들과 험한 행동들이 도무지 휘겸같지가 않았다.

"모두를 위해 협조하겠다고 했지. 세하 가지고 이런 식으로 겁주는 거 눈 감아 준다 한 적은 없습니다. 제안을 잘못 알아들으신 것 같네요."

경희는 고상하게 찻잔을 기울일 뿐 대답이 없었다. 휘겸은 그녀의 손목을 쥔 손에 다시 한번 힘을 주었다.

"사모님 말씀대로 지지리 개판인 둘 관계, 제가 끊어 놓겠습니다. 그러니까 이 집안 인간들도 다신 세하 앞에 찾아오지 마세요. 제발."

그대로 세하를 끌고 밖으로 나왔다. 세하가 어쩔 줄 몰라 계속 뒤를 돌아보았으나 소용이 없었다. 지금의 휘겸은 무척 화가 나 있었다. 굳이 말로 하지 않아도 억지로 화를 참는 중이라는 게 눈에 확연히 보일 정도였다.

"휘겸아. 잠깐만."

"이제 확실히 알았지. 다신 저 집안이랑 얽혀서는 안 된다는 거."

엄한 목소리는 정신을 깨웠다. 휘겸의 앞에서 그녀는 여전히 다 자라지 못한 어린아이였다. 초라하고 볼품없는 외톨이였다. 낯선 곳에서 길을 잃은 어린애였다.

"나 이제부터 내 인생 너한테 걸게."

"……."

"그러니까 너도 네 인생 저 집안에 발목 잡히지 마."

그간 애써 눈과 귀를 닫아 왔다. 궁금하지 않아서 묻지 않은 게 아니다. 알고 싶지 않아서 모른 체한 것도 아니다. 그저 세하와의 관계가 흐트러지지 않길 바랐다. 정말이지 최소한의 것만 바랐다. 하지만 이제는 아니다.

"우리 도망치자."

거르지 않고 튀어나온 말은 단호했다.

"네가 살아야 하잖아. 세하야. 어?"

"휘겸아."

세하가 어두운 표정으로 휘겸이 붙잡은 손을 놓았다.

"아까 그 말……. 제안이라는 게 무슨 소리야. 성진이랑 연락한 게 너야?"

그녀는 제발 아니길 바라는 얼굴로 휘겸을 올려다보았다. 하지만 그녀를 보는 휘겸의 눈동자에 얼핏 죄책감이 스쳤다. 변명이라고 할지라도 이 상황에서 세하를 지키기 위해 할 수 있었던 최선이자, 최대의 난제였을 뿐이다.

"그래. 연락했어."

"……뭐?"

"동의한 거 나라고."

인정할 수 없었다. 세하의 눈에 잔뜩 배신감이 차올랐다.

"지금 무슨 말을 하고 있는 거야!"

"널 위해서 그랬어!"

믿기지 않는다는 듯 충격에 빠진 세하의 어깨를 양손으로 붙잡았다. 그리고 단호하게 말했다.

"널 위해서 그랬다고. 저 사람들 네가 어디에 있는지 누구랑 있는지 어차피 다 알고 있었어."

반은 거짓이었고 반은 진실이었다. 아무리 세하가 윤혁을 원한다고 한들 성진의 감시 아래 절대 행복할 수 없었을 테다. 그려지는 미래를 모르는 척할 수 없었고, 또다시 불행을 택하려는 세하를 가만히 둘 수 없었다.

휘겸에게 찾아온 이 실장이라는 사람만 봐도 그랬다. 굳이 자신의 협조가 아니었더라도 그녀의 위치는 발각되기 십상이었다. 욕심 때문에 성진과 약속하고 그 대가로 세하를 택한 것은 사실이지만,

그녀를 옆에 두고 싶어 성진과 손잡은 것도 맞지만, 결과적으로 모조리 그녀의 행복을 위한 거라 위안하고 싶었다.

"내가 아니면 넌 또 흔들려서 위험한 길을 갈 거잖아."

"……그만해."

"아무리 도망친다고 한들 마음은 그대로일 거잖아!"

틀린 말이 아니어서 세하는 울고 싶었다.

"서세하. 내 말이 틀렸어?"

"……."

"내 말이 틀렸으면, 내가 실수한 거라면 말해."

세하는 아무 말도 할 수 없었다. 윤혁과의 진창 같은 운명이 정해져 있는 거라면 거스르고 싶었다. 함께라면 언젠가 거스를 수 있을 줄 알았다. 뻔한 소망이지만 평생을 그렸던 것이다. 단숨에 놓기는 쉽지 않았다. 더 이상 함께할 수 없는 미래를 알고 있음에도 평생 가슴에 남아 놓지 못할 것이다.

평생을 흔들렸고 지금도 이렇게 가슴이 아픈데 윤혁을 제 손으로 놓는 건 너무 어려운 일이다. 차라리 누구라도 강제로 끊어 내어 주어야 할 정도였으니, 휘겸의 말은 틀리지 않았다. 숨통이 잔뜩 조여들었다 풀어진다. 그녀의 몸 전체가 바들바들 떨렸다.

"나는……. 그래. 나는 이미 성진에 발목 잡힌 사람이니까 그럴 수 있어. 근데 너는?! 네 인생은?!"

"널 책임져야겠다고 다짐한 순간부터 내 인생은 다른 길 없었어. 생각해 본 적도 없고."

참고 참았던 것을 토해 내듯이 휘겸은 눈가를 한 번 가렸다. 크게 숨을 몰아쉬다가 서글픈 얼굴로 말했다.

"아무것도 안 할게. 난 그냥 네가 안전하기만 하면 돼."

"……."

"마음은 어쩔 수 없다는 거 나도 아니까. 정말 잘 아니까. 다 존중할게. 성진 사람들처럼 네 잘못이라고도 안 해. 근데 세하야. 정말 나는…… 네가 안전하기만을 바라."

예감은 틀리는 법이 없었다. 언젠가 이런 날이 오게 될 줄 휘겸은 알고 있었다. 어쩔 수 없는 그녀의 마음을 인정하고 더는 괴롭지 않기만을 옆에서 함께 기도해 주는 것. 사랑이라 하지 않으면 그 무엇으로도 설명할 수 없는 감정을 저조차 그만둘 수 없는 것.

"내가 어떻게든 그 빈자리…… 느껴지지 않게 노력할게."

휘겸의 애절한 목소리를 마지막으로 그녀는 서서 조용히 눈을 감았다. 모두 메마른 듯 더 이상 눈물은 나오지 않았다.

"어떻게 휘겸이 너까지 위험하게 만들어. 내가…… 내가 무슨 자격으로."

"그러니까 끝까지 가 보자. 같이."

"……."

"누가 옳았는지는 그때 가서 알 수 있겠지."

한 줌의 모래가 손가락 사이로 빠져나가는 것처럼 시간도 그렇게 흐른다. 되도 않은 핑곗거리로 이성과 싸우고 있던 그녀를 구출해 내고 싶었다. 아주 먼 훗날, 자신이 옳았으며 세하 역시 그를 선택해 주는 그날이 반드시 오리라 믿었다.

세하와 휘겸은 탑승 수속을 완료하고 게이트로 향했다. 그녀는 끊임없이 몇 번이고 뒤를 돌아봤다. 캐리어 바퀴도 같은 위치에서 겉돌며 이동을 방해했다.

이 방향이 맞는다는 걸 알면서도 자꾸만 발이 떨어지지 않았다. 바깥을 향해 선 전신에 찬바람이 스쳤다. 타국의 냄새를 담은 공기도 지금이 마지막이었다.

만남과 이별이 교차하는 공항 터미널은 분주했다. 창밖으로 들이치는 햇빛을 받으면서 세하는 잠시 그 사이에 서 있었다. 순간 윤혁을 닮은 실루엣을 얼핏 보았다. 짐짓 발걸음이 자리에서 굳게 멈췄다.

"왜 그래."

"아니야……."

모자를 깊게 눌러쓴 세하는 신기루처럼 사라진 인영에 눈을 뗄 수 없었다.

"얼른 이동하자."

이미 공항 내부에 윤혁의 사람들이 자신을 찾고 있을 것이다. 휘겸의 말마따나 걸음을 빨리해야 했다. 처음 윤혁을 배신하고 도망쳤던 그 날의 기억이 다시 상기되며 숨이 콱 막혔다.

다시 이런 일이 없을 줄 알았다면 거짓말이다. 진작 머리로는 알고 있었지만 마음이 강하지 못했던 것이다.

한 번 해 봤으니 두 번부터는 견딜 수 있을 줄 알았는데 아니었다. 불에 덴 것처럼 아리는 이 속사정을 아는 이는 없다. 혹시나 하는 의미 없는 마음 때문에 여전히 모든 게 꿈이라고 믿고 싶었다.

* * *

"수술실로 들어간 모양인데 갑자기 사라져서, 의료진도 영문을 모르는 상황이야."

윤혁은 믿기지 않는다는 듯 되물었다.

"지금 무슨 개소리를 지껄이고 있는 거야."

가드들은 병원에서 사라진 세하를 찾기 위해 바쁘게 움직이는 중이었다. 그도 그럴 것이 재호의 재빠른 지시로 미리 공항으로 보내진 경호원들은 그녀를 찾기 위해 공항을 속속들이 누볐다. 최악의 결말이 펼쳐지기 직전이었다. 이 상황은 도저히 그가 참아 줄 만한 상황이 아니다.

"씨발."

머리가 핑글 돌았다.

"이 일로 세하 또 잃어버리면, 다 죽여 버릴 거니까. 알아서 해."

누군가 세하의 위치를 일러 준 것도 아닌데 그는 튕겨 나가듯 자리에서 일어났다. 상대할 시간도 없다는 듯 뛰어 나간 것이다. 뒤에서 재호가 그를 불렀지만 돌아보지 않았다. 윤혁은 어디로 가야 하는지 아는 사람처럼 비상계단으로 뛰어 들어갔다. 숨이 턱 끝까지 찰 정도로 가쁘게 지하로 내려가 차량에 탑승했다.

병원이 아닌 공항으로 가는 고속도로에 사고가 난 탓에 수많은 차로 꽉 막힌 상태였다. 하필이면 꼭 이럴 때. 가장 중요한 순간에. 하늘은 그의 편이 아니었다. 관자놀이를 꾹 누르며 흘러내리는 앞머리를 거칠게 쓸어 올렸다.

젠장.

핸들 위를 내려친 윤혁은 무너지듯 이마의 땀을 닦아 내었다.

"제발 전화 좀 받아. 제발!"

미동도 없는 휴대전화를 꽉 쥔 채로 연신 짧은 욕설을 내뱉었다. 전원이 꺼진 전화를 붙들고 사정하는 게 무의미하다는 것을 알고 있지만 계속 그 무의미한 짓을 반복했다.

"씨발."

며칠 전 휘겸이 했던 말들이 머릿속에서 반복됐다.

"웃을 수 있을 때 많이 웃어 놔."

"뭐?"

"억지로 한 번 웃으려 해도 괴로워 죽고 싶은 날이 곧 올 테니까."

그게 꼭 직전의 경고였던 것만 같아, 미리 살피지 못한 저 자신을 죽이고 싶었다. 아슬아슬하게 차선을 넘나드는 탓에 고막을 찢어 놓을 듯한 경적 소리가 반복됐다.

빠앙-. 빵-! 그는 정말이지 반쯤은 미쳐 있었다.

결국 주차도 하지 않고 거칠게 세단에서 내린 윤혁이 터미널로 뛰어 들어갔다. 공항을 가득 메운 사람들이 분주하게 목적지를 향해 걷는다. 탑승 수속을 알리는 안내 방송과 사람들의 소음이 왕왕 울렸다.

터미널로 뛰어 들어온 그를 알아본 가드 중 몇몇이 아직 세하를 찾지 못했다는 소식을 전하며 고개를 숙였다. 그들을 상대할 시간도 없는 윤혁은 사람들을 제치고 사방을 누비고 다녔다. 정말이지 지금의 그는, 이성적인 머리가 고장이 난 것 같았다.

체격이나 실루엣이 비슷한 여자들의 어깨를 잡아 돌렸다. 여자들이 놀란 눈으로 돌아보았지만 세하가 아니었다. 가슴까지 오는 긴 생머리, 웃을 때면 시원하게 벌어지는 입매, 연한 갈색빛이 뚜렷한 오묘한 눈동자의 동양인 여성. 어디에도 세하의 모습은 보이지 않았다. 이젠 모든 여자들의 뒷모습이 세하로 겹쳐 보이는 지경에 이르렀다. 생지옥이 있다면 바로 지금이리라. 턱 끝까지 숨이 찬 그는 절규하듯 이마를 짚으며 탄식했다.

재호에게서 전화가 온 것도 동시다.

"찾았어, 세하? 그대로 붙잡아 둬."

"윤혁아."

"어디서 어떤 경로로 이탈한 건지 조사하고. 그 시간대 경호하고 있던 새끼들 싹 다 짤라."

"끝났어."

"뭐?"

정적을 깨고 예상치 못하게 들린 목소리에 반사적으로 고개를 들었다.

"끝났다고."

"무슨 소리야."

"사무실로 돌아와야 할 것 같다."

윤혁의 얼굴이 불규칙적으로 주름 잡힌다. 손바닥에 축축한 기가 서리는 게 느껴졌다.

"성진에 심어 두었던 사람들이 불시에 해고됐어. 그래서 진작 보고를 못 한 것 같고."

"난 그게 꼭 작정하고 누군가 손을 썼다는 말로 들리는데."

"그래. 우리 쪽 기밀 자료, 성진 측과의 녹취본 스크립트까지 전부 유출이야. 정확한 경로는 조사해 봐야 알겠지만……."

모든 일에는 전부 합당한 이유가 존재한다. 산더미처럼 모아 둔 자료는 오랜 시간에 걸쳐서 체계적으로 모아 둔 것이다. 앞으로 찾아올 성진과의 전쟁에 있어서 최후의 수단이었다. 그는 목에 감겨 있던 타이를 아무렇게나 풀어냈다.

"좀 더 정확히 얘기해."

"하필 그 시간대에 정전, 출입 CCTV까지 확인 불가에다 해킹의 문제라고 해도 우리 쪽 보안이 그렇게 쉽게 뚫릴 일 없어. 일반 직원들은 어림도 없고. 정황 알잖아."

"그렇다면 내부자의 짓이라고 할 수밖에 없는데."

"그래."

"……서세하."

"……."

"단독 범행이라 이건가."

"우리도 그렇게 보고 있어."

며칠간 윤혁과 가장 가까이에 지냈으며, 가장 손쉽게 그의 핸드폰과 노트북에 손을 댈 수 있고, 가장 근처에 있는 어떠한 측근. 윤혁의 머릿 속이 차갑게 식었다.

"이유는."

"일종의 딜이 오갔겠지. 위치 발각된 건 본인도 진작 알았을 테고."

게다가 오래전, 비슷한 정황을 눈감아 준 적도 있지 않은가. 준비했던 모든 게 올 스톱 되었다. 윤혁은 양손으로 제 얼굴을 감싸며 목을 뒤로 젖혔다. 한참 동안 대화의 맥이 끊겼다. 그리고 동시에 깨달았다.

지금 이 곳에서 세하를 마주한다고 한들, 다신 그가 알던 세하로 되돌릴 수 없다는 걸. 10년을 넘게 좋아하고, 때론 미워했고, 그럼에도 그가 사랑했던 서세하는 어디에서도 찾을 수 없다는 걸. 이제 그 무엇도 손아귀를 벗어난 일이라 더는 그의 영역이 아니라는 것만 같아서 윤혁은 크게 좌절했다.

"세하가 날…… 믿지 못한 거라고."

골치 아픈 문제의 답은 언제나 하나였다.

"씨발."

"……."

"언제나 더 사랑한 내 잘못이지."

서세하. 네가 생각했던 나와의 시간은 대체 어디까지였어. 난 평생을 생각했는데.

11

세하는 귀국을 하면 탁 트인 곳으로 가서 살고 싶었다. 해안선이
길게 늘어진 바다가 있는 곳. 머무르지 않고, 언제든 찾아오고, 또
언제든 떠날 수 있는 그런 곳. 어디로든 둥둥 떠다니는 부표처럼, 평
생을 떠돌아 살아야 하는 제 처지와 맞는 곳.

1년만의 귀국이었다. 코끝에 비릿한 바다 냄새가 머문다. 그녀는
창밖의 넓게 펼쳐진 바다 끝 수평선을 응시했다.

가로등이 드문드문 꺼져 가는 길목 아래로 철썩이며 파도치는 소
리가 났다. 주홍빛으로 물든 수평선 위의 일출이 길게 늘어진다. 머
릿속을 방황하던 잡념도 파도와 함께 쓸려 나가는 것 같았다.

"세하야. 핫초코."

"······고마워."

휘겸이 그녀의 옆에 앉아 담요를 둘러 주었다. 세하의 텅 빈 눈동자는 하염없이 바다를 보고 있었다.

"엄마한테······ 너무 가고 싶어."

"며칠만 여기서 상황 보고 움직이자."

"······."

"괜찮지?"

"······응."

테이블 위를 두드렸다. 탁. 탁. 정적 속을 가르고 손톱과 유리가 부딪친다.

정말이지 1년 전 그때와 다를 게 없었다. 며칠 내내 제정신이 아니었다. 그 시절엔 하루빨리 정신 차리고 이성적인 판단을 하려고 노력이라도 했었는데, 이제 그러기는커녕 넋을 놓고 창밖이나 보는 시간이 늘었다.

주치의가 진단하기를 심각한 우울증이라고 했다. 약을 먹어도 그때뿐인 건 스스로 이겨 낼 의지가 없는 까닭이었다.

결국에 소용도, 진전도 없는 마음을 가지고 그냥 그렇게 하루하루 말라 갈 것이다. 그때와 똑같이.

"나 진짜 괜찮아. 휘겸아."

스스로에게 주문을 외우는 건지, 휘겸에게 하는 말인지 알 수 없었다.

"한 번 겪어 봤는데 두 번을 못 하겠어? 괜찮아······. 평생 이러지는 않겠지."

"세하야."

"……."

"나한테까지 그럴 필요 없어."

아무렇지 않은 척 안간힘을 쓰는 그녀가 안쓰러웠다. 세하와 나란히 앉아 함께 철썩이는 파도만 보았다. 둘 사이에 잠시 적막이 일었다.

"편하게 다 말해도 돼."

"……."

"힘들면 힘들다고. 아프면 아프다고."

세하는 천천히 고개를 저었다.

"너도 같이 이 상황을 견뎌야 하는 게 난…… 싫어."

늘 바라는 것도 없이 휘겸은 괜찮다고만 해 왔다. 말뿐이 아니었다. 그렇게 하는 게 얼마나 힘든 일인지 모른다면 거짓말이다. 달싹이는 입을 이내 꾹 다문 그녀를 보면서 휘겸은 조용히 말을 던졌다. 해는 바다 위로 서서히 고개를 내밀고 있었다.

"이제 믿지 않는구나. 괜찮다고 하는 거."

"……."

"근데 세하야. 들어 주려고 내가 네 옆에 있는 거잖아."

"……."

"지금 제일 힘든 건, 너잖아."

그녀는 휘겸을 한번 바라보더니 다시 정면을 보았다. 마지막이라고, 다시 정신 차리고 살겠다고 늘 다짐하고 또 다짐했는데 기어이 자꾸 기대게 되는 게 너무 미안했다. 차라리 한심하다고 번뜩 정신이 들도록 화라도 내 준다면 미안함이 덜어질 텐데 늘 제 편에만 묵묵히 서 있는 휘겸 때문에 가슴이 아렸다.

"······휘겸아."

"난 신경 쓰지 마. 네 마음 조금이라도 괜찮아질 수 있으면 뭐든 말해."

힘든 일을 털어놓으면 덜어진다는 말이 있다. 세하는 그게 거짓이라 믿어 왔다. 하지만 한 번쯤은 모든 걸 맡기고 쉬고 싶었다. 이기적인 마음이라는 건 알지만 천천히 입술이 떨어졌다.

"그냥 계속······ 생각이 나."

상념의 언저리에 맴도는 누군가를 평생 안고 살아야 하는 일은 고된 일이다. 알고 있다.

"자꾸 불길한 예감이 들어. 이 숨바꼭질이 끝나지 않을 것 같아. 윤혁이가 그럼에도 불구하고 나를 선택할까 봐 너무 무서워."

"······."

"내가 너무 싫어서, 너무 미워서, 증오할 정도로 혐오스러워서. 평생 보지 않으려 할 수는 없을까."

"······."

"아니. 이미 그렇게 하고 있을 수도 있겠지······."

아무것도 필요 없으니 옆에만 있어 달라던 애절한 목소리가 떠오른다. 정윤혁을 살게 하고, 죽게도 한다던 결론까지 모조리.

세하는 괴로울 뿐이었다. 어디서부터 꼬인 건지 알 수 없는 관계의 실타래를 따라가면 좋아하게 된 시점도 찾을 수 있을까. 그래서 지워 버릴 수 있을까.

"세하야."

어지러운 침묵이 지속됐다.

"그동안 네가 했던 선택들. 이해 가지 않아도 이해해 보려고 노력했어."

"……."

"왜 네겐 꼭 그 사람이어야 하는지. 왜 정윤혁일 수밖에 없는지. 알 수만 있다면 닮고 싶었다."

"……."

"그래야 조금이라도 더 널 편하게 해 줄 수 있을 것 같아서."

길게 늘어진 그녀의 머리카락을 쓰다듬는 손가락이 떨렸다.

"후회는 늘 늦어. 나도 알아. 근데 지금 이 선택이 잘못됐다고 해도, 너 안전한 거. 너 웃을 수 있는 거. 그것만 보고 있어 난."

이미 휘겸의 마음속엔 여린 살이 깊게 패고도 남았다. 단단한 척했어도 늘 제가 아닌 윤혁을 선택하려는 그녀를 보며 상처가 아물 만큼 강하지 못하니까. 전하지 않고 속에 담아 둔 말은 꺼내지도 못했다.

"……내가 욕심이 많아서 그래. 휘겸아."

"그래. 나도 욕심이야. 이거."

방전되어 버린 배터리처럼 탈진한 그녀의 작은 머리통을 조심스럽게 끌어안았다.

"미안해. 너 데리고 도망밖에 못 쳐서."

그녀를 끌어안은 이목구비는 조금의 미동도 없었다. 불행을 온몸으로 겪고 있는 사람 앞에선 슬픈 기색도 비치고 싶지 않았다. 이렇게 인생을 바칠 수 있는 사람이 한정되어 있다는 것도 이제 머리가 아닌 가슴으로 와 닿았다.

휘겸은 다시 잠든 세하의 위로 이불을 목까지 덮어 주곤 서랍을 열었다. 가장 깊숙한 곳에 넣어 둔 액자를 꺼냈다.

한 귀퉁이가 찢어진 사진 속에는 세하가 웃음 짓고 있다. 호텔의 아쿠아리움에 갔을 때 찍은 사진이다. 순간이라 조각조각 기억해야만 하는 행복임을 모르고 마냥 즐겁던 시간의 세하.

테라스에 기대선 그는 주머니 안쪽 깊숙이 넣어 뒀던 전화를 받는다.

"이휘겸입니다."

"일거수일투족 감시해서 한 발자국도 못 나가게 하라는 지시. 잊지 않았겠지."

"분명 1년이라 하셨습니다. 그 기한, 지키세요."

행복하고 싶었다. 혼자가 아닌 그녀와 함께. 그래서 무엇이든 할 수 있었다.

"성진에서 놔주고 말고는 서세하가 그 1년을 얌전 떠느냐 아니냐에 따라 다르겠지. 지금 당장 끌려가서 명줄 끊기는 것보단 낫지 않겠어? 네 여자 지켜야지."

"……정윤혁은 어떻게 됐습니까."

"원하던 거 뉴스에서 보게 될 거야. 조만간."

순간 해가 가려지며 그 어떤 반짝임과 불빛도 찾아 들지 못하는 어둠이 서렸다.

"특히 서세하가 박 실장과는 절대 만나지 못하도록 주의하고."

휘겸은 직접 둘의 관계를 끊어 내지 않는 한 결국에 또 반복될 거라 생각했다. 한 방향으로 돌고 돌아도 끝없이 이어지는 뫼비우스의 띠가 세하를 두르고 있을지도 모른다고, 그는 괜한 생각을 해 본다.

* * *

　지겨운 패턴의 쳇바퀴.

　펜트 하우스로 돌아온 윤혁이 거실 한 가운데 섰다. 세하의 흔적, 세하의 자취. 그녀가 쓰던 향수와 화장품, 그녀가 샤워하기 전 머리를 틀어 올려 묶을 때 쓰던 머리끈, 자주 뒤축을 구겨 신던 스니커즈와 체향이 묻은 잠옷까지.

　이 공간에 아직 많은 것이 남아 있지만 사람 하나 없다고 조촐하게 느껴지는 내부를 둘러본다. 세하가 이곳에 머물렀다는 시간마저 사라진 것 같았다.

　윤혁은 소파에 머리를 기대고 앉는다. 외투도 벗지 않은 채 멍하니 허공을 응시했다. 결국 달라진 건 하나도 없었다. 좋은 순간은 이렇게나 늘 짧고 허무하게 끝났다. 세하는 매일 같이 은연중에 저와 거리를 두고 있었던 것이다.

　늘 애정을 갈구하고 눈치 보는 쪽은 저 자신이었다. 억울하다고 생각해 본 적은 한 번도 없었는데. 오히려 그게 당연한 거라 생각했는데. 많은 것들이 파노라마처럼 지나가며 조촐한 회상이 이어졌다.

　"앞에 봐. 뒤에서 잡고 있어."

　싱그러운 녹음을 품은 여름이었다. 모든 것을 태워 버릴 듯 서로가 서로의 마음에 솟구쳤던 그 계절. 여의나루 한강 공원의 수면 위로 햇살이 반짝였다. 잔잔하게 일렁이는 물결 위로 오리 배가 떠다니는 평온한 광경. 전동 킥보드를 타는 사람들과 야생화 냄새 맡는

강아지. 그리고 자전거를 빌려 타는 연인들 중 하나.

"바, 발을 못 떼겠어. 중심이 안 잡혀!"

"나 믿고 천천히 오른발 들어 봐. 내가 잡고 있잖아. 괜찮아."

"이거 핸들이 혼자……!"

"괜찮아. 이렇게 하면 금방 됐지?"

1만 시간의 법칙이라는 말도 있는 만큼. 무엇이든 계속해서 넘어지고 일어서며 배워야 한다. 걸음마 처음 배우는 아기처럼 천천히. 천천히.

"금방 하네."

뙤약볕이 내리쬐는 한강 유원지에서 자전거를 붙잡고 사투를 벌이는 게 두 시간 째였다.

"이거 너무 속도가 빠른데……!"

"브레이크 꽉 밟지 말고. 넘어진다."

몇 시간 내내 윤혁은 각개전투의 동지가 되어 주었다. 덕분에 그녀는 겨우 중심을 잡고 자전거를 탈 수 있었다. 시원한 바람이 들이치며 세하의 듣기 좋은 웃음소리까지 전달됐다.

"너무 시원해!"

윤혁은 아이 같은 그녀를 보며 미소를 지었다. 세상 모든 걸 다 안겨 줘도 부족할 것 같은 사람. 그에게 세하는 초목처럼 싱그러운 여자였다. 일상의 한 부분처럼 그렇게 스며든 사람이었다.

착용했던 보호 장구를 벗으며 뒤를 돌아본 그녀는 짐짓 굳고 말았다. 투명하게 쏟아지는 뜨거운 햇살 아래. 티셔츠가 젖을 정도로 윤혁은 땀을 뻘뻘 흘리고 있었다.

"왜. 그만 탈 거야? 힘들어?"

"아니 너……."

고개를 갸웃한 그가 손등으로 땀을 훔친다. 서글서글하게 웃는 낯빛에 짜증이라고는 없다.

"덥지. 선풍기 쐬자."

"……."

"그래도 좀 해 보니까 되는 것 같지 않아? 중간에 손 한 번 났는데 잘 타더라."

"뭐?! 언제?"

"괜히 말했나. 겁먹고 또 못 타겠다고 하지 말고."

선풍기 바람이 시원하게 그녀의 얼굴 위로 쏟아진다.

"짜증도 안 나? 나 두 시간은 제자리걸음 했는데."

"짜증이 왜 나. 기특해 죽겠는데."

"내가 운동 신경이 없어 가지고……."

"몇 시간 걸려도 괜찮고, 내일 처음부터 또 가르쳐도 괜찮아."

"……."

"맘껏 부려 먹으라고 했잖아. 나한테 그래도 돼. 너는."

윤혁은 그녀의 이마 위로 손 그늘을 만들어 주었다. 부는 바람이 후덥지근해도 같이 있다는 이유 하나 때문에. 세하를 마주하고 여느 때보다 더 길게 웃을 수 있었다. 그가 장난스럽게 그녀의 콧등 위로 코를 부딪쳤다.

"너한테 그만큼 해 줄 수 있는데."

"……."

"나 괜찮지 않아?"

분명 자신 있게 말하던 시절도 있었다. 이젠 최선을 다 해도 그럴 수 없겠지만. 윤혁은 사랑이 있다면 꼭 세하와 하고 싶었고, 사랑이 없다면 만들어 보고 싶었다.

그는 불을 붙이지 않은 담배를 껌처럼 잘근잘근 씹었다. 기어이 오지 않을 연락을 기다리기로 했다. 끝을 알면서도 기다려야 하는 일은 버겁기만 하다. 일말의 희망이 그의 속을 뒤집어 놓는다.

때로는 바보 같은 짓인 줄 알면서도 저지르곤 했다. 어느 날 운명같이 네가 다가온 것처럼. 나도 작은 희망에 올인 해 보려고. 그냥 그렇다고…… 서세하.

찬물을 벌컥벌컥 들이켰다. 툭 튀어나온 울대뼈가 움직였다. 속만 타는데 아무것도 할 수 없고, 도착할 리 없는 메시지만 기약 없이 기다리고, 그런 시간의 반복이었다.

결국 윤혁은 뜬눈으로 밤을 새웠다. 새빨갛게 충혈된 눈이 그것을 증명했다. 마른세수를 하며 창밖에 동이 트는 것을 보니 기어이 헛웃음이 나온다.

"기다리라고. 세하야?"

낮은 숨을 삼키는 윤혁은 고통스러워 보였다. 늘 초연하던 그답지 않았다.

"날 버린 너를?"

둘만 있는 시간이 좋았고, 언제 어느 때든 함께 떠날 수 있는 그런 마음이었는데.

윤혁의 얼굴이 엉망으로 일그러진다. 눈물은 나오지 않았다. 오늘 같은 날이 올 줄, 어쩌면 어느 정도 예상한 일이다.

밀려오는 허탈함에 웃음밖에 나오질 않는다.

천천히 핸드폰을 그러쥔 그는 세하를 향한 음성 메시지를 남겼다.

-서세하.

깜깜한 어둠 속에서 정처 없이 헤매는 기분을, 넌 알까.

-배신할 거면 제대로 해. 제대로 도망쳐.

네가 원망스럽다는 말은 턱 끝에 엉켜 입 밖으로 나오지 않았다. 그저 목이 아플 정도로 뜨거웠다.

-지금부터 우리 숨바꼭질 다시 시작하는 거야. 그리고 나는 반드시 널 다시 찾을 거야.

윤혁의 낮은 음성은 공기 중에 떠도는 것 같았다. 창밖의 도로의 경적 소리가 빵, 하고 들려왔다.

-내가 널 찾는 날이 온다면, 넌 감당 못 해. 그러니까 꼭꼭 숨어. 꼭꼭 숨어서 다신 내 눈앞에 나타나지 마.

봉합되기를 포기한 절망들이 쏟아져 흘렀다.

-다시 널 보게 되면 그땐 무슨 수를 써서라도 절대 안 놔줄 거니까.

핸드폰을 쥔 손가락 사이로 정신이 빠져나가는 것을 느꼈다. 할 수 있는 것은 아무것도 없었다.

-그렇게 내가 싫다면……. 그래. 어디 도망쳐 봐.

-그런데 한 가지만 약속해.

-이 마지막 숨바꼭질에서 네가 진다면, 그땐 반드시 진실을 말하겠다고.

윤혁은 침착하게 머리를 재정비했다. 그에게 서세하란 인생을 바친 여자다. 가끔 너무 막연한 느낌에 새벽을 지새울 때도, 살고 싶다가

죽고 싶어졌을 때도, 그는 습관처럼 세하를 생각했었다. 그에게 세하
는 살아갈 의미를 가져다준 여자였다.

-카운트다운 시작됐어.

윤혁은 미련 없이 핸드폰의 전원 버튼을 껐다. 거칠게 숨을 들이
마셨다 내뱉었다. 말아 쥐었다 펴고 다시 말아 쥐기를 반복하는 주
먹에 핏줄이 돋는다. 살짝 열어 둔 창밖에서 서늘하고 축축한 겨울
바람이 들이친다.

그 바람을 맞으며 그는 1년 전 세하의 메시지를 떠올렸다. 그의
가슴에 사무치도록 남은 성경 구절 말이다.

[사악을 행하는 자에게서 나를 건지시고, 피 흘리기를 즐기는 자
에게서 나를 구원하소서.]

억장이 무너지는 심경으로 전용기에 몸을 실은 윤혁이 귀국했다.
뜬 눈으로 이틀째 밤을 새운 처지였다. 그가 대한민국 땅에 발을 밟자
마자 찾아간 곳은 본사의 회장실이었다. 회의 중이라는 비서들의 만
류에도 불구하고 성큼성큼 걸어가는 그의 얼굴엔 공허함이 가득했다.

"이사님! 이러시면……!"

벌컥, 회장실 문이 열렸다. 상석에 앉은 정 회장을 주축으로 여유
롭게 커피를 마시던 임원들이 경악스러운 얼굴로 돌아보았다.

"서세하 어디 있어요."

"오늘은 여기까지 듣도록 하지. 다들 수고 많았어."

"어디 있냐고."

내부가 적막으로 가득했다. 사람들은 군소리 없이 빠르게 자리를 피했다. 안경을 벗고 미간 사이를 한번 매만진 정 회장이 자세를 고쳐 앉았다. 쏘아보는 눈이 무척 날카로웠다.

"이게 어디서 배워 먹은 상스러운 태도냐?"

"상스럽게 굴 거면 이렇게 오지도 않았어요. 확 갖다 엎어 버리지."

"이 새끼가 그게 애비 앞에 찾아와서 할 소리야?!"

난초를 심어 놓은 백색 도자기가 날아들었다. 새카만 흙이 윤혁의 셔츠 위로 튀었다. 바닥으로 추락한 난 화분도 산산조각이 난다.

"당장 나가."

"아버지."

"엄한데 와서 따지는 걸 보니 등신 다 됐구나, 윤혁아. 내가 그러라 종용했나? 그 계집이 돈에 미쳐서 널 버린 거지."

일종의 클리셰처럼 정 회장과 저 사이엔 항상 이런 폭력적인 전개가 따랐다. 서세하를 잃은, 그 시점부터. 쭉. 눈도 깜빡이지 않은 윤혁은 침착하게 자세를 유지했다.

"지치실 때도 됐는데 여전하십니다."

"뭐라고?"

"이번엔 또 어떻게 협박하셨습니까? 목숨 가지고 저울질이라도 하셨나 보죠?"

짝 소리와 함께 반대편 고개가 돌아갔다. 맞은 뺨이 퉁퉁 부어올랐다.

"아직도 정신이 나가 있구나. 당장 무릎 꿇고 빌어도 봐줄까 말까 한데, 엄한 데 와서 따지고 드는 것도 전혀 너답지 않은 일이야."

"저답지 않도록 아버지가 만드셨잖아요."

"자식새끼가 험한 길 돌아가겠다는데 두 눈 뜨고 볼 부모가 어디 있니?"

"평생을 아버지가 하라는 대로 살았어요. 내가 사랑하는 여자 하나 지키는 거. 그게 그렇게 욕심입니까?"

"너야말로 그 아이 놔줘라. 우리 가문의 이름을 더럽힌 애야. 손 하나 까딱하면 모가지 끊어 놓을 수 있는 거, 봐주고 있는데 뭐가 그리 문제냐."

힘을 잃은 눈꺼풀 사이의 잴 수 없는 작은 틈으로 빛이 들어왔다. 짧은 섬광. 눈앞에 번쩍 번개가 치는 느낌. 그는 북받치는 것을 억눌렀다.

"그 타고난 권력과 재력. 이 세상이 아버지 것이라 모든 것을 마음대로 할 수 있다 하시는 분 앞에서 제가 무슨 말을 더 하겠습니까."

윤혁은 산산조각 난 화분의 파편이 튀어 뺨을 타고 흐르는 핏방울을 손등으로 닦아 냈다.

"그래서 서규명의 살인도 덮어 주셨군요. 그래서 희생이란 불가피하다 말씀하신 거군요. 아버지 밑바닥은 도대체 어디까집니까?"

윤혁의 그 말에 여태껏 소리치던 아버지의 말이 뚝 멈췄다. 그의 시야로 눈을 크게 뜬 아버지의 모습이 들어왔다. 눈동자의 떨림이 고스란히 느껴졌다. 그 사실을 어떻게 아냐는 듯한 모습에 웃음만 나왔다.

예상이 정확히 적중한 것이다. 세간에 알려지면 파국을 불러일으킬 비밀을 그토록 허술하게 대할 수가 있다니. 분명 또 다른 무기가 되겠지만, 함께 죽을 최후의 수단이기도 했다.

천천히 눈을 내리감은 아버지가 몸을 돌리더니 조용히 내뱉었다.

"이 핏줄로 태어난 너도 같은 족속이야. 넌 내 아들이다, 윤혁아. 깨끗한 척하고 싶으냐?"

마찰로 인해 붉게 부어오른 뺨에 신경 쓸 겨를도 없었다. 증오가 잔뜩 서린 윤혁의 날카롭고 도전적인 눈빛이 정 회장을 향했다.

"분명 경고했는데 이 지경이 된 건 결국 너 때문이라는 사실, 잊지 마라."

"……."

"되지도 않을 일 힘 빼지 말고 그만 회사로 돌아와. 꼴값잖은 것 경영진에 앉혀 놓으니 실적이 개판이구나."

"……."

"성진은 네가 필요해."

윤혁은 모든 일의 중심에 자신이 있다는 사실까지 부정할 수 없었다. 태어나서 처음으로 한없이 무능력하다고 느껴졌다.

"지키고 싶다고 했지. 그 아이."

"아버지."

"살릴 생각이나 해라. 애비 얼굴에 그만 먹칠하고 시키는 대로 해."

성진을 상대로 덤비는 일은 애초에 객기라는 걸 알고 있었지만 그럼에도 온몸을 던지고 싶었다. 오로지 세하를 위해서. 하지만 이젠 그 이유가 사라져 버렸다. 끝까지 함께 버텨 줘야 할 세하가 저를 두고 사라져 버려서 승산이 없었다.

그의 세상은 무너졌다고 해도 과언이 아니다.

"이제 그만 하자. 윤혁아. 할 만큼 했어."

재호는 지금 어떤 말로도 그를 위로할 수 없음을 알기에 속이 타들어 갔다. 이렇게까지 무너지는 윤혁은 처음 본다. 이젠 어디에서도 더 이상의 실낱같은 희망은 찾을 수가 없었다. 세하가 무슨 연유로든 윤혁에게 등을 진 것이라면 이 싸움은 윤혁의 완전한 패배다. 사랑은 이성에 대한 완전한 굴복이다.

한숨도 제대로 자지 못해 눈가가 발갛게 충혈된 얼굴은 악에 받친 자 그 자체였다.

철제 라이터의 케이스가 오르락내리락하며 소리를 만들었다. 폐가 제발 그만하라고 신음을 뱉을 정도로 담배를 피워 댔다. 어디서부터 잘못된 걸까. 이 지리멸렬한 관계의 처음으로 돌아간다면 복구할 수 있을까. 아니, 그냥 애초에 우리는 만나지 말았어야 했나.

윤혁은 더 이상 자신이 없었다.

12

산뜻한 바람이 부는 날. 세하는 국화를 한 다발 안고 납골당으로 향했다. 단정한 정장 차림의 휘겸도 함께였다.

유골함 앞에서 사진을 한참 쓰다듬고 또 쓰다듬으며 속으로 오랜 대화를 나눈다.

"너무 오랜만에 왔지, 엄마. 미안해……."

조금이라도 더 가까이 있고 싶다는 듯, 사진에서 눈을 떼지 못했다.

"나는 진짜 잘 살고 있으니까 엄마 걱정 안 해도 돼."

"……."

"옆에 휘겸이도 있고……. 엄마는 처음 보지? 엄마가 살아생전 후원해 줬던 아이들이 벌써 이렇게 다 컸어."

"……."

"내 옆에 아무도 없을까 봐 엄마가 걱정 많이 했을 텐데. 괜찮아. 나 정말 잘 지내고 있어."

하고 싶은 말은 많은데 오랜만에 꺼낸 이어폰처럼 입 속에서 엉켜서 이젠 풀어지지가 않았다. 괴로운 기억은 범벅이 되어 자꾸만 그녀를 괴롭히고, 앞으로도 평생 그럴 테지만 엄마 앞에선 아무렇지 않은 척하고 싶었다.

"엄마."

"……."

"나 엄마한테 할 말이 있는데."

굵은 눈물방울이 뚝뚝 떨어진다.

"왜 엄마가 나 떠났는지……. 못 밝혀 줄 것 같아. 정말 미안해."

세하는 한 가닥의 정신 줄을 잡고 있는 것처럼 비틀거렸다. 휘겸이 그 작고 여린 몸을 안아 왔다. 그녀는 넓은 어깨에 기댔다.

"미안해. 내 딴에는 정말 최선을 다했어. 정말 억울해서, 엄마 너무 사랑해서……. 그러고 싶었어. 밝혀 주고 싶었어. 엄마랑 나한테 잘못한 사람들……. 다 잘못했다고 사과하게 하고 싶었어."

그녀는 꼭 홀로 얇은 줄에 의지하여 다리를 건너는 사람처럼 위태로워 보였다.

"알아. 나중에 만나면 엄마는 나한테 왜 그랬냐고 혼내겠지. 근데 진짜 그렇게 하지 않으면 내가 죽을 것 같아서……. 그래서 그랬어."

조금 더 가진 게 많았다면, 조금 더 영악하고 현명했다면 지금이 달라졌을까. 세하는 하루 종일 바뀌지 않을 과거만을 반복했다. 그게 그녀를 조금씩 좀먹었다.

"끝까지 가고 싶었는데…… 내가 바보라서 일이 이렇게 된 거야. 나 때문에 아픈 사람들이 너무 많아."

"세하야."

휘겸은 그녀의 뺨을 감싸고 저를 보게 했다. 비에 맞고 있는 작은 새처럼 잘게 떠는 어깨가 가냘팠다.

"네 잘못인 거 아무것도 없어."

몸을 축 늘어뜨린 세하를 안았다. 등을 어루만지면 말라 버린 몸 때문에 뼈마디가 그대로 손바닥에 느껴졌다.

"어떻게 해야 하는지 모르겠어."

"잘 살면 돼. 살아가면 돼. 너무 어렵겠지만, 조금씩 잊어 가면서……. 사모님도 그걸 원하실 거야."

"……휘겸아."

"네가 웃는 걸 보고 싶어 하실 거야."

조금의 틈도 허용하지 않을 것처럼 그녀를 바짝 껴안았다. 조심스럽게 등짝을 쓸어내리자 세하의 눈에서 다시 눈물이 쏟아져 나온다.

세하가 외롭고 절망스러운 시간을 보내는 것만큼 휘겸도 조금씩 죽어 가고 있었다. 세하가 괴롭고 힘든 만큼 그도 참담한 시간을 보내고 있는 것이다.

그녀의 마음은 지금 지독한 감기에 걸렸다. 자신이 놔주질 않아서 완치할 리 없는 그런 병. 앞만 보고 달려온 지난날을 위해 숨 쉴 구멍 정도는 필요했다. 휘겸은 그게 자신이길 바랐다.

　윤혁의 상견례가 앞당겨졌다. 성진 그룹 다음으로 내로라하는 가문의 손녀딸이었다.

　"늦어서 죄송합니다."

　"괜찮아요. 피곤하실 텐데 시간 내주셔서 감사하죠."

　은재는 소문만큼 차갑고 날카로운 미인상이었다. 얼굴에서 서늘한 분위기가 풍겼지만 목소리만큼은 차분하고 따뜻했다. 레스토랑 서버가 다가와 윤혁의 잔에 물을 채워 주었다. 긴장이 됐는지 머리칼을 정리하며 물 한잔을 비운 그녀가 먼저 대꾸했다.

　"말씀 많이 들었어요. 좋으신 분이라고……."

　붉어진 은재의 얼굴에서 앳된 티가 났다. 애써 침착하려 떨리는 목소리를 가다듬는 모습도 어려 보였다. 그는 감흥 없는 눈으로 칭찬에 응수했다.

　"좋게 봐주신 거죠. 감사합니다."

　은재는 세하와 달리 찢어진 눈에 서늘한 얼굴이었다. 가만히 살펴보던 윤혁은 저도 모르게 은재의 얼굴에서 세하와 닮은 구석을 찾고 있다는 사실에 자신이 우스웠다.

　"윤혁 씨. 저희 초면은 아닌데……. 기억 안 나시죠?"

　"죄송하지만 어디서 뵈었을까요."

　"5년 전쯤. 선상 파티에서……."

　"……."

　"아, 당연히 기억 안 나시는 게 맞죠. 제가 괜한 얘길 꺼냈네요."

은재의 말대로 둘은 초면이 아니었다. 다만 그가 기억하지 못하는 것뿐이었다. 은재는 지금으로부터 5년 전, 그녀에겐 전환점과도 같았던 그 일을 입에 담으려다 아차 싶어 입을 다물었다. 상대가 기억하지 못하는 추억 따위 떠들어 봤자 소용없는 일이라는 걸 알아서였다.

"이렇게 다시 뵙게 되어 영광입니다."

그리고 뻔한 대화가 이어졌다. 윤혁에게 이 대화는 그저 지루했다. 제 이야기를 쏟아 내는 그녀와 달리 윤혁의 마음이 다른 곳에 가 있어서 더 그랬다. 그는 예의상 절대 표정으로 드러내지 않았다. 설렁설렁 대답하는 법 없이 은재의 말에 응수하며 식사를 이어 나갔다.

"근데 윤혁 씨."

"네."

"왜 윤혁 씨 이야기는 해 주지 않으세요? 듣고 싶은데……."

"뭐 어떤."

"그냥 윤혁 씨에 대해서요. 제가 너무 들떠서 제 이야기만 했나요."

"아닙니다."

"……혹시 이 자리, 불편하신 건 아니죠?"

애처롭게 저를 바라보는 그녀가 안쓰럽기도 했다. 분란의 여지를 남길 생각은 추호도 없었지만 은재가 제게 너무 큰 기대를 하고 있는 것 같아 이쯤에서 선을 그어 줘야 했다.

"은재 씨."

"네?"

"아시다시피 저 식장까지 들어갔다 나온 사람입니다. 한동안 그 일로 화제였고요. 다 된 밥상 뒤엎고 집안에 먹칠, 제가 했거든요."

"……."

"있으나 없으나 한 자식이에요. 아버지는 더 이상 저에 대해 기대 안 하십니다. 모르고 나오셨을까 봐."

"……윤혁 씨. 전 상관없어요."

"……."

"시간이 해결해 줄 수 있다고 생각해요. 서로 알아 가면서……."

윤혁은 냅킨으로 입술을 꾹꾹 눌렀다. 그리고 말했다.

"저도 그렇게 믿었습니다. 시간이 지나면 모든 게 잊힌다는 그 진리요."

"실은 계속 지켜봤어요. 윤혁 씨를."

"……."

"괜찮아지신 줄 알았어요. 아니, 전부 잊으신 거라 생각했어요. 강하신 분이니까요."

"……."

"사람들이 윤혁 씨를 두고 그런 말을 했어요. 실패를 기회로 삼은 이례적인 케이스라고. 지난 1년 동안 번 아웃이 오기는커녕 홀로 모든 걸 다 성공시키셨잖아요."

그랬다. 전부 세하를 위한 것이었다. 세하를 위해 성공하려 했고, 세하를 위해 무너질 수도 있었던 것들이다. 다른 누구에게도 보이지 않는 이면을 세하에게만은 보일 수 있었고, 세하의 말이라면 모든 신경을 다 기울였다. 흐릿하게 보이는 윤혁의 표정은 그다지 밝지 못했다.

"윤혁 씨. 제가 겪어 본 적 없는 두 분만의 시간에 대해 이렇다 저렇다 할 수는 없지만……. 윤혁 씨의 의견, 존중해요. 다만 저는 함께 가 보고 싶은 거고요."

"말씀을 못 드리겠습니다. 왜 굳이 그런 선택을 하냐고 묻기엔 아직 제가 그 어려운 길을 걷고 있어서요."

"……."

"서서히 잊어 가 보려고 합니다. 저도."

"윤혁 씨……."

"오래 걸릴 거예요. 한 가지 확실한 건."

"……."

"은재 씨에게 좋은 트로피야 되어 줄 수 있을 겁니다. 마음을 주는 일은 힘들겠지만."

윤혁의 강경한 태도에 한참을 미동 없이 침묵으로 일관하던 그녀가 고개를 들었다.

"솔직하게 말씀해 주셔서 감사해요. 저를 위해 말씀해 주시는 거겠죠……."

"천천히 생각해 보시고 연락 주세요. 식사는 여기서 마무리하면 어떨까 싶은데."

"……제가 다시 만나보고 싶다고 하면."

"……."

"만날 수 있는 거죠. 윤혁 씨."

손목의 시계로 시선을 옮긴 그는 곧 작게 웃었다.

"은재 씨를 위한 선택을 해요."

먼저 일어서겠다는 인사와 함께, 식사비를 결제한 뒤 호텔 로비로 빠져나왔다.

본가에 들렀다 가라는 어머니의 초대에도 응수하지 않고 업무가 밀렸다는 핑계로 사무실행을 택했다.

은재가 충분히 불쾌하게 느낄 수도 있던 선 자리에 노발대발할 아버지 따위 그가 생각할 범주에도 들지 않았다. 윤혁의 복잡한 머릿속은 온통 단 하나, 서세하였다. 오로지 그녀에게만 정신이 팔려 있었다.

어디로 사라져 버린 건지. 잘 지내고 있는 건지. 이렇게 또 떠날 거였다면 차라리 한 번이라도 얘기를 나눌 기회가 있었을 텐데. 그저 윤혁은 속이 탔다. 어쩌지도 못할 과거를 쥐고 매일 생각하기를 반복했다. 후회는 그를 좀먹기만 해서 영양가 따위 없는 생각이었다.

"공항으로 모실까요."

고개를 끄덕이는 것으로 대답을 대신했다. 조수석에 탄 재호가 고개를 돌려 물어 왔다.

"자리 별로였어? 한 달 전부터 예약해 둔 식사 자리인데, 너무 일찍 나와 놀랐네."

"어땠을 것 같은데."

"되묻는 거 보니 너 마음 없네."

"이런 자리 달갑지 않다고 수도 없이 말했어."

윤혁은 대답 없이 불을 붙이지 않은 담배만 잘근잘근 씹었다.

"우리라고 별수 있겠냐. 회장님께서 강행하시는 일인데."

"형까지 잔소리 말고 그대로 사무실로 가."

"정말 본가에 안 들를 생각이야?"

"두 분 다 궁금한 건 따로 있잖아. 내 안부 말고, 어. 그 여자."

"조 회장 애지중지하는 손녀딸이야. 이렇게 무안 줄 필요 있었냐.

279

앞으로 조 회장님 안 뵐 것도 아닌데."

"애는 착해. 근데 너무 어려."

"회장님이 그렇게 힘쓰시는데 척이라도 좀 해라."

"후레자식 결혼 못 할까 전전긍긍이시네."

"왜 이번엔 네가 도망이라도 치시지."

"그럴까?"

픽 웃는 윤혁을 따라 재호도 웃었지만 그의 속이 영 말이 아니라는 건 알고 있었다.

지나가는 창밖의 풍경은 따분했다. 차도 주변의 거대한 빌딩들, 산란했다가 사라지는 자동차의 헤드라이트, 인도의 바글바글한 사람들. 윤혁은 어지러운 시야 속에 모든 걸 담다가 눈꺼풀을 내리감았다.

"그 여자……. 세하랑 닮았어."

온몸이 늘어지고 피곤했다. 몸도 몸이지만 마음이 지친 까닭이다.

"말투, 목소리, 말할 때마다 눈썹 움직이는 거. 다 비교해 보고 있더라."

"습관이야."

"그래, 습관이지. 한번 안 싸고돈 적 있었나."

"……왜 이번엔 찾으란 소릴 안 해."

잠시 정적이 일었다. 딸칵, 라이터로 담배에 불을 붙이는 소리가 이어졌다. 연기를 뱉는 윤혁의 두 눈은 읽을 수 없는 의미가 담겨 있었다.

"죽어 버릴 것 같아서."

고도가 낮은 음성은 차분했다.

"죽어 버릴 것 같아. 우리 둘 다."

전하지 못하고 속에 담아 둔 말이야 차고 넘쳤다. 윤혁은 여전히 눈을 내려 감고 있었다.

"윤혁아. 어차피 해야 할 결혼이야. 너도 모르지 않잖아."

"모르면 덜 좆같나. 알아서 이 모양 이 꼴이지."

그가 담배 연기를 후 뱉으며 자조적으로 웃었다.

"······결혼은 무슨. 지랄."

여전히 세하가 보고 싶었다.

언제나 함께 나누고 싶은 낭만이 있었다. 사소한 일상을 공유하는 행복이 무엇인지, 가슴으로 느낄 수 있는 미래를 꿈꿨었다.

아무리 고된 가시밭길이더라도 손잡고 한 발자국씩 걷다 보면 결국엔 둘 다 목적지에 닿을 수 있을 것이라 생각했다. 그녀가 있고, 그가 있는 미래. 오직 그런 것만을 생각했었다.

그는 세하를 볼 때마다 다짐했다. 너무도 당연하게 서로가 있는 미래에서 단둘이 수십 년을 함께 하고자 했다. 함께 웃고, 함께 울고, 함께 늙어 가고자 했다.

세하가 아이를 갖고 싶다고 하면 그녀를 쏙 빼닮은 아이 하나를 낳고 오래오래 살고자 했다. 누가 들으면 혀를 차고 비웃을 이야기 겠지만, 돈도 권력도 명예도 아닌 소소한 행복 그것만이 윤혁이 원하는 희망이었다. 이젠 가장 가까이에 있으면서도 얻을 수가 없는 그 행복.

혼란은 끝없이 줄을 잇는다. 그 끝에는 답이 있을까. 반쯤 뜬 눈으로 창밖을 보던 윤혁은 다시 눈을 감았다.

13

오늘도 세하는 홀로 바닷가를 거닌다. 모래 위에 앉아 넓은 바다를 바라본다. 칼 같은 바람을 실은 겨울 바다에 파도가 철썩철썩 밀려왔다.

하늘처럼 푸르렀던 바다는 겨울을 맞아 짙은 색을 띄고 있었다. 해안선 너머 껴 있는 짙은 안개가 꼭 아무것도 보이지 않고, 또 볼 수 없는 지금과도 같았다. 어쩌면 이렇게 모조리 다 희미하기만 한지.

세하는 품속에서 윤혁의 사진을 꺼내 옆자리에 두었다. 바람이 불 때마다 사진의 지면이 펄럭였다. 하루에도 몇 번씩 하염없이 바라보던 그 사진이었다.

이제 태워 버리고 잊어야 하지만 그럴 용기가 나질 않았다. 시원한 바다를 배경으로 얼굴을 붙이고 함께 찍은 사진이었다. 어떻게 이렇게 선명하게 웃고 있을까. 아무리 부정해도 마음을 무너지게 할 미소를 가지고 나를……. 이렇게 춥고 시린 날이면 어김없이 감싸 주는 따뜻함이 있었는데.

한 사람을 잃었다고 세상 전체가 바뀌어 버린 것 같은데 온전히 철썩이고 있는 저 바다를 보며 세하는 윤혁을 생각했다.

[윤혁아. 막상 편지를 쓰려니 무슨 말을 해야 하는지 모르겠다. 미안하다는 말이 가장 먼저 생각나고, 보고 싶다는 말이 생각나고, 사랑한다는 말도 해 주고 싶은데. 그냥 너를 보게 된다면 아무 말 없이 안고 싶은 게 먼저야.]

매서운 겨울바람은 가슴 속을 파고드는 것만큼 시렸다.

[너는 내 일부야. 너의 생각들이 나를 만들었어. 그래서 좋은 날이 있었는데 이젠 그게 나를 죽인다. 네가 내 인생이라서, 나의 많은 부분들이 그냥 너라서. 멀쩡하다가도 왈칵 네가 생각나는 건 어쩔 수 없이 너무 슬픈 일이야.]

시간이란 건 정말 야속해서 오래 보지 않으니 정말 잊어버리는 것만 같았다. 눈앞에서 살아 움직이고 말을 하던 윤혁은 이제 아무리 그려 봐도 예전만큼 생생하지 못하다. 그녀는 눈을 감고 천천히 그의 얼굴을 떠올렸다.

[보고 싶다고 수천 번을 생각하지만, 막상 네가 꿈에 나오면 아무 말도 하지 못하고 그냥 너를 보내는 것처럼 나는…… 영영 미련할 것 같아.]

달라지는 건 없다. 아무리 사랑이라 한들 언제까지고 그녀는 윤혁을 아프게 하는, 두 번이나 배신을 한 장본인이다.

[미안해 윤혁아.]

쌀쌀한 바닷바람이 마음 깊은 곳까지 스며드는 것 같았다. 서로의 미래에 서로가 있는 게 당연했던 시절이었다.

"……언제 샀어?"

"마음에 들어?"

케이스의 뚜껑을 젖혔다. 세공이 촘촘하고 알이 적당히 예쁘게 박힌 다이아몬드 반지.

"좋은 거 해 주고 싶어서."

"너무 예쁘다……."

씩 웃은 윤혁은 세하의 머리칼에 손가락을 끼우고 살살 쓸어 준다. 반지를 제 손으로 꺼내어 그녀의 약지에 끼워 넣는다. 꼭 잰 듯이 딱 맞다. 오랜 시간 서로를 알아 왔기에 손가락은 굳이 치수를 묻지 않아도 단번에 알아챌 만큼 익숙했다.

"나 편지도 써 왔어."

"편지……?"

"준비하다 보니까 다 외웠는데 말로 해도 돼?"

실바람 같은 웃음이 새어 나와 고개를 끄덕였다. 여전히 서로가 서로를 부둥켜안은 채였다. 목소리를 가다듬은 윤혁이 천천히 읊기 시작했다.

"10년을 함께해 준 내 친구이자, 연인에게."

낮은 음성이 쏟아지자 정말이지 덜컥 가슴이 내려앉는다.

"안녕 세하야."

"……."

"지금쯤이면 내가 널 안고 이걸 외우고 있을 텐데 여전히 네 앞에 서면 떨고 있는 나지만 그래도 잘 보이고 싶다. 사람 마음이란 게 참. 그렇잖아. 좋은 모습만 보이고 싶고 멋있어 보이고 싶고."

"……."

"항상 내가 최고라고 해 줘서 고마워."

"……."

"어떻게 너한테 확신을 줘야 조금이라도 네 마음의 짐이 덜어질까 생각했는데. 세하야. 내가 너 영원히 사랑하고 싶다고 해도 될까. 너 지켜 주겠다고 다짐했던 그때처럼, 앞으로도 네 옆에서 그렇게 해도 될까. 단 하루를 살아도 너를 사랑했다면 그 하루는 값진 거잖아."

그녀는 그 순간만큼은 아무것도 보이지 않았다 늘 운명 같은 미소를 짓고 있는 윤혁을 제외하고는 아무것도.

"너를 너무 사랑해."

"……."

"이 말보다 더 좋은 표현이 있으면 말해 주고 싶은데 아직 못 찾았어."

"……."

"이런 나도 괜찮다면 너랑 평생 함께하고 싶어. 내가 잘할게."

숨을 깊게 들이쉬자 바다 냄새가 짙게 풍겼다. 세하를 고쳐 안은 그는 기분 좋은 웃음을 흘린다.

"사랑하는 마음만 가지고 오라는 말 진부하다고 생각했는데. 하게 되네 결국에."

"……."

"네 꿈 네 미래 그리고 서세하. 너 자신까지 다 응원하고 평생 지 지할게. 내가 네 버팀목이 될 기회를 줘."

"……."

"울어야 하는 날이 있으면 같이 울고 힘든 날이 찾아오면 같이 버 티고 그런 거. 10년 넘게 우리가 같이 해 왔던 거 앞으로도 나랑 평 생 같이하자."

세하는 그가 어떤 얼굴로 저를 보고 있는지 전부 기억하려 애썼 다. 눈빛 하나, 눈물이 잔뜩 고여 커진 눈, 달싹이는 입술까지 모두 다 선명하게 담아 두고 싶었다. 그리고 매일 매일 떠올리고자 했다. 지금 이 감정을 절대 잊어버리지 않으려고.

"너에게 더 좋은 사람이 되고 싶어. 세하야."

변함없이 함께 있고 싶고 끝까지 닮고 싶은 사람 함께 있다는 이 유만으로 자라게 하고 더 좋은 내가 되는 것.

사랑이었다. 왜 부정했을까. 왜 사랑이 아니라고 생각했을까. 조금 더 많이 표현할걸. 조금 더 빨리 사랑할걸. 후회는 이제 와서 모두 다

부질없는 짓이다. 이런 그리움을 몇 번이나 견뎌야 다시 볼 수 있을까. 이런 그리움에 얼마나 더 익숙해져야 지울 수 있을까.

세하는 그 방법을 안다고 하더라도 놓지 못할 것이다. 여전히 그 순간을 놓지 못해 살고 있으니.

세하는 무너지듯 울었다. 하지만 그 무엇도 그녀의 손을 잡아 주지 못했다.

* * *

뒷짐을 지고 서 있는 휘겸의 앞으로 두둑한 돈 봉투가 떨어졌다.

"……필요 없습니다."

"줄 때 넣어 둬. 귀찮게 나중 가서 설치지 말고."

경희의 대리인단 중 한 명인 김 상무가 다리를 꼬며 상박을 기울였다. 뻔뻔스럽고 나태하기 그지없는 태도에 휘겸의 미간이 좁혀졌다.

"세하 놔주겠단 약속만 지키시면 된다고 말씀드렸잖습니까."

"그러니까 우리가 약속 지키게끔 당신이 잘해."

"……."

"더 이상 복잡해질 일 없게. 정 이사 결혼 전까지만 처박혀 있으면 돼."

그들에게 세하는 인질이었다. 김 상무도 세하의 목숨을 가지고 저울질을 하는 것이다.

"꼭 이렇게까지 하셔야 합니까."

"말했잖아. 정윤혁의 최대 변수는 서세하라고."

"……."

"성진을 건드리고도 무사할 거라 생각했나? 참 웃기는 일이지."

"상무님."

"단언하는데."

"……."

"마무리되면 곱게 보내 줄게. 평생 네 옆으로."

세하를 제 옆에 두고자 하는 욕심도 욕심이지만, 휘겸은 뭣보다 그녀를 자유롭게 만들어 주고 싶었다. 어쩔 수 없는 거라고 속으로 외워 봤지만 이게 잘못된 선택이었을까, 정말 그녀를 위한 일이었을까, 사실 그는 몇 번이나 생각하고 또 생각했다.

당위성을 찾기 위해 합리화를 하고 있는 것 자체가 이미 낯간지럽다는 방증이었다. 필요악으로 남아 버린 그들의 말만을 믿고 안일하게 기다리고 있을 수만은 없었다. 나름대로 다른 방편이 필요했다.

본사의 로비는 직원들로 왁자했다. 검은 모자로 얼굴을 가린 휘겸은 챙을 조금 더 깊게 눌러쓰며 걸어 나갔다. 동시에 윤혁은 서류를 보며 비서진을 대동하고 바쁘게 입구로 걸어오고 있었다. 찰나에 마주 오던 두 사람의 어깨가 스쳤다. 순식간이었다.

기민하고 민첩한 그의 감각이 발걸음을 멈추게 한다. 윤혁이 뒤를 돌아보았다.

"잠깐."

그의 걸음이 멈추자 모두의 발걸음이 일시에 멈추었다.

"왜 그러십니까."

윤혁이 미간을 좁히고 사람들 사이로 보이는 실루엣에 집중했다.

한 남자의 머리 아래로 핀 조명이 켜진 듯 눈을 뗄 수가 없었다. 희미한 초점에 눈을 반쯤 미세하게 뜬 그의 발이 본능적으로 먼저 움직였다. 들고 있던 서류까지 모조리 제쳐 둔 채였다.

이사님. 이사님! 뒤에서 소리쳐 오지만 윤혁은 정신이 없었다. 재빠르게 남자의 뒤를 쫓기 시작했다. 기민한 감각이 그에게 주문을 걸고 있었다. 저 남자를 잡아야만 한다고.

한 번 본 것은 절대 잊지 않는 윤혁이었다. 그가 쫓는 저 실루엣이 휘겸이 맞는다면, 반드시 잡아야 한다. 마지막 기회일 지도 모른다. 분주하게 흐트러진 머릿속에는 그 생각뿐이었다.

바쁘게 나가는 걸음에는 주저가 없었다. 윤혁이 재빠른 걸음으로 앞만 보고 달리기 시작하자 사방이 홍해처럼 갈라졌다. 거칠게 이를 악물고 있는 그의 얼굴은, 곧 맹수의 그것과 같았다. 뒤에서 분주한 소음이 일자 휘겸이 반쯤 고개를 틀었다. 깊게 눌러쓴 모자챙 아래로 하관이 드러났다. 상황을 눈치챈 휘겸이 입술을 짓이겼다.

"씨발……."

휘겸이 본능적으로 달려 나가기 시작하자 여직원들이 비명을 질렀다. 끼익- 하는 운동화의 마찰음이 일었다. 윤혁 역시 그 뒤를 가쁘게 추격했다. 사람들의 비명, 유리가 깨지는 소리, 지면과 마찰하는 발소리가 복잡하게 얽혔다.

순간 휘겸이 비상계단 쪽으로 순식간에 방향을 틀었다. 두꺼운 철문이 부딪쳐 요란한 소리를 내며 열리고 닫혔다.

어느새 반 템포의 차이 정도로 가깝게 추격한 윤혁이 그 뒤를 쫓아 들어갔다. 겨우 반 층을 차이로 숨 가쁜 추격전이 이어졌다.

끼익 소리를 내며 열린 비상구에 두 남자의 발소리만이 가득했다. 숨이 멎을 것만 같은 거친 호흡을 뱉었지만 누구도 멈출 생각을 하지 않았다. 쫓고 쫓기는 추격은 급박했다. 끝없이 계단을 내려가다 휘겸이 주차장으로 들어섰고 동시에 조금 더 빨랐던 윤혁이 그 어깨를 붙잡았다. 모자가 벗겨지는 동시에 바로 주먹을 내질렀다. 둘은 비등한 체격에 완력도 엇비슷했다. CCTV의 사각지대에서 엎치락뒤치락 난투극이 벌어졌다.

"서세하 어디다 숨겼어. 이 씨발."

"……."

"대답해 이 씹새끼야!"

휘겸의 멱살을 쥔 윤혁의 주먹 위로 시퍼런 핏줄이 돋아나고 있었다.

"아, 이거 재밌게 돌아가네."

입술이 찢어져 피가 비치는 휘겸이 그를 비웃었다.

"오랜만이다?"

말이 끝나기도 전에 윤혁이 주먹을 날려 휘겸이 바닥으로 널브러졌다.

"네가 세하 빼돌리지만 않았어도 다 끝날 일이었어."

"빼돌려?"

이번엔 휘겸에게서 주먹이 날아왔다. 맹수처럼 달려들어 목이라도 따 버릴 것처럼 험악한 분위기였다.

"말귀를 아직도 못 알아먹었나? 서세하가 선택한 거야. 네 애비나 너나 똑같은 족속이라 혐오한다고."

비틀대며 문에 부딪친 윤혁은 입가를 손등으로 닦아 냈다. 혈흔이 손등에 묻어 나왔다.

애비나 나나 똑같은 족속…… 틀린 말은 아니지, 그래. 허망한 얼굴의 윤혁이 자조적으로 웃었다.

"서세하 어디 있는지 말해."

"너 보기 싫대. 너만 보면 네 애비가 생각나서."

"묻는 말에만 대답해."

"한 가지 더 말해 줘?"

벌어진 입술 틈새로 단어들이 마구잡이로 새어 나갔다.

"떠나자고 했어. 자기가 그러자고 하더라. 네가 어떻게 또 찾아와서 지랄하면 복잡해지니까. 너 없는 세상이면 어디든 괜찮다더라."

두 사람은 한참 동안 서로에게서 눈을 떼지 못했다. 휘겸에게서 그런 말을 듣는 순간 윤혁은 눈앞에 번개가 내려치는 것 같았다.

무슨 말을 하려다가도 말이 멎었다. 그가 겪고 있는 모든 것을 시간이 지나면 그저 추억으로 여기는 날이 올 거라는 일말의 희망은, 손에 쥔 모래처럼 잘게 부서지고 말았다.

"……자기가 떠나자고 했다고."

"경고 했잖아. 그 같잖은 믿음을 확인하는 날이 올 거라고."

윤혁은 충격에 빠져 허탈하게 뒤로 밀려났다.

"주제 파악이라도 진작 했으면 이런 일 없었을 텐데."

빙글 웃으며 윤혁을 지나쳐 가려던 휘겸을 붙잡은 것은, 어쩌면 처절하고도 서글픈 윤혁의 목소리였다.

"이휘겸."

그의 공허한 눈동자는 빛을 잃어 그 무엇으로도 보상할 수 없을 것 같았다.

"잘 지내고 있는지만 알려 줘. 세하."

"……."

"밥 잘 먹고, 건강한지. 필요한 건 없는지……."

"……."

"원한다면 돈이라도 줄 테니까 제발. 뭐라도 좀."

눈앞에서 칼을 들이대도 꿈쩍하지 않을 것 같던 얼굴은 무너져 있었다. 그만큼 절실했다. 그리고 휘겸의 눈에는 처절해 보였다.

"하……."

대답하지 않고 가려던 휘겸은 발목이 붙잡힌 사람처럼 뒤돌았다. 뒷머리를 세차게 털며 허공 위로 한숨을 뱉었다. 그리고 주머니 속에서 명함 하나를 꺼내 그의 가슴팍에 던졌다. 카페 이름과 주소가 적혀진 명함이었다.

"궁금하면 눈으로 봐. 씨발. 너 없어도 얼마나 잘살고 있는지."

신경질적인 휘겸의 목소리를 끝으로 윤혁은 고개를 떨구었다. 비상계단의 문이 열리고 발소리가 사라진 한참 뒤에도 자리를 뜰 수 없었다. 고요하기 이를 데 없었지만 그의 머릿속은 복잡했다.

세하는 그의 유일한 구원자였다. 또, 그를 망가뜨린 악인이었다. 원한다면 모든 것을 가질 수 있고, 또 그의 굴레 안에 들일 수 있는 게 윤혁의 능력이었지만 그녀만큼은 그러지 못했던 이유다.

오랫동안 단 한 사람. 그것도 저를 두 번이나 배신해 이쯤 되면 악연이라 불리어도 할 말이 없는 그 여자를 윤혁은 너무도 사랑했다.

모든 것이 엉망진창이었다.

14

경상남도 통영, 바닷길을 따라 좁은 마을 어귀에 보기 드문 세단이 들어선다. 주소에 적힌 카페가 눈앞에 있는 걸 보니 제대로 찾아온 듯했다. 거칠게 넥타이를 비틀어 푼 윤혁은 핸들 위에 이마를 대었다. 지끈거리는 머리에 신랄한 편두통이 일었다.

한평생 확신을 가지고 살아온 그가, 처음으로 자신이 없었다. 정말로 잘 지내고 있다는 세하를 눈으로 볼 자신이 없었다.

어스름하게 노을이 진다. 나사 빠진 사람처럼 운전석에 기대 있던 윤혁은 누군가 나오길 한참 기다렸다.

한 시간쯤 지났을까. 익숙한 실루엣이 쓰레기봉투를 들고 카페 밖으로 나왔다. 오후의 역광을 잔뜩 받은 머리와 몸이 노랗게 물든다.

음영이 져서 잘 보이지 않는 그 얼굴. 너무도 보고 싶던 그녀다. 뛰는 가슴은 전보다 더 가열하게 박동을 올린다.

들어오려던 손님과 안면이 있는 모양인지 세하는 활짝 웃으며 인사했다. 아주 오랜만에 보는 웃음이었다. 함께 있을 때도 잘 보여 준 적 없는 그런 미소. 잘 지내고 있다는 말은 거짓이 아니었다. 세하는 너무할 정도로 잘 지내고 있었다. 적어도 그의 눈에는.

"……."

처참했다. 웃고 있는 그녀를 보며 화가 끓어오르는 저 자신도 괴로웠다.

"하……."

분명 세하가 행복하면 됐다 생각했다. 저를 배신하고 떠난 것만큼은 자의가 아닌 타의이길 바랐다. 하지만 그 일련의 희망 따위 애초에 그의 오기일 뿐이었다는 걸 증명하듯이, 세하는 괴로워하지도 슬퍼하지도 않았다. 그저 품 안에 안았을 때 웃고 있던 예의 그대로였다. 화가 나는 건 어쩔 수 없는 일이다. 작은 가능성 하나만으로도 믿고 싶었던 윤혁의 사랑이 짓밟혀지는 순간이었다.

차창 밖으로 그녀를 계속 주시하다 핸들을 돌리려던 찰나. 세하가 이쪽으로 몸을 틀었다. 순간 꽤나 먼 거리에서 눈이 마주쳤다. 그도 그녀도 몸이 굳어 서로를 직시했다.

"……."

세하는 설마 하는 심산이었다. 예상이 기우라고 하기엔 정황이 이상했다. 굳이 통영에서 보기 드문 세단의 흔적도, 몇 시간째 감시라도 하듯이 사람이 차에서 내리지 않는 것도. 모조리 이상했다.

발걸음은 결국 그리로 향한다. 아니길 바라면서도 맞길 바랐다. 머리카락이 미지근한 바람에 흩날렸다. 세하의 울컥한 표정과 급기야 눈물이 차오르는 눈가가 그의 눈에도 선명하게 보였다.

"……."

운전석에서 윤혁이 내리는 순간 숨이 멎는 것 같았다. 이곳저곳 찢어지고 상처 난 얼굴 때문에 마음이 무너지는 것 같았다.

"……윤혁아."

거칠게 팔을 잡아 오는 손에 뒤로 넘어간 몸이 휘청였다. 고개를 들자 그 앞에는 윤혁이 있었다. 싸늘한 시선이 팽팽하게 맞닿았다.

"재밌니?"

그가 조수석의 문을 활짝 열었다.

"타."

"……못 타."

"너 데리고 안 가. 이제 줘도 너 안 데려가."

"뭐?"

"밖에서 큰 소리 낼 수 없어서 타라는 거야."

세하는 충격에 휩싸였다. 이내 그 말뜻을 이해하고 알아서 조수석에 몸을 구겨 넣었다. 그러지 않았다면 그가 억지로 밀어 넣었을 것이다.

운전석으로 돌아온 윤혁이 말없이 운전을 시작했다. 아주 불편한 침묵이 이어졌다. 방향을 틀 때마다 종종 핸들을 내려치는 소리가 전부였다.

한적한 곳에 차를 댄 윤혁이 얼굴을 감쌌다. 이내 고개를 젖히며 기다란 한숨을 내쉬었다. 세하 역시 애꿎은 티셔츠 자락을 매만지며 가쁘게 뛰는 가슴을 진정시키려 애썼다. 침묵을 가르고 나온 것은 윤혁의 지친 음성이었다.

"어디서부터 어디까지가 진짜야. 넌."

속눈썹이 파르르 떨렸다. 세하가 의도적으로 정면만 보고 있다는 것을 윤혁도 알았다.

"대답 안 해?"

차고 넘친 감정의 파장을 감당하기만도 벅찼다. 그녀는 윤혁의 눈을 보면 거짓말이 들통날까 봐, 애써 창밖만 보았다.

"처음부터 끝까지…… 다 내 계획이었어."

"뭐?"

"연기였어."

"……."

"돈 필요해서 네 앞에 나타난 거라고. 일부러 들켜 준 거라고. 모르겠어?"

"서세하."

"난 네가 또 속을 줄은 몰랐지."

윤혁은 순간 눈앞의 그녀가 자신이 아는 세하가 맞는지 의심할 뻔했다. 연달아 터져 나오는 말들과 비웃는 얼굴이 도무지 그녀 같지가 않았다.

"널 속인 나도 참 나쁘지만 두 번 속는 너도 미친 거 아니야?"

"……."

"무슨 말이라도 좀 해 봐. 죽이고 싶다 하든가. 아님 욕이라도 하든가!"

"……대체."

"……."

"너 왜 이렇게 잔인해."

해가 부쩍 짧아진 겨울이라 창밖은 이미 어두워져 있었다. 빛이 차단된 차 안도 무척 어두웠다.

"네 탓 하라는 거. 말은 쉽지. 말만 쉽지!"

"……."

"어떻게 그런 말을 잘도 하냐. 너는."

그녀는 이게 꿈이었으면 싶었다. 그 정도로 가슴에 무수히 총질을 당하는 기분이었다. 분명 옆에 있다는 것만으로도 모든 것이 위로되던 시절도 있었는데. 가시덤불 위에 앉아 있어도 좋을 거라 생각했었는데.

핸들을 붙잡고 고개를 숙인 그가 탄식했다. 여느 때보다 더 그 모습이 초라해 보였다.

"내가 너한테 한 만큼 돌려 달라고 한 적 없어."

"……."

"반이라도 돌려받을 마음 없었어."

윤혁의 목울대가 심히 울렁인다.

"옆에만 있어 달라고 했어. 옆에만. 그게 어려워?"

숨기려 하던 눈물 맺힌 눈이 빗물처럼 젖어 들어간다. 세하는 물끄러미 그 옆선을 응시했다. 어지러운 시야 속에 그의 서글픈 모습이 잡힌다.

"어떻게 이래."

"……."

"어떻게 이렇게 단번에 나를 놓아?"

"……."

"날 사랑했다는 말도…… 다 거짓말이었어?!"

그의 낙심한 목소리는 끝없이 추락했다. 세하는 그저 가만히 숨을 죽이고 버릇처럼 입술을 물었다. 그렇지 않으면 눈물이 터져 나올 것 같아서였다.

"그래. 다 거짓말이었어!"

"내 눈 보고 말해."

세하는 그의 눈을 피하지 않고 동요 없이 아픈 말을 토해 냈다.

"너 사랑한 적 없어."

"거짓말하지 마."

"없다고!"

"서세하!"

윤혁이 그녀의 손목을 붙잡았다. 손을 뿌리쳤지만 꿋꿋하게 다시 손목을 쥐어 그녀를 품에 당겨 안았다. 힘주어 밀어 내는 세하의 얼굴은 싸늘하게 식어 있었다.

"정말 싫어. 혐오해. 너희 집 족속들 다."

분명 닮은 감정을 공유했었다. 서로를 보던 눈빛이 뇌리를 떠나지 않는다. 애틋한 입맞춤, 보듬는 손가락, 맞닿은 숨결까지. 윤혁은 여전히 똑똑히 기억하고 있다. 그래서 괴로웠다.

"어떻게 내 앞에서 내 집안이랑 내가 똑같다고 할 수가 있어."

"그럼 달라? 네 몸에도 똑같이 더러운 피가 흐르고 있는데 뭐가 다른데?!"

"너 하나만 보고, 너 하나를 위해서 내가 가진 거 다 버리려고 했어! 그게 나야!"

"그러니까 누가 버리래!"

"……뭐?"

"누가 나 좋아해 달래? 기다려 달래? 정윤혁. 내가 그랬어?"

서로를 마주 보며 호흡하는 것까지 괴로운 순간이었다. 차마 뺨을 때릴 수도, 욕을 할 수도 없어서 그저 굳어 버리고 말았다. 그녀의 눈앞에 윤혁은 정말이지 무너지고 있었다. 배신감에 가히 말도 안 나온다는 얼굴이다.

"너 지금 그걸 말이라고……."

"편지에서도 그랬잖아. 난 너 아니라고. 분명히 말했는데 무시한 건 너야. 아니라고 믿고 싶은 네 고집이 널 이렇게 만든 거라고. 내가 아니라."

"……."

"너 혼자 날 사랑한 거지. 난 너 사랑한 적 없어."

희고 작은 얼굴에 자리 잡은 이목구비는 조금의 미동도 없었다. 쏟아지는 말들이 모두 한 치의 거짓도 없는 사실인 것만 같아서, 윤혁은 외마디 고성을 지르며 핸들 위를 내려쳤다. 핏발이 잘게 선 눈은 날이 서 있다.

"그래서 씨발. 그 새끼한테 갔냐."

"그래!"

"그래?"

그는 세하의 목덜미를 쥐었다. 어깨를 밀어 내는 몸을 힘으로 제압했다.

"어디 계속 그따위로 굴어 봐. 눈물 나고 싶으면."

양 팔목을 한 손으로 붙들고 단번에 입을 맞춘다. 마른 손등에 순식간에 힘줄이 선다. 무언가에 쫓기듯 입술을 가르고 급하게 들어온 혀는 흥분을 감추지 못하고 막무가내로 입 안을 헤집는다.

날카로운 시신경이 분주했다. 카시트까지 뒤로 젖혀졌다. 맹수처럼 달려들어 삼킬 것처럼 입 안 끝까지 파고들며 티셔츠를 말아 올렸다. 그녀가 고개를 도리질하며 입술을 피하는 것에도 소용이 없었다. 허리를 붙들고 훅을 풀어 가슴을 꽉 쥐었다. 강아지처럼 낑낑대는 세하의 목소리가 비음처럼 울렸다.

전과 달리 눈에 힘을 주고 잔뜩 성을 내는 세하를 보니 윤혁은 반쯤 정신이 나갈 것 같았다. 차라리 울면서 빌기라도 하지. 미안하다 한마디 해 보기라도 하지. 오히려 자극적인 말만 쏙쏙 골라내 그를 괴롭히고 상처 주려는 의도가 윤혁을 더 미치게 만들었다.

득달같이 달려들어 키스하며 손에서 느껴지는 부드러운 살갗을 매만졌다. 날개 뼈가 적나라하게 느껴질 정도로 그녀의 몸은 전보다 앙상하게 말라 있었다. 봐주지 않고 옷을 거의 찢어 내듯 벗겨 냈다. 이내 망설일 것도 없이 얼굴부터 목과 쇄골 언저리를 핥는다. 축축하게 젖은 입술이 닿았다가 떨어지는 음설한 소리가 차 안 가득 울렸다. 그녀는 애써 달뜬 숨을 쉴 뿐이다. 윤혁은 그녀의 아래에 손가락을 지분대며 부러 얼굴을 귀에 가까이 가져다 댔다.

"질질 싸네."

"······하으. 하지 마."

"싫은 거 맞아?"

움직이는 손길이 바빠졌다. 파고들어 문지르는 손가락이 위아래로 운동할수록 세하의 고개가 뒤로 젖혀졌다. 애써 그의 어깨를 밀어 내려는 손목을 꽉 붙잡았다. 목덜미를 잘근잘근 깨물듯 빨아들이던 입을 가슴에 가져다 댔다. 혀로 핥아 올리자 그녀가 몸을 이리저리 비틀었다.

"하웃······. 하. 싫어."

"싫어. 응. 밑에선 박아 달라고 난린데. 그치."

금방이라도 넘어갈 듯 숨을 쉬며 부르는 목소리와 기댈 곳 없어 운전선 시트를 잡고 있는 손이 바들바들 떨린다. 말과 다르게 목에 팔을 감아 오는 그녀의 모습을 잠시 보았다. 내려 깐 눈의 긴 속눈썹과 비스듬히 고개를 틀었을 때 보이는 얇은 속 쌍꺼풀. 붉어진 뺨에 달떠서 어쩔 줄 모르는 숨결.

달빛이 뒤섞여 창가로 들어오고 있었다. 미약한 빛이 서린 그녀의 모습은 무척이나 야했다. 앓듯이 색스러운 숨이 섞인 그녀의 목소리 때문에 아래에 뜨거운 피가 몰리는 것을 느꼈다.

윤혁은 그녀의 몸을 가볍게 안아 들어 제 위에 앉혔다. 덩치 차이가 나는 작은 몸이 윤혁의 위로 안착했다. 목울대를 세우고 따지던 모습은 어디 가고 세하가 눈에 띄게 움찔하는 것이 보였다.

그는 긴장을 풀어 주려는 듯 조심스럽고 섬세하게 매만지며 입을 맞춰 주었다.

가슴까지 흘러 내려온 머리카락을 걷어 내고는 얇고 하얀 손목을 결박하듯 잡고서 입 안 가득 가슴을 물었다. 위에서 몸을 이리저리 비트는 것이 윤혁의 것에 자꾸만 자극을 주었다. 스치듯 그의 것을 건드릴 때마다 윤혁은 숨을 참아야 했다.

다시 그녀의 목덜미를 끌고 와 매끄러운 입천장을 정신없이 훑으며 혀를 빨아들인다. 동시에 맞닿아 있는 아래가 그의 것을 계속 건드렸다. 결국 그는 참지 못하고 지퍼를 내려 고개를 빳빳이 쳐들고 있는 자신의 것을 꺼냈다.

핏줄이 잔뜩 돈은 아래가 팽팽하게 위로 솟아 있었다. 그는 세하의 허리를 살짝 들어 벌어져 있는 허벅지 사이로 그것을 밀어 넣었다.

"……하아."

이미 젖어 있는 아래에 미끄덩하며 삽입되었다. 동시에 세하의 마르고 긴 목이 뒤로 젖혀졌다. 작은 탄식을 흘리며 그녀를 가득 끌어 안자 가쁜 호흡이 느껴졌다. 몸이 움찔하며 굳어졌다가 서서히 풀어지는 것이 느껴졌다.

천천히 그녀의 골반을 붙잡고 앞뒤로 움직이기 시작했다. 움직임이 거세질수록 차 안의 규칙적으로 삐걱거리며 움직이는 소리가 울렸다. 외설적이기 짝이 없는 신음도, 계속해서 윤혁의 이름을 불러 대는 것도 지나치게 야했다.

그녀의 눈가는 흥분으로 젖어 있었다. 귀에 닿는 뜨거운 공기 때문에 미쳐 버릴 것만 같았다. 금방 쏟아 낼 정도로 아래가 조여 오는 것에 윤혁은 이제 그녀의 허리를 붙잡고 단번에 위로 쳐올리기 시작했다. 유독 그녀가 교성을 내지르는 부분마다 끝까지 찔러 넣으며 움직임을 더 빨리했다.

비명인지 신음인지 곧게 뻗은 목선에 윤혁이 혀를 가져다 댔다.

"그 새끼한테도 이렇게 벌렸어?"

"······하응. 하아. 그런 말."

"그 새끼랑 할 때도 이렇게 소리 질렀어?"

"하앗······. 아아!"

"나한테만 박히기로 했잖아. 세하야."

하얗고 고운 목에 부러 자국을 남겼다. 끊임없이 물고 빨고 핥으며 목선을 타고 올라가 귀를 자극했다. 세하는 고개를 도리질하며 거의 우는 것처럼 죽는소리를 냈다.

발톱을 세운 고양이처럼 그르렁거리며 그의 등을 붙잡고 매달렸다. 위아래로 쳐 올릴 때마다 찌걱이는 소리는 지나치게 선정적이었다. 세하는 그의 위에서 갈피를 못 잡고 이리저리 흔들거렸다. 수축되는 강도가 점점 세졌다. 골반을 잡고 정신없이 허리를 쳐올리는 속도와 힘도 덩달아 세졌다.

"하응. 제발 윤혁아······. 흐. 그만. 하아."

살끼리 맞부딪치는 소리가 직설적으로 울린다. 세하의 신음은 거의 애원으로 변해 갔다. 눈에 가득 차올라서 금방이라도 떨어질 듯한 액체가 그렁그렁했다. 꾸역꾸역 싫다며 사정하는 말과는 모순되게 본능적으로 아래에서 허리 짓을 하는 세하였다.

숨을 가다듬은 그가 봐주지 않고 허리를 움직였다. 훨씬 깊게 들어가는 느낌에 그가 미간을 살짝 좁혔다. 얇은 줄기로 타고 내려오는 눈물을 혀로 살짝 핥았다.

"싫다며. 근데 왜 이렇게 조여."

허리를 꽉 끌어안고 속도를 올린다. 품에 잔뜩 끌어안고 안에 밀어 넣자 그녀는 즉각적인 반응을 보였다.

윤혁은 일부러 애태우듯 천천히 빠져나갔다가 강하게 치고 들어온다. 숨도 쉬지 못할 정도로 버거워하던 세하의 허리가 호선을 그리면서 틈을 만든다.

이내 크게 교성을 내지르며 몸을 떨었다. 윤혁은 그녀의 마른 등을 감싸 안았다. 마르고 작은 체구에 유연한 모양을 하고 있는 척추의 곡선을 따라 쓸어내렸다. 그를 올려다보는 세하의 눈이 전과 같이 풀려 있었다. 긴 속눈썹에 물기가 그대로 어려 있었다.

벗어나려는 허리께를 붙들고 다시 허리 짓을 시작했다. 고삐 풀린 망나니처럼 온 신경을 아래에 집중시키고 찔러 댔다. 어깨와 목덜미에 그녀의 더운 숨이 와 닿았다. 서로의 몸이 빈틈없이 맞닿아 있었다. 세하는 얇은 손가락으로 그의 등을 긁으며 마구 신음을 지른다. 그도 서서히 거친 숨을 내쉬었다. 다시 입술이 맞닿았다. 체온보다 더한 온도를 공유하며 습한 곳에서 얽히고 꼬인다.

"이래도 내가 아니야?"

아래에서부터 쳐올리는 세기에 이리저리 흔들리는 그녀의 몸을 붙잡아 턱을 쥐었다. 키스는 난폭하리만큼 더욱 거칠어졌다.

"넌 나라고 말해."

"하으……. 윤혁아. 하아. 아!"

자신을 택하겠다는 말이 그저 변명이고 억지로 튀어나온 말일지라도 그 순간 선사하는 정신적인 쾌감 때문에 그는 밤새도록 섹스할 수 있을 것 같았다.

그는 지나치게 흥분했고 격정적이었다. 그녀의 안에서 움직이고 있는 와중에도 휘겸과 안고 있었을 세하의 모습이 머릿속에서 떠나가질 않았다. 생각만으로 명치 부근이 턱 막히는 것 같았다.

분노인지 일종의 집착인지 세하를 품에 안고 있는 와중에도 자꾸만 끌어안았다. 아무리 손에 쥐어 봐도 부족한 것처럼 모두 제 것이었으면 해서. 아랫입술을 깨물고 빨아들이며 애타게 갈구하자 끈처럼 길게 늘어난 타액이 늘어졌다.

"하……."

퍽. 퍽. 퍽. 그는 거친 호흡을 내쉬며 파정했다. 가느다랗게 이어지던 이성의 끈을 탁, 놓아 버린 느낌이었다.

세하는 탄탄한 그의 가슴팍에 쓰러지듯 기댔다. 사정의 여운이 남은 아래가 계속 움찔대며 꿀렁였다. 가만히 그녀를 안고 있던 윤혁은 고개를 비틀어 살짝 입을 맞추었다. 읽을 수 없는 표정을 하고 있는 세하를 보며, 한 손안에 들어오는 뺨을 천천히 쓸어내렸다.

"……가지 마."

"……."

"넌 내가 미친 듯이 애원해야 한번 돌아볼 거지."

대답 하지 않는 세하는 공허한 얼굴을 하고 있었다. 머리칼에서 땀방울이 뚝 떨어졌다. 섹스 후에 늘 그녀를 보듬어 주고 안아 주었던 것도 꿈만 같아서 윤혁은 속이 아렸다. 이젠 기억마저도 시렸다.

"하루하루 죽은 듯 살고 싶었어. 세하야."

"……."

"너 때문에."

받아들여야 하는 일은 자꾸 부정하게 된다. 그렇게 부정할수록 아픈지만 인정하는 일도 많이 아픈 까닭이다.

"난 네가 없으면 평생 이렇게 살 거야. 그런데도 나한테 잔인해질 거야?"

상처는 없어지는 게 아니라 딱딱하게 굳는 거라 배웠다. 하지만 돌아와 줄 생각 따위 없는 세하를 보며 그는 삶의 절반이 찢긴 것 같았다.

"무슨 말이라도 좀 해 봐."

"미안해……."

조심스럽게 말을 꺼낸 세하의 목소리는 다소 잠겨 있었다.

"윤혁아. 실수했다 우리."

실수라고 말한다. 서로를 갈구했던 건 사랑이 아니라 그저 본능이었다고.

"실수?"

"그래……. 실수."

세하는 정신을 찾고 돌아온 현실에 굴복해야만 했다. 어떤 방법으로도 윤혁을 선택할 수는 없었다. 겨우 사랑만으로 해결할 수 있는 일은 아무것도 없다는 걸 이젠 알았다.

"우린 아니야……. 뭘 해도."

그녀는 끝내 윤혁을 바라보지 않았다. 손바닥 뒤집듯이 말을 바꾸면서도 표정 하나 변하지 않았다. 사랑한다고 애원하는 윤혁을 거절하는 일이 얼마나 상처가 될지 알고 있지만 더 이상 그의 편이 되어줄 수 없었다.

"윤혁아. 나 이제야 알겠어."

"세하야."

세하가 그의 손을 탁, 뿌리쳤다. 그가 꿋꿋하게 다시 손목을 쥐었지만 또 뿌리쳤다. 다시 뿌리치자 이번엔 당겨 안았다.

"말하지 마."

"해야 해."

"하지 마. 제발."

"사랑한다는 마음이 사라졌어."

그 말을 듣는 순간 윤혁은 숨을 쉴 수가 없었다. 그녀는 잔인할 정도로 눈 하나 깜빡하지 않고 말을 이어갔다.

"내 안의 그게 사라졌어."

"……."

"정윤혁."

"……."

"그래서 널 안아도 내 마음이 변하지 않는 거야."

윤혁은 공허한 눈을 했다. 만질 수도, 다가갈 수도, 닦아 줄 수도 없는 슬픔을 보는 눈이었다. 천천히 내려앉는 세하의 속눈썹이 무거웠다. 눈앞이 핑글 돌았다. 같은 불행에 그 또한 잠식되어 간다.

이 지독한 모순이 끌고 간 이야기의 결말엔 무엇이 있을까. 슬픈 예감만이 관통할 뿐이다. 가슴 속에 뚫려 버린 작은 구멍을 메울 수도, 머금은 것을 뱉어 낼 수도 없다. 그저 지금처럼 상처를 주고받다가 끝을 내야만 했다.

"어떻게 그렇게 말을 해. 내가 널 얼마나 사랑하는지, 너는……."

눈물과 섞인 숨이 세하의 얼굴에 훅 끼쳤다. 목소리가 엉망으로 뱉어진다.

"······세하야."

"그만."

잔뜩 떠는 목소리에 습기가 가득하다.

"널 보면 나를 보는 것 같아."

그만해.

"그래서 끔찍하고."

그만해. 제발.

"······죄책감만 들고."

세하의 고개가 더욱 수그러졌다.

"무섭고, 두려워."

"······."

"도망치고 싶어 너에게서."

윤혁에게 여지를 줘선 안 된다고. 도망쳐야만 한다고. 늘 다짐했던 것들이 성사되는 순간이다. 하지만 가슴이 찢기는 듯이 아팠다.

"······세하야."

"미안해."

윤혁은 만약이라는 잣대를 들이밀고 싶었다. 어떻게 해서든지 사랑이 거짓이 아니었음을 확인받고 싶었다. 하지만 감정 없이 미안하다는 말부터 내뱉는 그녀는 잔인했다. 사랑하지 않아서 미안하다는 뜻이었다. 너를 선택하지 않아서 미안하다는 말이었다. 결국엔.

그동안의 절망은 지금에 비해 아무것도 아니었다. 끝없는 허탈함이 몰려와 윤혁을 감쌌다.

끝이라는 단어는 왜 이렇게 짧고 잔인할까. 오늘로써 정말로 모든 것은 끝이 나고 말았다는 것을 분명하게 느낄 수 있었다.

욕심내고 손을 뻗으면 금방이라도 온기가 꺼져 버린다. 영원히 기억하고 싶었던 순간의 틀이 무너져 내린다.

15

며칠 내 윤혁은 본사의 이사실에만 처박혀 있었다. 일에 몰두해 밥까지 거르고 앉은자리에서 몇 시간을 할애하는 그를 보며 직원들은 안절부절못했다. 하지만 재호마저도 그를 말리지 못했다.

불을 붙이지 않는 담배 필터를 씹어 대는 윤혁의 얼굴은 그저 사정없이 구겨져 있었다.

머릿속에 분주하게 얽히는 잡념을 떨치기 위해 미친 듯 일만 붙잡고 있지만 생각이라고는 도무지 덜어지지가 않았다. 지금의 그는 저자신마저 통제하지 못하고 있는 것이다.

잔병치레 하나 없었던 윤혁이 지독한 감기를 앓는다는 건 드문 일이었다. 거울 속 당장이라도 쓰러질 것처럼 피곤한 기색이 역력한 자신을 보며 그는 싸늘하게 자조했다.

세하 역시 열병처럼 앓다가 완치될 수 있는, 딱 그 정도의 마음이면 편하련만 그녀는 그녀가 없는 곳에서조차 윤혁을 괴롭게 만들었다. 열이 펄펄 끓는 그가 살짝 휘청하며 모서리를 손으로 꽉 잡았다. 손가락의 뼈마디가 불거져 나올 정도였다.

약혼녀 은재만이 날이 서 있는 그에게 다가가 꿋꿋이 버텼다.

"이러다 큰일 나요. 며칠 동안 일만 하셨다면서요. 얼굴이 이게 뭐야……."

걱정스러운 표정의 은재는 도시락까지 직접 싸 가지고 왔다. 아래로 축 늘어진 착한 눈매는 그저 순한 어린아이 같았다.

"윤혁 씨. 집으로 가서 같이 주치의라도……."

"됐습니다."

윤혁은 계속 서류를 검토했다. 아까부터 쩔쩔매고 서 있는 은재에겐 다정스러운 눈짓 한 번을 주질 않았다.

"알아서 할 테니 들어가요. 걱정해 줘서 고마워요."

"그럼 밥……. 같이 밥이라도 먹어요. 네? 제가 도시락도 싸 왔어요. 윤혁 씨 입맛에 맞을지는 모르겠지만, 끼니를 거르고 계신다고 하셔서……."

"두고 가면 먹을게요. 고마워요."

"윤혁 씨……."

"그리고 앞으로 이런 고생 할 필요 없습니다."

"네?"

"어차피 예정된 결혼. 차질 없이 진행될 테니 번거롭게 이런 일까지 은재 씨가 하지 않아도 된다는 말씀입니다."

미간을 좁힌 윤혁이 소매를 걷으며 책상에 쌓여 있는 다음 서류철을 넘겼다. 찬 겨울같이 싸늘한 분위기였다. 은재는 기죽은 눈치로 그를 빤히 보았다. 조금 떨리는 목소리로 말을 이어 갔다.

"저는 윤혁 씨한테 잘 보이려고 그러는 게 아니라……."

"……."

"정말 걱정돼서 그랬어요."

애정이란 그런 거였다. 쉽사리 오가는 말과 행동에 상처를 받는 것.

"제가 사정을 알 수 없지만 조금이나마…… 도와드리고 싶었어요."

시간 내어 도시락을 싸고 발걸음 해 준 사람에게 굳이 냉정할 필요까진 없었다. 윤혁은 본래 그다지 무뚝뚝한 인격체도 아니다. 하지만 눈앞에 거슬리게 하는 것들을 모두 치워 버리고 혼자 있고 싶을 만큼 공황 상태였다.

밀어 내면 두 발자국 더 가까이 다가오는 이 여자를 어떻게 해야 할지. 감정이 얼굴 표면 위로 속속들이 모두 드러나는 투명한 은재를 보며, 그는 싱겁게 웃었다. 관자놀이를 꾹 누르며 서류를 내려놓았다.

"그래요. 먹어요, 그럼."

"정말요? 저 얼른 준비할게요."

은재의 얼굴이 삽시간에 환해진다. 도시락 통을 열고 테이블 위로 직접 만든 요리들을 늘여 놓았다. 얼마나 정성껏 만들었는지 티가 날 정도로 다양한 메뉴와 플레이팅이었다. 생수병을 열고 잠깐 목을 축인 그가 젓가락으로 떡갈비를 집어 입에 넣었다.

노심초사하는 표정으로 윤혁의 반응을 기다리던 은재가 참지 못하고 물었다.

"······괜찮아요?"

바닥을 치고 있는 식욕이지만 억지로 입에 넣은 음식이라도 맛있는지 아닌지는 단번에 구분할 수 있었다. 그의 입맛에 맞추기 위해 얼마나 성의껏 준비했는지 느껴졌다.

"맛있어요. 고생 많았겠네요."

"아니에요. 당연한 걸요······."

미소에 감긴 입꼬리가 조금 서글펐다.

"윤혁 씨. 저 정말 잘할게요."

쓴 미소가 은재의 입술에 매달려 있다. 지나친 희망은 독이 될 수도 있다. 하지만 그녀가 품은 희망의 불씨는 자꾸만 커져 갔다.

"절 위한 선택을 하라고 하셨죠. 그날."

"······."

"집에 오는 길에 곰곰이 생각해 봤어요. 처음이더라고요."

"······."

"그런 말을 해 주는 사람이요."

그녀는 잠시 말을 멎고 숨을 고른다.

"처음 보는 저에게, 그것도 썩 유쾌한 감정으로 볼 수는 없는 사람에게, 그런 말을 해 줄 수 있는 분이라면······. 제 선택이 틀리지는 않겠구나 느꼈어요."

독백에 가까운 중얼거림이었다. 솔직하게 속마음을 털어놓는 은재를 보며 윤혁은 걸어온 길을 되짚었다. 세하와 손 붙잡고 함께 걷고 있다 생각했는데 사실 모든 게 제 아집이고 치기였던 그 길. 망가져 버려 돌이킬 수도 없는 길.

이제 그 끝을 잘라 내고 새로운 길을 걸을 수 있을까. 어디서도 환영받지 못할 과거를 알고도 함께 가보고 싶다는 눈앞의 은재와 함께.

"전 언제나 좋은 마음으로 기다릴 테니까…… 윤혁 씨 마음 정리 되면 불러 주세요."

은재의 차분한 미소를 보며 세하를 떠올렸다. 과거가 자꾸 발에 차이는 것은 어쩔 수 없는 순리다. 10년이 넘는 마음을 부정당한 것도, 더는 세하가 저를 찾지 않을 거라는 것도 사실이다.

세상을 등지고 세하를 택하고자 했지만 그녀가 먼저 손을 놓았고 또다시 그를 외면했다. 그런 세하에게 또다시 손을 뻗는 일이란, 누군가 그랬듯 함께 파멸의 길을 걷는 것일지도 모른다.

윤혁은 정말이지 쉴 곳이 필요했다. 몸도 마음도 모두 지쳐 있었다.

"하……."

집으로 돌아와 침대 위에 아무렇게나 누운 그는 손등으로 눈가를 가렸다. 1분이 한 시간과 같이 지루했다. 숫자를 바꾸는 시계만 눈으로 좇으며 또 하루를 보냈다. 어두컴컴한 방 안은 불도 켜지 않아 창밖으로 들어오는 어스름한 달빛이 전부였다.

똑똑.

노크 소리가 들렸다. 방문을 열고 들어온 사람은 경희였다. 쟁반 위로 따뜻한 물 한 컵을 가져온 그녀가 테이블 위에 그것을 내려놓았다. 스탠드 불을 대신 켜 주었다.

"불도 안 켜고 뭐 하니."

"……."

"옷도 갈아입지 않고……. 저녁을 또 걸렀다는 소리가 들리더구나."

평소 같지 않은 행동을 해 대는 윤혁 때문에 진이 다 빠진다. 보란 듯 하루하루 말라 가는 아들 걱정에 경희 역시 며칠 내 밤잠을 설치고 있었다.

"윤혁아."

침대맡에 걸터앉은 경희는 그의 날개 뼈 언저리를 따듯하게 다독였다.

"이해한다. 지금 많이 힘든 거……."

"……."

"뭘 어떻게 해 주면 되겠니. 그 아일 데려올까? 네 눈앞에 가져다 놔? 하지만 이제 그것도 소용이 없다는 거 네가 더 잘 알잖아."

윤혁은 여전히 대답이 없었다. 손등으로 가린 눈동자는 사정없이 흔들리고 있었다. 꾸역꾸역 울음을 참고 있는 것이다.

"시간이 도와줄 거야."

"……."

"네가 불쌍해서라도 신이 나서서 도와주실 거야."

"……."

"불쌍한 내 아들……. 금방 복구하면 돼. 너 이런 애 아니잖니."

경희가 윤혁의 어깨를 토닥였다. 쥐 죽은 듯 아무런 반응이 없는 그를 보며 속으로 울음을 삼켰다. 애지중지 키운 제 아들이 폐인이 된 건 오로지 세하의 잘못이라 여겼다.

성진과 세하 사이에 아무 일도 없었더라면. 둘을 진작 떨어트려 놨더라면. 아니, 애초에 이 둘이 만나지 않았더라면.

"널 두 번이나 버리고 떠난 그 애가 그렇게 좋니? 엄마는 아무리 이해를 해 보려 해도……."

"어머니."

"그래. 윤혁아."

"상견례, 결혼식. 군말 하지 않고 따를 테니까. 저 좀 놔두세요."

"말을 하는 게 아니잖니. 엄마는 그냥……."

"저 회장님한테 백기 들었잖아요."

"……."

"죽지 않고 살아 있잖아요. 이렇게."

윤혁에게는 정말이지 기댈 곳이 필요했다. 아무에게나 기대고 전부 털어 버리고 싶기도 했다. 그의 인생에 단언컨대 한 번도 없었던 불행이다. 그 누구라도 한꺼번에 몰려오는 불행에 단번에 적응할 사람은 많지 않다.

"제가 행복까지 하길 바라세요?"

그가 쓸쓸하게 조소했다.

"살다 보면 살아는 지겠죠. 말씀대로."

길을 잃은 생각은 도무지 정리되질 않았다.

"근데……."

"……."

"태어나서 처음으로 세하가 내 마지막 사람이겠다 생각했어요. 화가 나든, 눈물이 나든, 뭐라도 하고 싶은데. 괜찮아지고 싶은데.

아무런 마음이 안 들어요."

그는 알고 있다. 이제 이런 사랑은 다시 오지 않음을. 이게 마지막 사랑임을. 인생에 딱 한 번만 오는, 어쩌면 남들에겐 오지 않을 수도 있는 사랑. 이런 사랑은 한 번밖에 오지 않는다. 마음속에서 영원히 첫 번째로 남아 있을 것이다.

"내 스스로 포기하자고 숨 쉬듯이 노력해야 한 번 괜찮아지는 그런 마음이라서."

"……."

"그래서 그래요."

윤혁을 바라보던 경희가 한숨을 쉬었다. 눈에서 멀어지면 마음에서도 멀어지듯이 서서히 그녀를 잊을 수 있을 거라 믿었다. 경희는 우선 잠시 윤혁을 내버려 두기로 했다.

"쉬렴. 나중에 가면 다 너를 위한 일이었다는 걸 알게 될 거야."

윤혁은 아무 말 하지 않았다. 잠시 그를 바라보던 경희는 문을 열고 나갔다.

경희가 나가고도 한참을 누워 있던 그는 테이블 위에 올려놓은 핸드폰에 손을 뻗었다. 여전히 아무런 연락이 없었다. 재호에게서 걸려 온 부재중 전화 몇 통과 긴급한 문자 메시지만이 알림 위로 떴다.

[박 실장님 찾았어. 한국대병원.]

윤혁은 양손으로 얼굴을 감싸며 목을 뒤로 젖혔다. 벽에 머리를 받힌 채 한숨을 내쉰다. 손바닥에 축축한 땀이 뱄다. 세하와 그녀의 어머니를 둘러싼 모든 비밀들.

그 열쇠를 쥐고 있는 유일한 사람이 박 실장이다. 자리에서 일어난 그는 지체 없이 재호에게 전화를 걸었다.

"지금 당장 가."

더는 지체하고 싶지 않았다.

* * *

휘겸에게 세하는 알고 싶은 사람이었다. 밥 먹을 때 무슨 반찬을 먼저 집는지, 좋아하는 음식이 뭐고 못 먹는 음식이 뭔지, 비 오는 날 잠에 잘 들지 못하는 것과, 웃을 때 제일 먼저 휘어 접히는 오른쪽 눈까지.

알면 알수록 새로웠다. 그녀에게 사랑받는 것이 욕심이라면 그저 안식처라도 되고 싶었다.

그는 혼자 남게 될 세하를 보며 명목이 생겼다고 생각했다. 사랑이라고 부르는 그 어떤 것, 영원을 한 번 더 믿어 볼 이유가 생겼다고 믿었다. 어쩌면 그녀는 바람 같은 사람이라 손에 쥔다 해도 손가락 사이로 빠져나갈 여자다. 할 수 있는 일은 그저 뒤에서 그녀를 껴안는 것뿐이다.

"뭐 해?"

"어……? 그냥 바다 봐."

세하는 표면 위로 어렴풋이 비친 그의 감정을 모르는 척했다. 테라스에 스며드는 바깥 공기가 매서웠다.

"난 가끔 네가 무슨 생각하는지 궁금해. 무슨 마음을 가지고 있는 지도."

그가 세하를 돌려세운다. 걱정 어린 낯빛으로 그녀의 뺨을 쥐었다.

"어디 아픈 건 아니지."

"……아냐. 그냥 감기 기운이 있어서 그래."

"자꾸 안 먹어서 그래."

"휘겸아."

잘 차려입은 그의 셔츠 깃을 당긴다. 바짝 당겨 각을 제대로 세워 주었다. 살짝 흐트러진 머리도 정리해 주었다.

"내 걱정은 마."

"걱정돼."

"네 걱정이나 해."

"네 걱정밖에 안 돼."

휘겸의 어깨 위로 그녀의 가느다란 머리카락이 사락사락 흩어져 내렸다. 이 정적이 깨지고 무슨 말이 튀어나올지 그저 불안했다.

"하나만 기억해. 내가 원하는 건 네 행복이야."

"……휘겸아."

"그것만 알아두면 돼. 세하야."

눈이 마주치자 다시 얼굴을 돌려 앞을 바라봤다. 어지러운 침묵이 지속했다.

"날 선택한 게 맞는 거야."

길게 늘어진 머리카락을 쓰다듬는 그의 손가락이 떨렸다. 세하는 그 말에 어떤 말로도 대답할 수 없었다. 웃음기가 사라진 둘의 표정은 진지했다. 떠돌았던 삶이란 다시 어딘가로 떠돌 수 있는 인생이었다. 아픈 과거를 가진 그녀는 가족이 없는 곳에서만 살아가야 하는 사람이었으며 누굴 사랑해서도 안 됐다.

"……내가 널 선택한 게 아니라, 네가 날 선택한 거야. 휘겸아."

그녀의 마음은 꼭 짐짝 같았다.

"나는 그럴 주제가 안 돼. 알잖아. 이젠 버려도 네가 날 버리는 거고, 떠나도 네가 날 떠나는 거야."

"그럴 일 없어. 자신 있게 말 할 수 있어. 난 그냥 네가 허락만 해주면……."

"휘겸아."

"……."

"옛날에 윤혁이도 나한테 그렇게 말했었어."

"……."

"걔도 진짜 자신 있게 말했지……. 우린 행복할 수 있다고."

"……."

"근데 내가 이기적이라서. 그럴 수 없다는 걸 알면서도 걔한테 아무 말도 하지 않았어."

"세하야."

"근데 내가 정말 죽고 싶은 건…… 상처받은 윤혁이 때문도 아니고, 아빠라고 부르기도 싫은 그 인간 때문도 아니고, 성진도 아니고. 사모님도 아니고. 그냥……. 나야. 나. 이 모든 일의 시작."

많은 사람들의 인생을 더럽히고 짓밟아 버린 게 저 자신이라는 그 진실을 끝내 입으로 뱉어 내었다.

"제대로 끝낼 자신도 없고 용기도 없으면…… 시작이나 하지 말걸."

"너 이럴까 봐 네 옆에 있는 거잖아. 나."

"……."

"자꾸 혼자 삭히고 혼자 아플까 봐. 그래서 네 옆에 있겠다는 거잖아."

"이런 나를 보고도……? 모든 걸 다 알게 됐는데도?!"

"그래."

마주한 휘겸의 두 눈은 붉게 충혈돼 있었다.

"전부 다 알고도."

두 번이나 사랑하는 사람을 배신한 세하를 보면서, 그다음 타자가 제가 될 수도 있다는 불안이 찾아왔다. 불안하지 않는다면 거짓말이다.

그럴 때마다 휘겸은 다짐했다. 아픈 사랑은 사랑이 아니라지만 그럼에도 불구하고 끝까지 가 보겠다고. 더 이상 진실은 중요하지 않았다. 세하를 옆에 두고 평생을 함께 지내고 싶다는 욕심이 이제 돌이킬 수 없을 만큼 커져 버렸다.

세하의 안전을 위해서라는 건 사실 적당한 핑계일 뿐이었다. 아픈 심장이 속력을 높여 뛰어왔다. 그녀를 괴롭히고 있는 그 마음이 하루빨리 타 버렸으면 좋겠다. 뜨거운 마음이 재가 되어 바람에 날아갔으면.

휘겸은 아무도 모르게 최대한 빨리 시간이 흘러갔으면 했다. 성진이 시키는 대로 박 실장과의 연락도 끊었다. 쥐도 새도 모르게 잠적한 둘 때문에 그가 어떤 고충을 겪었을지 모르지만 어쨌든 이것도 다 박 실장을 위한 일이라 믿었다.

김 상무 측으로부터 전해 들은 마지막 소식은 그가 중환자실에 있다는 연락이었다. 성진이 기어이 박 실장까지 찾아내 손을 쓴 것이다. 휘겸은 중간에 제가 끼어들어 세하를 보호하지 않았다면 똑같은 일이 벌어졌을까 봐 눈앞이 아찔했다.

그리고 모두가 잠든 밤.

휘겸이 소파에서 불편하게 잠든 것을 확인한 세하는 얼굴 앞에 손바닥을 두어 번 흔들어 보였다. 그가 미동도 없이 곤히 잠에 빠진 것을 확인했다. 급히 패딩 점퍼와 검정색 캡 모자를 눌러쓰고 밖으로 나왔다. 한겨울에 슬리퍼 차림이었다.

그녀가 주위 눈치를 살피며 종종걸음으로 달려간 곳은 바닷가 근처의 공중전화 부스였다.

신호음이 얼마 지나지 않아 누군가 전화를 받았다.

"실장님. 박 실장님. 저 세하예요. 거기 계세요?!"

급박한 숨소리 뒤로 어떤 여자의 목소리가 답을 해 왔다.

"남편이 기다리던 전화가 이제야……. 하느님. 감사합니다."

전화를 받은 그녀는 박 실장의 아내였다. 세월의 무게와 절망이 느껴지는 목소리가 수화기 너머로 흘러나왔다. 새벽녘 갑작스레 울린 전화를 주저 없이 받아 준 건 다른 이유가 있었다.

"남편이 꼭 좀 기다려 달라고 했어요. 언젠가 이 전화가 울릴 거라면서. 이건 쓰지 않는 핸드폰이거든요. 번호를 아는 사람은 세하 씨밖에 없다고 했어요."

"실장님은 지금, 그럼……."

"병원에…… 있어요."

세하는 공중전화를 붙잡고 한동안 맥없이 주저앉았다. 눈가가 파르르 떨리기 시작했다.

"지금은 말은 하고 반응도 하는데…… 처음엔 정말 죽는 줄 알았어요. 그이를 잃는 줄 알았어요. 성진은 사람을 그 정도로, 어떻게……."

갑작스레 박 실장의 위치가 발각되었다고 한다. 정장을 입은 무리가 쳐들어와 집 안을 온통 쑥대밭으로 만들어 놓았고, 말려 보려 애쓰던 박 실장이 힘에 밀쳐져 크게 넘어지는 바람에 두 달간 의식을 잃었다는 것이다.

연배가 지긋한 노년의 남성을 밀쳐 낼 정도로 그들은 안하무인이었다. 사람 하나를 엉망으로 만들어 놓고 찾아낸 게 세하의 위치였다.

주먹이 부들부들 떨렸다. 눈물이 마를 새도 없이 흐르며 성진의 포악함에 구역질이 나왔다. 동시에 그녀는 윤혁을 떠올렸다.

기어이 그에게 가라고 등 떠밀지 않았다면, 언제까지고 윤혁을 포기할 수 없어 현실을 피하지 않았다면, 이 결말이 저와 윤혁의 것이었을 수 있다. 앞길을 방해하고 훼방 놓는 자에겐 핏줄이든 아니든 손을 쓰고 보는 그들이니까.

이젠 회피해 봤자 손바닥으로 하늘을 가리는 격이다. 제자리걸음은 이것으로 족하다. 더는 기다리지 않기로 마음을 먹었다. 지옥 같은 세상을 제 손으로 끊어내고 싶었다.

아무에게도 의존하지 않고 홀로 일어서야 하는 순간이다.

16

윤혁은 흔들리는 눈으로 병실 호수를 세며 걸었다. 네임 카드에
적힌 박 실장의 이름 세 글자에 마른침이 넘어갔다.

안으로 들어서자 커튼 사이로 인영이 보였다. 가까워져 갈수록 숨
이 멎는 것 같은 느낌이었다. 일면식이 있는 박 실장이 손가락 하나
까닥하지 못하는 산송장처럼 가만히 누워 있었다. 뒤따르던 재호 역
시 탄식을 감추지 못했다.

병실 문 앞에 기대서서 두어 번 노크했다. 눈을 뜨고 고개만 돌린
박 실장과 눈이 마주쳤다. 누가 봐도 단번에 윤혁임을 알아볼 수 있
는 갑작스러운 방문에 놀란 그가 상체를 느릿느릿 일으켰다. 그 몸
짓마저도 몹시 힘겨워 보였다.

"······정 이사님?"

"오랜만에 찾아뵙습니다."

윤혁과 재호는 그에게 허리를 깊이 숙여 인사했다. 어둠이 들어찬 병실 안에 까만 속눈썹이 장막처럼 눈동자를 가렸다가 풀어놓는다.

"제가 보기에는 이래도······ 회복하고 있는 중이라 괜찮습니다."

"어떻게 해야 조금이나마 위로가 될까요."

윤혁은 천천히 무릎을 꿇었다.

"성진 측의 잘못은 어떤 사죄로도 보상이 안 된다는 걸 압니다. 미리 알고 막지 못해 죄송합니다."

"아닙니다. 이사님. 그만 일어나시지요."

"그간의 병원비와 위로금, 보상금까지 전부 제 선에서 해결해 드리겠습니다. 뭘 바라고 이러는 것은 아닙니다. 제 책임이라고 생각하기 때문입니다."

파리한 안색이 지친 윤혁의 상태를 역력히 드러냈다. 아버지 연배와 같은 박 실장은 버선발로 윤혁의 어깨를 붙잡아 일으켜 세우기에 바빴다. 얼굴에 쓴 기운이 가득 서려 있었다.

"저 역시 이사님께 큰 잘못을 저질렀지 않습니까."

"이미 알고 계실지도 모르지만 그때 저는 알면서도 세하를 놓아준 겁니다. 이상하다는 걸 알면서도 눈을 감았어요. 세하와 박 실장님의 잘못만은 아닙니다."

"어떻게······."

"제가 어떻게 실장님을 찾았고, 또 왜 찾아뵙는 것인지 잘 알고 계시겠죠. 피차 다 알고 있으니 번거롭게 설명은 생략하려 합니다."

"……."

"너무 늦었지만, 그 정황을 지금이라도 듣고 싶어서 찾아왔습니다."

윤혁은 이 자리에 설득을 하러 왔다. 손바닥에 체중을 실어 박 실장이 침대 등허리를 기댈 수 있도록 도왔다.

힘겹게 바로 앉은 박 실장은 흐트러진 시트를 손으로 폈다. 그리고 넌지시 이야기를 풀어놓았다.

"참 기구한 인연입니다. 인생사가 다 그렇지마는……."

협탁 위에 올려 둔 안경을 낀 박 실장이 한숨을 푹 내쉬었다. 달빛이 어스름하게 비추는 창밖을 가만 바라본다. 과거를 회상하는 눈빛이었다.

"세하는 항상 제가 보필했었지요. 제게 그만한 딸아이가 있었으니까요. 아시다시피 그 아이는 커 갈수록 혼자 있는 시간이 많았습니다. 의원님께서 아무와 어울리지 못하도록 막으셨으니까요."

"……."

"그 곁을 지켜 준 유일한 분이, 바로 정 이사님이십니다. 결혼식을 두고 짜여진 계획을 처음에 세하는 반대했어요. 어떻게 하더라도 정이사님이 자기편이 되어 줄 것을 알고 있더군요. 미안하다며 엉엉울었습니다. 매일을 울었지요."

"……."

"성진과의 유착. 비자금. 정치 자금법. 뇌물 수수……. 대한민국이 들썩였습니다. 하지만 저희가 밝히고 싶었던 것은 하나였습니다. 사모님의 죽음에 대한 비밀이 밝혀지는 것, 그거 하나뿐이었습니다."

"……."

"사람이 갑자기 죽었는데 수사는 제대로 진행되지도 않았고 암암리에 종결되었지요. 또 그날 집안에 남아 있던 직원들은 쥐도 새도 모르게 사라졌어요. 필체가 다른 유서와, 너무도 수상한 정황에 의문을 갖는 사람들도 더러 있었지만 그뿐이었습니다. 이미 성진과의 관계가 단단하고, 서규명이라는 이름 하나로도 국가의 총명을 받는 분이기에. 저희에겐 아무런 힘이 없었습니다."

"……."

"증인도, 목격자도, 증거도 모두 사라진 마당에 지푸라기라도 잡는 심정으로……. 목숨을 걸어야 했습니다."

그의 입에서 드러난 사실은 정말이지 참혹한 현실이었다. 쓸쓸하게 눈을 내려간 박 실장은 한참 동안 말없이 허공을 바라보았다.

"일이 틀어지고 나서 모두가 뿔뿔이 흩어져야 했고 저 역시 도망쳐야 했어요. 결국엔 이 모양 이 꼴이 되어 버렸지만. 세하가 걱정할까 봐 제 상태를 말할 수 없었습니다. 그저 성진이 너무 두려워…… 의원님이 너무 두려워서. 이사님에게서 도망치라고 종용한 것뿐입니다."

"……."

"세하……. 너무 탓하지 마세요. 모두 제 잘못입니다."

무슨 벌이라도 달게 받으려 했지만 윤혁은 아픈 현실에 말을 채 잇지 못하고 고개를 돌려 버렸다. 떨군 고개와 상박이 한없이 축 늘어졌다.

"세하는 이사님을 배신한 적 없습니다. 그러고 싶지 않은데 그 아이의 인생을 이리저리 끌고 다닌 어른들이 잘못한 거지요. 아마 매일매일이 지옥이었을 겁니다."

"……."

"이렇게 저와의 연락도 끊긴 것을 보면 분명 겁을 먹고 그랬을 겁니다."

"……마지막으로 통화한 게 언제인지 알 수 있을까요."

"새벽에 와이프가 받았다고 합니다. 제 상태를 듣고 전화가 끊겼다더군요……."

박 실장이 가까스로 그의 팔을 잡았다.

"세하가 무슨 일을 저지를까 봐 겁이 납니다. 이사님."

그녀라면 기어이 활시위를 당길지도 모른다. 그 활이 아무런 영향을 미치지 못하더라도, 심지어 자신이 다치는 일이라도, 매일을 마지막이라 생각하고 걸어온 사람이기에.

"그 아이가 다치지 않게만 도와주세요."

세하를 떠올렸다. 짧은 순간에 다양한 표정이 스쳐 갔다. 슬픔과 분노가 뒤엉켜 있는 얼굴. 미운 얼굴. 웃는 얼굴. 상처를 주고 할퀴고 소리치던 얼굴.

그 무엇이든지 윤혁의 마음을 아프게만 하지만. 기억이라는 건 휴지통에 넣고 삭제 버튼만 누르면 되는 단순한 것이 아니다.

다신 그 얼굴을 보지 못할까 봐, 윤혁은 움직이기 시작했다.

17

룸미러를 본 택시 기사가 갸웃했다. 아주 이른 아침부터 남부 터미널 앞에서 한남동 대저택의 구체적인 주소지를 얘기하는 손님은 일평생 처음이었다.

그도 그럴 것이 지방에서 올라온 여자 같은데 캐리어와 가방도 없고, 한겨울에 대충 패딩으로 여민 차림새와 맨발의 슬리퍼라니 의문을 가질 만했다.

창밖은 싸락눈이 내리고 있었다. 뒷좌석의 세하는 한참 동안 눈을 감고 있었다. 품 안에서 핸드폰 진동이 미친 듯이 울리지만 한 번을 꺼내 보지 않았다.

마치 인생의 마지막을 떠올리는 사람의 얼굴. 모든 걸 포기하고 내려놓은 얼굴. 꼭 그런 사람 같아서 택시 기사는 룸미러만 힐끔힐끔 쳐다볼 뿐 말을 걸어 보는 걸 포기했다.

"도착했습니다."

스르륵 무거운 눈꺼풀이 들린다. 그녀는 기사에게 5만 원 권의 지폐를 내밀었다.

"저 손님 거스름돈……!"

"괜찮아요."

기사의 얼굴이 삽시간에 밝아졌다. 감사합니다. 손님! 좋은 하루 되십쇼! 아침부터 운수가 좋다고 생각해 점심나절엔 동료들과 지금의 일을 안주 삼아 떠들 것이다.

하지만 침울한 표정으로 택시에서 내리는 그녀는 정말로 이상해 보였다. 무거운 짐들을 가녀린 어깨에 질질 매달고 걷는 것 같았다. 궁궐 같은 대저택의 골목길 사이로 그녀가 사라진다.

새벽 6시. 바깥은 너무도 추웠다. 잠깐의 추위에도 얼음장같이 굳어 버린 몸이 달달 떨렸다. 제 발로 나와 제 발로 찾아온 본가였다.

1년하고도 반년 더, 그녀와 주변인들의 인생이 틀어진 시간. 모든 것을 잃어 더 이상 그녀의 손에 아무것도 남지 않도록 만드는 게 계획이었다면 확실한 성공이다. 그리고 서세하의 확실한 패배다.

초인종을 누르자, 인터폰 너머로 가정부의 목소리가 들렸다.

"이 시간에…… 누구세요?"

"……."

"누구시냐니까요?"

한숨을 내쉬는 입김이 허옇게 퍼졌다. 짐짓 굳어 있던 세하의 목소리가 흘러나온다.

"저 세하예요."

"······네?"

"서세하요. 이 집 장녀."

잠깐의 침묵 후에 이어폰 너머로 웅성대는 소리가 들렸다. 세하는 아랫입술을 힘주어 물었다. 나중에 후회하는 한이 있더라도 지금은 자신의 선택을 믿기로 했다. 아니, 선택이랄 것도 없었다. 최후의 수단이었다.

저택의 문이 열렸다. 침착하게 계단을 올라와 정원을 지나는 그녀의 몰골을 보고 집 안의 고용인들은 모두 경악을 금치 못했다. 정말 세하가 맞았다. 아버지를 배신하고, 집안을 욕보이고, 결혼식에서 아무도 모르게 도망쳤던, 그 서세하가 맞았다.

"세상에. 아가씨! 이게 어떻게 된······!"

웅성대는 사람들 사이 이 집안에서 오래 일했던 한 가정부가 뛰쳐나왔다. 발발 떨고 있는 세하의 위로 담요를 덮어 재빨리 집으로 들였다. 얼음장처럼 차가운 몸은 금방 쓰러져도 이상하지 않았다. 여기까지 오는 도중에 탈이 나지 않은 게 다행이었다.

그리고 2층 계단에서 규명의 목소리가 들렸다.

"아침부터 이게 무슨 소란들이야."

사람들 사이가 홍해처럼 갈라졌다.

세하의 머리칼에선 눈이 녹아 빗물처럼 뚝뚝 떨어지고 있었다. 마침내 둘은 1년 반 만에 처참한 몰골로 서로를 조우했다. 마주한 시선이 서로를 찌를 듯이 뾰족하게 끝을 세운다.

규명은 한동안 그 자리에서 굳어 아무 말도 하지 않았고, 세하 역시 패딩이 구겨질 정도로 꽉 쥐며 자리에서 꿋꿋이 버텼다. 모두 한참을 숨소리조차 내지 못하고 얼어붙은 정적이었다.

"서재로 올라와라."

"……."

"등신 같은 것……. 쯧쯧."

환갑을 조금 지난 나이임에도 불구하고 규명은 아주 정정했다. 미디어에서 마주쳤을 때도 서글서글하고 밝아 보이던 인상이 실제로 마주하니 더욱더 실감이 났다. 세하가 지옥같이 버텼던 1년 반 동안 그의 인생에선 아무런 타격도 없었다는 뜻이다.

서재의 문이 닫힌다. 규명은 소파에 앉아 평소와 다름없이 커피잔을 기울였다.

"앉아라."

"왜 그러셨어요?"

문 앞에 가만히 선 세하는 까슬한 입술을 짓이겼다. 동요하지 않은 척했지만 속에서부터 달달 떨려 이빨이 부딪쳤다.

"하늘이 무섭지도 않으세요?"

"……."

"대체 바닥이 어디까지예요?"

"앉아."

자세를 고쳐 앉고 그녀를 쏘아보는 눈이 무척 날카로웠다. 세하는 물러서지 않았다.

"얼굴 보니 정말 뻔뻔하고 악마 같네요."

"네 애비 이런 사람이라 도망쳐 놓고 대체 뭘 처음 보는 척을 하는 게냐?"

규명이 픽 웃음을 터트렸다.

"적당히 해야지. 그만 옆에 와서 앉거라."

"자꾸 아버지, 라고 그러시는데 토할 것 같아요."

"뭐?"

"제 몸에 흐르고 있는 피까지 더럽다고요."

공격적으로 뻗어 나간 문장에 그의 이맛살이 구겨진다.

"엄마한테도 그러더니, 이젠 박 실장님까지 방해돼서 죽일 생각이셨던 거예요?"

"미쳤구나. 내가 언제 네 엄마를 죽였다는 거냐."

"그렇게 회피하면 없던 일이 돼요?"

"정신병까지 얻었군."

대수롭지 않게 응수하는 규명의 태도에 세하는 정말이지 참을 수가 없었다.

"엄마 죽음. 제대로 밝혀지지 않았다고 해서 아버지가 신이라도 된 것 같아요?"

"……."

"손바닥으로 하늘을 가리세요! 살인자인 건 변하지 않아요!"

"닥쳐!"

내부가 규명의 목소리로 쩌렁쩌렁 울렸다. 몸이 움츠러들 만큼 위협적이었다.

"어차피 내다 버린 자식. 목숨 부지하고 내 앞에 서 있는 것도 감사한 줄 알아."

"아예 저까지 죽이시지 그러셨어요. 네? 엄마 따라 보내시지 그러셨냐고요."

"이게 미쳐도 정도껏 미쳐야지."

뺨을 내려치려는 듯 올라온 손에 눈을 질끈 감은 세하는 오래지 않아 스스로 눈꺼풀을 들었다. 주먹을 꽉 쥔 손이 부들부들 떨린다.

"어쩌면 이렇게 똑같으세요. 정말 달라진 게 하나도 없어. 이러고도 아버지가 인간이라고 할 수 있어요?!"

"닥쳐라!"

"제 인생 하나면 됐잖아요! 남의 인생 망치는 거, 남의 목숨 가볍게 여기는 거. 저 하나면 됐잖아요!"

"이 년이 제대로 돌았구나."

"왜 그러셨어요?! 박 실장님한테 왜 그러셨냐고요!"

노려보는 눈에는 잔뜩 힘이 들어가 있었다. 방심을 한 찰나에 규명이 세하의 왼쪽 뺨을 강타했다. 순식간에 어지러워 균형을 잡지 못하고 그녀가 바닥으로 쓰러졌다.

"이 쌍것이 누구 앞이라고. 이래서 족속이 중요하단 건데."

"……."

"네 애미나 너나 주제 모르고 덤비는 건 똑같구나. 더러운 것들. 퉤."

쓰라린 뺨을 타고 핏방울이 흘러내렸다. 눈물도 아닌 핏방울이 뺨을 타고 흘러내리는 기괴한 광경이었다. 쓰러진 세하가 손가락으로 바닥을 긁으며 겨우 상체만을 일으켰다.

"……더러운 것들?"

고개를 떨군 세하가 픽 웃었다.

"지금 더럽다고 하셨어요?"

"웃어?"

"더럽다는 말을 아버지가 하신 거예요?"

산발이 된 머리카락이 그녀의 얼굴을 가려 보이지 않았다. 곧 실성한 것처럼 세하가 웃음을 터뜨리자 어깨가 들썩인다. 정말 미쳐버린 것 같은 그녀를 보며 규명은 잠시 주춤했다.

"인정하지 않을 거라는 건 알고 있었지만 누가 누구한테 더럽다는 말을 하는 건지."

"입 다물어."

"어차피 이렇게 된 거 같이 죽어야겠네요."

규명을 향해 치켜뜬 눈에서 마치 살기가 느껴졌다.

"제가 무서울 게 뭐가 있어요."

죽음을 작정한 사람처럼 그녀는 눈도 깜빡이지 않았다.

"당신 같은 살인자가 대통령이 되면……. 윽!"

규명이 세하의 멱살을 붙잡고 내팽개쳤다. 책장에 몸을 부딪친 세하가 바닥에 쿵 소리를 내며 쓰러졌다. 무게감에 책장이 휘청이며 두꺼운 책들이 바닥으로 우수수 쏟아졌다.

바닥에 쓰러진 세하는 고개를 돌려 눈으로 그걸 보았다. 부딪친 곳이 아파 눈물이 흐르는데도 입은 자조적으로 웃고 있었다. 저 징글징글한 인간.

"웃어? 이래도 웃어?"

"……윽."

"살려 달라고 빌지는 못할망정! 웃어?"

규명이 그 위로 올라타 상체를 누르고 앉았다. 도무지 숨을 쉬기 힘들었다. 힘줄이 선 팔로 기도를 누르며 세하의 목을 졸랐다.

"내가? 내가 살인자라고?!"

"으윽……."

그녀의 눈앞에 번개가 치는 것처럼 세상이 온통 새하얗게 변했다. 죽은 벌레가 마지막으로 안간힘을 쓰는 것처럼 꿈틀댔다.

"네 애미나 너나 뭘 알고 떠들어야지!"

"엄마……를 죽인 게 당신이라는 사실은……."

"그래. 이 씨발 년아. 내가 네 애미도 이렇게 죽였어."

컥. 목소리도 나질 않았다. 피가 쏠리며 눈의 실핏줄이 터질 것처럼 빨개졌다. 얼굴에 피가 저릿하게 통하는 것도 느껴졌다.

"네 애미도 죽기 직전 나를 두고 협박을 하더군."

세하의 엄마인 그녀는 규명이 증거 불충분으로 풀려난 사건을 모두 알고 있었다. 용의선상에 오르지 않아 증거를 댈 필요조차 없었지만 배후에 규명이 있음이 명백한 사건들도 존재했다.

그렇지만 죽기 직전까지 그에게 평생 헌신했다. 제가 없으면 세상에 홀로 남겨질 세하를 위해서였다.

그런 착실한 여자를 살인한 게 겨우 바른말을 해서 신경을 건드렸다는 이유라면, 정말 그렇다면…….

"미친 살인자……. 윽."

세하는 죽음에 대해 생각했다. 이상하리만큼 하나도 두렵지 않았다.

이미 발 딛고 서 있는 이곳이 지옥인데 죽음쯤이야. 이미 망가진 인생이라 복구할 수도 없는데 차라리 하루빨리 죽는 게 나을지도 모른다. 그것만이 편안해지는 마지막 방법일지도 모른다.

세하는 손톱이 뒤집힐 정도로 바닥을 긁었다. 죽음의 위기에 본능적으로 발버둥을 치고 있지만 어쩐지 초연하게 죽음을 받아들이려는 세하의 그 얼굴에 규명은 미칠 것만 같았다.

"당장 나한테 빌어!"

"……."

"빌라고!"

컥컥대며 눈을 감고 숨 한번을 쉬지 못했다.

"빌어!"

그녀는 헐떡이며 엄마에 대해 생각했다. 이렇게 고통스럽게 돌아가신 게 사실이라면, 그 죽음이 영원히 비밀이 되어 늘 그랬듯 나쁜 사람들만 잘 먹고 잘사는 세상이라 엄마의 한이 된다면. 게다가 그 손에 나까지 처참하게 죽어 버린다면.

이 억울함은 과연 누가 풀어 줄 수 있을까. 이게 진짜 내가 바랐던 결말인가? 이게 우리의 최선인가?

작은 새처럼 깔려 있던 세하는 눈이 번쩍 뜨였다. 제 목을 감싸고 조르는 그 팔을 붙잡고 힘겹게 말을 꺼냈다.

"내가…… 이 손에 죽어도……. 윽. 당신이 살인자라는 사실은…… 변하지 않아."

"닥쳐!"

"……으윽."

"너 같은 건 진작 죽여 버렸어야 했어."

혈안이 된 규명은 세하를 계속 강하게 짓눌렀다.

"유용하게 쓰일까 싶어 살려 둔 내 잘못이지."

"……흐으."

"그래. 죽고 싶어서 찾아온 거지? 그래서 빌지 않는 거지?"

"……그……만."

세하는 오른쪽에 쓰러진 화병을 집으려 미친 듯이 손가락을 움직였다.

"너도 얼른 네 엄마 품으로 보내 주마."

화병에 손가락이 닿을 듯 말 듯 했다. 점점 눈앞이 암전이 되어 아무것도 볼 수도 느낄 수 없었다. 숨을 쉴 수가 없고 목에서 혈이 차는 것처럼 뜨거워서 미친 듯이 괴로웠다. 혀가 잘린 사람처럼 꺽꺽대기만 했다.

장막 같은 시야 사이로 계속 규명의 얼굴이 떠올랐다 사라졌다. 악마같이 기괴하게 일그러진 표정. 절망인지 희열인지 모를 것을 쏟아 내고 있는 눈과 입. 엄마가 살아생전 마지막으로 보았을 이 살인자의 얼굴.

조금만 더. 조금만 더. 세하는 손아귀에 화병이 닿는 순간 마지막 힘을 다해 그것을 쥐었다. 눈을 꾹 감았다.

쨍그랑! 동시에 그녀를 짓누르고 있던 규명이 신음을 뱉으며 옆으로 쓰러졌다. 세하가 화병을 간신히 내던진 것이다. 정확히 화병에 가격당한 규명의 머리에서 피가 흐른다. 갑작스러운 유혈 사태의 시작이었다.

"윽……. 으윽."

졸린 목이 풀리자 세하는 미친 듯이 기침을 토해 내며 제 몸 하나 가누지 못했다. 숨을 쉬지 못해 정신이 혼미했다. 그 순간 서재의 문이 벌컥 열렸다. 절규하는 소리가 이어졌다. 발치에 다가온 누군가 세하를 급히 들쳐 안았다.

"세하야. 정신 좀 차려 봐. 서세하!"

기력이 없는 그녀의 몸을 안고 다급히 저택을 빠져나오는 것은 윤혁이었다. 늘어지듯 정신을 잃은 세하는 금방이라도 숨이 꺼질 것 같았다. 가쁜 숨을 몰아쉬다 이내 축 늘어지는 그녀를 보며 그는 입술을 감쳐물었다. 손이 떨리고 정신이 아득해지지만 병원으로 그녀를 옮겨야 했다. 한시가 급했다.

윤혁의 빠른 대처로 세하는 근처 대학병원 응급실로 급히 이송되었다. 이리저리 멍이 들고 상처가 나 피가 비추는 얼굴과, 거센 손자국대로 피멍이 든 목, 너덜너덜해진 슬리퍼와 퉁퉁 부어오른 손발. 사태를 마주한 모두가 경악했다.

몇몇은 윤혁을 알아보고 사진을 찍기도 했다. 재호의 일 처리로 급히 VVIP 병상으로 올라간 탓에 세하의 모습은 노출되지 않았다.

추운 날씨에도 땀으로 범벅이 된 윤혁이 이마를 짚고 한숨을 내쉰다. 눈가를 파고드는 시야와 풍경이 아프기는 처음이다.

병실 문 앞에서 발을 멈췄다. 은색 손잡이를 쥔 손에 힘이 빠진다. 몇 번이고 숨을 고르고 나서야 병실에 들어설 수 있었다. 그녀를 보는 게 이젠 자신이 없었다.

"⋯⋯세하야."

불이 꺼져 있는 병실이었다. 어둑한 새벽의 조요한 달빛만이 창가로 들이쳤다.

"⋯⋯."

힘없이 걸어간 윤혁이 간이 의자에 털썩 주저앉았다. 가만히 앉아서 세하의 얼굴을 보기만 했다. 신경안정제를 맞고 누워 있는 그 얼굴이 전보다 편안해 보였다.

"⋯⋯."

마른 뺨을 감싸고 이마에 이마를 맞댄다. 눈, 코, 입 어디 하나 소중하지 않은 데가 없다는 듯 쓰다듬다가 입을 맞추었다. 아주 길게 맞추었다.

폭풍우가 휘몰아치고 나면 길게 여파가 남는 것처럼, 시간은 누구에게나 평등한데 어째서인지 그에겐 가속도가 붙는 것만 같았다.

"⋯⋯미안해. 세하야."

칼바람에 긁혀 상처 난 그녀의 발등 위로 직접 연고를 바르고 반창고를 붙여 주었다. 따뜻한 곳에 있음에도 불구하고 한 손에 다 들어오는 작은 발이 아직도 차가워 마음이 아팠다. 무슨 일이 있어도 그녀를 지켜야 한다는 신조가 무용지물이 되어 버렸다. 윤혁은 죄책감에 사로잡혔다.

세하는 감겨 오는 손을 느끼고 고개를 돌렸다. 윤혁이 그곳에 자리해 있었다.

"어떻게⋯⋯. 이게 다 어떻게 된⋯⋯."

경황이 없지만 상황 파악은 진작 끝났다. 더 이상 그 어떤 말로도 그를 속일 수 없음을 안다. 세하는 인정하듯 눈을 감고 반대쪽으로 고개를 돌렸다. 잠시 정적이 일었다.

"또 네가 날 구했네……. 난 항상 너한테 피해만 주고……."

"그런 말 하지 마."

"죽으려고 갔었어."

"……."

"너무 괴로워서."

세하가 눈꺼풀을 깜박인다. 물기가 가득한 눈동자가 눈물을 참고 있었다.

"같이 죽으려 했어. 그 인간이랑."

"세하야."

"나도 괴롭고, 너도 괴롭고, 그 사람도 괴롭고. 정말 모두가 괴로워야 한다면. 그렇다면 그냥 죽는 게 나을 것 같아서……."

윤혁의 눈에 세하는 너무도 아슬아슬해 보였다. 금방이라도 먼지처럼 사라질 듯이, 손에 쥐어도 빠져나가는 모래처럼 사라질 듯이. 부서지고 또 부서져 겨우겨우 붙인 얇은 조각처럼 위태로워 보였다.

"그만 가. 너 여기 있으면 안 돼. 위험해."

"다쳐도 내가 다친다는 말, 그렇게 했었는데……."

"……윤혁아."

"널 보면서 항상 생각했던 게 그거야. 너 지키려면 뭔들 못하겠냐고. 내 목숨도 내놓을 수 있다고. 사랑해서 바닥 치는 인간이 나잖아. 늘 봐 왔잖아."

"……."

"그런데도 내 생각해서 나 놓아주고, 내 생각해서 도망친 거야? 그래?"

"……"

"그렇게나 많은 시간을 같이 보냈는데……."

어째서 나에게 진작 말하지 않은 거야. 지금 그 눈물의 의미는 도대체 뭐야.

윤혁은 묻고 싶은 질문만이 목에 턱턱 걸려 나가지 않았다.

첫눈에 반한다는 말은 믿지 않았었다. 사랑은 언제나 자연스럽게 찾아오는 거라 믿었다. 하지만 언젠가부터 그도 모르는 새에 안에서 너무 크게 그녀가 자리하고 있었다. 가끔은 벅차고 아파서 기쁘기도 슬프기도 하는 것. 그걸 깨닫는 순간 사랑의 시작이었다.

"차라리 처음부터 사랑을 모르고 살다가 죽었으면 고민도 없을 텐데."

"……"

"나는 이렇게 가슴 한편을 비워 놓고 살아야 하잖아."

"……"

"네가 내 옆에 있든, 없든. 너를 사랑하는 사실은 변하지 않으니까."

그녀가 그를 밀어 낼 때마다, 떠날 때마다, 화가 나야 정상인데 마음은 어찌할 수가 없었다. 당연한 거였다.

"내 잘못이야……. 윤혁아. 처음부터 너랑 함께해선 안 됐어."

"세하야."

"네가 날 너무 많이 사랑하고 있다는 걸, 알면서도 모르는 척해선 안 됐어……."

세하는 마지못해 의지를 죽이고 그에게 안겼다. 여전히 따뜻했다. 잔뜩 얼어 버린 심장과는 달리, 뜨겁게 달아오른 눈물이 한데 뒤엉킨다.

"윤혁아 나는……."

떨리는 목소리가 서글펐다.

"사랑이 아니라고 믿고 싶었어."

"……."

"사랑이면……. 이게 사랑이면 안 되니까."

"……."

"그저 우리 고집이라, 몸이 멀어지면 끝나는 그런 마음인 줄 알았어."

목구멍으로 참았던 울분이 기어이 역류한다.

"너무너무 미안해……."

뺨을 감싼 손가락 사이로 세하의 눈물이 새어들었다. 북받치는 감정에 뚝뚝 굵은 방울을 떨구었다. 핼쑥한 안색으로 오열하는 세하를 차마 달래 줄 수조차 없었다. 그녀를 안고 있는 그 역시 미친 듯이 눈물이 흐르고 있었다.

병일지도 모른다고 생각했다. 알면서도 서로를 놓지 못해서 생기는 병. 알면서도 자기 손으로 직접 놓지 못해 계속 앓아야만 하는 그런 열병. 누구도 고쳐 줄 수 없어서 평생을 안고 살아야 하는 지독한 마음의 감기.

그는 입 안에서만 수십 번씩 굴렸던 이름을 되뇌었다.

서세하. 눈 앞에 있는 그녀를 바람 하나 새어 나갈 길 없이 안았다. 따듯한 체온이 영영 사라지지 않았으면 했다.

　맑은 눈이 소복소복 내리는 겨울이었다.

18

정장을 입은 무리가 사무실 유리문을 열고 들어온다. 주축에서 커다란 보폭으로 걸어오던 김 상무가 크리스털 재떨이를 공중으로 던졌다. 그것이 휘겸의 어깨를 아슬하게 빗겨져 나가 파열음을 내며 바닥으로 떨어졌다.

휘겸은 자리에서 동요 없이 서 있었다. 서늘함으로 중무장한 얼굴 가죽이 딱딱하게 굳어 갔다. 김 상무가 뒷짐을 지고 서 있는 부하에게로 달려가 멱살을 쥐었다. 단전에서부터 분노가 끓어올라 목소리가 쩌렁쩌렁 울렸다.

"없어졌다는 게 무슨 소리야. 감시 붙여 놓은 이유가 뭔데! 계집년 하나를 똑바로 케어 못 해?!"

구두 굽으로 남자의 정강이를 걷어찼다. 이내 양쪽 뺨을 강타하는 소리가 이어졌다.

"어디서부터 어떻게 된 건지 똑바로 얘기해."

"죄, 죄송합니다. 교대로 감시를 하고는 있었지만 하필 제가 한눈을 판 사이에 도망친 것 같습니다. 자정이 넘은 시각이었고요……. 문이 열려 있는 걸 확인하고 집을 뒤졌지만 이미 없어진 뒤였습니다."

"미친 새끼들."

지끈거리는 머리를 짚은 김 상무가 고개를 틀어 휘겸을 돌아보았다. 열린 창가에 기대선 휘겸은 담배에 불을 붙이고 연기를 길게 뱉어 내고 있었다. 지금의 그는 마치 죽기 직전 마지막 유언을 앞둔 사람 같았다. 더도 덜도 않은 딱 그 정도의 가련함이 비추었다.

빗물이 창문을 때리는 소리가 서서히 구체화되었다. 그는 이미 인연이 여기까지라는 걸 인정하고 이 자리에 온 것이다. 지금 이 침묵이 마지막 관용이었다.

김 상무가 오 실장을 향해 손짓했다.

"오 실장. 위치 파악은?"

"최대한 빨리 보고 드리겠습니다."

"한 시간 내로 찾아내. 서세하가 무슨 일이라도 벌였다간 그땐 우리 다 끝이야."

이미 그녀의 행적을 파악하기 위해서 건물과 도로, 심지어 통영과 서울 바다 전역의 CCTV가 일체 검토되는 중이었다. 주 모니터에 돌아가고 있는 화면에 순간 그녀가 잡힌다. 일순간 캡처된 스크린 샷은 터미널에서 찍힌 세하의 모습이었다.

"서울로 올라온 게 맞는 것 같습니다."

동시에 오 실장의 핸드폰이 울린다. 짧은 통화가 이어지더니 표정이 심각해진다. 최악의 상황이 펼쳐지리라는 것을 예상이라도 한 듯, 그는 두려움에 떠는 얼굴로 김 상무에게 다가갔다.

주춤주춤 한 번에 요건을 말하지 못하고 책상 아래로 눈동자를 툭 떨어뜨리며 망설이고만 있는 모습에, 김 상무가 수화기를 낚아챘다.

"예. 김 상무입니다."

순식간의 그의 표정 역시 난도질이라도 당한 식겁한 얼굴이었다.

"예?!"

김 상무가 큰소리로 대답하는 것에 덩달아 휘겸도 고개를 들었다. 삭막한 정적이 흐른다. 수화기 너머의 호통이 어찌나 큰지 외부까지 쩌렁쩌렁 울렸다.

"어떻게 일 처리를 이따위로 개같이 해! 그년 하나 때문에 다 모가지 날아갈 뻔했어! 의원님이 죽지 않은 게 천만다행이지."

"죄, 죄송합니다."

전화기를 바투 쥐고 있던 김 상무가 연신 안절부절못하며 허공에 대고 허리를 숙였다. 동시에 어떤 말을 들은 휘겸의 한쪽 눈썹이 바짝 올라갔다. 죽지 않은 게 다행? 안면 근육이 경련이라도 인 듯이 떨려 왔다.

"지금 무슨 말씀들 하시는 겁니까."

빠르게 다가온 그가 김 상무의 어깨를 붙잡아 돌렸다.

"누가 다치기라도 했다는 겁니까?"

"어디 함부로. 안 놔?!"

"서세하 다쳤다는 거지."

"……."

"씨발. 그 말이지 지금."

휘겸의 얼굴이 순간 격정적으로 변했다. 날카로운 얼굴로 미간을 좁혔다. 주먹 쥔 팔에는 힘줄이 솟아났다. 금방이라도 터져 버릴 듯한 적나라한 분위기에 모두가 숨을 죽였다.

"서세하 다치면 가만 안 있겠다고 분명 말했을 텐데."

"접대가리 상실한 미친년을 우리가 무슨 수로 막아."

"그러니까, 씨발."

거칠게 덤벼드는 휘겸은 위태로워 보였다. 마지막 이성의 끈을 붙잡고 있는 중이었다.

"처음부터 세하 좀 놔 달라고 했잖아. 다 죽고 싶어?"

충격으로 또렷해졌던 눈동자가 탁해졌다. 자꾸만 눈앞이 흐려져 뿌옇게 변했다.

"다들 이, 이 새끼 좀 막아. 뭐 하고 서 있어!"

경호원으로 일해 온 휘겸의 몸집은 김 상무를 집어삼키고도 남을 정도였다. 상무는 그의 험악한 기세에 겁먹어 되레 큰소리만 쳤다.

"……개 같은 새끼들."

지금 휘겸의 얼굴에는 분노가 들끓고 있다. 최선을 다해 억누르는 중이다. 이내 멱살을 뿌리치고 뒤돌아 나가는 그의 뒷모습에 누구도 쉽사리 손을 뻗지 못했다. 그의 손에 잡힌 담뱃갑이 형편없이 구겨졌다.

솔직해지자면 실은 그 어떤 말로도 세하를 설득할 자신이 없었다. 하지만 무슨 일이 있어도 세하를 만나야 했다. 괜찮은지 다친 곳은 없는지 눈으로 직접 확인해야만 했다.

걸어 나가는 다리에 무게가 실렸다. 속이 썩어 문드러지는 것 같았다. 쓸데없는 욕심을 부려서, 가질 수 없는 사람을 가지려 해서 일이 이렇게 된 것일까. 성진도, 그녀의 아버지도 아닌 저 자신이 그녀를 그렇게 만들어 버린 걸까. 어두운 복도, 휘겸이 걸어 나가는 바닥에 검은 얼룩이 졌다.

* * *

저녁부터 여론은 특정 사건으로 들끓었다. 지상파 방송과 더불어 뉴스 1면에 인장처럼 박힌 그것. 간밤에 있었던 소동이 규명에게 편중되어 보도된 것이다.

행방불명된 줄 알았던 세하의 정체와 더불어 자택 침입 소동까지 대한민국 전역이 다시 들썩였다. 그들의 기구한 가정사를 두고 뒷말이 나오지 않을 리가 없었다. 귀신같이 병원을 알고 찾아온 기자들은 기사를 하나라도 건져 보려 VVIP 전용 병동 정문 앞에 진을 쳤다. 작금의 이 사태는 전쟁통을 방불케 했다. 질문하는 목소리가 혼선되어 구분이 되지 않았다.

규명의 변호인 측은 기다렸다는 듯 먼저 여론에 입장을 내세웠다. 더불어 집안에 고용된 직원들의 주장까지 인터뷰로 가세했다. 물론 그 자리에 있지도 않았던 연기자들이었다.

―심각했죠. 정신병이 확실해요. 칼을 숨기고 들어온 줄은 아무도 몰랐다니까요. 너 죽고 나 죽자며 자기 아버지를 죽이려고 하질 않나……

　―의원님은 정말 자기 자식 하나밖에 모르는 분이신데. 병실에 누워 계시면서도 딸 걱정밖에 안 하시더라고요. 대단하신 분이죠.

　기자회견의 연단 앞에 선 대리인은 대문과 계단, 그리고 정원의 CCTV를 낱낱이 공개하며 그날 세하가 어떤 상태였는지를 강조했다. 헤드라인에는 특정 문구들이 강조됐다. '심신이 미약한. 정신적 착란. 칼을 소지한 살해 의도.'

　―지금부터 서규명 의원님의 입장문을 대신 전달하겠습니다.

　대리인은 약간은 침통한 얼굴로 그것을 읽어 내려갔다.

　―국민 여러분. 서규명입니다. 한 가정의 일이 만천하에 공개되어 낯부끄럽습니다. 좋지 않은 일로 번번이 심려를 끼쳐 죄송합니다. 다 자식을 제대로 키우지 못한 제 잘못입니다. 가장으로서 딸자식을 바르게 키워 내지 못한 제게 비난을 쏟아 내어 주십시오.

　그들이 먼저 움직였다는 건 시간이 촉박하다는 뜻이다. 뉴스를 보는 윤혁의 미간에 깊은 주름이 잡히고, 이마에는 핏줄이 팽팽하게 자리 잡는다. 냉수로 입 안을 헹군 윤혁이 비서진을 돌아보았다.

　"절대 세하 노출시키면 안 됩니다. 특별히 신경 쓰세요."

　"명심하겠습니다."

　이틀 내내 제대로 쉬지도 못한 윤혁은 잠시 병동을 빠져나왔다. 숙면을 취하지 못한 신체는 축 늘어질 것처럼 무거웠다.

　옥상으로 올라와 담뱃갑에서 담배 한 개비를 꺼내 물었다.

분주하게 움직이는 도로 위의 차들과 네온사인, 장사진을 치고 있는 수십 대의 카메라들과 방송국 차량들. 머리가 지끈거렸다.

수백, 수천 개의 연락이 한꺼번에 몰아쳤다. 아는 기자들, 동료, 친구와 가족들까지. 세하가 살아 돌아온 게 사실이냐는 메시지였다.

윤혁은 무표정한 얼굴로 스크롤을 죽죽 내리다 은재에게서 온 연락을 발견했다. 괜찮은지 물으며 시간이 날 때 연락을 달라는 문자였다. 그러고 보니 주말에 드레스 숍에 함께 가 주기로 했었다. 그는 쓴 한숨을 삼켰다. 미간에 깊게 팬 주름이 얼마나 골치가 아픈지 드러났다.

윤혁은 어쩌면 처음부터 알고 있었다. 아무 일도 없던 것처럼 살고 싶었다면 애초에 시작하지 말았어야 할 사랑이다. 이루어지지 않았기에 남은 과정은 불필요한 감정을 여과하는 것뿐이다. 그게 안 된다면 새로운 사람에게 덮어씌워야만 하겠지.

그래서 은재에 대해 진지하게 생각해 본 적도 있었다. 짧은 만남이었지만 충분히 좋은 여자란 것을 알 수 있었다. 그렇기에 더더욱 밀어 내야 했다. 이런 사람일수록, 더 좋은 사람에게 가야 하는 게 맞지 않는가.

얼마간 신호음이 이어지다 이내 전화가 걸렸다.

-이사님……. 연락 기다렸어요.

은재는 조금 체념한 목소리였다. 손마디가 하얘질 정도로 주먹을 꽉 쥐고 있을 것이다.

-괜찮으신 거죠? 뉴스 보고 너무 걱정이 되어서…….

"은재 씨."

어딘지 가라앉아 있는 기운은 여전했다.

"차라리 욕이라도 하시죠."

-왜 그런 말을 하세요. 정말 다…… 어쩔 수 없이 이렇게 되어 버린 거죠.

"뭐라 말씀드려야 할지 모르겠습니다."

-윤혁 씨.

"……."

-저 알고 있었어요. 결국 이렇게 되리라는 거.

예상했던 결론이다. 그리 어려운 추측도 아니었다. 어찌 됐건 천 번을 노력해도 한 번 돌아설까 말까 한 그의 마음을, 제 마음대로 해 보려는 건 그저 욕심일 뿐이었다.

은재는 그를 동경해 왔다. 정윤혁이라는 사람은 막연히 그녀가 존 경하는 인생을 사는 사람이었다. 소신을 굽히지 않고 뜻대로 밀고 나가는 사람, 어떤 외압에도 기죽지 않는 사람, 사랑이라는 불합리하 고도 어려운 감정을 알고 있는 사람.

그래서 그를 만나면 똑같은 삶을 살 수 있지 않을까 가끔 생각했 었다. 윤혁이 저를 택해 준다면 최선을 다할 수 있을 것 같았다.

소개팅 첫날 은재가 꺼내려다 말았던 선상 파티에서의 일을 그는 여전히 기억하지 못할 것이다.

"안 다쳤어요?"

-저……는 괜찮은데……. 그쪽이……!

"괜찮습니다. 안 다쳤으면 됐어요."

감사하다는 말도 마치지 못했는데 살짝 목례를 하고 떠나던 윤혁의 뒷모습이 여전히 선연하다. 누군가를 배려하는 게 너무 당연하고도 사소한 일이어서, 그에겐 여러 번 노력해야 겨우 한 번 떠오르고 마는 그런 기억이리라.

은재에게 짝사랑의 시작이었던 그때를 웃으며 추억으로 묻어 두기로 했다. 발음이 분명하고 힘 있는 목소리. 다정치는 못해도 걸어온 길을 살펴 삐뚤지 않은 길을 택하는 사람. 약자에겐 허리를 숙이고 강자에겐 한없이 강한 성정. 그리고 반드시 자신을 위한 선택을 하라던 그 조언까지. 은재는 모조리 기억하고 있었다.

그를 사랑했던 걸까, 존경했던 걸까.

-이 상황⋯⋯. 도움 드리고 싶어요. 어떻게든.

동경에서 비롯된 호의였다. 은재는 이미 알고 있었다. 어떻게 해서도 저들 사이를 갈라서고 들어갈 자리는 없는 거라고. 윤혁을 도울 수 있는 게 최선이라면 그렇게 해야겠다고.

-아버지에게서 들었어요. 곧 서 의원님 측에서 이 여론을 못 박을 만한 기사를 터뜨릴 거예요.

"이미 일이 새어 나간 이상 판을 확실히 쥐고 흔들어야 하겠죠."

-맞아요. 저야 구체적인 정황은 모르지만 아마 자택 CCTV로 여론을 유리하게 몰고 갈 거예요. 꼭 그때처럼요⋯⋯. 경찰 수사는 당연히 유야무야 될 거구요.

그때, 라는 건 1년 전 그 일을 뜻했다. 하나의 실타래처럼 촘촘하게 엮여져 있던 윤혁과 세하의 인생이 뒤바뀌어 버린 그 일.

"이번 사건이 다시 불씨가 된다면⋯⋯."

-네. 단순히 이번 사건에서 끝나지 않을 거예요. 그러니까 여태껏

이어져 온 판을 뒤집을 만한 확실한 증거. 그게 필요해요.

"어쩌면 마지막 기회일 수도 있겠네요."

자조적으로 내뱉은 윤혁은 난간에 상박을 기대고 섰다. 둘 사이의 커다란 공백 사이에 미묘한 침묵이 흐른다.

-윤혁 씨.

"……."

-이번에는 이기시길 바라요.

담배를 태우며 저 멀리 잔잔한 호수를 넌지시 바라보았다. 한숨인지 목소린지 낮게 읊조리는 음성이 흘러나왔다.

-꼭 보여 주세요. 그 그림.

"밝혀야죠. 진실."

끝날 때까지 끝난 게 아니다.

* * *

세하는 종일 안정제를 맞으며 잠만 잤다. 의사의 소견으로는 외상 후 스트레스가 극심하다고 했다. 무거운 눈꺼풀을 내리감고 있는 그녀의 얼굴은 편안해 보이기도, 한편으로 서글퍼 보이기도 했다. 세하의 마음속에 우울은 항상 잠재되어 있었다. 끔찍한 공포와 처절함이 온갖 데에 뒤섞여 있어서 죽지 않은 것이 다행이라 했다.

몇 번씩이나 세하가 눈뜬 얼굴을 못 보고 떠났다. 세하가 제대로 눈을 뜬 건 무려 일주일이 지나서였다.

연락을 받고 황급히 병실로 가니 세하가 자리에 앉아 있는 게 보였다. 윤혁은 들어서자마자 세하를 안았다. 비쩍 마른 몸이 느껴졌다. 보도 매체에서는 지금 이 사건에 대해 혈안이 되어 연일 떠들어 댔으나 세하는 흡사 아무 관계도 없는 남 이야기를 듣고 있는 것처럼 어떤 관심도, 흥미도 보이지 않았다. 묵묵히 창밖만 보고 있는 게 그녀에겐 익숙한 처사였다.

"밥 걸렀다며."

"그냥……. 입맛이 없어서."

긴 팔이 그녀의 몸을 붙잡다가 끌어안는다. 가슴이 마주 닿도록 꽉 끌어안은 팔의 힘이 단단했다.

"나 때문에 윤혁이 너 이리저리 뛰어다니면서 고생하는 거 알아."

"알면."

"……."

"알면 내 소원 좀 들어줘."

"……."

"밥 잘 먹고, 잘 자고. 이거 두 개만 해 줘. 딴 거 안 바라."

세하는 쓸쓸하게 눈을 내리깔았다. 어떻게든 의연한 척 노력하려는 모습이 그의 눈에는 다 보일 것이다.

"미안해 다……."

그는 뺨을 타고 흐르는 그녀의 눈물을 손가락으로 슥 닦았다. 눈물 맺힌 속눈썹에 한 번, 콧잔등에 한 번 입을 맞추며 그녀를 참을성 있게 다독였다. 품 안의 세하를 약간 떼어 내 눈을 마주쳤다.

"처음에 약속했던 거 기억나?"

"……."

"무슨 일이 있어도 너 지켜 주겠다고 한 거."

길게 늘어진 머리카락을 쓰다듬는 손가락이 머리칼을 귀 뒤로 넘겨 준다.

"그 약속 지키고 있는 중이야. 돌고 돌아서 나 또 이 짓 하고 있어."

"……바보같이."

"그래. 바보같이."

"……."

"근데 별수 있겠어. 너 사랑하는 게 난데."

누구에게도 말할 수 없었던 긴 외로움은 춥고 길었다. 이미 겪었으면서도, 얼마나 아픈지 알면서도 윤혁은 또다시 이야기를 쓰고 있는 것이다. 흐린 동공에 그의 모습을 새기려는 듯 촘촘히 뜯어보던 그녀가 떨리는 손으로 그 뺨을 감쌌다.

"윤혁아."

왼쪽 가슴에서 심장이 뛰는 것이 울림으로 전해진다.

"내가 널……."

사랑해서 더는 힘들지 않게 하겠다는 말은 이렇게나 쉬운데. 사랑을 덜어 내겠다는 말은 할 수가 없다.

"사랑해."

"……."

"그래서 미안해."

처음이었다. 세하가 진심으로 제게 먼저 사랑한다고 말한 것은.

그 음성을 받아 낸 윤혁은 한동안 그녀를 안은 채 아무 말도 할 수 없었다. 한 가지 사실만이 분명해졌다. 최선보다 항상 최악의 상황을 먼저 준비해야만 하더라도, 모든 미래를 알고 과거로 돌아간다고 해도 분명 그는 그녀를 사랑했을 것이다.

자신을 괴롭혀야만 하고, 떠날 수밖에 없는 미래를 알면서도 사랑하고, 이별하고 아파하며 괴로워했을 것이다. 똑같은 레퍼토리와 똑같은 마음. 죽음보다 강해지고, 절대 이길 수 없는 것들을 이겨야만 하는 것.

"사랑해서 미안해."

사랑이란 정말이지 속도를 높여 가는 탈선 그 자체였다.

19

뉴스 속보는 끊임없이 이어졌다. 과거 사건까지 불씨가 지펴졌다. 윤혁은 섣불리 대응하지 않았다. 자신이 증인으로 설 수도 있지만 너무 급작스레 일어난 일이라 확실한 물증이 없는 데다, 이미 여론도 과거에 있었던 일과 더불어 규명 측에 유리했기 때문에 전면에 나서는 게 쉽지 않았다.

증거를 충분히 확보한 뒤에 반격하지 않는 한, 사람들이 믿을 것이라 생각하지도 않았다. 벌써 좀비 떼같이 달려드는 기자들의 모습이 예상 가능했다.

"목격자로 인터뷰 섰던 인간들은? 어디까지 알아봤어."

"행방 파악이 안 돼. 쥐도 새도 모르게 사라졌어. 인터뷰 나간 지한 시간도 안 되어 죄다 사라진 거면 말 다 했지."

재호의 그 말에 주머니에 손을 꽂은 윤혁의 눈썹이 살짝 들렸다.

"경찰에 컨택하기엔 서규명 쪽이 라인 꽉 잡고 있고. 알잖아. 살아 있는 증거. 제일 쉬운 방법도 결국 하나라는 거."

윤혁은 고개를 저었다. 세하를 전면에 앞세우지 않으면서도 사건에 대해 그들의 입을 열게 만드는 게 최선의 수단이다. 분명히 방법이 있으리라.

지금은 여론이 너무 들끓고 있어서 경찰로서도 함부로 태도를 취하는 것이 어려워 보였다. 마지막으로 주어진 시간일지도 모른다. 그도 그럴 것이 이건 누구 하나 잃을 것도, 얻을 것도 없는 진흙탕 싸움이었다.

이번 일이 단두대에 오르면서 라디오와 인터넷 뉴스, TV를 통해 보도되는 기사들은 모두 하나같이 성진과 서규명, 그리고 서세하의 관계를 조명했다. 네티즌들과 각종 시민단체들은 1년 전 유야무야 끝났던 사건에 대한 재수사를 촉구하는 서명에 들어갔다. 겨우 침잠했던 사건이 다시 부표처럼 수면 위로 뜨게 된 것이다.

두 번의 범국민적 파장 덕분에 완고한 이미지로 겨우 회복한 규명의 정치 인생도 더는 장담할 수 없는 지경에 이르렀다. 성진 역시 그랬고, 저 역시 그랬다. 가장 크게 타격을 입는 건 세하였다.

더 이상의 파장을 막기 위해서라면 어쩌면 합의가 필요할지도 모른다. 입을 열지 않고 이대로 묻히는 게 최선일지도 모른다. 재호가 그런 요지로 제안했으나 윤혁은 대답하지 않았다. 불시에 탁한 눈동자에 빛이 감돌았다.

"방법이 아주 없는 건 아니지."

그의 뇌리에 스치는 인물이 있었다. 가장 측근이면서 또 다른 줄기가 되어 줄 사람.

"……이휘겸."

윤혁이 펜대를 굴렸다. 이름 위에 동그라미를 쳤다. 문제는 그의 행방이 묘연하다는 것이다. 애초에 사람을 시켜 휘겸에게 붙여 놨으나 이미 눈치를 채고 행방을 감추어 버린 뒤였다.

"어디로 사라졌는지 알아내. 그리고 이제부터는 내가 직접 움직일 거야."

"무슨 소리야."

창밖은 끝도 없이 비가 쏟아졌다. 어느 뉴스에서는 홍수에 무너진 산이나 날아가려는 우산에 간신히 의지해 위태롭게 길을 걷는 사람이 나왔다.

그는 한 손을 허리춤에 올리고 다른 한 손으로는 미간을 꾹꾹 눌러 댔다. 작금의 사태와의 상관관계를 전면 부인하는 정 회장의 기사가 쏟아지는 지금이 바로, 모든 걸 돌려놓을 수 있는 마지막 기회다.

"그렇게 아들 얼굴이 보고 싶으신 것 같은데, 직접 뵈러 가야지."

이 사태를 엎을 수 있는 마지막 열쇠는 정 회장이 쥐고 있으리라. 윤혁은 거울 앞에 저 자신을 마주 보고 섰다. 목숨을 건 투쟁을 앞둔 전장의 군사처럼 결연한 얼굴이었다. 죽음이 두려우냐고 물으면 그렇지 않다고 정직하게 답할 테다.

그러나 세하를 잃는 게 두려우냐고 물으면.

"직접 운전할게."

그렇다고 답할 것이다.

* * *

경기도 외곽에 있는 정 회장의 별장은 호수를 끼고 있는 부지였다. 첫 입구에서부터 경호가 삼엄했다. 이미 등록되어 있는 윤혁의 세단이 들어서자 대문이 열렸지만 다들 엄중한 자태로 윤혁을 맞이하려 하는 모양이었다.

검정 우산을 펼친 경호원 여럿이 다가왔다. 그 중심에는 정 회장과 경희의 직속 비서실장인 김 상무가 있었다. 그는 어두운 눈으로 윤혁을 주시했다.

"연락도 없이 오셨군요."

"내가 부모 보러 오는데 연락을 하고 와야 하나?"

추적추적 내리던 비는 점점 더 거세지고 있었다.

"가시죠."

저택에 길게 나 있는 복도는 쥐 죽은 듯 고요했다. 꼭 필요한 인원 외에 아무도 들이지 말라는 정 회장의 지시 때문이리라. 경호원과 적당한 거리를 두고 윤혁은 함께 걸었다. 빗물이 묻은 구두가 지면과 마찰하는 소리만이 복도에 가득 찼다. 곧 응접실의 문이 열리자 경희가 그곳에 앉아 있었다. 무심한 얼굴로 고상하게 찻잔을 기울이는 손에서 분명한 떨림이 느껴졌다.

"왔니."

윤혁은 대답 없이 맞은편 소파에 앉았다. 경희는 비서에게 차를 한잔 더 가져오라 시켰다.

"그 아이의 병실을 지킨다는 소식은 들었다."

"……."

"그게 그 아이에 대한 네 마지막 호의라고 생각하고 있다. 윤혁아."

경희는 허리를 꼿꼿이 펴고 눈 한번 깜박이지 않았다. 그의 눈앞에 놓인 커피 잔은 손대지 않아 차갑게 식어 가고 있었다.

"무슨 말이라도 좀 해 보렴."

정말 무슨 말이 튀어나오게 될지 불안해하는 경희의 눈빛을 그는 읽었다. 어디서부터 어떻게 시작해야 할까, 오는 내내 고민했지만 다른 이탈 경로 따위 필요 없었다.

"원하는 대답, 해 드리러 왔습니다."

그는 이 자리에 사실적시를 하러 왔을 뿐이다.

"이제 정중하게 말씀드리려 합니다. 오늘부로 이 집안과 연을 끊겠습니다."

"뭐?"

경희가 자리에서 벌떡 일어났다. 그 반동으로 유리 찻잔이 테이블 밑으로 떨어져 깨졌다. 그 틈 사이로 뜨거운 액체가 새어 나왔다.

"어머니까지 이 사태에 끼워 넣지 않는 건, 그간 길러 주신 데에 보답이라 여기겠습니다."

"미쳤니?"

그녀가 다가와 윤혁의 멱살을 붙잡고 마구 흔들었다.

"너 지금 네가 무슨 말을 지껄이는지 알고나 하는 거니?!"

"잘 압니다."

"뭐? 잘 알아?! 네가 뭘 아는데! 뭘!"

"……."

"내가 널 위해 어떻게 어디까지 했는데……! 대체 뭘!"

윤혁은 경희가 쥐고 흔드는 대로 흔들렸다. 그녀를 내려다보는 표정은 무심하기 짝이 없었다. 더 이상의 소모적인 감정 따위 남지 않은 얼굴이어서 경희는 무너지는 것 같았다.

"너 못 간다. 못 가!"

"……."

"여기 너랑 나 둘 중에! 누구 하나 죽어서 나가는 것 말고는."

경희의 눈에서 처절한 서글픔과 분노가 느껴졌다. 윤혁을 정말 잃을까 허겁지겁 그를 끌어안기까지 했다. 진실의 단두대 앞에서 그는 이런 광경이 몹시 불쾌했다. 역겹기까지 했다.

"너 망하면 나 죽어! 윤혁아!"

"어머니."

그는 동요 없는 눈으로 경희를 내려다봤다.

"제가 필요하신 겁니까. 정윤혁 이사가 필요하신 겁니까."

경희는 허를 찔린 듯 순간 말문을 잃고 말았다. 그 모습에 윤혁은 자조적으로 웃었다.

부모의 자식 사랑은 한결같다 배웠거늘, 왜 우리의 부모들은 다이 모양인지. 금방이라도 무슨 일이 벌어질 것만 같은 초조한 분위기가 가속됐다.

"둘 다 살 수 있는 방법, 방금 말씀드렸습니다. 연 끊는 거."

"계집애 하나가 뭐라고 이렇게까지 하니! 정말 이해를 할 수가 없구나! 걔보다 잘나고 괜찮은 애들 널리고 널렸어! 다 줄 서서 기다리고 있는데……!"

"꼭 세하 때문이 아니에요."

"뭐?"

"이 집안과 저는 같은 길을 갈 수가 없는 겁니다."

"……."

"죄 없는 사람이 죽어 나가도 눈 하나 깜짝 안 하는 게 역겨워서요."

진실을 쏟아 내는 윤혁을 보며 경희의 동공이 미친 듯이 흔들렸다.

"정말 영원한 비밀이 있다고 생각하세요?"

그는 경희가 쥐고 있는 멱살을 힘주어 뿌리쳤다.

"저는 아니라고 생각합니다."

동아줄 붙잡듯 윤혁에게 매달려 있던 그 손이 허공으로 추락한다. 정말이지 더 이상의 인연은 없다는 걸 암시하는 것처럼. 강한 충격에 휩싸인 경희를 두고 그는 주저 없이 돌아섰다. 순간 온갖 비명과 악다구니를 지르던 경희가 뒤에서 크게 소리쳤다. 절박한 목소리가 뒤통수를 때렸다.

"꼭 그렇게 네 애미, 애비를 적으로 두어야만 해?! 네가 이렇게 해서 얻는 게 뭔데!"

아직도 이 진흙탕 싸움에서 어느 쪽의 득과 실을 논하고 있다니. 몹시 어폐가 있는 말에 그는 고개를 저었다.

"아버지한테 똑똑히 전해 주세요."

"……."

"이 싸움은 제가 이길 거고, 깔끔히 인정하는 게 그나마 덜 망신스러우실 거라고."

집안과의 대치, 심지어 연을 끊는 데까지 치달은 이 파국을 경희는 평생 이해하지 못할지도 모른다. 그러니 처음부터 없었던 관계로 지내야 할 것이다. 아주 먼 훗날, 저들을 불쌍히 여겨 용서라는 걸 하게 된다면 모르겠지만.

윤혁은 저택을 빠져나갔다. 하늘에 구멍이라도 뚫린 양 비는 그치지 않고 쏟아붓고 있었다. 마침 정 회장의 세단이 정문에 들어서고 있는 걸 보았다. 하지만 멈추어 인사하지 않고 그대로 차량에 탑승했다.

빗길에 어지러운 시야 속 두 대의 세단이 동시에 서로 지나치며 마치 그들의 관계와도 같은 연출을 만들어 냈다. 동시에 재호에게서 연락이 왔다.

"경찰 측에서 수상한 움직임이 보여 뒤를 쫓았는데, 파기하려던 저택 CCTV였어. 당연히 성진 쪽 사람이었고 사람 시켜 자료 복구까지는 성공했어."

그것만으로는 지금의 사태를 잠재울 수 있겠지만 부족한 게 사실이었다. 과거의 사건으로까지 불거진 이 진창 같은 관계를 모조리 한꺼번에 끝낼 수 있는 방법, 확실한 한 방이 필요했다.

거칠게 빗길 운전을 하는 윤혁은 핸들 위를 손가락으로 두드렸다. 필터까지 다 타서 무척 짧아진 담배를 재떨이에 비벼 껐다. 그때 재호의 목소리가 들렸다.

"근처 호수 공원에, 이휘겸. 차량 발견됐다고 하는데."

아마 휘겸은 부러 그 장소를 택했을 것이다. 24시간 내내 병동을 지키고 있는 기자들을 뚫고 출입할 수 있을 리 만무하니까.

"먼저 사람 시켜 보낼까 해. 무슨 수작인지 알 수가 없으니."

"아니. 건들지 마."

"뭐?"

"내가 가."

그 말에 일순간 정적이 일었다.

"너무 위험해. 충분히 상의를 하고 그 다음에 네가."

"형."

"……."

"잊었어? 우리한테 남은 시간, 얼마 없어."

그렇게 말하면서도 윤혁은 신기할 정도로 오히려 차분해졌다.

"내가 갈게."

위험하니 함께 나서겠다는 수하들의 제안은 필요 없다. 이미 이 사태의 가장 수면 위에 올라간 인간은 자신이 아니던가. 모두들 함구하고 있었지만 저마다의 최악의 상황을 예상하고 있을 것이다. 알면서도 윤혁은 자신 있게 핸들을 꺾었다.

* * *

휘겸에게 지난 일주일은 살아 있는 지옥과도 같았다. 한파주의보가 내려져 날씨가 추운 만큼 정신은 몹시 또렷했다. 가끔 손가락 사이에 아슬아슬하게 매달린 담배 끝을 응시했다. 한참 동안 바라보다가 아무것도 쥐어지지 않은 손을 내려다보니 괜히 허전했다.

생각해 보면 지난 모든 세월이 그랬다. 확실하게 제 것이라고 말할 수 있는 것이 단 하나라도 있었나. 그래서 그렇게 아닌 걸 알면서도, 직감을 거부하고 세하에게 매달렸던 게 아닌가. 단 한 번이라도 확실하게 내 것이라고 부를 수 있는 무언가가 있었으면 해서. 그 미련한 욕심 때문에 이 지경이 된 게 아닌가.

사태가 불거진 일주일 전, 재빨리 서울에 올라온 휘겸 역시 병원에 찾아갔었다. 다가가서 대화를 나눌 수 없더라도 그저 그녀가 안전한지 괜찮은 건지 확인이라도 하고 싶었다.

관계자 외에 아무도 들어갈 수 없는 VIP병동에 그녀가 있다는 소식을 들었다. 잠입을 생각했지만 시도 자체가 불가능했다. 세하가 허락한다 한들 더는 그녀의 앞에 설 수 없는 게 당연했다.

연일 기사가 쏟아져 나오지만 세하의 안위에 대해선 그저 '혼수상태'라고만 칭할 뿐, 제대로 된 상태가 밝혀지지 않았다. 병원 근처를 전전하던 휘겸은 포장마차에서 소주를 마셨다. 견딜 수가 없어서 알코올에라도 기대야 했다.

세하야. 그렇게 목숨을 버리면서까지 얻고 싶었던 게 진실이었어? 난 다 잊도록 도와주는 것만이 행복이라 생각했어. 네 말대로 내가 너에게 인생을 걸어서, 내가 어리석었던 거지.

더 이상의 희망도 절망도 존재하지 않는 휘겸의 모습은 마치 껍데기만 남은 것 같았다.

"박 실장님."

휘겸은 아직 병상에서 몸조리를 하고 있는 박 실장을 찾아갔다. 세하를 책임지겠다는 전화 통화를 마지막으로 성진과 손을 잡고 그 이후로 연락을 하지 않았다. 작금의 사태들에 저 역시 책임이 있기에 그는 면목이 없었다. 천천히 무릎을 꿇고 사죄했다.

"죄송합니다……."

"그 사과는."

"……."

"내가 받을 게 아니네."

겨우 사랑이라는 감정 하나 때문에 누군가는 죽고, 누군가는 실패하고, 누군가는 살아가야만 한다면 대체 이 잔인한 것을 끝낼 수 있는 방법이 무엇일까. 무엇이 그토록 세하가 사는 세상을 이렇게 잔인하게 만들었을까.

"누구나 욕심을 낼 수 있어. 사랑이란 눈을 멀게 하는 거니까. 하지만, 사랑하는 사람을 위험하게 만드는 그 욕심이 과연 건강한 것일까?"

부정할 수 없었다. 휘겸의 무릎 위로 눈물이 후두둑 떨어졌다.

"그렇게 해서라도 지키는 게 이기는 거라고 착각했어요. 함께 참고 견디다 보면 세하의 오래된 사랑도 없어질 줄 알았어요……. 그래서 제가…… 세하를 지켜 낼 수 있을 줄 알았어요."

"……."

"죄송합니다."

무너지듯 앉아서 고하는 말들은 짝사랑의 상흔이었다. 죄책감만큼 무서운 게 없는데. 그는 정말이지 어떻게 해야 할지 몰랐다. 이것은 사랑에 대한 처참한 패배이리라.

"네가 할 수 있는 게 무엇인지 똑바로 생각해."

"······."

"용서를 받을 수 있는 마지막 기회일 거야."

더 이상 참을 수 없었다. 뛰쳐나간 그가 병원 밖에서 토악질하는 소리가 여과 없이 울려 퍼졌다. 손등으로 입을 씻고 어두운 하늘을 올려다보았다. 세상을 똑바로 보는 데에 많은 힘이 필요했다. 거부해 왔던 진실을 털어놓을 힘이, 용서받는 게 욕심이 되어 버렸음을 인정할 힘이.

이제 와 할 수 있는 마지막 최선이 무엇일까 휘겸은 생각했다. 벌 떼처럼 몰려든 기자들 사이에서도 차분함을 잃지 않는 윤혁의 모습을 멀리서 지켜봤다.

"처음부터 서세하 씨의 행방을 알고 계셨던 겁니까?! 주주들의 반발이 거센데 어떻게 생각하십니까! 책임을 지실 겁니까?!"

"계획된 살인미수라는 보도가 사실입니까!"

어떻게든 세하를 지키기 위해 애쓰는 걸 보며 정윤혁이라는 인간에 대해 재고했다. 아주 낯설고 아주 바보가 된 것 같았다. 그때서야 자신과의 간극을 인정했다.

확실히 지킬 수 있는 힘이 있는 윤혁과, 그렇지 못해서 그런 시늉이라도 해 보려고 성진과 손을 잡았던 제 어리석음을. 윤혁과 저 사이에 분명히 존재하는 그 명암을.

휘겸이 바라보는 수면 위로 반사된 주황색 불빛이 은은했다. 초점 잃은 눈으로 그것만 빤히 바라보았다.

실체가 없는 누군가를 미워하면서, 절망하면서, 또다시 체념하면서. 더는 세하를 지킬 수 없기에 윤혁에게 보내 주어야 한다는 사실이 속이 아리지만 어쩔 수 없었다.

물결은 잔잔했다. 어둠에 물든 하늘은 조요한 달빛만이 유일했다. 날씨가 조금 풀려 서늘한 바람이 머리칼을 스치고 지나간다. 넓은 호수를 둘러싸고 인적이 드문 어느 산책로의 벤치에 누군가 허리를 숙이고 앉아 있다. 윤혁의 고동색 동공이 그 인영에 꽂힌다.

"……."

다가오는 인기척에 비스듬하게 고개를 튼 마른 얼굴은 휘겸이었다.

"……세하."

휘겸의 말이 끝나기도 전에 윤혁의 주먹이 그의 오른쪽 뺨을 강타했다. 퍽 소리가 날 정도로 힘을 실은 강타였다. 새가 푸드덕대며 하늘 위로 날아갔다. 윤혁은 뒤로 넘어진 그의 멱살을 잡아 일으켜 세웠다.

"이 지경까진 안 왔어. 네 욕심만 아니었다면."

"그럼 내가 어떻게 했어야 하는데. 씨발."

휘겸이 얼굴을 구기며 그를 응시했다. 내지르는 말덩이는 분노로 덮어 버렸다.

"세하 목숨 두고 장난질 한 거, 성진 너희들 아니야?"

"네 그 어쭙잖은 판단만 아니었어도 지킬 수 있었지. 난."

"좋네. 그런 패기. 그 허망한 욕심 때문에 세하만 죽어 나갔지. 알잖아."

분노에 휘감긴 윤혁의 팔을 휘겸이 강하게 털어 냈다.

"이제 와서 다 무슨 소용이겠냐. 너나 나나 다 똑같아."

윤혁이 눈썹을 일그러뜨렸다. 핏줄이 설 정도로 힘이 몰린 주먹을 쥐었다.

"용건이 뭐야."

거세게 뒷머리를 털어 낸 휘겸은 허공을 보며 한숨을 쉬었다.

"용건……."

이내 손 안에서 연신 굴리던 USB를 그에게 던졌다. 포물선을 그리며 날아간 그것이 윤혁의 한 손 안에 들어왔다.

"그동안의 정황이야. 성진이랑 손잡고 나서 오갔던 모든 대화들 녹음해 뒀어."

본사 건물에서 휘겸을 마주친 적 있었다. 그때부터 준비했던 계획인 듯싶었다.

이 기밀의 유출로 모든 진실이 밝혀진다면 그의 목숨은 보장받지 못하리라. 그럴 수 있는 유일한 내부자는 휘겸밖에 없기에.

"내가 이길 수 없는 싸움이었어."

"……."

"너한테서 세하를 뺏어 온다 하더라도 그건 내가 이기는 싸움이 아니라는 걸…… 너무 늦게 알았지."

휘겸은 최선을 다할 자신이 있었다. 세하에게 좋아하는 상대가 아니라, 필요한 상대가 되더라도, 성의껏 을이 되고 싶었다. 챙겨 주고. 책임져 주고. 해야 할 말을 정확한 때에 해 주는.

그렇게 살다가 어느 날이 되면 그녀가 확실하게 말해 줄 것 같았다. 휘겸아. 나는 너라고. 시간이 지나서 모든 걸 훌훌 털어 버렸고 너를 선택하겠다고. 그렇게 말해 주길 바랐다. 결국 아무런 실체도 없고 쓸모도 없는 희망이었지만.

"너도 미쳐 있어서 알 거라 생각해. 내가 걜 보며 무슨 마음이었는지."

매번 밀어 냈던 그 현실을 지금 이 순간이야말로 절실하게 느낀다. 억지로 가지고 있을 때가 아니라, 보내 주고 나서야 진짜 웃는 얼굴을 볼 수 있다면 그것만으로도 행복한 것. 그게 사랑이라는 걸 너무 늦게 깨달았다.

다 털어 버린 듯한 그를 보며 윤혁은 침묵을 지켰다.

"어디로 갈 거야."

"죽은 듯이 살 거야. 미안하다고 한마디만 전해 줘."

"직접 하지."

허탈한 웃음을 지은 휘겸의 잇새 사이로 담배 연기가 빠져나왔다.

"······붙잡힐까 봐. 발목."

"또 전할 말은."

"글쎄."

"······."

"사랑한다고 말하지 않아 줘서 고맙다고도?"

형체를 잃고 그저 흐릿한 믿음이 되어 버린 사랑 따위 하고 싶지 않았으니까.

앙상하고 마른 가지가 바람에 잘게 떨어 댔다. 주머니에 손을 꽂은 휘겸이 주저 없이 돌아섰다. 씹어 내듯 삼켰던 마음을 토해 내듯 뱉은 이유는 이제 영영 떠나면 그 대가를 마주할 일이 없기 때문이리라.

쏟아지는 푸른 달빛이 휘겸의 뒷모습을 밝혔다. 천천히 멀어지는 보폭이 쓸쓸했다. 소실점처럼 사라지는 그 모습을 보며 윤혁은 손

안에 든 USB를 꽉 쥐었다. 이휘겸의 목숨값. 그리고 진실을 밝힐 마지막 기회.

"긴급 기자회견 준비해. 내일 바로 판 엎을 거야."

정말이지 끝날 때까지 끝난 게 아니다.

* * *

수십 대의 카메라들이 일제히 그를 향했다.

"죄에는 경중이 따르기 마련이죠. 무게를 저울질할 수 있다면 반드시 정의롭게 기울어져야 마땅하지만, 현실은 또 그렇지가 못한 거 아니겠습니까."

플래시가 미친 듯이 터져 나왔다. 기자들의 질문이 연이어 폭발했다. 한쪽 손을 들어 잠시 장내의 분위기를 가라앉힌 그 덕분에 다시 고요가 찾아왔다.

"대변인이 아닌 제가 이 자리에 섰습니다. 그 이유인즉슨 지금부터 모든 증거를 명명백백히 공개하려 합니다. 궁금하지 않으셨던 부분까지 시작해, 처음부터 끝까지 다."

사납게 치켜 올라간 눈매가 매서웠다.

"이 세상엔 그 어떤 이유로도 통용되지 않는 범죄가 있습니다. 가장 끔찍하고도 잔인한 범죄. 살인이죠."

말끔한 허우대로 그는 또 한 번 메시지를 던지고 있는 것이다. 언제든 받아칠 준비가 되어 있다는 것을. 또 한 번 시련이 오더라도 두 번이나 이겨 낸 그는 못 할 것이 없었다. 그리고 무엇보다 가장 떨고 있을 사람은 이 진실의 이면에 숨어 있는 죄인이리라.

두 팔을 벌려 연단을 짚은 윤혁이 상박을 기울였다.

"서규명 의원님. 멱살 끌려 나오시는 것보다 직접 발걸음 해 자수하시는 게 지지리 개판이 될 명성에 조금이나마 위로가 되지 않겠습니까?"

팽팽한 대치였다. 뉴스의 헤드라인이 계속해서 뒤바뀌었다.

"저야 더 잃을 것이 없는 인간이지만 의원님은 아니지 않습니까."

쾅! 하며 기자회견장의 문이 열렸다. 규명이 이끄는 당의 지지자들이 한꺼번에 습격했다. 경호원들이 일제히 막아섰지만 사람들이 구름처럼 몰려든 회견장은 난장판이 되었다.

이리저리 물건이 던져졌다. 애석하게도 그 모습까지 생중계 카메라에 담겼다. 연단 위 먼발치에서 소란을 지켜보던 윤혁은 미동도 없는 표정으로 리모컨을 눌렀다.

―이 쌍것이 누구 앞이라고. 이래서 족속이 중요하단 건데.

―…….

―네 애미나 너나 주제 모르고 덤비는 건 똑같구나. 더러운 것들. 퉤.

스피커에서 흘러나온 것은 규명의 목소리였다.

―네 애미나 너나 뭘 알고 자꾸 떠들어!

―엄마……를 죽인 게 당신……

―그래. 이 씨발 년아. 내가 네 애미도 이렇게 죽였어.

장내는 싸늘하리만큼 냉기가 감돌았다. 그 누구도 규명의 목소리와 끅끅대는 세하의 저항을 듣고도 입 벙긋하지 못했다. 리모컨으로 정지 버튼을 누른 윤혁이 비스듬히 고개를 꺾는다. 이내 한 쪽 눈썹을 들어 올리며 말했다.

"살인이라는 중대한 범죄에 경찰 조사를 누가 무마시켰는지."

"……."

"덮어 주고 눈감아 준 이는 누구이며, 이 참혹한 진실이 어떻게 몇 년이 지난 지금에서야 밝혀지게 되었는지."

그는 서류철을 연단 위로 쾅! 하고 내려놓았다.

"인정하고 부디 참회하시길 바랍니다."

외면했던 진실과 마주할 시간이 드디어 찾아왔다.

* * *

세하를 주축에 두고 싸매져 있던 진실이 드러난 지금. 회견을 주축으로 행방이 묘연했던 규명이 경기도 외곽에 있는 자가에서 긴급 체포되는 장면이 실시간 연출됐다.

침통한 얼굴의 정 회장은 중앙지검 앞에서 모든 걸 인정하겠다는 대국민 사과문을 발표했다. 성진을 대표하는 그가 처음으로 국민 앞에 허리를 숙이고 있는 사진이 인터넷에 몇 천 장씩 박제되었다.

여타 여론은 1년하고도 반년 전 있었던 그때보다 훨씬 더 심하게 들끓었다. 이 사건의 주축이 된 세하와 윤혁을 두고 네티즌들은 엎치락뒤치락 설전을 벌였다. 국회 앞에서 1인 시위까지 빗발쳤다.

시사와 언론 프로그램에서도 이 사건이 앞으로의 정·경계에 전환점이 될 거라 했다.

고대하던 진실이 밝혀진 대한민국은 그때와 똑같이 아주 쉽게 흔들리고, 들떴으며, 그럼에도 불구하고 정의를 찾아가고 있었다.

세하는 홀로 납골당을 찾았다.

"엄마. 나 왔어."

압수 수색으로 뒤늦게야 유언장이 밝혀졌다. 알고 보니 그녀는 사망했을 때 모든 재산을 세하에게로 돌리겠다는 유언장을 공증까지 받아 놓은 상태였다.

"그렇게 외로우면서 그 집안에 계속 있었던 이유도……. 결국엔 나 때문이었어?"

세하는 쓸쓸하게 미소 지었다. 백자 유골함 옆엔 예쁘게 미소 짓고 있는 영정 사진과 세하의 사진이 놓여 있다. 하얀 편지지에는 정갈하게 쓴 글씨로 엄마에 대한 사랑을 담아 두었다.

"……엄마 심심할 때 읽어 봐."

세하는 유리 벽을 간절하게 더듬는다. 저 너머의 보고 싶은 엄마를 어루만지듯.

"나 이제 오래 못 와. 떠날 거거든."

그날 마지막으로 내 얼굴 못 보여 줘서 미안해. 엄마. 내가 미안해하고 있는 거 꼭 알아야 돼. 나는 그 기억으로 진짜 평생 가슴 아플 거야. 지금도 이렇게 아픈데. 나중에도 똑같이 이렇게 마음이 아플 거야. 어쩔 수 없는 거잖아.

"있지……. 엄마."

이제 무너질 듯이 울지 않는다. 그저 주룩주룩 눈물을 흘리는 것뿐이다.

"처음엔 정말 이 세상에서 영영 사라지고 싶었거든? 근데 그거 못 하겠더라. 엄마가 너무 슬퍼할 것 같아서……. 그리고."

윤혁이가 못 견녀 할 것 같아서…….

"살아가야겠지. 모든 진실이 다 드러났으니까. 윤혁이가 나한테 열어 준 세상이니까."

살아가야겠지.

"나 잘 지낼게. 내 걱정은 하지 마. 약속할게."

세하는 이 약속을 꼭 지키겠다고 마음속으로 다짐했다. 누리지 못했던 걸 마음껏 누리기보다는, 잃었던 것을 차근차근 복구하는 일. 더 이상 사랑을 의심하지 않는 일. 항상 행복할 수 없다는 걸 깨닫고 슬픔에 적응해 가는 일. 아직 그녀가 할 일은 무궁무진하게 남아 있었다. 약속했으니 다시 시작된 이 세상에서 살아가야 한다.

납골당을 나서며 윤혁의 차에 탔다. 그가 먼저 시린 손을 잡아 주었다. 이제 마음껏 어디로든 갈 수 있는데, 이상하게도 그녀는 어디로도 가고 싶지 않았다. 지치고 헤진 마음 때문일까. 굳이 입 밖으로 마음을 내보이지 않아도 윤혁은 그 사실을 알았다.

"갈까?"

"가자."

라디오에서는 항간에 있는 일들을 떠들어 댔다. 명백한 증거. 덮어 주고 묵혀 뒀던 진실들. 나아가 경찰 수사권까지.

—오늘 자, 전 국무총리이자 당 대표를 역임하고 있는 서규명 의원이 검찰에 송치되었습니다.

윤혁이 열어 준 세상은 너무도 분주했다.

20

쉴 새 없이 바쁜 나날들이 이어졌다. 이 사건을 완벽하게 마무리하기 위해선 윤혁의 힘이 반드시 필요했으며, 끝까지 가 봐야 할 문제였다. 업무 외의 일들로 너무 바빠 얼굴 비추는 일이 줄어든 그는 정말이지 피곤한 기색이 역력했다. 하지만 어떻게든 시간을 내어 세하의 옆에 있어 주려 애썼다.

저녁 시간이 되자 세하는 꼬박꼬박 식사 준비를 했다. 지친 윤혁에게 조금이나마 힘이 되고 싶어서였다. 약을 먹지 않으면 잠에 들 수 없어 복용하는 항우울제의 부작용으로 손에 힘이 잘 들어가지 않아 몇 번이고 손을 베였다.

아픈 게 이렇게 서러운 일이었나. 숟가락으로 찌개를 떠서 간을 보았다. 복도에 발걸음 소리가 들리는 걸 보니 윤혁이 오는 모양이었다.

잠시 다른 생각을 한 사이 숟가락이 그녀의 손에서 확 떨어진다. 그리고 기어코 데이고 말았다.

"아, 아파."

윤혁이 놀란 눈으로 뛰어와 손을 세게 쥔다. 그리고 찬물에 가져다 댄다.

"너 이 손이 어떤 손인데……!"

그의 표정은 완전히 얼어붙어 있었다. 조심스레 데인 그녀의 손가락을 살핀다. 덴 자국 말고도 자잘하게 베인 상처가 눈에 띈다.

"난 그냥 너랑 같이 밥 먹으려고……."

"다신 이런 거 하지 마."

일주일 만에 보는 얼굴인데 너무 차가웠다. 윤혁은 자꾸 그녀의 손을 살피며 한숨을 쉬었다. 머리칼을 넘기며 인상을 찡그리는 게 꼭 큰 잘못을 한 것만 같았다.

"화났어……? 나 괜찮아 윤혁아."

"이게 뭐가 괜찮아. 아프잖아."

"……."

"너 진짜. 속상하게 이럴래?"

"……."

"이 손이 얼마나 귀한 손인데."

"……."

"베였으면 약이라도 발라야지, 왜 참아."

"……."

"손은 또 왜 이렇게 떨리고."

많이 아파? 얼마나 아프면 이래. 그녀를 보는 윤혁의 표정이 순식간에 일그러진다. 금방이라도 울 것 같은 얼굴이었다. 그는 세하의 손을 제 두 손에 포개고 이마에 기댄다.

"……제발. 세하야."

그녀를 거실로 이끌어 소파에 앉힌 그가 구급약이 든 상자를 열고 상처 위에 연고를 펴 바른다. 세하는 그가 늘 속상한 얼굴을 하고 있어 미안하기만 했다.

"너 아픈 건 내가 아픈 거랑 같아."

"윤혁아……."

"오랜만에 봤는데."

"……."

"너 이러고 있으면 억장이 무너지는 것 같아."

윤혁이 그녀를 끌어안았다. 이내 걱정스러운 얼굴로 바라보았다.

"왜 아무 말도 안 해."

감정을 읽어 내려 하는 그의 눈동자에 슬픈 빛이 어려 있는 걸 보니 목이 메었다.

"……미안해. 윤혁아."

"뭐가 미안해."

"그냥 다……."

세하는 그의 목을 껴안았다. 얼굴 보면 하지 말아야 할 말도 해 버릴까 겁이 나서 그랬다. 그럼 윤혁은 그 의미를 아는 사람처럼 가만히 있어 준다. 그녀의 감정도, 제 감정도 정리될 때까지 조용히.

"보고 싶었어."

"……나도."

"보고 싶어 죽는 줄 알았어."

마음속의 사랑을 송두리째 고백하는 건 여전했다.

"사랑해."

이런 종류의 사랑 고백은 유죄인지 무죄인지 판결하기가 어렵다.

"이리 와."

이상하게도 둘은 한동안 아무 말도 하지 못했다. 서로에게 무언가 할 말이 있지만 사실대로 얘기하지 못하고, 서로에게 다 알고 있다고 할 수도 없었다. 침잠하듯 내려앉은 침묵만이 계속됐다.

"우리 바다 보러 갈까."

"바다 보고 싶어?"

"응."

"그래. 그럼 가자."

"내가 가고 싶다고 하면 다 가?"

"어디든."

윤혁이 세하의 손을 붙잡는다. 깍지를 낀 손에 힘이 들어간다.

그렇게 둘은 넓은 수평선을 향해 떠났다. 비가 한참 오고 난 뒤의 하늘은 채도 낮은 파랑에 흰색 물감을 풀어 넣은 듯 청량하다.

바다에는 안개가 자욱했고 건조한 바닷바람은 부서지는 파도 소리를 싣는다. 잡으려 다가가면 순식간에 밀려 나가는 파도 앞에서,

둘은 운동화의 앞 코가 젖는데도 불구하고 웃었다.

이내 둘은 초점을 잃은 눈으로 허공만 바라본다. 어디에도 슬픔이
서려 있지만 그 어디에도 답이 없는 까닭이다.

윤혁은 세하의 입술 위에 묻은 녹진한 핫초코를 엄지로 닦아 주며
미소 짓는다.

"좋아?"

"너무 시원해. 근데 겨울이라서 못 하는 게 너무 많다."

"여름이라서 못 하는 것도 많지."

"뭐?"

"이렇게 하루 종일 껴안고 있는 거."

윤혁이 세하를 껴안았다. 털이 달린 패딩 모자를 머리 위에 덮어
주며 춥진 않냐고 묻는다. 그녀는 고개를 저으며 윤혁의 가슴팍에 천
천히 기댄다. 선명하게 들리는 세찬 박동 소리를 느끼며 포옥 안긴다.

"윤혁아."

"응."

"바다 같이 와 줘서 고마워."

어디든 함께 가 줄 사람이 있는 건 참 행운이었다. 곧 윤혁의 생
일이기도 했다.

"생일 선물 뭐 갖고 싶어?"

"너."

"진부해. 정윤혁."

"노선 바꿔야겠다."

윤혁의 그녀의 입술 위로 쪽쪽쪽 여러 번 뽀뽀했다.

"내가 원하는 건."

"응."

"세하의 꾸준한 관심과 사랑."

"그렇게 당연한 거 말고."

"당연한 거야?"

스치듯 머리를 간질이는 바람이 느껴졌다.

"너한테는 당연한 거겠지만."

"……."

"나한테는 아닌데."

윤혁이 웃는다. 웃는지, 우는 건지 모르겠는 희미한 미소.

세하는 그 웃음에 눈을 떼지 못하고 오래 바라보았다. 자신을 보는 그 눈에 온갖 감정이 다 섞여 있는 것 같아서 읽을 수가 없었다. 왜 이렇게 눈물이 날까. 이상한 일이었다.

그녀는 그저 윤혁의 손을 붙잡아 본다.

"나도 그래. 윤혁아."

"……."

"나도 매일 고마워."

붙잡은 손에서 느껴지는 단단한 힘은 겁먹지 말라고 말해 주는 것 같았다. 그저 오래도록 손을 붙잡고 바다를 바라볼 뿐이다.

서로의 마음이 너무 잘 읽히는데 앞으로 어떻게 하자는 건지 알 수가 없다. 이게 과연 정답일까. 서서히 몰랐던 것들이 보이기 시작한다.

하지만 둘은 계속 눈을 감고 있었다. 꼭 억지로라도 여전히 서로의 곁에 머무르고 싶어 하는 것처럼. 멍든 속을 긁는 것처럼 욱신거렸다. 정답이 무엇일지 생각하고 있지만, 사실 그건 서로가 제일 잘 알고 있기 때문이었다.

"그만 들어가자. 윤혁아."

"저녁 뭐 먹을까?"

"장 봐서 고기 구워 먹자."

카트의 반이 꽉 찰 정도로 맛있는 것들을 담아 넣는다. 네 입맛, 내 입맛 할 것 없이 둘의 입맛은 아주 닮아 있다. 이런 사소한 것조차도 함께한 시간의 선물이었다.

세하는 파스타를 하고 있는 윤혁의 등을 끌어안는다. 그녀가 좋아하는 스웨터와 그 옷에 배어 있는 체취가 포근했다.

"계속 이렇게 안고 있고 싶다."

"밥 먹고 하루 종일 안고 있자. 이거 한입 먹어 봐."

"아."

아주 맛있었다. 맛있어서 눈물이 다 날 만큼. 윤혁은 세하를 보며 뿌듯한 얼굴을 했다.

"너 해 주려고 연습했어."

"이거 나 먹고 싶을 때마다 해 주기. 평생. 약속해!"

하지만 윤혁은 순간 아무 말도 할 수 없었다. 왜일까. 이런 약속을 먼저 얘기했던 건 항상 저 자신이었는데. 제 앞에서 먼 미래에까지 당연히 제 옆자리에 끼워 주는 세하를 보며 짐짓 굳어 버린 이유는……. 그는 이런 자신이 너무 낯설었다. 아무 말 하지 않아도 공기

속에 흐르는 사랑이 오늘만큼은 너무도 슬프게 느껴졌다.

다시 서울로 떠나기 전, 조용히 무릎을 접고 있는 그녀의 앞으로 윤혁이 와 앉았다.

"뭐 해."

창가에 스며드는 볕이 그의 얼굴을 비춘다. 방금 씻고 나온 탓에 샴푸 향기가 끼쳤다. 윤혁은 세하의 젖은 머리칼을 말려 준다. 언제나 그렇듯 조심스러운 손길이었다.

"세하야."

"응."

"피곤해?"

"아니……. 나 피곤해 보여?"

고개를 절레절레 저었다. 윤혁은 손가락으로 그녀의 무릎을 간질였다.

"얼른 머리 말리고 출발하자."

"벌써? 조금만 여기 있고 싶은데……."

하지만 윤혁은 그답지 않게 미소만 짓는다. 곱게 접은 그녀의 무릎 위를 간질거리다 입을 맞춘다. 그러다 종아리 위에도, 발목에도. 소중하지 않은 곳은 없다는 듯이 파고드는 손길이 따스했다. 온기가 닿은 곳마다 둥둥 뛰는 맥박이 고스란히 느껴졌다.

"윤혁아."

"응."

"생각해 봤는데 행운인 것 같아."

"뭐가?"

"지금까지 너랑 함께 보낼 수 있는 거⋯⋯. 너무 고마워."

"나도 고마워. 세하야."

"⋯⋯."

"두서없지만, 맨날 똑같은 말이지만."

"⋯⋯."

"너무 사랑해."

"⋯⋯."

"아직도 사랑한다고 말 하고 싶어. 나는⋯⋯."

윤혁은 그녀의 이마 위로 조용히 입술을 맞댔다. 그렇게 맞댄 채 오래 눈을 감고 있었다. 가장 따뜻한 온도로 안고 있는데, 꼭 마지막으로 자신을 안아 본다는 것처럼 왜 이렇게 모든 게 무겁게만 느껴지는지 모를 일이었다.

그의 세단은 다시 고속도로 위를 달린다. 어딘지 이상한 침묵이 이어졌고 그럴 때마다 세하는 혼자 떠들며 반응을 이끌어 봤지만 윤혁은 웃지 않았다.

어림짐작하고 있는 그것이 진짜가 될까 봐 세하는 미친 듯 불안해지기 시작했다. 머리로 열심히 써 내려 갔던 수백 개의 행복한 엔딩들이 모두 연소되기라도 한 건지 머릿속이 새하얗게 변하고 말았다. 이성적으로 생각나는 말 따위 아무것도 없었다. 입에서 나와 말이 되는대로 내뱉으며 분위기를 전환하려 애썼다.

"윤혁아. 왜 말이 없어. 섭섭하게⋯⋯."

"내리자."

주차장에 들어서고 엘리베이터를 타고 현관문 앞에 당도할 때까지,

윤혁은 머리에서 할 말을 고르는 사람처럼 입을 굳게 다물고 있었다. 세하는 자꾸 윤혁의 팔을 흔들며 애써 웃었다.

"……윤혁아. 어디 아파?"

분명 손을 깍지 껴서 잡고 있는데 놓쳐 버린 것 같았다. 아무런 표정이 없는데 그가 꼭 우는 것만 같았다.

"들어가."

"……너는?"

"들어가면 내 짐 다 없을 거야. 놀라지 말고. 내가 빼 놓으라고 시켰어."

"뭐?"

세하는 심장이 덜컥 내려앉는 것만 같았다.

"그게, 그게 무슨 말……."

윤혁은 조용히 세하의 어깨를 쥐었다.

"사랑한다고 했던 말 중에 거짓말인 거 없었어. 너도 알지."

"윤혁아. 너 지금."

눈물샘이 고장이라도 난 것처럼 눈물이 왈칵 쏟아지려 했다. 세하는 온몸에 힘이 모두 빠져 더 이상 서 있을 수가 없었다. 비틀거리는 몸을 윤혁이 붙잡았다. 하지만 잔인하기 짝이 없는 말들은 멈추지 않고 뱉는다.

"너를."

"……."

"나는 너를 너무 사랑해서 무서웠어. 세하야."

"……."

"네가 떠나면 나는 아무것도 아니었고, 아닐 테니까. 그래서 네 옆에 있고 싶었던 거야. 내가 나이고 싶어서."

결국 미루고 싶은 순간이 온다. 여태 아무 일 없는 척했지만. 현실을 받아들이도록 강하게 말해야만 하는 시간.

"말, 하지 마……."

"나 여전해. 세하야. 처음 널 좋아했을 때부터 지금까지 여전히 사랑해."

"……."

"정말 네가 행복했으면 좋겠어."

"……."

"근데 이제는 네 자리에서 그랬으면 해. 내 옆이 아니라, 네 자리에서."

그는 세하의 인생에 미칠 수 있는 자신의 무게를 생각하며 2년을 견뎠다. 줄곧 그래 왔다. 그런 걸 생각하고 나면 아픈 건 아픈 게 아니었다.

"나 때문에 밤에 잠도 잘 못 자는 거 알아. 자꾸 생각나서. 자꾸 마음이 아파서."

"……윤혁아."

"날 보면 우리 아버지가 떠오르는 거 알아."

진실이 밝혀지면 모든 게 끝인 줄 알았는데 오히려 시작이었다. 풀어질 줄 알았던 응어리는 그대로 있고 괴로움만 가득했다. 함께 있으며 서로를 바라보니 오히려 더 아프기만 했다. 꾹꾹 눌러 담으면서 말하지만 그 역시 감정을 잠재울 수가 없었다.

"어떻게 해야 할지 계속 생각해 봤어. 네가 행복해야 나도 행복한 거잖아."

"……말, 하지 말랬잖아."

세하는 믿기지 않아서 눈을 질끈 감았다 떴다.

"……아니야. 윤혁아. 네가 뭘 생각하든 아무 일도 아니야."

"……."

"이거 정말 아무것도 아니야. 그냥 내가 너무……. 원래도 마음이 괜찮지 못했잖아. 그래서 좀 아픈 것뿐이지. 시간 지나면 괜찮아."

허울뿐인 말인 걸 자신도 느끼고 있지만 그렇게라도 그를 붙잡고 싶었다.

"그러니까 너도 그냥 모르는 척 한 번만 해 주면 안 될까."

"어떻게 모르는 척해."

"……."

"너 맨날 울잖아."

"……."

"내가 어떻게 모르는 척을 해."

이럴 때면 껍데기만 남은 것 같았다. 영혼은 텅 비어 있고 다른 곳에 가 있는데 껍데기만 남아서 서로에게 최선을 다하고 싶은 것 같다. 하지만 어떻게 온 세상이 자신이라는 윤혁의 앞에서 솔직할 수 있을까. 그러지 않기 위해 평생을 노력해야 한다. 기회를 준대도 그럴 수 없다.

"……모르는 척해."

"……."

"모르는 척해 줘. 제발. 윤혁아. 부탁이야."

그녀의 목소리는 잔뜩 쉬어 있었다. 결국에 팔로 제 얼굴을 가렸다. 윤혁의 얼굴을 차마 볼 수 없기 때문이었다.

"넌 내 부탁이라면 다 들어줬잖아……."

눈물을 흘리는 세하를 보는 그의 눈에도 역시 그렁그렁 눈물이 맺힌다.

"내 옆에 계속 있어 준다고 했잖아……."

"그래. 나도 그러고 싶어."

대답하는 그의 눈에서 결국 눈물방울이 뚝뚝 떨어진다. 잔뜩 떨리는 그의 목소리에 세하는 고개를 들었다. 불투명한 눈동자가 저를 보고 있었다. 그녀는 정말이지 한 번도 윤혁이 우는 모습을 본 적이 없었다. 마음이 생채기가 나서 허물어지는 것만 같다. 물리적으로 가슴이 무너지듯 아팠다.

"윤혁아……. 모르는 척해 줘. 제발."

"세하야."

"아니야……."

"나 좀 봐."

기운이 없었다. 정말이지 견딜 자신이 없다.

"너 지금 이렇게 아픈 거면, 앞으로도 평생 아플 거야."

"안 그래. 아니야. 너도 그랬잖아. 너랑 있으면 다 괜찮을 거라며."

"그런 줄 알았어."

"……뭐?"

"나만 눈감아 주면, 나만 모르는 척하면 되는 줄 알았어."

"……윤혁아."

"날 보면서 내 아버지를 떠올리는 거, 밤새 끙끙 앓는 거, 널 이렇게 만든 데에 내 아버지도 책임 있다는 거. 나도 회피하고 싶었어. 네 말처럼 시간이 해결해 줄 줄 알았어."

여느 때보다 차분한 그의 목소리에 세하는 고개를 들지 못했다. 그 역시 그랬다. 이미 부서지기 시작했다는 것을 알면서도 아무것도 할 수 없었다. 더 손을 댈 수도 없고, 놓아 버릴 수도 없는 그런 마음이었다.

"너랑 같이 있는 게 너무 좋아서. 네가 아픈 줄 알면서도 모르는 척했는데."

"……."

"그게 내 잘못이었나 보다. 세하야."

"그런 말 하지 마. 제발. 내가 잘못했어."

"……세하야."

"너한테 거짓말한 것도, 아닌 척한 것도, 전부 다 미안해. 내가 미련해서 그래. 이제 다시는 안 그럴게. 잘못했어. 미안해."

"세하야. 제발."

"한 번만 눈감아 줘. 날 봐. 나 너 사랑해. 너 없으면 안 돼. 윤혁아. 꺼내 보여 줄 수 없지만 정말……."

"서세하."

그 간절한 말을 윤혁이 끊었다.

"네가 아프면 나도 아파. 네가 덜 아프길 바랐는데, 더 아프다면 보내 줘야지."

"그런 말 하지 마. 윤혁아. 나 포기하지 마."

"그게 널 위한 거잖아."

"날 위한 거라니. 우리가 어떻게 다시 만났는데……."

"이런 너를 보는 내 마음이 아픈데도?"

"……뭐?"

"날 사랑한다며. 내가 아픈 게 싫잖아. 나도 네가 아픈 게 싫어. 아픈 너를 꾸역꾸역 붙잡는 내 자신도 싫어. 세하야."

순간 세하의 눈앞이 핑글 돌았다. 이상하게 점점 더 목이 마른다. 이런 현실도, 윤혁의 말도 모조리 믿고 싶지 않았다.

"다 해 보자며. 나랑 뭐든지 다 해 보자며! 네가 그랬잖아!"

"그래. 그랬지."

"……."

"그렇게 해서라도 세상을 속이고 싶었지."

"……."

"그런데 세하야. 그렇게까지 해서 결국에 널 얻어 낸 게, 내 죄였어. 하나도 행복하지 않은 너를 보니까, 내가……. 진짜 죽을 것 같아."

"정말……. 나 때문에, 나를 보면……. 너도 견딜 수 없을 만큼 아파? 그래?"

"견딜 수 없을 만큼 그래. 날 참는 네가 아프니까."

그가 간절하게 붙잡고 있는 세하의 손을 놓는다. 이 손을 붙잡지 않고서는 하루라도 존재할 수 없다 생각했는데 윤혁은 스스로 세하를 놓아주고 있었다. 정말이지 아주 많이 체념한 얼굴로.

"이제 정말 놔줄게. 나는 네가 행복한 게 좋아."

"놓지 마. 제발. 나 포기하지 마."

"오늘만 버티고, 내일도 버티고. 모레도 버티다 보면."

"윤혁아……."

"그렇게 하루하루 버티다 보면 괜찮아지겠지."

"……."

"떨어져 지내 봤으니까 잘 알잖아."

"아니……. 아니야. 난 몰라……. 나는 그런 거 몰라."

"세하야."

"떨어져 지내는 동안 지옥 같았던 걸 왜 생각 안 해 줘!"

새하얗게 질린 세하의 얼굴빛은 애처로웠다. 하지만 윤혁은 마음을 바꿀 생각이 없어 보였다.

"같이 살아 달라고 한 것도. 널 더 행복하게 해 주려고 그런 거였어."

세하는 고개를 저어 본다. 이미 늦었다는 걸 알고 있지만 필사적으로 고개를 저어 본다. 쉴 새 없이 흐르는 눈물이 멈추는 법을 잊은 것 같았다. 윤혁의 선명하고 까만 눈동자에도 잔뜩 눈물이 맺혀 있다.

"나 잊어."

멋쩍게 웃는 그의 얼굴이 서러웠다.

"나도 잊고, 지난 일들도 전부 잊어."

"……제발."

"대신 너랑 함께 했던 기억들, 다 내가 가져갈게. 그 기억으로 나는 평생 살아갈게."

한기가 서린 바람이 뺨을 매만져 주듯이 얼굴을 감쌌다.

"잘 지내."

윤혁은 처음으로 먼저, 세하의 손을 놓았다.

어쩌면 영속이란 건 흐르는 세월뿐이다. 살면서 맞이하는 모든 관계가 그렇듯이 시간과 감정에도 분명히 끝이 있다. 그게 언제가 될지 아무도 모르지만. 어차피 상처에 피딱지가 굳은 사람만이 지난날을 웃으며 회고할 수 있다.

윤혁은 사실 몇 년을 꼬박 담아 온 마음을 풀어내고 싶었다. 할 수만 있다면 그러고 싶었다. 나는 네가 아니면 안 된다고. 네 인생이 나고, 내 인생도 너라고.

혼자 남아 편지를 읽는 그녀의 눈에서 눈물방울이 뚝뚝 떨어졌다. 이를 알 리 없는 주변에서는 데이트가 한창인 연인, 휴일을 맞아 놀러 온 가족 단위의 사람들과 아이들이 가득했다.

의미 없는 웃음소리가 마구 흘러나왔지만 이곳에서의 그녀는 철저히 혼자 남은 것 같았다.

[세하야. 내 사랑이 잘못되었다는 것을 알아. 더 이상 내가 너에게 아무것도 아닌 존재가 되는 게 슬펐어. 그래서 욕심인 줄 알면서 놓지 못했던 거야.]

알고 있다. 결국에는 균열이 일어나다가 무너졌을 관계다. 어차피 허망한 얼굴로 서로를 마주 봤어야 했다.

[세상에 좋은 사람 많다지만 어떻게 이렇게 나와 닮은 사람이 또 있을 수 있겠어. 너를 잃어버리는 건 나를 잃어버리는 일이었어. 입버릇처럼 말했잖아. 어떻게 우리가 헤어질 수 있겠냐고. 세하야. 나는 아마 널 평생 그리워하게 될 것 같아. 시간이 지나서 좋아하는 마음은 흐려진대도 널 잊을 수는 없을 것 같아.]

이런 순간이 제일 괴롭다. 절대로 이길 수 없는 것들을 이겨야만 할 때.

[너를 좋아하는 일이, 네 마음을 아프게 해서 미안해. 전부 다 내 잘못이야. 미안해.]

이별이었다. 서로가 서로를 실패해서가 아닌, 진짜 행복을 위해 놓아준 일이다.

* * *

같은 계절이 세 번 바뀌었고, 세상에 발을 디딘 사람들은 또 살아간다.

5월이 다다르자 봄은 절정을 맞이했다. 사람들의 옷도 훨씬 가벼워졌다. 세하는 누군가 안부를 물으면 웃으며 잘 지낸다고 할 수 있을 만큼 잘 살아가고 있었다. 자신의 자리를 비워 두고 다른 사람들을 밀어 내는 것도 끝이 났다.

문득 내다본 카페의 유리창 밖 하늘은 투명했다.

그날 역시도 그랬다. 3년 전, 떠나던 윤혁의 뒷모습을 떠올리면 아직도 마음이 시렸다.

누군가의 뒷모습을 지켜본다는 건 이런 느낌이구나. 매번 등을 진 나를 보는 네 마음도 이랬을까. 내 뒷모습은 얼마나 보잘것없었으려나. 너도 이렇게, 허전한 감정에 가슴이 멍했을까.

세하는 윤혁을 떠올릴 때마다 싸늘하게 자조했다. 치열하게 사랑했었다, 라는 한 문장으로 체념하기엔 미련이 가득한 시절이었다.

"정 이사님에 대해선 전혀 묻질 않으시네요."

"……윤혁이는 저에 대해 물어봤나요?"

쓸쓸하게 웃으며 커피 잔을 기울였다. 세하의 앞에 앉아 있는 건, 이제 사람들의 기억 속에 잊혀진 3년 전 그 일을 처음으로 단독 보도했던 기자다.

"똑같았어요."

"……."

"그분도 세하 씨에 대한 소식을 전혀 묻질 않으세요."

언젠가의 그녀는 윤혁에게 지우고 싶은 기억이 될까 봐 무서운 적도 있었다. 하지만 이젠 네가 그가 자신을 깨끗이 잊어버렸으면 했다.

"잘…… 지내고 있죠? 윤혁이."

"걱정 안 하셔도 돼요. 너무 잘 지내십니다."

듣고 싶은 말이었는데 그저 쓸쓸하기만 했다.

"다행이네요……."

"참 대단하신 분이세요. 지금 생각해도."

"그렇죠……."

"집안과 등진다는 건 정말 쉽지 않은 선택인데. 게다가 벌 받아야 할 사람들도 전부 벌을 받게 되었잖아요. 그 대단하신 양반들까지."

"……."

"따지고 보면 본인은 얻는 것 하나 없이. 물산 이사직 사퇴에, 빈털터리로 집에서 나왔는데. 또 워낙 능력 있으신 분이니 사업으로 성공하시고."

"……."

"아. 아직 그 소식 못 들으셨죠? 결혼한다는 소문이 있어요."

순간 그녀는 심장이 내려앉는 것 같았다. 마음을 비워 내라고 늘 경고하고 있었는데도 지키지 못한 제 탓이다. 3년 동안 한순간도 윤혁을 비워 내지 못한 자신의 탓이다. 마음이 무너졌지만 세하는 괜찮은 척 미소를 지어 보였다.

"버진 로드 위에서 제 손을 잡아 주는 모습을 한 번이라도 보고 싶었는데……. 정말 잘 됐어요. 나중에라도 윤혁일 만난다면, 결혼 축하한다고. 꼭 행복하라고 전해 주세요."

빼입은 슈트와 화사하게 웃는 얼굴이 근사했다. 멀리서 봐도 언제나 그는 반짝였었다.

누군가는 알려고 해도 알 수 없는 한 시절을 함께 보냈다는 건 행운이었을지도 모른다. 사랑하고, 때로는 함께 울고, 방황하면서 서로가 진정한 모습을 찾게 된 것이다.

사실 그가 해 준 게 참 많은데 그녀는 그에게 좋은 사람으로 남을 만큼 잘해 준 기억이 없어서 조금 슬펐다. 떠올릴 때마다 마음이 아팠다. 모든 걸 다 가졌다고 한들, 사람 마음에도 늘 확신만 있는 건 아니었을 텐데. 끊임없이 사랑한다고 해 줘서 고마웠고, 그 순수했던 마음과 시간을 선물해 줘서 고마웠다. 세하는 정말이지 윤혁이 행복하길 바랐다.

윤혁아. 우리가 스쳐 온 계절들을 모아 둘 수 있다면 얼마나 예쁘게 장식될까.

혼자 일기를 쓰던 세하는 자연스레 조촐한 열여덟의 기억을 떠올린다. 폭염 속에 교복을 입고 있는 윤혁이 있고, 팔레트를 엎어 버린 자신이 있다.

"나 못 하겠어."

"⋯⋯."

"그만둘래."

붓으로 도화지 위를 마구 그어 그림이 망가졌다. 짜증을 참을 수 없어서 그랬다. 날씨가 너무 더워서 그랬다는 건 핑계였다. 그 시절 세하는 정말로 모든 걸 포기하려고 했다.

"미술에 재능 없는 거 알았으면 진작 관뒀을 텐데. 대회 나가는 족족 다 떨어지고. 다른 애들은 잘만 하는데 나는⋯⋯."

"세하야."

윤혁이 그녀의 앞에 무릎을 굽히고 앉았다. 그리고 세하가 앉아 있는 의자를 제 앞으로 끌어당겼다. 무릎 위를 덮은 그녀의 손을 붙잡으며 차분하게 말했다.

"네가 왜 재능이 없어. 지금까지 달려온 것도 재능이야."

큰 손이 그녀의 무릎을 덮고 토닥토닥 두드렸다.

"잘하고 있잖아. 잘하는데 더 잘하려고, 더 발전하려고 그런 거야."

말없이 이어지는 흐름 속에 느껴지는 위로가 있다. 여전히 무릎 위를 조용히 토닥이는 손. 머리칼을 넘겨 주는 따듯한 온기 같은 것.

"세하야."

"……응."

실은 다시 시작하지 못할까 봐 그녀는 불안했던 것이다. 안 될 거라고 생각하니까 정말 안 됐고, 될 거라고 믿고 싶은데 착잡했을 뿐이다.

"화나고 짜증 날 때마다."

"……."

"나한테 다 풀어도 되니까 그만두지 마."

"……."

"네가 놓친 것 말고 이루어 낸 것들."

"……."

"앞으로 이루어 낼 것들 생각하면서 절대 포기하면 안 돼."

그 말이 아직도 잔잔하게 그녀의 가슴을 울린다.

"난 너 믿어. 세하야."

"……."

"누가 뭐라고 해도. 난 네 편이야."

세하는 누군가를 사랑하는 법을 그때 알았다. 결국 포기하지 않는 법을 알려 준 것도 윤혁이었다. 적당히 사랑하는 건 없었다.

만약 사랑을 재량할 수 있는 관계였다면 지금이 조금 더 쉬웠을까. 그녀는 그 답을 알기에 쓸쓸하게 고개를 저어 본다.

윤혁아. 나는 너와 내 인생의 모든 처음을 함께했어. 그래서 소중했고 언제나 네가 잘되길 바랐지. 시간을 돌려 기회를 준다고 해도 같은 선택을 할 거야. 나는 너고, 너는 내가 되어 내 세상이 마땅히 네가 되는 것 말이야.

남겨진 자국들은 여전히 세하의 마음을 아프게 했다. 지워 버릴 수 없는 추억임에, 그녀는 쓸쓸하게 눈을 감았다. 햇빛의 잔상만이 그녀의 얼굴과 눈자위 위로 내려앉았다. 이렇게라도 위안을 삼고 싶을 만큼, 세하는 윤혁이 보고 싶었다.

* * *

세하는 앞으로 다시는 오지 않을 휴가를 보내기로 했다. 생각 정리도 할 겸 멀리 여행을 다녀오기로 했다. 목적지를 정하는 건 어렵지 않았다. 없는 시간을 내서라도 다시 한번 찾고 싶은 곳이 있었다.

이제 런던에서 그녀는 새로운 추억을 쓰려고 한다. 새로 쓰게 되면 그때의 기억도 자연스레 지워지겠지. 슬퍼할 기회를 피하지 않고 받아들이기로 했다.

세하는 홀로 비행기에 탑승했다. 떠올리면 웃음이 나는 생생한 추억에 스며든다. 그와 함께 거닐었던 버킹엄 궁과 트래펄가 광장, 내셔널갤러리에 이어 웨스트민스터 사원과 빅벤. 아름답게 지는 노을 아래 웃던 윤혁의 모습. 그녀를 안고 끊임없이 나아가겠다던 그

따사로운 목소리.

저녁노을이 지자 런던의 풍경은 설명할 수 없이 아름다웠다. 벤치에 앉은 그녀는 템스강을 따라 이동하는 마지막 타임 슬롯의 유람선을 보았다. 날이 어둑해지기 시작하자 런던아이에 찬란한 불빛이 켜졌고 관람객들의 탄성을 자아냈다. 천천히 사우스뱅크를 지나 테이트모던을 향해 유람선은 전진했다.

많은 연인들과 가족들 틈에서 그녀는 비록 혼자일지라도, 함께 봤던 윤혁이 더 이상 옆에 없을지라도, 템스강의 전경을 온전히 눈에 담았다.

공원에서 두 살배기 아기가 아장아장 걷는다. 아빠로 보이는 외국인이 아기의 손을 잡고 천천히 걸어 주다가 어깨에 안아 든다. 유모차를 끌고 가는 아기의 엄마는 둘의 모습을 보며 환하게 웃는다.

그녀는 그 행복한 모습에서 윤혁이 겹쳐 보였다. 우리도 보통의 연인이었다면, 평범하게 사랑할 수 있었다면, 저렇게 아이도 낳고 자라는 우리의 아이를 보면서 함께 웃을 수 있었을까.

밝고 따뜻한 색채의 햇볕이 와르르 쏟아지는 그곳에 꼭 윤혁이 서 있는 것만 같다. 아기를 좋아해서 사랑을 건네주며 다정하게 미소 짓던 그가 고개를 들고 저를 봐줄 것만 같다.

아직도 공기처럼 바람처럼 윤혁이 주변에 머무르고 있음에, 서글픈 마음은 사라지지 않았다.

눈물을 삼킨 세하가 뒤를 돌았을 때였다.

"……어?"

그 상태로 굳어 버린다.

"……."

반대편에 익숙한 실루엣을 보았다.

"……."

그토록 오랜 시간이 지났는데. 뒷모습만으로 단번에 알 수 있다는 사실이 그녀를 무너지게 만든다.

윤혁은 쏟아지는 가로등 주황빛 조명의 색을 그대로 얼굴에 담아낸다. 세하는 뻣뻣하게 굳어 그를 눈에 담았다. 바람에 흩날리는 머리칼. 먼 곳을 쳐다보는 시선과 알 수 없는 표정까지.

순간 그녀는 심장이 바싹 얼어 버린 것 같았다. 가슴은 여전히 한 방향으로 뛰고 있었다.

이래서 다시는 우연이라도 보지 않길 바랐었다.

"……."

윤혁아. 아무것도 할 수 없다는 사실이 나를 무력하게 만들어.

"……."

이곳의 공기와 습기, 바람이 전부 한 자리에 머무르는 것 같다.

"……."

그때 윤혁이 천천히 고개를 돌린다. 시선이 마주친다.

동시에 세하는 도망치듯 뒤돌아섰다.

봤을까? 못 봤을 거야. 그렇게 찰나의 순간에 네가 날 기억할 리도, 착각할 리도 없어. 나라서 너를 알아봤던 거야. 나라서 널 기억했던 거야. 넌 나를 다 잊었으니까 그럴 리 없을 거야. 끊임없이 주문을 외우며 자리를 빠져나왔다. 아니. 빠져나오려 했다.

인생의 타이밍이란 정말이지 아무짝에도 쓸모없다고 생각하면서.

하지만 팔목이 붙들린다.

"……."

그였다. 돌아보진 못했지만, 분명히 그라는 걸 알 수 있었다.

"……너."

그 목소리로 이름을 불렀던, 한 음절까지 익숙했다.

"세하야."

지금 이 순간은 어떤 여름보다 더 긴 겨울밤 같았다.

저 자신도 모르게 세하를 붙잡았던 건 머리보다 몸의 반응이었다. 3년. 줄기찬 시간이 흘렀다. 정말이지 그는 단 한 순간도 그녀를 생각하지 않은 적이 없었다. 그래서인지 조금도 망설이지 않고 그녀를 잡을 수 있었다.

내가 잘못 생각했었다고. 다시 만난다면 이제 그 어떤 것으로도 포기하지 않겠다고 그렇게 다짐했었다. 어차피 눈물 흘릴 거라면 옆에서 흘리라고, 백 번이고 천 번이고 그 눈물을 닦아 줄 사람이 내가 될 테니. 함께 있어 달라고 애원하고 싶었다.

그 마음이 닿았을까. 거짓말처럼 이곳 이 자리에서 마주친 것이다.

"……."

윤혁과 세하는 서로를 보고 서 있다. 마음이 굳는다.

"……."

이럴 줄 알았지. 후회할 줄 알았지. 너무 많이 붙잡아 너덜너덜해진 시간이라도, 너무 많이 꺼내 봐서 낡아 버린 몇 초의 순간이라도, 영원히 못 놓을 줄 알았지. 세하는 자포자기한 심정으로 그를 상대하기로 했다.

"잘 지냈어, 윤혁아?"

떨리는 목소리를 애써 숨기고 웃었다. 용기 내 말하고 싶었다. 하루는 슬프고 하루는 그립고 또 하루는 사무치게 너를 그렸다고……. 버리지 못한 마음을 다독이는 건 습관이 됐다. 그 마음을 아는지 모르는지 윤혁은 물러났던 거리만큼 다가왔다.

"……잘 지냈냐고?"

"……."

"잘 지내려고 노력했어."

말끔한 모습. 눈빛. 목소리까지. 세하는 울컥 차오르는 감정을 눌러 담았다.

"좋은 사람 만나고 있는 거지? 결혼한다고 들은 것 같은데……."

"……."

"네가 좋은 사람 만나서 잘 지내길 바랐어. 항상……. 같은 말만 계속하는 것 같은데. 정말 진심이야."

울렁이는 가슴은 선득하다. 뜨거운 목울대는 금방이라도 울음을 토할 것 같다. 세하는 윤혁에게 미안했다. 내가 거짓말을 잘하는 사람이라면 좋을 텐데……. 너는 아마 내 얼굴을 보고 이미 눈치챘을지도 모르지.

"……그럼 먼저 가 볼게. 안녕."

그녀는 생각했다. 이 순간을 또 얼마나 오래도록 떠올리게 될까.

"세하야."

그가 돌아선 세하의 팔을 잡는다.

"내 말 듣고 가."

여전히 반듯한 모습. 단정한 눈길. 어떤 것으로도 더럽힐 수 없을, 깨끗한 눈빛.

"내가 정말 잘 지냈으면 했어?"

"……."

"말로만 잘 지냈다고 했지, 사실 잘 지낸 적 한 번도 없는데."

"……."

"너는 잘 지냈다고 하니. 마음이 놓이면서도, 섭섭하다."

눈 감아도 선명하던 그 모습이 세하의 눈앞에 있다. 무슨 말을 꺼낼지 도저히 알 수 없는 얼굴을 하고 있다. 그녀는 지금 이 순간마저 일말의 희망을 가진 자신을 원망하면서 이야기를 꺼냈다.

"……3년 전에. 좋은 사람 만나기로 했잖아. 우리."

"좋은 사람이라……. 첫 번째로 좋은 걸 잃어버리니 다시는 나타나지 않더라."

"어……?"

"반지를 아직 이렇게 끼우고 다니면서도, 거짓말을 하는 거야?"

네 번째 손가락에 여전히 끼워져 있는 그 반지. 세하는 얼른 손을 숨기려 했지만 이미 그에게 붙잡히고 난 뒤였다. 목이 멘 세하가 뜨거운 동공으로 윤혁을 보자 그가 천천히 말을 이었다.

"세하야. 나는 3년 동안 네 생각을 하지 않은 적이 없어."

"……."

"되돌리고 싶었어. 모든 걸……."

"……."

"우리가 우연으로라도 다시 만나게 된다면……. 그땐 정말 놓지 않겠다고 다짐했어."

윤혁은 저와 그녀 사이에 있었던 일들이 너무도 비극이라 생각했다. 시간이 해결해 준다면 한때 눈물 나게 사랑했던 추억 그 이상 그 이하도 아닐 거라 스스로에게 주문을 걸었다. 전부 틀렸지만. 전부 잘못 선택해서 마음을 아프게 했지만. 다른 사람과도 억지 해피엔딩을 만들어 보려 했는데.

"……네가 아니면 안 되더라. 나는."

그려지는 미래를 더는 모르는 척할 수 없기에.

"정말 어쩔 수 없나 봐. 내 인생에 네 이름이 가진 부피가 너무 커서."

불행의 역사를 수도 없이 써 왔는데도. 그는 다시 써 보자 한다. 다시 시작해 보자고 한다.

세하는 힘없이 웃었다. 이제야 인정할 수 있었다. 사실 그는 한 번도 자신을 실패해 본 적이 없었다는 걸. 자꾸 엇나가는 그녀를 포기하지 않았던 유일한 사람이라는 걸.

"너와 함께 할 수 없는 이유가 수 만 가지여도, 너여야 하는 한 가지 이유를 이길 수가 없어."

약하게 불던 바람마저 어디로 숨어 버렸다. 잠깐의 기억으로 살아갈 수 있는 사람들이 있다. 누군가 없는 겨울은 더욱 건조하고 차갑고 메말랐으며, 누군가 없는 봄은 생기를 잃어버렸다. 시련을 겪었지만 건재한 이 사랑은 몹시 비이성적이다. 시들시들해지다가 죽을 사랑이었다면 진작 싹이 말랐어야 했다.

"……그러니까. 세하야. 내 손 잡아."

무지막지하게 뛰는 심장 소리는 입 밖으로 튀어나올 것 같았다.

"사랑에 노력이라는 단어는 어울리지 않지만."

"……."

"그게 날 살아가게 해."

영화보다 더 처절하고 극적인 현실은 둘을 성숙하게 만들었다. 그저 나이를 먹는 단순한 시간의 흐름으로 따라온 면역이 아니었다. 어떻게 사랑해야 하는지, 이제야 알 것 같았다. 그래서 최소한의 가능성에 모든 걸 걸어 보고 싶은 것이다.

세하는 한참이나 윤혁의 모습을 물끄러미 바라보았다. 그리고 천천히 그 손을 붙잡아 본다. 윤혁의 말처럼 이제 겁날 것도 없었다. 뭐가 됐든 이미 겪어 보아 얼마나 아픈지 아는 까닭이다. 그저 고요히 서로의 미래에 서로를 두고 싶은 것뿐이다.

"숨바꼭질은 이제 그만하자."

"……."

"난 우리가 늦지 않았다고 생각해, 너는 어때?"

근사한 웃음을 가진 그가 고백했다. 다시 시작해 보자고.

눈을 한 번 감았다 뜨면. 어린 윤혁이 있고, 제 옆에 있어 주던 열여덟의 윤혁이 있고, 아픈 성장통을 겪고 일어나 이제 누구보다 단단해진 윤혁이 있다.

예나 지금이나 그녀를 좋아하는 마음만큼은 선명하고 솔직했다. 이 한마디를 하려고 얼마나 많이 돌아왔는지 그 시간은 가늠할 수도 없다. 서로가 서로의 옆에 있어서 살았다는 거창한 말이, 서로가 서로를 망쳐야만 했던 처절한 시간과는 다소 어폐가 있다는 생각은 변함이 없지만, 그녀를 지키기 위해 내디뎠던 그 걸음들은 사랑을 말하기에 충분했다. 어디서도 세하가 차지하고 있는 그 분량을 덜어낼 수 없다는 걸 새삼스럽게 깨달았을 뿐이다.

세하는 웃으며 고개를 끄덕였다.

"그래. 숨바꼭질은 이제 그만하자."

넘어지면 손을 내밀어 일으켜 줄 윤혁이 있다. 사랑에는 유통기한이 있다던데 그 말이 무색할 정도로 다시금 도화선에 불을 지펴 줄 그가 있고, 몇 번이나 불꽃이 활활 타오를 수 있게 바람을 불어넣어 줄 그가 있다.

"안겨."

윤혁이 두 팔을 벌린다. 세하가 그 너른 품에 안겼다. 바람 한 줄기 통과할 수 없도록 여지없이 서로를 끌어안았다.

둘의 어깨 위로 닿는 햇빛은 너무도 따뜻했다.

<완결>

외전 1

따사로운 겨울 햇빛이 일요일 오후의 운동장을 조용히 가로지른다. 작은 새 한 마리가 바람에 흔들리는 나뭇가지를 발로 꾹 눌러 힘차게 날아오른다. 차갑게 볼을 적시는 바람 속에서, 몇몇 아이들이 축구를 하는 게 보인다.

벤치에 앉은 휘겸은 편안한 자세로 그 광경을 바라본다. 이곳은 수년 전의 그가 성인이 될 때까지 살았던 샌프란시스코의 보육원이다. 잔 먼지를 떨어뜨리는 가지 끝을 올려다보며 잠시 숨을 뱉어 본다. 허연 입김 사이로 이곳에서 뛰놀고 자랐던 과거의 유년시절이 그려지는 것만 같다.

갈 곳을 잃은 휘겸은 방랑자 신세로 전락했지만 항상 어딘가에 묶여 있던 지난 세월보다 지금이 나은 것 같았다.

따뜻한 캔 커피를 손바닥에서 굴리며 오랫동안 운동장을 둘러보았다. 잔디도 새것으로 교체되었고, 축구 골대도 바뀌었고, 보육원 본관의 지붕 색깔도 바뀌었다. 엉덩이를 훌훌 털고 일어난 그가 오르막길을 따라 걸어 본다. 그리고 한 자리에서 몸을 기울여 앉았다. 바로 이 자리였다.

십수 년 전 그가 어린아이일 때, 바로 이 길목에서 세하의 어머니를 처음 만났다. 넘어진 몸을 다정히 일으켜 세워 주고 무릎을 털어주던, 괜찮으냐 물으며 웃어 주던 그 따사로운 목소리까지 모두 선연했다.

"조심해야지. 괜찮니?"

어쩐지 그 모습이 눈앞에 다시 그려지는 것만 같아 휘겸은 작게 미소를 지었다.

코트를 입은 휘겸은 뒷짐을 지고 조금 더 오르막길을 올라 본다. 앙상한 겨울나무들을 보고, 창공 위를 날아다니는 새를 보고, 아직 녹지 않은 눈 사이로 묻힌 작은 새싹들도 보았다.

시간이 지나면 움을 트고 쑥쑥 자라게 될 그 새싹 위로 햇볕이 내려앉는다. 우리 모두 시간이 흐르면 모든 걸 이겨 내고 싹을 틔울 수 있을까, 휘겸은 생각했다.

딱 1년이 지난 오늘, 사람들은 이제 더 이상 그 일에 대해 떠들지 않는다. 어느 대학 교수는 새벽 나절 진행되는 라디오에서 말했었다. 교과서에 쓰일 만한 몇 없는 정의 구현이라고.

돌고 돌아 모두가 원하는 결말이 성사되었고 또 언제 떠들었냐는 듯 세간의 관심은 파스스 꺼져 버렸다. 이젠 새로운 화젯거리들을 조명하고 불시에 엎치락뒤치락 싸움을 벌이다가 단두대에 올릴 다른 주인공들을 찾아 나선다.

손바닥 뒤집듯 완전히 바뀌었다고는 볼 수 없지만, 그래도 새로운 세상이었다.

편지 한 통 보내 볼까 아스라이 생각했었다. 하지만 그럴 용기도 자신도 없었다. 한번 만나려면 만날 수도 있는 사람이지만 그러지 않았다. 살았는지 죽었는지도 모르게끔 사라져 주는 게 세하를 위한 최선이었다.

세하를 떠나보내던 마지막 그날도, 가끔이라는 말을 하지 않기 위해 얼마나 노력했는지 모른다. 가끔 얼굴 보며 지내자. 가끔 연락 하고 지내자.

그 가끔이 가져다주는 잠깐의 순간으로 평생을 살아야 할 테다. 지금도 이렇게 세하와 보냈던 1년을 잊지 못해 추억하는데, 그녀를 정말 만나게 된다면 어떻게 될까. 살아도 사는 게 아닐 것이다.

「어머나!」

산책을 나서던 원장이 휘겸을 알아보았는지 단번에 소리를 지르 며 달려왔다. 벌써 머리가 하얗게 센 그녀는 휘겸을 껴안았다.

거의 10년 만의 재회에 그 역시 반갑게 웃으며 그녀를 안아 주었 다. 어릴 땐 그렇게 큰 어른인 줄 알았는데 이젠 제 체구의 반도 되 지 않는 그녀를 어머니처럼 껴안았다.

짧은 시간, 둘 사이에 도란도란 대화가 오갔다. 장성한 휘겸을 보 며 그녀는 몹시 뿌듯해했다. 휘겸은 다시 한번 키워 줘서 고맙다는 감사 인사를 전했다. 보답하듯이 주름이 자글자글한 얼굴로 웃은 그녀가 무엇이 떠올랐는지 보여 줄 것이 있다며 원장실로 들어갔다.

그녀가 가지고 나온 건 한 통의 편지였다. 겉면에 정갈한 글씨로 꼬박 세 글자의 이름이 적힌.

이휘겸.

어떻게 잊을 필체인가. 휘겸은 그걸 보는 순간 세하의 글씨체임을 확신했다. 무려 1년 전에 도착해 주인을 기다리고 있던 편지라며 손에 쥐어 준 그녀가 이제 산보에 나가 봐야 한다며 먼저 인사했다. 휘겸은 얼떨떨한 얼굴로 편지를 받아 들었다.

차가운 겨울바람이 그의 뺨을 스쳤다. 공허한 휘겸의 눈에 물기가 조금 맺혔다. 발목이 묶인 듯 멈춰선 지금의 그는 마치, 과거에 잠식된 사람 같았다. 감히 세상의 소음도 지금 이 순간을 방해할 수 없었다.

이휘겸.

떨리는 손으로 천천히 봉투에서 편지를 꺼내 보았다.

[네가 이 편지를 보고 있다는 건 너도 잘살고 있다는 의미겠지?]

본드처럼 붙어 버린 입술을 달싹였다.

[나는 잘 지내. 밥도 잘 먹고, 잘 자고, 아직 약 없으면 안 되지만 그래도 이기려고 노력하고 있어. 언제까지 그날에 머물 수는 없는 거잖아. 언젠가 네가 나한테 그랬듯, 시간이 주는 힘이 분명히 있을

거라 믿어.

휘겸아. 왜 얼굴 한 번 보여 주지 않고 그냥 그렇게 떠났어. 네가 밉지 않았다면 거짓말이겠지. 하지만 그 시절, 네가 무슨 선택을 했든 그건 절대 쉬운 선택이 아니었고, 어쩌면 오로지 날 위한 선택이었을 거라 생각해. 내가 뭐라고 날 위해 그렇게 해 줘서. 아니, 살아 줘서 고맙다는 말을 꼭 얼굴 보고 하고 싶었는데.]

속에서 꾹꾹 참아 누그러졌던 눈물은 기어이 터지고야 만다. 편지 위로 동그랗게 눈물 자국이 남았다.

[널 원망하지 않아. 한 번도 그래 본 적 없어.]

1년 만에 닿은 용서에 문득 주저앉아 울고 싶어졌다. 서세하. 널 만나지 않았다면 난 어떻게 됐을까. 산 듯이 죽어 있겠지. 지금쯤 삶에는 미련 따위 없다며 내일 죽어도 좋을 만큼 아무렇게나 하루하루 살았을지도 모르지.

[그리고 오늘 이곳은 정말 따뜻하다. 네가 있는 그 자리도 그러길 바라.]

항상 일정한 거짓말에 기대서 삶의 대부분을 맡기고 살아왔으면서 꼭 사랑 앞에선 아무렇지 않은 척할 수 없었다. 이성이라는 개념을 이기는 유일한 게 사랑이기에 그럴 것이다.

세하야. 우리는 사랑 앞에서 늘 생소하고 또 알면서도 지겠지. 그리고 알면서도 또 시작하겠지. 가장 좋은 것은 가지지 못하고 늘 두 번째로 좋은 것만 가진 채로. 너를 욕심냈던 그 기억으로 나는 많이 아플 거야.

언제나 앞모습보다 익숙한 게 세하의 뒷모습이었다. 창밖을 보며 누군가를 생각하는 그 시선이 저를 향하길 간절히 바라 왔다.

사랑을 하려고 도망치던 그 순간도, 사랑을 하고 싶지 않아서 제 손을 잡던 그 순간도. 모조리 기억하고 담아서 이 사랑을 죽이지 않은 채 간직하고 싶은 시절이 있었지만 이제는 아니다. 모래처럼 빠져나갈 사람을 어떻게든 손에 잡아 두려고 노력하던 시절이 있었지만 이제는.

[잘 지내. 고마웠어.]

모든 사랑은 모든 첫사랑이리라. 저마다 후회를 조금씩 섞고 조금의 잘못과 실수를 넣고 나머지는 운명에 좌초되어 떠밀리곤 한다. 혹독하고 메마른 겨울을 오래 견뎌 내듯이.

편지를 고스란히 접어 코트 속에 넣은 그의 발걸음이 천천히 움직인다. 아주 조금, 무언가를 털어 낸 후련한 얼굴로 내리막길을 내려간다. 바람이 불 때마다 꽤 많이 자란 앞머리가 눈을 찔렀다.

이제 머리도 자르고 정말 사람처럼 살아야겠다, 휘겸은 뒤늦게야 다짐했다. 네가 잘 지내라고 했으니 잘 지내야겠지. 그래도 아직은 시선이 닿는 모든 길목마다 세하가 있는 것 같다. 세하가 다가와 말을 걸어 줄 것만 같다.

　"휘겸 씨가 제게 첫 번째 사람이 되어 주면 좋을 것 같아요."

　"……."

　"전 가족도, 친구도, 사랑도. 모든 걸 버리고 떠났으니까요……."

　그 쓸쓸한 부탁을 어떻게 거절할 수 있었을까. 아직도 어렴풋이
상기하며 그 시절의 세하를 떠올린다. 운명 따위 한 번도 믿은 적 없
었는데 처음 널 보는 순간 인생을 걸어야겠다는 이상한 다짐을 했었
다고, 그렇게 말했다면 세하는 무슨 표정을 지었을까.

　"……나는 너한테 아무것도 해 줄 수 있는 게 없는데."

　"지금은 말고 다음번엔 세하 네가 나 응원해 줘."

　"……."

　"잘 극복해서 나중에 괜찮아지면. 그렇게 해 줄 거지?"

　상처는 아물게 되는 법이지만 기억이란 소생한다. 오래 남는 법
이다.

　정류장에서 버스를 기다리는 휘겸의 앞으로 택시 한 대가 섰다.
문이 열림과 동시에 여자가 내린다. 꼭 세하의 것처럼 까맣고 긴 생
머리가 한 번 찰랑이는 것에 시선이 멈췄다. 추워서 그런지 어깨를
잔뜩 움츠리고 기사에게 돈을 건넨 여자가 무심하게 얘기했다.

　「감사합니다.」

　휘겸은 그 자리에 서서 멍하니 여자의 뒷모습을 눈으로 좇는다.
발걸음이 굳어 움직이질 않았다. 분명히 반쯤 돌아본 그 모습과 목
소리, 그리고 특유의 걸음걸이까지도 세하와 너무 닮아 있었다.

　저도 모르게 달려간 그가 여자를 붙잡았다.

"세하야."

이제는 부르는 것조차 어색해진 그 이름을.

돌아본 여자는 깜짝 놀란 눈을 하고 있었다. 세하와 이목구비가 묘하게 닮아 있는 얼굴이었다. 또다시 낯선 여자에게서 세하를 읽은 것이다. 평생 안고 가야 하는 습관처럼, 다른 사람이라는 것을 알면서도 왜 닮은 사람만 보면 붙잡게 되는지.

여자는 당황했다가도 타지에서 한국말을 듣게 되어 신기하다는 듯이 웃는다.

"어? 근데, 방금……."

"……."

"한국인이세요?"

미소까지도 어딘지 모르게 세하와 닮아 있었다. 어쩔 수 없이 가슴이 설렜다.

"네. 한국인 맞아요."

"와. 저 여기서 한국인 처음 봐요."

여자가 밝게 웃는다. 멈추었다가 다시 쏟아지듯 내리는 눈에 휘겸이 먼저 여자에게 청했다.

"어디까지 가세요? 씌워 드릴까요?"

세하를 닮은 여자는 설핏 웃으며 고개를 끄덕인다.

"감사해요. 제가 우산이 없어서……."

휘겸은 여자의 머리 위로 우산을 씌워 주었다. 그리고 나란히 함께 길을 걸었다. 둘이 지나가는 길목으로 소복소복 눈이 쌓인다. 그는 자꾸만 여자의 옆태를 훔쳐보며 조금 씁쓸하게 웃었다. 긴 속눈썹도, 갈색 눈동자도, 흘러나오는 차분한 목소리도. 나는 결국에 너구나. 결국……

또다시 사랑을 할 수만 있다면 하고 싶었다. 또 다른 누군가와 사랑을 하고 천천히 무뎌지면 되는 일이라 생각했으니까. 그런데 여전히 바보처럼 세하가 보고 싶어진다. 그리운 추억이라면 좋겠지만, 여전히 눈 감으면 떠오를 정도로 생생했다.

세하야. 어느 날의 너도 네가 사랑하는 누군가를 보면서 나와 같은 마음이었겠지.

"이름이 어떻게 되세요?"

"전 이휘겸이라고 합니다."

아마 다시는 가장 좋은 것을 가질 수 없을 것이다. 이제 평생 두 번째로 좋은 것만 가질 수밖에. 그래도 만나지 말아야 할 운명이었을까?

휘겸은 고개를 젓는다. 사랑하지 않겠다 다짐했지만 늘 지킨 약속이라곤 하나도 없었으니까. 결국 돌고 돌아 사랑에 지고 말았으니까.

"휘겸 씨. 시간 괜찮으시면……"

여자가 수줍은 얼굴로 운을 띄웠다. 내리깐 눈꺼풀이 참 예쁘다고 생각하며, 그는 대답했다.

"제가 먼저 말씀드리려고 했는데."

가는 것도 멈추는 것도 막을 수 없듯이 방향도 속도도 제멋대로 되돌릴 수 없다. 자라는 마음의 속도를 따라잡을 수가 없어서 머리는 가슴보다 언제나 한 뼘씩 늦는다. 그렇다면 받아들일 수밖에.

"우리 커피 한잔할래요?"

동시에 잡아 놓으려 해도 잡히지 않는 계절이 이제야 시간에 따라 흘러간다. 멈춰 있던 그의 시간은 오늘을 기점으로 다시 흐른다. 이제야 1년 전 그 길목에서 빠져나오고 있었다.

모든 것을 이미 예상하고도 사랑할 수밖에 없는 운명을, 그는 기꺼이 받아들이기로 했다.

외전 2

햇살이 촘촘한 속눈썹 사이로 엉겨든다. 세하는 허리를 감싸고 있는 단단한 팔의 무게를 느꼈다. 천천히 눈을 뜨고 윤혁을 올려다봤다. 아침에 눈을 떴을 때 곁에서 잠들어 있는 사람이 있다는 게 이런 의미구나 싶었다.

창문을 열어 둔 탓에 머리 위로 계속 선선한 바람이 불어오고 있었다. 무척이나 기분 좋은 바람이었다.

새삼스레 이 모든 게 행복했다. 실은 아직도 이런 일이 벌어져도 될까, 하는 꿈같은 기분에 사로잡히곤 했다. 옆에서 잠든 윤혁을 볼 때면 특히 그랬다. 그의 옆에 있을 때면 이상하리만큼 현실을 무시하게 되었던 그 안정감과 신뢰를 실감했다.

누군가에게 유일한 사람이 된다는 일이 얼마나 잠 못 들 정도로 설레는 일인지.

"윤혁아."

말을 걸었지만 그는 대답이 없었다. 윤혁을 향해 완전히 몸을 돌린 그녀는 그의 너른 가슴팍 위에 손바닥을 올려 두고 고동을 느꼈다. 숨소리와 숨결이 무척이나 편안했다. 코끝에 닿는 윤혁의 체향까지도 기분이 좋아서 홀로 중얼거렸다.

"넌 내가 왜 좋아?"

"……."

"……진짜 궁금해."

쑥스러워서 묻지 못했었다. 꼭 세월이라 부를 수 있는 그 시절을 저에게 주고 나서도 사랑한다고 하는 게 진부한 이유는 아닐 것 같아서.

"난 우선 다 좋지만, 일단 네가 잘생겨서야……."

세하가 큭큭 웃으며 그의 뺨을 손가락으로 부드럽게 쓸었다. 그 순간 윤혁이 손목을 잡아당겼다. 예상치 못한 손길에 저항도 하지 못하고 품에 확 안겼다.

"진짜야?"

윤혁이 장난스럽게 코 끝을 부딪쳐 왔다.

"안 잤어?!"

"어."

"언제부터?!"

"계속."

그러고선 있는 힘껏 그녀를 끌어안았다. 아무래도 영 자리에서 일어나고 싶지가 않은 모양이었다.

"나 잘생겨서 좋아하는 거 진짜야?"

"어, 언제 얼굴 때문이랬어! 다 좋은데…… 우선 잘생겨서랬지."

"잠깐만. 다 좋다고?"

"……비켜."

"와. 이거 좋네. 네가 이런 말도 해 주고."

민망해서 세하의 얼굴이 붉어졌다. 고개를 획 돌리고 피하자 윤혁은 그마저도 귀여워 그녀의 얼굴 여기저기 입술을 맞췄다.

"너 귀여운 거 너도 알지."

"아. 하지 마."

"알아. 몰라."

"아!"

대답할 때까지 놓아주지 않을 예정이었다. 기분 좋은 실랑이가 오갔다. 알아, 몰라. 라는 질문에 그녀는 계속 모른다고 대답했다. 사랑을 속삭이는 목소리는 언제나처럼 달콤했다.

"10년 넘게 날 이렇게 만들어 놓고 모른다는 게 말이 되나."

사랑은 영속과 공존할 수 없다고 배웠다. 하지만 이렇게 안고 있을 때면 꼭 유효기간과 같은 다른 변수는 생각이 들지 않았다. 이미 몇 바퀴 돌고 돌아 다시 서로를 안았는데, 끝이 있다는 건 가당치도 않은 명제다.

부끄러워하는 세하의 얼굴이 좋았다. 못 이기는 척 받아들이는 표정도 귀여웠다. 화내고, 짜증 내고, 울던 얼굴도 좋았는데 하물며 웃을 일밖에 없는 지금은 얼마나 가슴이 뛰는지. 누군가 세하를 왜 사랑하냐고 묻는다면 그 사랑이 어디로 가는지의 행방을 말해 줄 수는 있어도 어디서부터 시작된 건지는 말할 수 없었다.

세하가 시큰둥한 척하며 그의 품에 안겨 왔다.

"그래서 다 들었다며. 그럼 말해 줘. 정윤혁. 왜 나 좋은지."

"사랑해."

"할 말 없으면 맨날 사랑한대."

"맨날 사랑하니까."

윤혁이 머리를 쓸어 넘기자 잘생긴 이마가 드러난다.

"넌 백 번 빌어야 한 번 말해 주잖아."

세하는 그 얼굴을 무심히 보다가 먼저 입을 짧게 맞추었다. 그리고 말했다.

"사랑해."

이 사랑의 기록은 이제 시작일지도 모른다. 윤혁은 생각했다. 언젠가는 이 연료를 모두 잃고 싸늘하게 식어 버린다고 해도 다시 타오를 자신이 있다고, 식어 버릴 일이 있을 줄은 모르겠지만.

그는 엄지로 세하의 앞턱을 잡고 깊게 입을 맞췄다. 몇 번이나 혀가 얽히다 불시에 그가 세하의 허리를 번쩍 들어 제 배 위에 앉혔다. 그리고 깍지 낀 손을 머리 뒤로 넘겨 감상하듯 그녀를 바라보았다.

"매일 보는데 매일 이쁠 수가 있나?"

그건 과장이 아니라 정말 윤혁의 궁금증이었다. 어떻게 매일 보는데 매일 이쁘다고 느낄 수가 있나 싶었다. 이렇게 오래 봐 왔는데 세하가 한 번을 익숙해지지 않았다. 정말이지 매일이 처음 같았다.

가끔 이렇게 누가 들으면 민망할 소리를 해 대며 폭주 기관차처럼 구는 모습은 하루 이틀이 아니었지만 도화선에 불을 지핀 것은 분명 세하였다.

"그래서 너도 그냥 내 얼굴이었어?"

"어."

"어?!"

실실 웃으며 윤혁이 상체를 일으켜 그녀를 껴안았다. 그럴 리가 있겠는가.

"거짓말이지. 난 네 이름만 들어도 여기가 막 뛰던데."

고저가 없는 부드러운 목소리.

"얼굴 안 보고 있어도 죽겠던데."

그녀는 어이없다는 듯 고개를 저었지만 피식 새는 웃음은 감출 길이 없었다.

"네가 먼저 넘었잖아, 내가 정해 둔 선."

곧 다시 입술이 다가오며 낮고 밭은 숨이 공간을 채웠다. 윤혁의 팔 힘에 의지한 세하는 그의 뒷머리를 감싸 안았다. 누가 먼저라 할 것도 없이 뜨거운 입술이 설키며 온몸 구석구석에서 열이 올랐다. 설레는 느낌에 아랫배까지 간질거렸다. 속옷도 입지 않고 슬립만을 입은 터라 잔뜩 세워진 그의 것이 아래에 부드럽게 삽입됐다.

아아……. 세하는 나지막한 신음을 흘리며 윤혁의 목을 끌어안았다. 들어온 채로 가만히 안고만 있어도 좋았다.

"좋아……."

그가 빈틈없이 끌어안고 온몸을 바짝 붙였다. 단단한 상박이 가슴팍에 고스란히 느껴졌다.

"나도. 네 안에 넣고만 있어도 좋아."

가라앉은 윤혁의 나른한 목소리가 섹시했다. 꽉 차듯이 가득 들어차 있는 느낌도 가슴을 벅차게 하지만 이따금 저를 안고 있어도 더 안고 싶어 어쩔 줄을 모르는 윤혁의 행동들이 더 좋았다.

그녀가 조금씩 천천히 허리를 움직이기 시작했다. 벌써 젖은 아래가 마찰되며 찰박거렸다. 윤혁은 미간을 잔뜩 찡그린 채 그녀의 허리를 붙잡고 운동을 도왔다. 가장 자극이 되는 지점에서 세하가 신음을 흘리자 그 포인트를 놓치지 않았다. 부러 그 부분이 마찰해서 닿게끔 세하의 허리를 붙잡고 연신 움직여 댔다. 그녀의 눈가가 지속된 흥분으로 새빨갰다.

"……하앗. 아아."

윤혁의 어깨를 쥔 손끝에 힘이 들어간다. 그녀가 입술을 혀로 핥으니 집요하게 보던 윤혁의 표정이 조금 움직인다. 그가 몸 구석구석에 대해서 잘 알고 있듯 세하 역시 그에 대해서 잘 알고 있었다. 윤혁이 어떻게 하면 좋아하는지, 또 어떻게 하면 이성을 잃고 달려드는지.

세하는 그의 손가락 끝을 살짝 물었다가 대담하게 입에 넣고 빨았다. 일부러 쪽쪽 소리가 나게 빨았더니 내려다보는 눈이 한층 뜨거워진다.

"나 꼬셔 지금?"

"……흐응. 웃."

제대로 자극받은 윤혁이 본격적으로 허리 짓을 시작했다. 강한

힘에 그녀의 가슴까지 속절없이 흔들렸다. 하응. 핫. 앗. 가라앉은
눈으로 그녀의 달아오른 뺨을 슥 핥았다. 바르게 세하를 눕히고 양
다리를 손으로 벌리면서 위로 몸을 밀착시켰다. 입술 사이로 혀를
집어넣어 얽매이자 거친 숨소리가 바투 다가왔다.

　윤혁은 그녀의 얼굴 양옆으로 지탱했던 팔을 꺾어 가슴 위로 몸을
포박하듯 숙였다. 입 안에 가슴을 물고 빨자 신음이 격정적으로 터
져 나왔다. 멈추지 않는 허리 짓과 그 세기에 정신이 아득해졌다.

　움직일 때마다 커다란 침대가 삐걱거리고 있었고, 윤혁이 위에서
운동을 할 때마다 아래에서 보란 듯 질척이며 쏟아지는 소리들이 너
무 야했다.

　아침나절이라 그런지 평소보다 부드럽게 그녀를 안고 움직이던
윤혁은 다시 세하의 목덜미에 입술을 붙였다.

　"평소가 좋아. 지금이 좋아?"

　"하아……. 둘 다."

　두 나신이 다시 빈틈없이 밀착됐다.

　"나도 둘 다."

　그는 세하를 더욱 당겨 안았다.

　"후……. 넣기만 해도 좋아서."

　벌어진 그녀의 입술 사이로 혀끝을 넣었다. 살살 움직이다가 점점
그 세기가 더해지니 저절로 그녀의 허리가 요동친다.

　"하으……! 윤혁아!"

　물고 있던 혀끝을 놓치고 바들바들 떨리도록 찾아오는 쾌감에 세
하가 정신을 차리지 못한다. 그의 머리칼을 부드럽게 움켜쥔 손에

힘이 들어갈수록 윤혁은 흥분했다.

조금 더 몸 깊숙하게 밀어 넣으니 벌어진 그녀의 다리가 연신 흔들린다. 서로의 뜨거움 숨이 닿을 때마다 머리끝까지 희열이 가득했다. 똑같이 사정감이 차오른 그가 거칠게 피치를 올리기 시작했다.

퍽. 퍽. 퍽. 낮고 뜨거운 목소리가 그녀의 이름을 부르며 일순간 멈추었다. 물리적으로도, 정신적으로도 절정에 도달한 윤혁이 거친 숨을 내쉬며 파정했다. 그리고 다시 혀가 엉켰다. 아직 제 것을 빼지 않고 몸을 겹치고 있는 윤혁이 살짝 땀에 젖은 그녀의 머리카락을 넘겨 주며 능글맞게 웃었다.

"다시 섰어."

적나라한 표현에 그녀의 얼굴이 확 붉어졌다.

"뭐……?!"

"안 돼?"

"아니 너는."

"왜. 계속 꼴리니까 서지."

씩 웃은 그가 다시 아래를 움직이기 시작했다.

"다 예뻐."

눈, 코, 뺨, 입술 차례대로 얼굴 이곳저곳에 입을 맞춰 온다. 입을 맞출 때마다 예쁘다고 하는 목소리에 사랑이 잔뜩 묻어 있었다. 졌다는 듯 고개를 절레절레 저은 그녀가 윤혁의 목덜미를 바투 끌어안았다. 바람 한 점 통하지 않을 정도로 둘은 서로를 꽉 안았다. 두 나신 위로 따뜻한 햇빛이 들이쳤다.

* * *

전국적인 장마가 시작되기 전, 울창해진 삼림과 괌의 바다 빛깔을 닮은 창공이 여름의 시작을 알렸다. 새싹이던 다육식물은 벌써 푸릇한 이파리가 기울어지게 자랐고 지난 1년 동안 그녀가 만들어 낸 반지와 귀걸이들이 선반 위에 오롯이 쌓였다.

투명한 진주 귀걸이가 특히 온라인에서 인기가 많았다. 재능으로 꾸며 낸 실적인데 이 정도 매출이면 하나의 브랜드라고 해도 될 정도로 대단한 포트폴리오였다.

세하가 운영하게 될 오프라인 액세서리 숍의 개업 날이었다. 담백한 디자인을 만들어 내는 세하의 솜씨에 맞게 세련된 인테리어였다.

이미 온라인에서 유명했던 터라 많은 손님들이 가게를 찾았고 세하는 눈코 뜰 새 없이 사람들을 맞이했다. 도와주러 올 수 있겠냐는 연락에 윤혁은 회사 일이 너무 바빠 한번 들러 줄 수나 있을지도 의문이라 했다.

어쩔 수 없이 그녀는 혼자 손님들을 맞이하며 정신없이 가게를 운영했다. 한참 이곳저곳 끼어들어 안내를 도와주다가 드디어 숨 한번 돌릴 수 있던 때였을까.

"안녕하세요. 사장님!"

친한 단골손님들이 찾아왔다. 너무 힘들어서 반쯤 넋이 나가 의자에 늘어져 있는 세하의 앞에 옹기종기 모여 앉았다. 냉장고에서 시원한 주스라도 가져온다고 하니 하나같이 다들 쉬라며 말렸다.

"사장님은 진짜 재능이 있다니까요. 벌써부터 이렇게 잘 나가는데."

"브랜드 런칭이라도 해야 되는 거 아녜요?"

땀에 흠뻑 젖은 세하가 손을 저으며 웃었다. 사실 말을 할 힘도 없었다.

"개업한다고 하셔서 저희가 디저트 준비했는데 한번 드셔 보세요."

한 손님이 백화점 쇼핑백에서 젤리와 초콜릿, 케이크를 꺼냈다. 포장을 여는 순간 그녀는 저도 모르게 입을 틀어막았다. 마치 토하기 전처럼 침이 고이고 속이 울렁거렸다.

"어머! 사장님 괜찮으세요? 왜 그래요?"

생수병을 따서 물을 마시라 건네줬지만 물만 마셔도 토할 것 같은 기분이었다. 고개를 확 숙이고 토끼를 가라앉히려 노력했지만, 그때부터가 시작이었다.

향수 냄새, 땀 냄새, 음식 냄새가 뒤섞여 세하의 코에 섞여 들어오면서 속이 미친 듯이 울렁였다. 뭔가 이상해도 한참 이상하다고 생각했다. 고개를 갸웃하는 손님들에게 괜찮다는 표시로 웃어 보였다.

"제가 하루 종일 안 먹고 일했더니 이런가 봐요."

"점심도 거르셨어요?"

"긴장도 되고…… 입맛도 없고. 점심 먹을 시간이 있었어야죠."

이미 긴장한 몸에 갑자기 음식을 집어넣으면 받아들이지 못해서 급체를 하는 것처럼, 냄새를 맡기만 해도 토가 올라오는 것도 어쩌면 그럴 수 있는 일이라 믿었다. 그러지 않고서야 지금의 몸 상태를 납득하기가 어려웠다. 하지만 손님들의 의견은 조금 달랐다.

"이렇게 된 지 꽤 되셨죠?"

"제가 며칠째 너무 긴장해서요. 오늘이 진짜 개업 날이라 그런가.

유독 심한 것 같아요."

그런데 다들 서로의 얼굴을 보며 웃더니 마치 이구동성 하나의 정답이라도 찾은 것처럼 세하에게 의미심장한 미소를 보였다.

"병원 가 보셔야 하는 거 아녜요?"

"병원이요?"

손님이 속삭였다. 산부인과, 라고.

"가 보셔야 할 것 같은데."

"혹시 모르잖아요."

어쩌면 세하는 처음부터 예상하고 있었다. 하지만 애써 아닐 거라고 속에서 밀어 냈다. 운동한 것처럼 피곤하고 입맛도 없는 게 그저 개업을 앞두고 너무 긴장해서라 믿었는데.

생각해 보니 주기에 맞지 않게 생리도 하지 않고 있었다. 스트레스를 많이 받으면 종종 생리가 미뤄지곤 했으니 이것도 다 개업 때문이라고 생각했었는데. 세하는 입을 틀어막고 놀란 표정을 감추지 못했다.

저를 보며 웃는 손님들을 한번, 그리고 배를 한번 내려다보았다. 이게 말이 되나 싶은데 또 말이 안 될 건 아니었으니까.

그때 짤랑 하는 소리와 함께 가게 문이 열리더니 장신의 남자가 들어섰다. 재킷을 한쪽 팔에 걸치고 땀이 난 이마를 손수건으로 닦으며 들어온 사람은 윤혁이었다. 나머지 손에는 세하가 좋아하는 아이스크림 케이크였다. 바쁜데도 불구하고 짬을 내서 들렀을 테다.

이미 둘의 관계를 아는 손님들이 서로 눈짓을 주고받았다. 가방을 들고 일어서며 윤혁을 의미심장한 미소로 반겼다.

"어머, 두 분 대화 나누셔야지. 저희는 그만⋯⋯."

손님들의 인사를 받던 윤혁이 이상하다는 얼굴로 고개를 갸웃했다.

"밥은 먹었어?"

가게에 들어선 그가 웃으며 세하에게 다가갔지만 어쩐지 그녀가 눈을 피했다. 가까이에서 보니 세하의 얼굴이 눈에 띄게 붉어져 있었다. 늘 그랬듯 두 뺨을 쥐고 이마 위에 입을 맞추었다.

"왜 나 안 봐?"

"⋯⋯."

"삐졌어? 왜 그래?"

도무지 어떻게 말을 꺼내야 할지 몰라 백 번 천 번을 속으로 고민하던 세하가 그를 바싹 끌어안았다. 얼굴 보고는 도저히 말하기가 벅차서.

"내가 웃기는 소리 해도 웃지 마."

"벌써 웃긴데."

장난치듯 웃은 윤혁이 똑같이 그녀를 껴안았다. 가느다란 머리칼이 가슴팍에 닿았다. 세하의 등을 토닥이듯 달래며 그가 물었다.

"말해 봐. 뭔데."

"너 그런 거 상상해 본 적 있어? 너랑 똑 닮은 사람이 생기는⋯⋯."

이미 그때부터 윤혁은 눈치를 챘지만 세하의 입에서 흘러나올 고백이 궁금해 꾹 참았다. 심장이 가쁘게 뛰기 시작했다. 좋아서 실실 웃는 것을 감출 수 없었다. 아는지 모르는지 그녀는 정말이지 진지한 얼굴로 고심하고 있었다.

"너랑 닮은 사람 말이야. 그런 사람을 보는 거야."

어쩐지 어설픈 표정마저도 사랑스러워 참을 수가 없었다.

"글쎄."

"……."

"나 말고 너를 똑 닮은 아기는 생각해 봤는데?"

세하의 눈이 조금 더 커졌다. 윤혁은 그녀의 양 뺨을 쥐고 좌우로 도리도리하다가 짧게 입을 맞추었다. 그리고 말했다.

"나 그런 거 매일 생각해. 그런 거 생각하면서 하루하루 살아가."

잔뜩 눈물이 차오른 얼굴로 환하게 웃은 그녀는 곧 눈물샘이라도 터져 버릴 것 같다. 세하를 소파에 앉힌 윤혁이 그 앞에서 한쪽 무릎을 꿇고 앉았다.

"웃기는 소리 해 준다며. 해야지."

"나 임신한 것 같아."

세하가 윤혁의 목에 팔을 감아 가득 안겨 온다. 윤혁은 어느새 코끝이 시큰해지는 걸 느끼며 그녀를 안았다. 며칠째 지나치게 이상하다 싶어서 같이 병원에 가 보자고 말하려 했는데. 눈물이 나는 게 쑥스러워 웃으며 고개를 가로저었다.

"그게 뭐가 웃기는 소리야. 나 지금 울 것 같은데."

"너도 울어?"

그가 세하의 뒷머리를 매만지며 따뜻하게 웃는다.

"당연히 울지. 평생 네가 내 처음이자 끝이라고 그랬잖아."

어깨에 닿는 햇볕은 따뜻한데 바람은 선선했다. 어쩌면 지금 이 순간 모든 것이 완벽했다.

"이제 살아갈 이유가 하나 더 생겼는데, 어떻게 생각해."

세하는 늘 생각해 왔다. 우리 사랑이 승리할 거라 자신했던 윤혁의 말이 맞아떨어지는 순간. 그리고 윤혁이 있고, 저도 있을 어떠한 미래를 자신하는 순간.

"내가 더 잘할게."

"……."

"더 좋은 남편이 되고."

"……."

"좋은 아빠가 될게."

따듯한 손에 뺨이 잔뜩 붙들리며 온 세상에 서로가 밀려들어 온다.

"사랑해."

둘은 서로에게만 충실할 수 있는 이 순간이 좋았다. 이제는 어색해하거나 쑥쓰러워하지 않는 얼굴로, 어쩌면 서로를 볼 때 가장 자주 지은 표정으로 말할 수 있다.

"나도 사랑해."

사랑한다고. 이 근사한 햇살 같은 미소도, 넘치는 사랑을 쏟아 내는 눈도, 넘어가기가 무섭게 후두둑 이마로 쏟아지는 그의 머리카락들까지도. 모두 사랑한다고.